사랑 안에서

사랑 안에서

레오 사제 팔순에
四代가 부르는
감사와 찬미의 노래

구남매 엮음

서교출판사

차례

발간사: 사랑 안에서, 감사와 찬미의 노래 8
화보 14

구남매 광장

레오 신부 80년 소회 36
예수성심 성월에 이재현 신부님을 생각합니다 47
대구 산간학교 제43주년의 해에 부쳐 1 50
대구 산간학교 제43주년의 해에 부쳐 2 53
시성(諡聖) 30주년, 새로운 복자(福者) 124위 탄생을 기다리며 56

서로 도와 참되이 새 사람이 되자!
- 이 가을에 새얼학교 새얼인을 생각하며 59
본당 내에 대학생이 있는가? 62
교황 사임 유감 - 역대 교황님과 한국교회 1 65
교황 사임 유감 - 역대 교황님과 한국교회 2 68
나의 십자가 70
새로운 전진과 비약을 위한 '애덕과 사랑이 있는' 잔치 되기를!
- 꾸르실료 도입 제20주년 제10차 한국 울뜨레야를 개최하면서 73
느끼며 생각하며 거듭나는 결단을 - 가족신문의 진로와 편집방향 79
아버님 사도 요한 삼우 미사 강론
- '아버님 구원'위해 9남매 더 잘 살아야 84
우리와 함께 계시는 성 이윤일 요한 89
환송시 92
남보다 앞서가는 사목 영역 개척 95
우리 곁에 계신 신부님 100
우리 앞에 타는 불 106
팔순을 사는 레오 사제를 위하여 108
사제직에로 '거룩한 부르심'[聖召] 117
행복하여라, 마음이 가난한 사람들! 142
경축 칠순 "희망의 새날을 향하여" 194
홍국 야고보의 특별한 생일을 축하하며 196

도로테아 고모 장례미사 강론 199
어머님 추억 203
사랑하는 나의 사람아~! 226
겸손하게 나누고 베푼 진정한 부자 240
어머님! 사랑합니다. 아버님! 뵙고 싶습니다. 278
어머님의 성령 기도 306
표지화의 제작과정과 감상 310
아버님 30주기 미사와 가족모임을 마치고 317
팔순 맞으신 둘째형님 레오신부님께 320
그 찬란한 시간, 나의 산티아고! 324

구남매 2세들 마당

쉼표와 마침표. 그 사이 어디쯤 342
감사드리는 마음 352
어제보다 오늘이…. 360
하느님께로 돌아가는 나의 여정 363
우리 큰아버지 신부님 377
나의 서울 방문기 382
나의 일기장 390
감사의 의미 396

그 남자 그여자 이야기 399
가족의 소중함 404
지후에게 보내는 편지 407
윤호, 소윤의 결혼 그리고 신혼생활 414
뉴니는 나의 운명! 417

구남매의 손주들 솜씨

아버님, 어머님, 장남 최홍준 글

서로 사랑하여라 - 자녀들에게 주는 글 430
나의 장부 요한을 말한다 472
제10차 로마 세계 가정대회
- "세상에서 선교사가 되라고 부름받았습니다" 488
[특별기고] 93 포콜라레 가정축제 참가기(상) 497
[특별기고] 93 포콜라레 가정축제 참가기(하) 501
2003년 마닐라 세계가정대회와 새가정학교의 의미를 되새기며 505

발간사

사랑 안에서, 감사와 찬미의 노래

감실(龕室) 앞에 앉아 실체(實體)의 하느님이신 그분을 조용히 만나 뵙습니다. 빨간 성체등(聖體燈)의 영존(永存)을 바라봅니다.

"지극히 거룩하신 성체는 감사와 찬미를 받으소서."

사제나 수도자들이 서품 또는 서원 예식을 거행할 적에 노래하는 성인 호칭기도에서 성모 마리아와 성인 성녀들의 이름 하나하나가 새롭기만 합니다. "성모 마리아와 천상의 성인 성녀들이시여, 이 땅에서부터 합당하게 기도할 수 있도록 저를 도와주십시오. 제가 가고자 하는 거룩한 여행을 도와주십시오."

성찬 전례 감사송에서 '상투스'(Sanctus; 거룩하시도다!)를 노래하며 "온 누리의 주 하느님! 하늘과 땅에 가득 찬 그 영광! 높은 데서 호산나! 주님의 이름으로 오시는 분, 찬미 받으소서. 높은 데서 호산나!"를 곱씹어 외칩니다. 기쁨과 승리, 구원의 희망을 담아 간구하는 우리의 기도. 곧 미사를 거행하는 사제는 물론, 보편 사제직에 이르기까지 우리 모두 이렇게 찬미의 제사를 거듭거듭 바치고 있습니다.

저희가 어릴 때는 물론, 자라서 사회생활을 할 때도 교회 공동체에서는 공개석상 뿐만 아니라, 개인의 만남에서도 "찬미 예수님!"하고 서로 인사를 주고받았습니다. '예수님 찬미'에서부터 모든 일과가 시작되었던 것이지요. 찬미는 또한 감사를 전제로 합니다. 「가톨릭교회 교리서」(1360항)는 이렇게 일러줍니다. "성찬례는 성부께 드리는 감사의 제사이며, 하느님께서 주신 모든 은혜와 창조와 속량과 성화로 이루어 주신 모든 것에 대한 감사로, 교회가 드리는 찬미이다. 성찬례는 무엇보다도 감사를 의미한다."

옛 '시편'115편 8절, "주여, 당신 이름 높이 부르며 찬미의 제사를 올리리이다" 이 말씀을 수품 성구로 정하고 1976년 5월 3일 사제직에 오른 이가 레오 최홍길 신부입니다.

1945년 8.15 해방을 한 달 남짓 앞둔 7월 6일(음력 5월 27일) 경상북도 영천읍 조교동에서 태어나 오늘 2024년 7월 6일 이곳 팔공산 아래 '구름재(齋)'에서 팔순 축하미사를 봉헌하고 가까운 분들과 한 식구(食口)가 되는 시간을 가지려고 합니다. 먼저 하느님께 감사드리고, 세상을 떠나신 부모님께 감사드립니다. 함께 해주신 모든 분에게 깊이 감사 인사드립니다. 또한 함께하지는 못하시더라도 레오 사제와 저희 '구남매'를 기억해 주시는 한 분, 한 분에게 감사, 또 감사드립니다.

저희는 선친 최남식(崔南植) 요한 사도의 칠순을 기리면서 '아홉 자녀들의 노래와 화답'이라는 부제를 달고 『서로 사랑하여라』 책자를 「구남매」 신문과 함께 1988년 11월 19일 펴낸 데 이어 어머님 김말련(金末連) 마리아 막달레나 팔순을 기념해서 2001년 9월 22일 『하나되게 하소서』를 출간한 일이 있습니다. 세월이 많이 흐른 가운데 세 번째로 가정문집을 준비해 오던 중 둘째 레오 사제의 팔순을 기리면서 가정문집 『사랑 안에서 - 4대(代)가 부르는 감사와 찬미의 노래』를 기쁜 마음으로 내어놓습니다.

크게 부족하고 부끄럽고, 또 부끄럽습니다. 내어놓을 만한 그릇도 자질도 갖추지 못했고 형제간에 우의가 돈독하지도 못합니다. 그래서 무엇보다 하느님의 자비를 청하면서 매일 말씀 전례와 성찬 전례에 나아가고자 합니다.

"키리에, 엘레이손(주님, 자비를 베푸소서)."이 노래를 부르면서 가장 먼저 떠오르는 예수님 말씀은 마태오 복음 5장 23-24절입니다. "…네가 제단에 예물을 바치려고 하다가, 거기에서 형제가 너에게 원망을 품고 있는 것이 생각나거든, 예물을 거기 제단 앞에 놓아두고 물러가 먼저 그 형제와 화해하여라. 그런 다음에 돌아와서 예물을 바쳐라.”

부모님이 살아계실 때 고해소 앞에서 성찰할 거리 중에 “형제들과 불목(不睦)함으로써 부모님께 걱정을 끼쳐드렸음”이 종종 있었습니다. 그분들이 돌아가신 지금에 와서도 그런 점이 있습니다. 아버지 하느님의 마음을 어떻게 아프게 해드렸는지를 살피면서 ‘자비송’을 노래합니다.

저는 고등학교 때 연로하신 할아버지의 방에서 지내며 깊은 밤, 제1라디오에서 흘러나오는 소나타와 교향곡을 열심히 들었습니다. 대학에 입학해 명동 음악감상실에서 처음 들었던 곡이 베토벤의 ‘장엄미사’였습니다. 이 곡의 구조는 이러했습니다. 제1곡 키리에(Kyrie, 주님, 자비를 베푸소서), 제2곡 글로리아(Gloria. 대영광송), 제3곡 크레도(Credo in unum Deum, 한 분이신 하느님을 저는 믿나이다, 信經), 제4곡 상투스(Sanctus, 거룩하시다), 제5곡 아뉴스 데이(Agnus Dei, 하느님의 어린 양).

“하느님의 어린 양, 세상의 죄를 없애시는 분이시니, 이 성찬에 초대받은 이는 복되도다.”

거룩한 미사를 봉헌할 때마다 똑같이 되풀이되는 이 말씀을 들으면서 우리의 고통을 파스카의 참어린양이신 그분께 맡겨드립니다. 세상을 구원하러 땅에 오신 그분을 모시면서 전쟁이 아닌 평화를, 형제애를 청합니다. 육신의 호흡이 멈추면 생명이 끊어지고, 영혼의 호흡인 기도가 멈추면 죽음이 온다는 사실 앞에서, 저희는 ‘가장 완전한 기도'를 바치고자 합니다. 바로 미사를 봉헌하는 마음으로 이 책자를 펴내고자 합니다.

책을 만들어주신 서교출판사 김정동 요한 사장과 관계자 여러분의 노고에 감사드립니다. 책을 만드는 과정에서 구남매와 그 가족들이 일치의 성사를 살고자 하면서 친교를 체험했습니다. "좋은 나무는 모두 좋은 열매를 맺고 나쁜 나무는 나쁜 열매를 맺는다"(마태 7, 17)고 하신 예수님의 말씀을 통해 '회개하고 복음을 믿고자'(마르 1, 15 참조) 했습니다. 미사를 드리고 나면 드리기 전보다 한 단계 내 영혼이 올라가야 한다고 여기면서 매일매일 미사에 나아가고 있습니다. 어제보다 나은 오늘을 살고자 합니다.

지난달 민족의 화해와 일치를 위한 기도의 날 복음과 독서 말씀이 저희에게는 크게 와닿았습니다.

> **예수님께서 그(베드로)에게 대답하셨다. "내가 너에게 말한다. 일곱 번만이 아니라 일흔일곱 번까지라도 용서해야 한다"(마태오 18, 22).**

서로 너그럽고 자비롭게 대하고, 하느님께서 그리스도 안에서 여러분을 용서하신 것처럼 여러분도 서로 용서하십시오. 그러므로 사랑받는 자녀답게 하느님을 본받는 사람이 되십시오. 그리스도께서 우리를 사랑하시고 또 우리를 위하여 당신 자신을 하느님께 바치는 향기로운 예물과 제물로 내놓으신 것처럼, 여러분도 사랑 안에서 살아가십시오(에페 4,32. 5,1-2).

2024년 7월 6일 첫 토요일

'구남매'의 맏이 최홍준 파비아노 올림

현역 시절 레오 신부님 (왼쪽)

1976년 5월 4일 대구 신천동 복자성당에서 새사제 레오 신부 주례로 맏이 파비아노와 루피나의 혼인성사를 마친 다음 신랑 신부와 함께 찍은 가족사진. 아래 오른쪽에 사도 요한 아버님과 마리아 막달레나 어머님이 앉아 계시고, 왼쪽 끝에는 일흔여덟 연세의 이 안나 외할머니, 그다음이 일흔일곱이신 이 마르티나 친할머니이시다. 뒷줄 왼쪽부터 9남매의 둘째 레오 사제, 혼인 2년차인 김춘호 율리오 맏사위와 제노베파 맏딸, 셋째 아들 홍운 베드로, 넷째 홍대 스테파노, 육군 현역병인 다섯째 홍록 스테파노, 여섯째 홍국 야고보, 그 옆 여고생 복장이 둘째 딸 선애 요안나, 그다음 중학생이 막내 일곱 번째 아들 홍택 마티아가 순서대로 서 있다. (위)

1960년 어느 날, 서울 종로구 혜화동 성신고등학교 재학중인 아우 홍길 레오 신학생의 외출 시간에 함께 촬영한 사진. 이때 대학에 입학하면서 상경한 파비아노는 지금의 가톨릭대학교 성신(聖神)교정 구내 지혜관인 소신학교로 자주 면회 갔는데, 사탕이나 과자를 선물로 내놓으면 신학생 친구들은 이 선물을 '대포'라고 부르면서 좋아했다. (왼쪽)

1964년 2월 25일 맏이 파비아노의 고려대학교 졸업식에 참석한 사도 요한 아버님과 당시 서울에서 공부한 중학생 아우 홍운 베드로가 가운데 서 있다. 오른쪽 부인은 7촌인 태윤 고모님이시다. 파비아노는 당시 종로구 관훈동 29번지에 소재한 고모님 댁에 자주 드나들며 여러모로 도움을 많이 받았다. (위)

1985년 1월의 어느 날, 파비아노가 다섯 살, 세 살의 두 아이를 감싸 안고 있는 모습.

2022년 7월 30일 장남 파비아노의 팔순 가족 모임에서 파비아노와 루피나 부부가 요트에서 한여름 한강의 바람을 마음껏 호흡하고 있다.

장녀 경애의 맏딸 문희 로사 결혼식 마치고. 2005.10.08. 일산 사법연수원에서

2009.01.10.기석 미카엘 결혼식. 명동대성당 뒤 성모당 앞에서 (위)

2024년 2월. 문희아들 현욱 초등학교 졸업식에서 삼남매 (아래)

23년 여름 장녀 경애가 문희, 승희, 손녀 현서와 함께

23.9월 서미전에 와준 고마운 가족들과함께

2018년 12월 28일 홍운 칠순 때 오남매 가족과 함께

미국 덴버 한인 성당 미사에서
복사 서는 김나은 (왼쪽)
발레 공연하는 김나은 나율 자매 (위)

소윤과 윤호 부부

2023년 7월 미국 여행 중 아리조나 주 안텔로프 캐년을 찾은 홍운 부부와 맏딸 지수 가족

2009.11.14.토. 서울 중림동 약현성당에서 레오 신부님 집전으로 거행된 홍대의 차녀 정아 아녜스와 제임스의 혼배미사 후 온 가족이 (위)

2023.4.29. 부활대축일에 아일랜드 모나한의 St. Louis Girl's National School에서 첫영성체 예식 후 온 가족이 (아래)

2004년 2월. 4남 홍대 스테파노의 서울시립대학교 도시과학대학원 행정학과(행정관리 전공) 석사 학위 수여식에서 어머님을 모시고 아가타 형수 씨와 스테파니아 요안나가 함께 했다.

2023년 9월 16일 추석맞이
집안 벌초행사 때 고향 영천
성당을 찾은 6남 홍국 야고보

2022. 10. 25. 홍록의 칠순기념여행중 하조대에서 부부와 미수

홍록의 딸 미수와 아들 규형(2016년) (위)
미국 사는 6남 홍국 야고보의 딸 지혜 마리아의 한국방문 기념촬영. 2022년 9월 (아래)

2019.6.다섯살 생일 선물로 차녀 선애의 맏딸 은진이가 만든
코바늘뜨개 원피스를 입고 신이 난 예원이 (위)
2021.7.지후 생후 50일경에 가진 첫만남에서 바로 사랑에 빠져 버린 누나 예원 (아래)

2024년 1월 4일 4개월만에 만난 선애의 둘째딸 민정이 가족, London Eye 앞에서

2022년 4월 15일 결혼 9주년을 맞아 제주에서. 차녀 선애의 맏딸 은진이 가족 (위)

2022년 5월 20일 남한산성 낙선재에서 지후의 첫돌 잔치가 끝나고 선애의 손녀 예원이와 손자 지후와 함께 (중간)

2022년 12월 11일 은진 예원 모녀의 첼로 듀엣 연주, 예원이의 첼로 연주회에서 (아래)

1997년 10월 22일 홍인의원 개원식에 참석해 테잎 커팅하시는 어머님과 부산 숙부님, 레오 신부님, 최홍택 원장 등

2005년 음력 5월 25일 레오 신부 회갑 때 어머님과 돌아가신 정순 도로테아 고모님(왼쪽)과 옥순 마리아 고모님(오른쪽), 경애와 선애가 삼덕 성당에서

21년 9월 11일 구름재 마당에서 차박 중인 막내 홍택 마티아, 모니카 부부와 즐거운 시간을 보내고 있는 레오신부님 (왼쪽 위)
21년 10월 23일 구름재 레오신부님을 찾아 온 장녀 에노파의 아들 기석이네 가족 (왼쪽 아래)
2024년 3월 11일 구름재로 레오 신부를 방문하고 귀가길에 팔공산 신숭겸 유적지를 찾은 막내 홍택 마티아 가족. 홍택과 방정옥 모니카 부부, 장남 규상 베드로와 차남 규민 바오로 (위)

구남매 광장

레오 신부 80년 소회

차남 최홍길 레오 신부

어머니의 사랑

세상 수없이 많은 말들 가운데 '어머니'라는 낱말보다 더 진한 정겨움과 그리움, 감격과 감동을 함께 불러일으키는 말이 또 있을까요? '사랑'이라는 말이 요즘처럼 흔해지고 천박해진 시대에도, '어머니의 사랑'만은 여전히 그 가치와 품위를 간직하고 있으니 말입니다.

누구든지 한 어머니에게서 생명이 비롯되어 하나의 인간으로 커나가며 인생의 도정을 걷게 될 것입니다. 인간은 갓난아기로 삶을 시작하면서 포근한 엄마 품에서 사랑을 먹고 자라며 인격의 형성과 성장을 배워가지 않습니까.

중세의 신학자 토마스 아퀴나스의 작품 가운데 '성체성가'가 있는데 여기에 '펠리칸'이라는 새가 나옵니다. 펠리칸은 이탈리아의 전설 속 새로 어머니 새가 둥지의 아기새들을 부양하기 위해 자신의 몸을 먹이로 내어놓는다고 합니다. 아가새는 어미새의 살점을 뜯어먹고 자라며 어미새는 죽게 되는 것입니다.

사랑의 홍수 시대인 오늘날이지만, 이토록 모질고 지독한 사랑을 찾아 볼 수 있겠습니까.

"여성이 있는 곳에 새로움이 있고 모성이 있는 곳에 하느님이 따른다"는 귀한 말씀을 새삼 묵상하게 됩니다.

80주년을 맞이하며

인생 칠십 고래희(人生七十 古來稀)라는 말이 있습니다. 고래희를 지나, 어느덧 팔순을 맞이합니다. 지나온 세월을 돌아보면 가지가지 사연과 사건들이 많았지요. 특별히 2015년 은퇴 이후에 급격히 건강이 좋지 않아, 병마가 여러 가지 면에서 나를 감싸는 듯 느껴집니다. 그로 인해 가톨릭병원을 다니는 것이 일상이 되었습니다. 병원 치료를 받으며 의사 선생님들에 대해 유심히 보고 관찰하게 되는데, 때로는 성의 없는 선생, 과연 의사 선생님인가 싶을 정도로 그렇게 보이

어머님과 레오 신부

는 이도 있다는 것을 부인할 수 없을 것 같습니다.

80년을 뒤돌아볼 때, 못 살아온 삶보다 잘 살아온 삶이 많아야 할 텐데, 과연 나는?

오랫동안 친분을 유지해 왔던 김길수 교수님이 어제 아침인가, 오늘인가 세상을 떠나셨다는 소식을 들었습니다. 참으로 섭섭하고 마음의 상처가 될 만큼 큰 사건이라고 할 수 있습니다. 젊은 시절부터 교회 일을 위해서, 또 청소년 사목을 위해서 헌신적으로 살아왔던 그분의 나날들이 필름처럼 떠오르고 생각이 많이 납니다. 내일은 빈소를 찾아 문상을 하고 싶습니다.

그리움은 강물처럼

금년이 이른바 팔순이라고들 합니다. 그래서 서울의 형님을 비롯한 형제, 자매들이 마음과 뜻을 모아 팔순을 기념하여 잔치를 베풀고, 책자까지 펴내게 되었다는 소식입니다. 생각도 못한 넘치는 감사와 은혜로움에 머리 숙여 인사드리고 지난날을 돌아보며 나의 잘잘못을 다시 한 번 헤아려 봅니다.

팔순이라고 하니 갑자기 앞서 가신 아버님, 어머님에 대한 그리움이 몰려옵니다. 자식에 대한 남다른 정과 사랑이 넘쳐났던 우리 부모님. 자식으로서 못다 한 효도에 무엇으로 용서를 빌까요.

또 형제, 자매들과의 관계에서도 얼마나 우애 깊게 살아왔던가, 돌아보게 됩니다. 팔순을 계기로 다시 한번 마음과 뜻을 모으고 잘못하는 일보다는 잘하는 일이 많은 부모님 대전에, 형제 자매들 앞에 부끄러움이 없는 모습을 보이고 싶네요. 다시 한번 팔순 잔치를 마련해 준 형님과 형제, 자매들에게 깊이 감사드리고 이 자리를 빌려 새롭게 더욱 새롭고 넉넉한 삶을 살고자 다짐합니다.

천상의 아버님, 어머님…. 못난이 이 자식을 낳아놓고 여러 가지로 수고 많으셨습니다.

다정이 남달랐던 아버님을 생각할수록 더더욱 격한 감정이 뭉클

밀려옵니다. 초등학교 1학년 때인가 입학 전인가 영천 영생병원에서 겨드랑이 밑에 외과 수술을 받게 되었을 때 부모님의 애틋한 사랑을 진하게 느꼈습니다. 나는 그때 고통스러움에 울었습니다. 그것은 수술칼 때문이 아니라 조수가 그 무거운 몸으로 짓누르고 숨도 못 쉬게 조였기 때문이었는데, 그때 어머니의 노심초사 전전긍긍하시던 모습이 생생하게 떠오릅니다. 어머니! 죄송합니다.

우리 형제에게는 일일이 이야기할 수 없는 사연이 많습니다. 형님 앞에서도 제가 부족하고 잘못한 일이 많았고, 형제들에게도 더 잘 할 수 있었는데…, 생각이 많이 납니다.

2024년 5월 28일 화요일

80년 지난 세월을 되돌아보니, 새삼 어린 시절이 생각납니다.

초등학교 2학년 때던가, 대처승 아들이 내 뒤에 앉았는데 면도날로 내 옷을 찢고 괴롭혔지요. 견딜 수가 없어서 그만두라고 하면서 한판 하자고 도전했습니다. 그래서 학교가 끝나고, 당시 경찰서 뒷담에서 한판 주먹질을 했습니다. 벽에 기대어 서서 나보다 훨씬 키가 크고 힘이 셌던 그 아이를 넘어뜨리고 격투를 벌였습니다. 한두 군데 날려 보냈다고나 할까, 그러고는 "최홍길은 가다다. 깡패다"라는 소문이 돌았습니다. 할머니가 자모 회장이셨는데 그런 소문이 돌았던 것입니다.

또 6학년 때는 신학교에 간다고 의젓하게 신경전을 벌이지 않고 있었는데, 1대 3으로 도전해 오는 친구들이 있었습니다. 그래서 할 수 없이 영천 조양각(朝陽閣) 밑에 들어가서 한판 치렀습니다. 천○득, 장○천, 이○주 등 세 친구였습니다. 이 친구들을 한방씩 먹이니 다들 도망가기 바빴지요. 천재벽은 학교 근처 군청 옆에 집이 있었는데, 자기 집으로 도망을 갔습니다. 그 집까지 쫓아갔는데, 금방 집에 들어갔는데… 그 집 엄마가 없다고 그럽니다. 엄마가 안 계신 아이, 처음 안 사실이었습니다.

아마 이런 사연들이 알려졌으면 그 당시 우리 본당 신부님은 과연 나를 신학교에 보내셨을까 싶습니다. 그런 일들이 우스갯소리처럼 떠오르네요. 그 이후에도 가지가지 에피소드와 사연들이 참 많습니다. 그것을 일일이 다 이야기할 수 없고, 나와 우리 형제들에 관한 일들도 떠오릅니다.

형님하고 우애가 깊었습니다. 책도 같이 보고, 형님이 4학년 때 나는 1학년이었습니다. 그런데 영천 조양국민학교(현재 중앙초등학교)에서 형님이 수업 받는 교실을 지나가게 되었는데, 창문으로 들여다 보았습니다. 정신없이 한참 들여다보았는데, 그 담임 선생님이 내 얼굴을 그리고 있었던 것입니다. 동그랗게…, 그러고 나니, 형님이 주먹을 쥐고, 인상을 쓰고…. 부끄러워했던 기억도 떠오릅니다. 귀중한 추억으로 남는 것 같습니다.

그리고 내 밑에 여동생 에노파는 피란 갈 때 아버지 봇짐 위에 얹혀 다녔습니다. 목마를 타듯이…. 그래서 사촌 아우 홍윤이는 에노파와 한 살 차이였는데, 그것을 부러워하면서 노상 자기도 업혀 다녔으면, 하고 징징거렸습니다. 그랬더니, 숙모님이 "홍길이 봐라. 저렇게 열심히 착하게 잘 가고 있지 않나."하셨습니다. "착하긴 뭐가 착해요. 잘 가긴 뭐 잘 갑니까?"하고 심술을 부리던 생각이 납니다. 우리는 그렇게 피난을 갔습니다. 에노파는 피란 후에 6.25 이야기를 하게 되면 "피우팡, 피우팡"하며 따발총 소리 흉내를 냈던 생각이 납니다.

홍운 베드로는 어린 시절 아버지를 너무 따라다녀서 왜관 가마골[釜谷] 외갓집으로 유배 아닌 유배를 보내게 되었던 것 같습니다. 마음이 아려옵니다. 그가 서울 대동중학교를 다닐 때 우리 자취생활은 아주 곤궁했습니다. 쌀도 없어 밥도 먹지 못하고 다니곤 했는데 내가 대학 학보사 기자로 첫 봉급 1,300원을 받고 밥을 해서 들고 학교에 가 주었더니, 피식피식 웃던 그 모습이 두고두고 생각이 납니다. 그래서 나는 "낮에 농땡이 하고프면 신학교나 가거라"했더니, 결국은 신학교를 가게 되었습니다.

홍대 스테파노, 그는 씩씩하고 활달했지요. 학교 갔다 오면 가방을 탁 던지며, 인사도 힘차게 했습니다. 초등학교 1학년 입학했을 때 선생님이 "반장 누가 할래?"하자 홍대가 손을 버쩍 들어 "제가 하지요." 그렇게 자청해서 반장을 했던 기억이 납니다. 그리고 홍대는 웅변을 잘해서 군대 생활도 곳곳에서 웅변을 하며 다닌 그런 특별한 역사가 있습니다. 굉장히 활달하고 적극적인 성격이지요. 요즘도 하루에 3만 5천보에서 3만 7천보를 걷는다고 자랑이 대단합니다. 너무 새까맣게 탄다고 내가 주의를 줄 정도입니다.

홍록 스테파노는 예술적 감각이 뛰어나 그림을 잘 그렸습니다. 서울 중동중학교 때는 미술반이었는데 그러다 학력이 떨어져서 결국 고등학교는 경신학교를 가고… 차범근 선수하고 동기였습니다. 홍대 미대 조소과를 마치고 미술을 하면서 교편을 잡기도 하고, 미국 뉴욕주립대학교 유학도 다녀왔습니다. 열심히 했지요. 경동중학교 시험을 볼 때는 경동고등학교 운동장에 가서 형님이랑 형제들과 같이 가서 턱걸이 연습을 시켰습니다. 아무리 해도 턱이 철봉대에 올라가지 않자 형님이 뒤를 차버렸던 기억이 납니다. 홍록이는 곳곳에 예술적인 감각을 가지고 있었습니다. 그의 작품은 봉화 우곡성지에도 있고 신나무골 성지에도 있는 등 곳곳에 있습니다.

홍국 야고보. 당시 우리 집이 영천극장 앞에 있을 때, 경제적으로 괜찮았을 때였습니다. 집도 크고 보통 사람들의 집보다 2~3배 정도 넓었을 것 같습니다. 영천극장 앞, 대문 앞에 의자를 놓고 중요한 부위 드러내놓고, 캐러멜 한 통 들고 있는 어린 사진이 인상적으로 남아있습니다.

그 아래 미애 데레사라고 있었는데 그만 무엇을 잘못 먹고 세상을 떠나버렸습니다. 220일인가, 250일인가, 채 1년을 살지 못하고 그렇게 떠났지요. 그 아이가 빨리 떠나니까, 요안나가 대신 왔습니다. 그 아이는 어릴 때부터 귀엽게 자라서, 아주 사랑을 많이 받았습니다. 할아버지 수염을 잡아도 화를 내지 않으실 정도였으니까요.

요안나는 사진관에서 아주 멋진 사진을 찍어 놓았는데, 아주 기가 막히게 멋진 사진이었습니다. 그 사진이 자기 사진이라고 내놓지 않았습니다.

홍택 마티아도 그런 인상적인 사진이 있었습니다. 마티아는 내가 초등학교 입학할 때, 데리고 갔었지요. 입학 사정을 하는데, 나이가 조금 미달인데도 입학하게 되었습니다. 그래서 한 해 먼저 입학하게 되었습니다. 입학해서는 야구부 2루수를 맡기도 했는데, 아주 열심히 잘하고 활달했던 기억이 새롭습니다.

이처럼 형제들 한 명 한 명을 곱씹어 보면 사연들이 참 많습니다. 요안나는 정이 참 많고요. 아래위로, 요즘도 보면 자기 오빠 야고보한테 누나같은 동생이라는 정평이 나있습니다.

이 모든 것을 기획하고 시작해 준 형제들에게 각별한 감사의 마음이 듭니다. 또 지난 번 프레스센터에서 준비 모임을 가진 데 대해서도 고마운 인사 전합니다. 이번 기회를 맞아 지난 시절을 돌이켜 볼 수 있어 실로 감사할 따름입니다.

2024년 5월 29일 수요일

초등학교 5학년 때인가 6학년 때, 아침 미사 후에 본당 신부님과 부모님이 함께 마당에서 나를 불렀습니다. 나보고 마당 전체를 한 바퀴 돌도록 했습니다. 그것이 아마 테스트였던 모양인데, 그때 본당 신부님이 이명우 야고보 신부님이셨는데 나를 신학교에 가라고 이르셨지요. 그래서 다른 생각 없이 입학시험을 치르게 되고 신학교에 입학하게 되었습니다. 그해 봄 초등학교를 졸업하자마자, 중학교 과정으로 서울 성신중학교로 입학하게 된 것입니다. 그리고 1963년도에 성신고등학교를 졸업하게 되었고 나는 일반대학을 거쳐 공군 정훈장교를 거쳐, 다시 신학교에 입학하여 사제서품을 받았습니다. 그래서 다른 사람들보다 서품이 늦게 되었습니다. 그래서 금년에 사제서품 48주년을 지냈습니다. 사목 일선에서 물러나 팔공산 자락 ME 만남의 집 사제관에서 살고 있습니다.

신학교 입학식(1957년 4월 11일)을 마치고 당시 교장 정욱진 토마스 아퀴나스 신부님의 훈화가 있었는데, "똑똑똑"하는 교실 문 노크 소리가 났습니다. 아버지였습니다. 당신께서는 파카 만년필을 사오셔서 전달하고자 하셨지요. 아버지는 한 번이라도 내 얼굴을 더 보고자 하신 것입니다. 이에 대한 기사는 우리 친구 여형구 신부가 가톨릭신문에 소개한 적이 있습니다.

신학교 어린 시절, 수업 때 기차 소리가 나면 집 생각이 났고, 지리 시간에 기차 연기가 폭폭 나는 그림만 보아도 집 생각이 간절했습니다. 그때는 몰랐습니다. 영천에서 청량리까지 완행열차로 13시간. 열차는 영천역에서 저녁 7시 30분쯤 출발해 34곳 정거장마다 멈춰

서면서 이튿날 아침 8시 넘어 도착하곤 했습니다. 부모님은 자식에 대한 정이 많고 절실했습니다. 신학교에 보낸다는 것이 부모로서도 간단한 문제는 아니었던 것 같습니다.

80년 세월을 돌아보며 그동안 받은 은혜에 감사하고 나름으로 새로운 시작이랄까, 정리를 하기 위해 이 작은 책자를 펴내게 되었습니다. 살아 온 시간들 속에 함께 만났던 모든 이에게 감사하며, 더욱 더 주어진 소명에 충실히 응답하고자 다짐합니다. 사제 생활 48년, 이 책을 읽어주시는 모든 분께 인사드립니다. “여러분, 고맙습니다!”

마지막으로 천상에 계신 부모님께 감사의 인사를 드립니다.

예수성심 성월에 이재현 신부님을 생각합니다

차남 최홍길 레오 신부

매년 유월 예수성심 성월이 오면 예수성심 공경의 사도로 일컬어지는 이재현 요셉 신부님을 떠올리게 된다. 직접 뵙지도 못하고 저서로만 만났던 선대의 요셉 신부님이 생각나는 것은 웬일인가.

이재현 요셉 신부님은 1909년 생으로 1936년에 라리보 주교로부터 사제로 서품되시어 신학교 교수로서 후진 양성에 심혈을 기울이셨다. 6.25 동란 초, 피난을 가지 않고 학교에 남아 있다가 1950년 9월 17일 백남창 신부, 정진구 신부와 함께 피랍되어 행방불명되었다.

김향식이라는 분은 신부님의 마지막 모습을 이렇게 증언하고 있다. "공산치하 3개월은 끊임없는 공포와 긴장의 나날이었고, 언제 잡혀갈지 모른다는 두려움과 불안의 연속이었다. 미군의 공습은 공포 그 자체였다고밖에 달리 표현할 길이 없다. 서울 시내는 계속되는 폭격으로 초토화되고 그 잔해만이 널려 있는 황폐한 폐허가 되었다. … 이러한 상황 속에서도 이재현 신부는 하루도 빠짐없이 미사를 봉헌하고 학생들과 신자들을 위로하며 용기를 북돋아 주었다. 신학교 주변에도 폭탄이 떨어져 별관 오른쪽 교실이 파손되었는데, 그 때가 바로 미사 전례가 진행되고 있던 시간이었다. 폭탄 터지는 소리와 진동이 얼마나 요란했던지 참례하고 있던 학생과 신자들은 놀라 어쩔 줄을 몰랐다. 제대 정면에 있는 창문이 깨져 날아가는 폭음 속에서도 이재현 신부가 조금도 흐트러짐 없이 거양성체를 하고 미사를 끝까지 집전하는 모습은 그 누구도 따를 수 없는 성인의 모습이었다."(『이재현 신부와 동료사제 납치현장을 회상하며』, 2005. 08. 12.)

신부님은 "사제생활은 극기의 생활, 보속의 생활, 희생의 생활, 십자가의 생활, 순교의 생활"이라고 천명하시면서 실제로 그런 삶을 사셨다. 제자들에게는 "항상 기도하고 쉴 사이 없이 일하는 사제가 되라."고 강조하셨다. 참으로 신부님의 생애는 그 전부가 온전히 예수성심께 의탁하고 예수성심의 원의를 따라 사는 삶이었다. 『예수성심성월』, 『성시간』, 『연중묵상』, 『매일묵상』을 비롯한 10여권의 저작을 남기셨는데, 한국교회로서는 신부님을 빼놓고 예수성심 공경 신심과 성시간을 얘기한다는 것은 무리일 것이다. 이 6월은 국가적으로 호

국보훈의 달이고 6.25 발발 예순세 돌이 된다. 더불어 한국교회는 민족의 화해와 일치를 위한 기도의 날과 기도주간을 맞이하는 예수성심 성월을 살고 있다. 예수성심의 열렬한 사랑 가운데 신부님의 천상 전구를 빌며 우리나라, 우리 민족의 구원을 열망하며 한 마음으로 기도하자.

대구 산간학교 제43주년의 해에 부쳐 1

차남 최홍길 레오 신부

필자가 사목하고 있는 수성성당에서는 지난 7월 말 경주시 산내면 국민 청소년 수련원에서 본당설정 50주년을 앞두고 4백 명 신자들의 참여 가운데 본당공동체 가족캠프를 개설한 바 있다. 열심히 봉사하는 임원들과 주일학교 교사들을 보면서 한여름 한증막 무더위 속에 지난날 젊은 사제로서 산간학교를 운영하던 그 때 그 시절을 떠올려 보았다. 지금은 많이 달라지고 없어지기도 했지만 낙동강변의 낙산 밤숲을 비롯, 영천의 자천과 임고 숲, 안강성당과 기계 숲, 고령 신촌 숲, 성주 새별 숲, 청도 매전 소나무 숲, 밀양 긴 늪과 가천 만남의 집

등등…. 지나온 날들과 더불어 그 때 그 얼굴 얼굴들을 그려보며 지금은 다들 어느 하늘 아래에서 무엇을 하고 있는지 깊은 상념에 잠겨 본다.

대구대교구는 교구 설정 이래 지나온 세월 동안 대사회적으로나 교회적으로 선각적이고 획기적인 것으로 내세울 수 있는 자랑거리가 많다. 특별히 평신도 사도직 활동 가운데 청소년 신앙교육만을 놓고 보더라도, 통일판 주일학교 교재의 발간과 주일학교 교사 자질 향상을 위한 교사학교 개설은 한국교회 사상 초유의 일이었으며, 주일학교 제도와 장학 지침 및 교리교사의 날 제정과 청소년 교육 환경 조성은 괄목할 만한 것이었다.

무엇보다도 청소년 교육 환경과 방법이 열악하고 취약하던 70년대에 주일학교 학생들을 위한 하계 산간학교는 당시로서는 선각적이고 기여적인 공헌이고 크나큰 자랑이며 긍지가 되었던 것이 사실이다. 대구시내 본당의 몇몇 뜻 있는 사목자들이 여름에 학생들을 데리고 함께 캠핑을 하던 것이 보다 조직적인 형태로 발전하여 지금의 산간학교, 신앙학교가 이루어진 것이 금년으로 43년이 된다. 산간학교를 거쳐 간 세대들이 성직자, 수도자가 되고 아버지, 어머니가 되었으며 사회와 교회의 지도급 인사가 된 이들도 어렵지 않게 볼 수 있다. 이제는 대를 이어 산간학교를 체험한 가족들이 있으니 이름하여 '산간학교 세대'가 이루어진 셈이다. 산간학교는 지나온 세월만큼 청소년 신앙교육에 중요한 몫을 단단히 감당해 온 것이다.

20년 6월 27일 산책중인 레오신부님

산간학교는 지난 세월 동안 뚜렷한 목표와 방법을 제시하여 이를 생활 속에 연결시켜 주는 지도방법으로서 크게 환영받아 왔다. 뿐만 아니라 산간학교 운영을 통해 형제적 사랑을 나누게 하며 강한 공동체의식을 고무함으로써 긴밀한 인간관계를 형성케 하였다. 또한 생활 훈련을 통해 사회성을 높이고 나아가 신앙의 자립인, 유능한 지도자를 양성할 수 있는 터전을 만들었다고 할 수 있다. 필자가 잘 알고 있는 산간학교 출신의 한 지도급 교회 인사는 아직도 그 때의 신앙적 체험과 기쁨을 아쉬워하면서 다시 한 번 그와 같은 교육의 기회가 주어질 수 없겠느냐고 물어 온다. 금년에도 교구 내 많은 본당에서 산간학교, 신앙학교, 신앙캠프를 개설 운영하였다. 그들 젊고 유능한 사목자와 봉사자, 주일학교 교사들과 부형들에게 뜨거운 성원과 감사와 격려를 보낸다.

대구 산간학교 제43주년의 해에 부쳐 2

차남 최홍길 레오 신부

대구대교구 내 7명의 젊은 사목자들에 의해 여름 산간학교가 처음 시도된 것은 지금부터 꼭 43년 전인 1970년 7월 27일부터 2박 3일간이었다. 장소는 경북 청도군 매전면 방호리에 있는 포플러 숲(동곡)이었으며, 12개 본당에서 450명의 중고생들이 참가하였다. 다음 해인 71년에는 「하느님 안에서 희망을 찾고 그리스도 안에서 희망을 체험하며 우리 생활 속에 희망이 가득 차도록」이라는 슬로건을 내걸고 10개 본당에서 64명의 초등학생을 포함한 876명이 참가하였다. 7월 26일에 대건고 교정에서 개교식을 갖고 청도군 금촌면 동곡동

강변에서 30일까지 4박 5일간의 산간학교를 열었다. 그러나 많은 인원을 한꺼번에 투입한 결과 본부의 지휘 통솔에 문제가 있었고, 야영에 대한 지식과 경험 부족으로 천막 등 시설 장비에 차질을 빚어 밤 9시가 넘어 237명이 인근 금천초등학교로 피신하는 소동이 벌어졌다.

72년에는 교구 단위의 행사에서 탈피하여 「새 하늘과 새 땅」이라는 공동 주제를 내걸고 본당 단위의 산간학교를 열었다. 73년에는 「공동체」라는 주제와 「샬롬」 구호를 제정하였고 74년에는 「화해」를 주제로 7월 15일부터 17일까지 계산성당에서 지도자 강습회를 가지기도 하였다. 75년에는 다시 교구 차원의 본당 연합으로 이루어졌는데 이는 각 본당간의 과도한 경쟁을 지양하기 위함이었다. 「사랑받는 갈대」란 주제와 「앗숨(Adsum)」 구호를 정하여 7월 18~19일 양일간 계산동에서 지도자 연수회를 가졌으며 28일부터 31일까지 실시되었다. 76년에는 주제를 「말씀」(Verbum)으로, 구호를 「로퀘레 도미네(Loquere, Domine)」로 정하여 다시 본당 단위로 실시하였는데 19개 본당에서 개설하였다. 77년에는 주제와 구호를 「쿼바디스 도미네(Quo vadis, Domine)」로 정하고 교구 교리교사 강습회를 가졌는데 233명의 지도교사들이 참여하여 성황을 이루었다. 이 해에 산간학교를 개설한 곳은 모두 19개 본당이었다.

78년에 접어들면서 그동안 조금씩 문제시 되어 오던 산간학교 그 자체에 대한 찬반 논의가 활발하게 전개되기도 하였다. 교구 사목국은 지도자 강습회만을 열었고 이제까지 공동으로 정해오던 주제와 구호는 물론 산간 학교 운영 방식에 대해서 전적으로 본당에 맡기는 자세를 취하였다. 산간학교는 각 본당마다 조금씩 그 형태를 달리하기 시작했는데 소위 순수 피정형, 연방제형, 소단위 순례형 등이 있었다.

지독한 폭염의 금년 여름에도 교구내 많은 본당에서 산간학교 또는 신앙학교 신앙캠프를 개설 운영하였다. 그들 젊고 유능한 사목자와 봉사임원, 주일학교 교사 및 부형들에게 뜨거운 감사와 성원과 격려를 보내면서 대구 산간학교 신앙캠프의 영속적인 성장과 발전을 기원한다.

시성(諡聖) 30주년,
새로운 복자(福者) 124위 탄생을 기다리며

차남 최홍길 레오 신부

한국교회 2백주년의 해에 성인 103위 탄생 이후 열심히 기도하고 열망한 대로 하느님의 종 윤지충 바오로와 동료 순교자 123위의 시복이 최근 프란치스코 교황 성하에 의해 결정되었다. 지난 1984년 우리나라를 사목 방문하신 성 요한 바오로 2세에 의해 성 김대건 안드레아와 성 정하상 바오로와 동료 순교자 103위가 시성된 지 꼭 30년 만이다. 이는 또한 1925년 79위 시복식, 1968년 24위 시복식에 이어 세 번째로 124위의 새로운 복자 탄생(대구대교구 순교자 20위 포함)을 맞이하게 된 것이다. 교황님께서 지난 1984년과 1989년에 이어 우리나라를 또 다시 찾아오신다니 이 얼마나 감사하고 은혜로운 경사인가.

이번에 시복이 결정된 124위 순교자들은 대체 누구이고 언제 어디서 순교하신 분들인가. 보도자료를 보면, 신해박해(1791년)부터 병인박해(1866년) 때까지 순교한 초기 신자들이다. 순교지는 남한 전역인데 서울(한양)이 37명으로 새남터 1명, 포도청 5명, 서소문 밖 25명, 당고개 1명, 사망 장소 불명 5명 등이다. 경상도는 29명으로 대구가 19명, 울산 3명, 동래와 진주 2명, 함안, 통영, 상주가 각 1명씩이다. 전라도에서는 24명이 순교했는데 한국교회 최초의 순교자 윤지충 바오로가 순교한 전주 22명, 김제와 무장이 각 1명이다. 충청도에서는 청주 5명, 홍주 4명, 해미 3명, 공주 2명, 정산과 덕산, 예산, 대흥 각 1명으로 모두 18명이 순교했다. 경기도는 13명으로 여주에서 5명, 양근에서 3명, 죽산에서 2명, 경기감영, 포천, 남한산성에서 각 1명이 순교했다. 강원도 순교자 3명은 모두 원주다. 124위 가운데 양반은 60명, 중인 33명, 천민 4명, 신분미상 27명으로 엄격한 신분제 사회에서도 우리 신앙 선조들은 신분의 벽을 넘어 신앙공동체를 이루었음을 보여준다. 특기할 만한 것은 중국 소주 출신인 주문모 신부를 제외하면 모두 평신도들이라는 점이다. 연령대별로는 10대가 5명, 20대 15명, 30대 21명, 40대 21명, 50대 19명, 60대 11명, 70대 5명이며, 연령 미상도 27명이나 된다.

한국교회 2백년 역사 가운데 전반부 백여 년은 물론 왜정 치하와 한국전쟁 그리고 군사독재 시절 등 근현대사 전체가 가히 순교와 박해와 고난과 수난으로 점철된 순교사라 할 것이다. 유무명의 순교자가 만 명인지 이만 명인지 헤아릴 길이 없다. 증거 자료가 남아 있는 극히 소수의 순교자와 증거자들을 대상으로 시복시성 운동이 펼쳐졌다고 할 것이다. 따라서 시복시성을 기뻐하기만 할 것이 아니라, 그 어둡고 어려운 시절 순교자보다는 배교자가 더욱 많았음에 주목하며, 가슴에 손을 얹고 스스로 순교자의 후예인지 아니면 자칫 배교자의 후예는 아닌지 자신의 삶과 신앙을 돌아보아야 하리라. 다시 한번 2백주년의 모토인 '이 땅에 빛을'을 새기며 '반 죽자!' 운동과 '신앙의 유산을 보전하자'던 메시지를 온 몸으로 체득해야 할 것이다.

서로 도와 참되이 새 사람이 되자!
- 이 가을에 새얼학교 새얼인을 생각하며

차남 최홍길 레오 신부

33년 만에 이른 추석명절을 지낸 탓인지 아침저녁으로 일교차가 심하다. 높고 청명한 하늘과 뜨겁고 건조한 날씨를 체감하며 완연한 가을을 느끼면서 7~80년대 가톨릭문화관 시절 지하 새얼학교, '낮에 공부하고 밤에 가르치는' 대학생 교사와 '낮에 일하고 밤에 공부하는' 근로청소년 학생들 한 사람 한 사람의 장한 얼굴 얼굴들을 그려본다.

'서로 도와 참되이 새 사람이 되자!'이는 새얼학교 교훈이다. 이 시대 사회와 교회에 이바지하는 '새 정신 새 사람이 되자'는 것이 새얼학교의 장학 목표였고 참되고 자랑스러운 새얼인으로 사는 데 사목적, 교육적 역량을 집중하였다고 할 것이다. 지난 78년 1월, 교구 사목국이 있던 가톨릭문화관에 부임하고 교구 대학생 연합회 지도신부로서 먼저 시작한 일 가운데 하나가 77년 11월 대학생연합회의 몇몇 뜻있는 학생들에 의해 초등부 과정 도미니코 학교로 운영되던 이른바 새얼학교의 개교였다. 교구 주일학교 연합회(교장단)의 도움에 힘입어 78년 3월 정식으로 새얼학교라는 교명을 정하고 3월 6일 가톨릭문화관 대강당에서 입학식을 가지며 초중등부 과정 야간학교를 열게 되었다.

교훈과 교가를 제정하고 학교 수호자로 젊은이들의 표상이라 할 수 있는 한국인 첫 사제이며 민족의 선각인 김대건 안드레아 사제 순교자를, 개교기념일을 수호자 대축일인 7월 5일로, 또한 교화(校花)를 하느님 바라기를 지향하며 해바라기로, 교조(校鳥)를 새 정신 새 사람 새얼을 따라 성령을 표상하는 비둘기로 정하며 성령의 그느르심을 기원하였다. 당시 중등학교 과정 검정고시 경상북도 지구 전체 수석이 나오고, 1981년 고등부 과정 신설 후 고교 검정고시 합격 후 대학을 마치고 다시 교사로 봉사하는 이가 나오는 등 교구와 교회학교와 뜻있는 이들의 많은 관심과 성원과 지원 속에 자랑스럽고 착실한 발전을 거듭하였다.

새얼의 밤, 동창회, 새얼교사의 날, 개교기념 체육대회, 새얼가족 수련대회, 새얼가족잔치 재상봉의 날, 수학여행, 소풍, 회보와 교지 발간, 한글교실 운영 등등 행사도 많았고 일도 많았고 사연도 많았고 모두 공부도 참으로 열심히 했으며 교회 안팎의 언론매체에도 소개되는 등 모범적인 야학으로 평가되기도 하였다.

그런데 세월 따라 제반 여건이 달라진 탓인지, 지난 2011년 7월 23일(토) 늦은 7시 가톨릭문화관 2층 대강당에서 중등부 33회, 고등부 29회 19명의 마지막 졸업생을 내면서 33년여 세월 동안 열심히 달려온 새얼학교가 역사의 뒤안길로 떠났다는 소식이다(그 동안 중등부 345명, 고등부 235명 등 580명 졸업). 아련한 그리움과 절실함으로 새얼학교, 새얼인을 가슴에 새기며, 모두들 지금 어느 하늘 아래에서 어떻게 무엇을 하는지 기도와 미사 중에 함께하며 전도를 축원한다.

본당 내에 대학생이 있는가?

차남 최홍길 레오 신부

언제부터인지 본당 안에서 신자 대학생들을 찾아보기가 힘들다. 주일학교 초중고등부 학생들과 달리 청년회라는 이름으로 엮이고 묶인 탓인가. 대학생회도 대학생도 모두 만날 수 없게 되었다. 대학생활이 취업전선에 매몰된 탓인가, 아니면 정말 모두들 대구지역을 떠났거나 군에 입대한 것인가. Marginal man(주변인), 교회 내 젊은이들을 두고 주변인, 경계인, 한계인 타령을 하던 시절이 좋았다고나 할까. 언젠가 한 후배 신부님이 "신부님 시절이 좋았다."며 지금은 시절이 과거와는 너무 다르고 젊은이 학생 사목이 어렵다던 이야기가 생각난다. 지난 70년대 말과 80년대 전반 초창기 사목국 시절, 교구 학생 지도신부로 살던 그 때 그 시절로 돌아가 잠시 회억(回憶)에 잠겨 본다.

여름방학과 겨울방학을 제하고 매주간 화요일과 수요일 늦은 6시면 3층 대강당에서 고등부 화요미사와 대학부 수요미사가 봉헌되었고, 미사 후에는 어김없이 각 층 방마다 셀 회합과 단위대 모임과 친교의 시간이 마련되었다. 개강미사와 종강미사, 팍스 로마나 주간 행사, 지성인의 수호자 성 토마스 아퀴나스 사제학자 축일, 신입생 환영행사와 졸업생 축하, 하계 학생대회(수련회), 동계피정, 간부 연수, 연합회 차원의 멤버십 트레이닝, 대학별 캠퍼스 미사와 연합회 체육대회, 간호대(보건대)와 의과대 및 교육대학의 특성화된 모임과 축제, 매년 9월이면 한티성지 묵상순례, 정기 신앙 강좌와 문화강좌, 그리고 고등부 셀 교재 발행과 정기 발표회 등등.

당시 가톨릭 문화관은 특별히 고등학생 이상 대학생들과 새얼 야간학교, 성서모임, 주일학교 교사 및 미혼 남녀 젊은이 등 전 계층 모든 젊은이들을 총망라하여 명실 공히 젊은이들의 공간이고 놀이마당이었으며 신앙교육의 산실이었다고 할 만하였다. 더욱이 80년 9월에는 문화관 일대 모든 젊은이들이 주도가 되어 이른바 '푸른 교회 학생본당'을 형성하기까지 하였다. 마침내 교구에서는 85년 10월 1일 문화관 3, 4층 공간을 중심으로 지성인이고 대학인의 주보 성 토마스 아퀴나스 사제 학자를 수호자로 모시며 본당을 창설하게 되었다.

누가 "세월은 유수(流水)와 같다."고 했던가. 이제 한 세대를 넘어 가톨릭문화관 시절 젊은이들 중에는 교회 내 중견 성직자, 수도자로 사는 이들이 적지 않고 국내외에서 신실하고 책임 있는 지도자요 봉사자로 자리매김한 이들도 어렵지 않게 만나게 되었다.

"고령화 사회에 고령화 교회가 되어간다."고 걱정하는 이들이 많다. 우리 젊은이들을 잃어버린다면 내일의 교회는 없다. 20년 30년 세월이 흘러가면 틀림없이 이 시대 젊은이들에 의해 교회와 사회와 국가가 좌우될 것이다. 오늘 우리 신자 대학생들은 모두 어디에 있는가. 종합적이고 장기적이며 체계적이고 과학적인 학생 사목, 젊은이 사목은 지금 어느 하늘 아래 머물러 있는가. 특정 지역, 특정 본당을 넘어 지금 여기서 교회 내 젊은이들의 터전을 마련하고 현대 젊은이 학생 사목 전반에 대한 바른 이해와 통찰, 심도 있는 자가진단과 총체적인 재점검이 시급히 요청된다고 한다면 과언일까.

교황 사임 유감 - 역대 교황님과 한국교회 1

차남 최홍길 레오 신부

교황 베네딕토 16세께서 지난 2월 11일 건강상의 이유로 사임 의사를 밝히셨고 28일자로 퇴임하셨다. 2005년 4월 19일 제 265대 교황으로 선출되셨던 교황님께서는 당시 78세의 고령으로, “나는 여러분의 기도에 나 자신을 맡깁니다.”라는 말씀으로 신자들의 기도를 청하며 만 7년 10개월 9일 동안 교황직을 성심을 다해 수행하셨다.

베네딕토 16세 교황 성하의 사임을 맞아 역대 교황님과 한국교회를 일별해 보면, 한결같이 한국교회에 특별한 사랑과 관심을 보여 주셨음을 알 수 있다. 우리 민족에 관한 보고를 처음으로 접했던 알렉

산데르 7세는 1660년 조선 지역을 남경대목구에 예속시켜 조선 선교를 장려했다. 클레멘스 11세는 1702년 조선에 대한 재치권을 남경교구에서 북경교구로 이양했으며, 비오 6세는 선교사의 도움 없이 탄생한 조선교회의 소식을 듣고 기쁨의 눈물을 흘렸으며, 하루 빨리 조선 땅에 선교사를 보낼 것을 명하고 교황 강복과 함께 은화 500냥을 선교 자금으로 내놓으셨다고 한다. 비오 7세는 1801년 신유박해로 초토화된 조선교회를 위해 아무런 도움을 주지 못해 괴로워하신 것으로 알려져 있다.

그레고리오 16세는 1931년 조선교회를 북경교구에서 독립된 조선대목구로 설정, 초대 대목구장으로 파리외방전교회 브뤼기에르 주교를 임명하고 동시에 파리외방전교회에 조선교회 사목을 위임했다. 복자 비오 9세는 〈기해박해 순교자록〉을 처음으로 접한 후 1857년 조선 순교자 82명을 가경자로 선포했다. 성 비오 10세는 한일합방의 시련에 처한 우리 민족에게 격려와 위로가 되는 큰 선물을 허락하셨는데 1911년 4월 8일 조선대목구를 서울대목구와 대구대목구로 분할하신 것이다.

비오 11세는 전주지목구를 설정, 최초로 한국인 성직자에게 자치를 맡겼는가 하면, 평양·연길·광주·춘천지목구를 설정하여 한반도 지역교회의 기반을 확고히 하였다. 비오 11세는 또한 1925년 한국 순교자 82명 중 79위를 복자로 선포했으며, 다음해인 1926년에 뮈텔 주교를 한국교회 최초의 대주교로 임명하였고, 1931년에는 조선대목구 설정 100주년을 맞아 개최된 한국교회 최초의 공의회(사목회의)에 무니 대주교를 교황 사절로 파견하였다.

비오 12세는 왜정치하의 폭압과 한국동란의 고난을 겪고 있던 우리 민족에게 교회 내 각종 사업과 활동을 통해 자부적 사랑을 베푸신 것으로 알려져 있다. 제2차 바티칸 공의회를 개막하신 복자 요한 23세는 1962년 한국교회의 교계제도 설정을 공포했다. 이로써 한국교회는 선교지 교구에서 벗어나 정식 교구의 자격을 갖추게 됐고, 한국 주교들은 명의주교로서 교황 대리 감목이 아니라 사도들의 후계자로서 교구 관할의 전권을 행사하게 되었다.

교황 사임 유감 - 역대 교황님과 한국교회 2

차남 최홍길 레오 신부

바오로 6세는 1968년 79위 순교 복자에 이어 순교자 24위에 대한 시복식을 거행하여 한국교회가 103위의 순교 복자를 모시는 영광을 누리게 되었다. 또한 1963년 대한민국과 정식 외교관계를 수립했을 뿐 아니라 1969년에는 김수환 대주교를 추기경으로 임명하였다. 성 요한 바오로 2세는 두 차례나 방문하여 한국교회와의 특별한 인연과 친밀함을 드러내셨다.

1984년 사목 방문하여 시성식을 주례, 103위 한국 순교 성인 탄생이라는 엄청난 선물을 안겨주셨다. 또한 1989년 10월 다시 방한

하여 제44차 서울 세계성체대회를 주재하셨으며, 한국과 한국민에 대한 각별한 사랑과 관심을 표현하였다. 요한 바오로 2세의 두 차례 방한은 한국교회가 성장하는 데 크게 이바지하였다.

과거 '천주교 요리문답' 책을 보면, 교황은 지상 교회의 최고 목자로서 '볼 수 있는 으뜸'으로 설명하고 있다. 교황청 연감에는 '로마의 주교, 예수 그리스도의 대리자, 사도의 우리머리인 베드로의 후계자, 전 세계 가톨릭 교회의 수장, 서유럽의 총대주교, 이탈리아의 수석대주교, 로마관구 대주교이자 수도 대주교, 바티칸의 주권자'라고 하며 가톨릭 교회의 3가지 기능인 교도권, 사제직, 사목직의 최고 권위자로 서술되어 있다. 교황 성하의 사임을 계기로 다시 한 번 '한 떼가 되어 한 목자 아래'이 시대 교회를 사는 뜻을 새기며 언제나 만사를 좋게 안배하시는 하느님 섭리의 손길을 체감한다.

내년으로 본당 설정 50주년을 맞이하는 수성본당에서는 금년도 달력을 별도로 제작, 배포하였다. 본당 50년 내력과 교구와 한국교회와 연관된 자료와 교구 설정 이래 역대 교황님의 사진자료를 담아 과거와 현재 교회상을 한 눈으로 볼 수 있도록 자체적으로 준비했다. 본당 달력을 한 장 한 장 들쳐보며 깊은 상념과 묵상과 기도 가운데 교황님의 여생이 평안하시고 행복하시길 기도하며, 한국교회의 수호자이신 원죄 없이 잉태되신 성모님 대전에 교회발전과 우리나라 우리 민족의 현재와 장래를 의탁하며 천상 전구를 빈다.

나의 십자가

차남 최홍길 레오 신부

신약의 사가들이 십자가에 관심을 가지는 것은 고고학적 내지 역사적인 사실 이전에 먼저 그리스도적인 의미를 띠게 된다. 그리스도인이 십자가의 의미를 말하는 것은 실로 그 죽음의 의미를 말하는 것이다.

예수께서는 누구든지 그의 제자가 되고자 하는 자는 자기 자신을 버리고 죽기까지 자기의 십자가를 져야 한다고 선포하셨다(마르 8,34). 예수의 제자가 되었다는 것은 외면적 심리적 추종뿐 아니라 그 부르심에 대한 인간적인 결의와 행동적인 응답을 요구한다. 즉 주님께서 십자가를 지고 갈바리아 산상을 오르실 때처럼 그리고 그의 전 생애를 통하여 행하신 것처럼 자기를 부정하고 십자가를 짊어져야 한다는 것이다(마르 10,38 루가 14,27).

사실 누구든지 예수께 대하여 철저한 추종을 다하려 하면서도 가장 불명예스러운 죽음까지도 감수하겠다는 굳건한 결심과 단단한 각오가 되어 있는 경우는 드문 것 같다. 예수를 따른다는 것은 가장 깊은 의미에서 그리스도의 수고수난과 죽음을 본받아 한결같이 나아가는 것을 말한다. 그렇다면 그러한 어려움을 감수하면서 과연 누가 따를 수 있겠느냐고 반문할는지 모른다.

그러나 그것은 어렵기 때문에 추종이요 복종이며, 여기에 확실한 하나의 보장된 약속이 있는 것이다. 그리스도의 제자들은 모든 것을 버리고 생명까지도 바쳐가면서 스승이신 주님을 따랐다. 수많은 성인성녀들과 치명자들, 특히 이달에 기리는 우리의 순교 선혈들은 물론 오늘 우리와 같은 시대를 살고 있는 성직자, 수도자의 모습은 바로 이를 실현하려는 좋은 예가 될 수 있을 것이다.

예수 그리스도께서는 오늘 20세기 우리 신앙인들에게도 자기의 사도들에게 요구하신 것처럼 '자기의 십자가'를 짊어지도록 명령하신다.

나는 지금 당장 내 앞에 총칼을 들이대고 신앙에 대한 '피의 증거'를 요구해 올 때 과연 어떻게 대처할 수 있을까. 그리스도와 그의 제자들이 보여준 생명까지도 불사한 신앙 증거의 열정이 지금 나의 가슴 속에서는 어느 정도 용솟음치고 있는가. 참으로 그리스도를 따르는 길이 십자가를 짊어지는 것이면 지금 나는 어떤 '나의 십자가'를 감당해야 하는가.

〈대구대교구보 1976. 9. 21〉

새로운 전진과 비약을 위한
'애덕과 사랑이 있는' 잔치 되기를!

꾸르실료 도입 제20주년
제10차 한국 울뜨레야를 개최하면서

차남 최홍길 레오 신부

데 꼴로레스! 꾸르실리스따 형제 자매 여러분! 오늘 우리는 한국 꾸르실료 운동 20주년 기념 제10차 전국 울뜨레야의 이름으로 모였습니다. 먼저 대구를 찾아와 주신 1만 5천여 남녀 꾸르실리스따 형제 자매들에게 충심으로 환영과 감사의 인사를 올립니다.

주지하는 바와 같이 제2차 바티칸공의회 이후 꾸르실료 운동이 우리 교회 내 신심 생활에 미친 영향은 선풍적이요 획기적이었으며 자못 괄목할 만한 것이었다고 할 것입니다. 그동안 교구마다 본당마다 꾸르실리스따 형제 자매들이 모두 열심히 살고 또한 기쁘게 지내신다는 이야기를 자주 들어왔습니다. 교구와 본당의 신심 및 사도직 단체에서 책임 있는 역할과 능력을 발휘하여 온 것도 사실입니다.

이 울뜨레야에 모인 형제 자매들은 교구와 본당을 달리하고 남성과 여성으로 대별되며 연령과 세대가 같지 않을지라도 형제적 유대와 일체감을 뜨겁게 하고 있습니다. 한국 꾸르실료 운동 20돌을 기념하며 자축하는 이 자리는 이 운동을 아끼며 사랑하는 이들이 이 운동 전반에 대한 재점검과 반성의 토대 위에 새로운 전진과 비약을 위한 '애덕과 사랑 있는' 일대 잔치입니다.

지금은 3박 4일의 치열하였던 듀링 꾸르실료를 다시 살고 참된 크리스찬 생활을 위한 사도적 각오와 결단을 더욱 굳건히 할 때입니다. 지치고 뒤쳐지는 형제 자매들을 다시 불러 모으고 서랍에 던져둔 실천표를 챙기며 우리의 삶과 사랑을 주님의 제단과 성체를 중심으로 함께 나누면서 오늘 우리 교회에 훈훈한 생명력을 한층 더 넉넉하고 새롭게 불어 넣어야 할 것입니다.

꾸르실리스따 형제 자매 여러분!

오늘 5월 5일은 교황 요한 바오로 2세 성하께서 대구대교구를 방문하신 지 만 3년 되는 뜻깊은 날이기도 합니다. 지금 우리가 서 있는 이 자리에서 "그리스도와 교회와 교황은 그대들만 믿는다"고 하신 지난 1984년 요한 바오로 2세 성하의 말씀을 다시금 되새기며 가장 극명하고 구체적인 모습으로 응답해야 할 것입니다. 또한 '주교가 있는 곳에 교회가 있다'는 말이 있습니다. 각 교구의 주교님들을 모신 이 자리는 틀림없이 교회이며 실로 교회를 사는 일입니다. '이상 순종 사랑'의 정신으로 신심 공부 활동을 생활화하고 봉사하는 지도자로서 전투적 크리스찬으로서 우리의 공경하올 주교님들께 존경과 신의를 뜨겁게 보이며 가장 교회를 사랑하고 참 기쁨 넘친 축제를 만들어야 할 것입니다.

형제 자매 여러분!

연중 '제일 좋은 시절' 5월 성모님의 달에 우리는 함께 모였습니다. 교황 성하께서는 오는 6월 7일 성령강림 대축일부터 14개월 동안 성모성년을 살도록 배려하셨습니다. 성모님께 특별 신심을 바쳐오고 있는 우리는 한국교회의 수호자이신 원죄 없으신 성모님께, 어린이날이기도 한 오늘 우리의 사랑하는 어린이들과 우리 교회를 위해서 기도할 뿐 아니라 어려운 국면에 처한 이 시대 이 민족을 위해서도 특별히 전구해야 할 것입니다. 나아가 북녘 침묵의 교회를 위해서도 우리의 마음과 정성을 모두어야 하겠습니다.

전국 각처에서 새벽잠을 설치며 이곳 대구를 찾아와 주신 꾸르실리스따 형제 자매 여러분!

이번 제10차 전국 울뜨레아는 참가 인원이나 규모 면에 있어서 옥내 집회로는 국내 최대의 행사가 된다고 합니다. 태극기와 교황기, 제10차 전국 울뜨레아기가 함께 펄럭이는 가운데 각 교구의 주교님들을 모시고 충만한 꾸르실료 정신으로 '진리와 사랑과 삶'을 함께 나누는 가장 성숙하고 힘찬 전진을 하늘 높이 고양할 수 있어야 할 것입니다.

형제 자매 여러분!

차제에 대구대교구에 대해서도 보고드려야 하겠습니다. 지금 대구 가톨릭교회는 23만 교구민이 한결같은 충정으로 작년 7월 5일에 착좌하신 새 교구장 이문희 바오로 대주교님의 크신 염려와 사랑 속에 루르드의 성모님을 교구의 수호자로, 대구 유일의 성인이신 성 이윤일 요한 성인을 제2수호자로 모시며 은총 가득한 세월을 살고 있습니다. 지난 4월 11일에는 직전 교구장이신 서정길 요한 대주교님을 고별하는 교구 장례가 있었습니다.

교구와 본당의 크고 작은 일이 있을 때마다 5천 2백여 꾸르실리스따 형제 자매들은 늘 밝고 건강한 모습으로 남보다 앞서서 사도직을 수행하고 있습니다. 오늘 이 자리에 전국의 모든 꾸르실리스따 형제 자매들을 초대하는 영예를 안은 대구의 꾸르실료는 꾸르실리스따 된 소중함과 자랑스러움을 동시에 누리며 더욱 기쁘게 살 것입니다.

꾸르실리스따 형제 자매 여러분!

오늘은 우리들의 잔칫날입니다. 만 7년만에 전국의 꾸르실리스따 형제 자매들이 한국 꾸르실료 운동 20주년을 자축하며 제10차 전국 울뜨레야를 벌이고 있습니다. 아마 옥내로는 이번 전국 울뜨레야가 마지막일지도 모른다는 예상 속에 다음 울뜨레야의 개최 시기와 장소도 결정짓지 못하였습니다. 그만큼 은혜롭고 아쉬우며 기쁨 찬 울뜨레야의 자리를 만들어 주셨으면 합니다. 교황님과 주교님들을 위하여, 우리 교회와 성직자, 수도자들을 위하여, 우리 조국과 민족을 위하여 열심히 기도드립시다. 3박 4일의 듀링 꾸르실료가 우리들 한 사람 한 사람에게 가져다준 감격과 감동으로 이 운동을 더더욱 아끼고 사랑하며 참된 크리스찬 생활을 새롭게 각인합시다.

끝으로 평소에 늘 꾸르실료 운동을 아끼며 격려해 주시고 오늘 이 자리를 빛내 주신 주교님들께 감사와 존경을 드립니다. 그리고 20년 세월 동안 꾸르실료 운동의 발전을 위해 한결같이 헌신해 오신 각 교구 사무국의 역대 지도신부님들과 주간 및 임원 형제 자매님들게 감사드립니다. 아울러 국내 전 교구의 연 907차에 이르는 듀링 꾸르실료 지도신부님들과 회장 및 임원 봉사자 여러분들께도 언제나 하느님의 크신 축복과 은총이 함께 머물기를 기원합니다.

국내 4만 꾸르실리스따 형제 자매 여러분!

오늘 이 자리를 찾아 주신 형제 자매 여러분!

영원한 꾸르실료를 작정한 여러분의 전도에 힘찬 전진과 풍성한 성과 있으시기를 간절히 소망할 뿐입니다. 울뜨레야!

대구대교구 '데 꼴로레스'

第10차 전국 울뜨레야 특집호 1987.5.5.

느끼며 생각하며 거듭나는 결단을
- 가족신문의 진로와 편집방향

차남 최홍길 레오 신부

한 가계를 중심으로 가정신문을 낸다는 것은 결코 쉬운 일이 아니다. 그런데 이번에 아버님의 칠순과 부모님의 금혼을 계기로 7남 2녀 우리 형제 자매들이 뜻을 모아 기념 책자를 펴내고 또한 가정신문 '九男妹'를 낼 수 있게 되었음은 참으로 넉넉한 자랑스러움이요 크나큰 기쁨이라 할 것이다.

먼저 오늘(19일) 많은 일가친척 은인 친지들을 모시고 기념미사를 봉헌하고 책자 헌정과 칠순 잔치를 갖게 해주신 하느님께 감사와 영광을 드린다. 차제에 우리 가정을 가까이서 지켜봐 주시고 오늘 잔치에 함께하신 모든 분들 앞에서 본지가 추구하며 찾아나가야 할 진로와 편집 방향에 대해서 몇 가지 기본 입장을 밝히고자 한다.

첫째, 우리 가정신문은 지역적으로 생활공간을 달리하고 있는 형제들 간의 소식을 충실히 전하게 될 것이다. 서로 많이 사랑하기 위해서는 각자의 사정들을 좀 더 잘 알아야 한다. 사실 가족 수도 많고 지역적으로 또한 직업적으로 연령으로도 사는 모습이 전혀 다른 우리 형제 자매들은 연중 전원이 함께 모일 수 있는 기회가 그다지 많지 않고 또한 상대적으로 서로의 삶을 나눌 수 있는 대화의 장도 제대로 마련되지 못한 것이 현실이다. 그래서 한층 더 신실한 지혜로움과 넘치는 사랑으로 부모님의 가르침 따라 서로 사랑하는 일들을 부단히 키워갈 것이다.

둘째, 가정신문은 어디까지나 우리 가족들을 중심으로 엮어지는 것이기 때문에 누구든지 기꺼이 참여할 수 있고 때로는 외부 인사의 유익한 글도 게재하고자 한다. 특별히 가정신문을 통해서 집안의 내력과 가풍, 가훈들을 실제적인 생활속에 뿌리내리며 정착시키는 장을 마련할 것이다. 이는 우리 자신들을 밖으로 드러내고자 함이 아니라 후대들을 바라보며 오늘의 처지를 반성하고 성찰하며 중단없는 전진과 성장을 도모하고자 하는 데 보다 큰 뜻이 있다.

셋째, 우리 가족만 아니라 교회와 사회와 국가를 위해서도 책임 있고 능력 있는 삶을 이룩할 수 있도록 온갖 노력과 희생을 감당할 것

은퇴 사제관인 팔공산 아래 구름재 경당에서 미사 봉헌하는 레오 신부

이다. 9남매 모두가 단순한 직업인이요 일상인으로 머무는 것이 아니라, 바로 당면한 삶의 현장에서 '불림 받은' 소명과 분수대로 공적 사회적 책임을 다하고자 한다. 9남매의 개별 가정은 가정대로 교황님의 말씀처럼 일대 '가정교회'건설에 헌신하고 또한 이 시대의 문제의 가정들을 구출하는 데 감히 일조가 되고자 한다. 그래서 우리의 가정신문 '九男妹'는 실로 9남매 우리들의 적나라한 삶의 표출이며 바로 자화상이 된다고 할 것이다.

지금 여기서(Hic et Nunc)

끝으로 우리 가정신문은 단순한 자아도취나 자기 과시가 아니라 '지금 여기서' 다른 이가 아닌 바로 나 자신이, 또한 우리 모두가 살아 숨 쉬고 있음을 느끼며 생각하며 거듭 새로 태어나는 결단과 확인이 이룩되어야 하리라 본다.

가정문집 "서로 사랑하여라"後記

+그리스도의 평화

아버님의 칠순과 부모님의 금혼은 9남매 자녀들에게는 넘치는 은혜로움이었습니다. 그동안 온갖 수고와 희생과 사랑으로 살아오신 부모님의 크신 은공을 어떻게 이 작은 책자에 모두 담을 수 있겠습니까.

우리 자신을 드러내기에는 여러 가지로 불비하고 정성과 필력 또한 모자라는 것이 사실입니다. 한편으로 부끄럽고 죄송스러운 생각도 듭니다. 그러나 이 책은 저희 9남매가 서로 멀리 떠나 있지만 한결같은 마음과 힘을 모아 마련한 기쁨이요 자랑이며 잔치입니다.

또한 공사다망하심에도 저희의 초대에 기꺼이 응해주신 공경하올 강찬형 신부님과 노한용 선생님, 그리고 권국명 교수님의 글들은 더한 격려가 되고 용기가 되며 오늘 우리들의 가슴을 설레게 합니다. 그리고 삼촌과 숙모 고모와 외삼촌의 정감 넘치는 육필을 생전 처음

대할 수 있었음은 크나큰 사건이요 감격이었습니다.

끝으로 이 책이 나오기까지 지나간 달포 동안 밤잠을 설쳐가며 노심초사 애써 온 이정택 안드레아 군과 물레출판사의 박방희 안셀모님에게 깊이 감사를 드립니다.

1988년 11월 10일
다시 한번 아버님의 칠순과 부모님의 금혼을 감사하면서
2남 홍길(레오) 신부 記

감사와 영광 九男妹 창간호 1988.11.19.

아버님 사도 요한 삼우 미사 강론
- '아버님 구원'위해 9남매 더 잘 살아야

차남 최홍길 레오 신부

"우리 부모님은 세례를 받지 아니하고 세상을 떠났는데 구원을 받을 수 있습니까, 없습니까?"

무엇이라고 대답할 수 있겠습니까?

"그 구원은 자식을 보면 안다."

이렇게 얘기합니다. 자식을 봐서 하느님이 그 부모를 외면할 수 없다는 얘깁니다. 우리는 통공, 즉 공로가 통하는 그런 공동체로 살아갑니다….(중략)

이런 점에서 볼 때 아버님 앞에서 아버님이 자식을 위해서 해주었던 그 음덕의 만분의 일도 헤아리지 못했음에 대해서, 또 처절한 마지막 고통들에 공감할 수 없었음에 대해서 “내 탓이오, 내 탓이오!”하며 새로운 고백을 드릴 수 있어야 하지 않나 생각해 봅니다…(중략)

자만에 가득 차 있고 나 중심주의에 사로잡혀 있을 때 결단코 하느님의 것이 채워지지 않을 것입니다. 이것을 비움의 신비, 캐노시스라고 합니다. 또한 다른 말로 이런 표현을 할 수 있습니다. “비워야 채울 수 있다.” 우리가 빈 통을 만들어 놓고서야 물을 채울 수 있듯이 다른 것이 차 있을 때 새로운 것을 넣을 수가 없습니다. 우리 가슴 속에, 또 내 마음 안에 나쁘고 나태하고 인색하고 교만하고 부당하고 불순하고 부정한 것들로 가득 차 있을 때 하느님의 것이 나에게로 올 여지가 없을 것입니다.

그래서 우리는 신앙을 살아야 하고 신앙을 배워야 하고 기도해야 합니다.

저는 감히 예수 그리스도의 그 죽음, 비움의 신비를 묵상하면서 아버님께서 당하셨던 그 고통들, 생애 전부를 통해서 당하셨던 많은 어려움들이 있었지만 특별히 지나간 2년 가까운 세월 동안 병상에서 5번이 넘는 후두암 수술, 2차례의 기흉 수술, 그 이외에도 말할 수 없는 처절한 사투를 외롭게 혼자서 감당할 수밖에 없는 그런 삶을 사신 것이라는 생각을 하면서 그러한 죽음이 당신을 비우게 되는 그런 죽음으로 하느님 앞에 받아들여지기를 열망하며 기도하고 싶은 것입니다. 과연 우리 아버님의 죽음이 어떤 다른 분들이 얘기하듯 복된 죽음이 되기 위해서는 오늘 우리 자식들의 삶이 올바른 삶이어야 한다는 얘깁니다.

삶과 죽음도 양면입니다. 다른 말로 한편은 삶이고 또 한편은 죽음이라고 표현합니다.

내가 살고 난 다음에 바로 죽는 것이기 때문입니다. 죽는다는 것은 삶의 다음 단계입니다. 이렇게 볼 때 안 죽을 사람이 없습니다. 여기에 살아 있다고 얘기합니다. 그러나 죽어가야 합니다. 바로 이런 점에서 나의 삶이 나의 죽음을 보이게 될 것입니다.

가톨릭의 근본적인 교리는 그것을 4대 교리라 해서 명명백백하게 우리에게 제시하고 있습니다.

오늘 삼우제를 지내면서 우리 아버님의 죽음이 복되도록 기도해야 할 것입니다. 참으로 아버님은 외형적으로 볼 때에는 하느님의 사랑을 많이 받으신 분인 것 같습니다. 마지막 순간에 시련을 주셨고 고통을 주셨고, 그러나 그 시련이 아버님에게는 외롭고 어려웠지만 신앙 안에서 살고자 하는 투쟁, 그래서 마지막 죽음을 눈앞에 두고서 맑은 정신으로 어머님께 "임종경을 읽어 달라"는 부탁까지 하셨던 이 기막힌 아버님의 목소리를 새롭게 듣고 헤아리면서 아버님은 과연 하느님의 사랑을 받으셨다고 생각합니다.

누구나 죽음을 눈앞에 두면 근심하고 불안하고 초조해집니다. 중국의 황제도 죽지 않으려고 얼마나 몸부림을 쳤습니까. 우리도 죽음 앞에서 죽지 않으려고 몸부림칠 것입니다. 죽지 않으려고 하는 것은 본성이요 살아야 하는 것은 당연한 우리의 품위요 권리라고 할 수 있습니다.

그러나 죽음 앞에 또한 하느님의 영광을 드러내면서 승복하는 태도가 신실한 신앙인이라 할 것입니다. 그런 점에서 아버님의 죽음이 정말 하느님 앞에 가납(嘉納)되기 위해서는 우리 자식들의 삶이 아버님의 죽음을 결판내는 것이 아닌가, 이런 생각을 해보아야 합니다. 위령의 달 위령의 날에 전대사가 있는, 하느님의 은사가 풍부한 이 복된 기간에 우리는 아버님의 삼우제를 지내게 되었습니다.

얼마나 많은 분들이 아버님을 위해서 기도해 주셨습니까. 또 위로는 대주교님을 비롯해서 얼마나 많은 신부님들이 미사를 봉헌해 주셨습니까. 오늘 삼우만 하더라도 아버님을 위해 바쳐지는 미사가 얼마나 많습니까.

외형으로 이렇게 많은데도 불구하고 자식들의 부족함들 때문에 그 은사가 아버님께 다 전달되지 못하는 어려움이 혹시라도 있다면 얼마나 부끄러운 일이겠습니까.

오늘 미사를 시작하면서 우리는 가슴을 치며 '내 탓이오'를 아홉 번 했습니다. 형식이 아니라, 입시울로만 한 것이 아니라, 내 가슴을 뚫고 들어가서 '내 탓이오'가 되기를 바라고 있습니다. 우리가 바치는 희생과 정성과 기도가 아버님을 하늘나라로 가시게 하는 통공이 될 것입니다. 우리는 아버님을 위해서 기도를 더 많이 해야 합니다.

아버님 형제들이 아무리 많고 또 자식들이 이렇게 많고 어머님이 계셔도 외로운 투병생활을 할 수밖에 없었습니다. 그 고통을 함께할 수 없기 때문일 것입니다. 그래서 아버님께서 세상에 홀로 오셨듯이 홀로 훌훌히 떠나가셨습니다. 아버님의 영혼을 위로하기 위해서도, 아버님의 구원을 위해서도, 아버님의 완성을 위해서도 우리는 더 잘 살아야 합니다. 우리 아버님의 형제들이 건강하게 살아야 하고, 주위에 있는 일가친척들이 건강하게 살 때, 우리의 기도가 하느님께 힘 있게 바쳐질 것입니다. 그렇지 아니할 때엔 변죽을 울리는 소리밖엔 안 될 것입니다. 지나온 삶들을 뒤돌아보면서 아버님의 죽음과 대비하여 깊은 반성과 자각과 결단 가운데 묵상합시다.

형제 자매 여러분!

아버님의 죽음 앞에서, 아버님께서 참으로 하느님 앞에 완전히 구원을 성취할 수 있도록 우리 모두 마음 모아 열심히 기도합시다.

1990. 11. 7. 수요일. 대구 대덕성당

정리: 동생 선애 요안나

대구 '뻴리깐'제10호 1989.7.2.

우리와 함께 계시는 성 이윤일 요한

차남 최홍길 레오 신부

오늘 21일은 체리힐 한인 공동체로서는 참으로 의의 깊고 은혜로운 날입니다. 왜냐하면 주보 성인 이윤일 요한의 순교 126주년 기념일이며 또한 성인의 장한 삶과 귀한 정신을 더욱 모범 삼아 참으로 교회 공동체를 살고자 하는 제2회 본당의 날이기 때문입니다.

한국의 103위 순교성인 모두 위대하시고 고귀한 삶을 사신 것처럼 이윤일 요한 성인 역시 오늘 우리에게 특별한 모습으로 다가온다고 할 것입니다.

주지하는 바와 같이 성인께서는 대략 1815년경 충청도 홍주에서 태어나셨으며 경상도 상주 갈골을 거쳐 문경 새재 여우목에서 30여 세대를 신앙으로 이끌어 전교회장으로 사셨습니다. 1866년 병인박해가 한창이던 그 해 10월 관헌들에 체포되어 문경 관아를 거쳐 대구 관덕정에서 이듬해 1867년 1월 21일 103위 순교성인 가운데 맨 마지막으로 장렬하게 목 잘려 순교하셨습니다.

1968년 10월 교황 바오로 6세에 의해 시복되신 그분은 1984년 5월 6일 서울 여의도에서 교황 요한 바오로 2세에 의해 다른 동료 순교자들과 함께 시성되셨습니다. 원래 충청도 태생인 성인의 삶과 죽음은 지금 120여 년이 넘는 세월을 이어오는 동안 참으로 파란만장한 역정을 거쳐왔다고 할 것입니다. 대구에서 참수당하시고 잠시 대구(날뫼)에 묻히셨다가 멀리 경기도 용인군 이동면 묵리에 모셔져 용인 본당 신자들로부터 70년 이상 무명 순교자로 공경을 받아왔습니다.

지난 1976년 6월 24일 수원교구 무명순교자로 한국의 대표적인 성지인 미리내에 옮겨 모셔져 있다가 꼭 10년만인 1986년 성인의 유해임이 확인되고 12월 21일(일) 영구히 대구로 다시 옮겨 모셔졌습니다. 지금 성인께서 순교하신 바로 그곳에 관덕정 순교자 기념관이 건립되었고 성해가 모셔져 있습니다.

후손된 우리들의 신앙과 정성이 부족하여 80년 이상 성인의 분묘를 잃어버리고 잊혀져버렸는데 다시 성인의 분묘를 발굴하여 확인하고 관덕정 순교자 기념관에 성인의 유해를 영구히 봉안하여 특별한 공경을 드릴 수 있게 되었음은 하느님의 크신 섭리요, 천상에 계신 성인의 도우심이라 하지 않을 수 없습니다. 더욱이 멀리 미국에 와서 살고 있는 우리들이 103위 성인 가운데 8명의 회장 중 한 분인 성인을 알게 되고, 특별히 수호성인으로 모실 수 있게 된 것은 넘치는 자랑이요 기쁨이 아닐 수 없습니다.

오늘 우리와 함께 계시는 우리의 성인을 특별히 현양하고 전구를 빌면서 우리들의 공동체를 위한 진지하고 은혜로운 사색의 시간, 기도의 시간을 가져 봅시다.

체리힐 주보 '불기둥' 특집 제107호 1993.1.21.(목)

환송시

최홍길 레오 신부님의 전도에 주님의 축복이 가득하시기를 빌면서 이 詩를 봉헌합니다

하느님 섭리 안에
발길 내리시니
대서양 외진 구석
하느님 백성들 환호하며 기뻐하니
씨 뿌리어 열매 거두고자
온전히 바치신 인고의 114주간

새 소명따라 발길 옮기시니
어린 양들 아픔이야 가슴 깊이 저려오련만
하느님 안에 인연되어 살아 온 날들
당신이 남기신 발자취만으로도
큰 힘 되어 용기 얻으리

당신이 심어 놓은 영혼의 곡식들이
행여 시들세라 그 발걸음 무거우시나
만남도 헤어짐도 순명의 삶이려니
높으신 그 뜻에 맡기시리

바다 건너가시는 길이 그리운 땅이거니
철 따라 피는 꽃에 철 따라 이는 바람에
풍성한 열매 거둔 소식 전하오니
채워 주시는 분 계시다는 믿음 있기에
평안함 드리지 못한 회한을 뒤로 한 채
가시는 걸음 걸음 축복 비오니

사제시여
영원한 축복 받으소서

1993년 9월 14일 강재숙 철염 가타리나 드립니다

- 1993년 9월 14일(화) 오후 8시 30분부터 3시간 가까이 미국 남부 뉴저지 아틀랜틱 시티 한인 천주교회에서 개최된 초대 주임 최홍길 레오 신부님 환송미사 및 환송식에서 낭독되었음 -

남보다 앞서가는 사목 영역 개척

김길수 요한(대구가톨릭대 교수)

평소 신부님의 사목 현장을 가까이하면서 그 사목의 의지와 의도를 곁에서 직접 뵈었고 또 집전하시는 성사를 통하여 하느님의 은총을 함께 얻은 우리가 이 자리에 함께 있습니다.

신부님께서 교구장님의 사목적 요구에 따라서 사목 연수를 마치시면 아마 더 큰 하느님의 일에 소명을 받으실 것 같습니다. 그래서 신부님이 떠나시기 전에 조그맣게 모여서 신부님께 간절한 정으로 인사를 드리고자 오늘 이 자리를 준비했고 그것을 주선했던 한 사람으로 오늘 마땅히 시작 전에 문 앞에서 바쁜 가운데 왕림해 주시는 여러 교형 자매님들 한 분 한 분을 소중히 영접해야 했으나 학교의 급한 일로 출장 중이었고, 아직 끝나지 않아서 저는 밤중에 또 서울로 가야 합니다. 제 개인 사정이야 어쨌든 여러분께 결례를 드림을 먼저 용서 청합니다. 그리고 신부님께 마지막 순간까지 지각하는 모습을 보여 매우 안타깝습니다.

신부님께서 가셨다가 곧 돌아오시기 때문에 이 자리가 특별히 연연하고 짙은 이별의 자리는 아닙니다. 오히려 전도와 더 큰 결의가 다져지는 자리입니다. 어쨌든 지금은 세계가 한 동네이지만 아득히 태평양을 건너서 만리 이역 땅에 가시는 자리이기 때문에 가까이 정을 나누고 또 특별한 관계를 맺었던 한 사람에 대해서 우리는 잠시 회고의 정에 젖지 않을 수 없습니다. 여러분 각자 깊은 내면의 은밀한 정들이야 제가 다 헤아릴 길이 없습니다. 그러나 제가 모시고 느꼈던 점들을 얘기하면서 여러분 마음속 짙게 가지고 계시던 각자의 정을 이 자리에서 다시 한 번 추억해 보고자 합니다.

저는 1973년 신부님을 처음 뵈었습니다. 아마도 한 세대 가까이 신부님을 모신 것 같습니다. 그런데 제가 제일 짙게 느꼈던 점들은 사목 현장에서 남다른 열의입니다. 많은 분들이 말씀하셨지만, 때로는 어이없기도 하고 때로는 너무 지칠 것 같고 어떤 때는 안 해도 될 일을 하는 느낌마저 다 같이 느꼈을 것입니다. 저도 그랬습니다. 또 도대체 활화산 같은 정열들이 어디에서 나오는지 신부님의 다른 측

면을 알고 싶었습니다.

그런데 많은 얘기 중에 오늘 특히 짙게 되살아나는 이야기가 두 가지 있습니다. 이름을 밝힐 수는 없습니다만 그 인생의 가장 큰 난파 때문에 신앙마저 버리고, 그리고 마지막에 죽음을 맞이해서 사라진 한 영혼을 위해서 어느 추운 겨울밤에 산장의 산사를 찾은 일이 있습니다. 깊은 밤 그 절에서 한 영혼을 위해 눈물을 흘리는 은밀한 모습을 지켜보았습니다.

또 한 가지 잊을 수 없는 일도 있습니다. 신부님은 저를 만나면 한 밤이라도 어디든지 나섭니다. 어느 야산 공동묘지 모퉁이에서 비석도 없는 한 초라한 묘지 앞에서 몇 시간씩 서 있는 모습을 보았습니다. 불우한 영혼이 지녔던 외로움과 단절과 고독에 관해 들으면서 인생을 생각하고 묵상할 기회를 가졌습니다.

제 개인의 얘기를 들어 죄송합니다만 저도 남모르는 은밀한 고독한 눈물이 있었을 때 그때 우리 가정 전체를 위해 신부님의 축복을 받고 그 시련을 이겨낸 적이 있습니다. 조금 전 어떤 분이 비슷한 말을 할 때 저도 똑 같은 감정으로 함께했습니다.

오늘 이 자리는 영적 아버지이신 신부님을 보내면서 함께 자리했습니다. 그러나 우리가 다 같이 느꼈듯이 누가 이렇게 격의 없이 신부님의 모습을 흉내 내고 혹은 신부님의 어떤 면을, 인간적인 면까지 이렇게 적나라하게 또 서로 허심탄회하게 얘기하는 그런 자리가 어디에 있었던가 싶습니다. 정이 짙으면 짙음 때문에 엄숙해지고 숙연해지고 그렇지 않으면 그 자리가 산만해지는데, 우리는 노래 부르는 한 사람의 모습에서, 농담하는 한 사람의 모습에서, 그 얘길 듣고 웃는 모습에서 함께 할 수 있는 깊은 내면의 은밀한 모습을 우리는 모르는 가운데 함께 확인했습니다. 그런 점에서 이 자리의 우리들은 어떤 면에서 축복을 받았습니다.

이러한 모습들이, 이러한 정적들이, 이러한 깊은 묵상들이 활화산처럼 사목 현장에서 그렇게 정열적으로 움직이는 것을 많은 사람들은 쉽게 이해하지 못합니다. 또 이해하길 바라지 않습니다. 그러나 이 자리에 계신 분들은 함께 했으리라 짐작합니다. 그래서 신부님은 학생사목, 꾸르실료 운동, 그 밖의 신심단체 지도신부를 맡으셨던 것을 포함해 두 번 여의 본당 신부 등 사목 경륜 속에서 겪은 일들이 이번 사목 연수를 통해 정리되고 승화되고 짙어져서 '어느 밤 이름 없는 산모퉁이에서 사라진 영혼들을 위해 울던 사제'가 미래 우리 교회가 마주할 문제들 앞에 다시 불림을 받을 것임을 짐작합니다.

오늘 우리가 여기에서 음식을 차려놓고 남들과 조금도 다름없이 웃으면서 얘기하지만 기도하겠다고 말씀하시던 기대와 신뢰와 믿음이 가시는 신부님 안에 전해지리라 생각됩니다.

신부님, 부디 먼 길에서 우리를 잊지 말아 달라는 부탁을 드릴 수 없습니다. 이미 그런 형식적인 것보다 더 짙게 새겨진 것들을 신부님께서 어떻게 잊을 수 있겠습니까. 우리는 다만 우리 자신 도시의 일상생활 속에서 결코 잊지 않겠다는 것을 약속드립니다.

그리고 이별은 다시 만남을 기약하듯이 다시 만나는 그 자리는 통일도 열리고 우리 사회 또한 혼돈과 어둠과 과도기적 현상도 좀 더 정리될 것입니다. 그때 신부님의 높은 사목적 경륜을 통해서 하느님의 영광이 드러나고 우리들 각자 영혼이 더욱 성숙할 뿐 아니라 가정과 직장에서 하느님 나라가 더욱 아름답게 꽃피기를 간절히 기도하고 바랍니다. 또 그것을 기약합니다.

지금 이제 이별의 시간이 다가오고 있습니다. 인간으로서 느끼는 석별의 정을 가눌 길이 없습니다. 마지막으로 여러분 다 같이 일어서서 손잡고 평소에 격의 없이 부르셨던 꾸르실리스따의 노래와 이별의 노래를 제창하겠습니다.

대구 뻴리깐 제10호 1989.7.2.

우리 곁에 계신 신부님

김영부 루도비코(가톨릭 언론인)

최홍길 신부님은 정말 우리 곁에 오래 머물러 계셨던 신부님입니다. 시간의 길이로서 오래 계셨다기보다 내용의 길이로 해서 더욱 오래 우리 곁에 계셨던 신부님입니다.

신부님께서 이번에 도미하심이 아주 그곳으로 가시는 것이 아니므로 이런 얘기를 하기가 쑥스러운 것도 사실입니다. 그럼에도 오늘 이런 말씀을 드리지 않을 수 없음은 비록 짧은 별리라 해도 하고 싶은 얘기들을 너무 많이 우리에게 주셨기 때문에 저절로 지나간 일들이 추억으로 남을 것이기 때문입니다.

'내용의 길이로 우리 곁에 신부님에게' 이런 표현이 실례되는지 모르겠지만 신부님은 우리들에게 미운 정 고운 정을 너무나 많이 남겨 놓으셨습니다. 그것은 첫째로 최 신부님께서 사제 생활을 너무나 치열하게 하여 왔기 때문이라고 하겠습니다. 오늘 여기 계신 모든 분들이 동감하리라고 생각합니다만, 그동안의 그 많은 교회 행사를 주관하시며 보여준 표양은 바로 '치열' 그것이었습니다. 2백주년 교황님 맞이 행사, 전국 울뜨레야 때의 신부님의 모습을 떠올려 보면 단번에 그 표현에 동의하리라고 믿습니다.

치열하게 사신 신부님은 오랜 꾸르실료 지도신부를 하시면서도 2권의 교구총람 발행, 수십 차에 걸쳐 실시해 온 교회사 강의, 현재 가톨릭신문에서 발간하고 있는 월간지 '빛'의 창간과 발간 주도, 이윤일 성인의 대구 모심, 한티 순교자 묘지 발굴 등 대구 교회는 물론 한국교회에까지 큰 영향을 미칠 만한 일들을 주재하시면서 보여준 여러 일들은 신부님의 사제적 삶이 얼마나 치열하셨나를 보여준 사건들이었습니다. 치밀, 끈질김, 헌신, 앞장 등의 단어들을 상기시키는 신부님이 하신 여러 일들은 그 일에 동참한 우리들에게는 정말 견디기 어려운 고통이었고 일의 성사보다는 일의 끝남에 더욱 관심을 가지도록 한 것도 사실입니다.

치밀, 끈질김, 헌신, 앞장 등

그러나 지나고 난 후의 결과는 신부님이 그렇게 하셔야 했고 그렇게 함으로써 하느님의 영광을 보다 돋보이게 했다는 뒤늦은 결론에 도달케 해 주었습니다.

마치 강장(强將) 밑의 고통스럽지만 영광스러운 강졸(强卒)을 생각케 해 주었습니다. 진정 신부님은 그간 우리 곁에 '치열' 그 자체로서 오래 머물러 계셨다고 하겠습니다.

강장(强將) 밑의 영광스러운 강졸(强卒)

다음, 신부님은 이 역시 실례되는 표현일지 모르겠습니다만 니체의 말대로 '인간적인 너무나 인간적인' 모습으로 함께 계셔 주었습니다. 이러한 모습은 특히 사석에서 두드러졌습니다.

하고 싶은 말을 다 하시고 때로는 감당키 어려운 질책을 하곤 했습니다. 어떤 자를 높이고 낮춤에 있어서 그 선이 너무 분명함으로써 낮춤의 자리에 선 사람에게는 정말 견디기 어렵게 하기도 했습니다. 그때에 우리들은 신부님에게 함께 대들기도 했습니다.

여기 있는 자 신부님에게 높임을 당해 보지 않은 자 없을 것이고 낮춤의 자리로 떨어져 보지 않은 자가 거의 없을 것입니다. 신부님은 이처럼 '인간적인 너무나 인간적'이셨습니다. 그래서 더욱 우리 곁에 계신 신부님이었음을 체감케 하고 있습니다.

인간적인 너무나 인간적인

누가 말하기를 잊혀진 자가 가장 불행하다고 했는데 신부님께 '잊혀진 자'가 있었는지 누구건 간에 말씀해 보십시오. 그래서 우리는 항상 신부님의 기억 속에 신부님과 함께 지내왔다고 하겠습니다.

특히 신부님은 신부님이 하신 일, 교회가 한 일, 우리가 한 일 등을 영원히 기억하기 위해 무엇이거나 기록을 하고 무슨 자료거나 버릴 줄 모르고 보관하는 분이었습니다. 이는 신부님이 일을, 우리를 기억해 주기 위해서였을 테고 후인이 참고토록 하기 위해서일 것입니다. 신부님의 서재에는 성냥곽에 급히 메모해 둔 것 등 누구나 휴지통에 내버리고 말았을 것까지 보관하고 있습니다. 여기 있는 모두의 이름이 적힌 기록들도 어디엔가 엄청난 양으로 보관되어 있으리라 믿어 의심치 않습니다.

그래서 '우리는 세상에 너무 기억되어 하느님께서 기억하실 것이 없어지게 됐다'는 농담도 하곤 했습니다.

버릴 줄 모르는 신부님

신부님은 우리 곁에 계셨음을 기록을 통해 증거하고자 하시고, 반면 우리는 그 기록을 통해 영원히 신부님 곁에 있게 되었다고 말할 수 있겠습니다. 신부님은 너무나 다양한 방법으로 우리 곁에 계셔 주었기 때문에 그것을 일일이 예시할 수는 없습니다. 그러나 신앙으로 우리 곁에 계셔 주었음을 언급하지 않고 지나칠 수는 없습니다. 물론 사제가 신앙으로 우리 곁에 계심은 너무나 당연하고 그래서 거론할 필요가 없는 것이기도 합니다. 그래도 이 이야기를 해야 함은 우리에게 보여준 신앙이 너무나 치열하고 장엄했기 때문입니다.

영원히 신부님 곁에

신부님 집전의 미사를 비롯 각종 예절은 대부분의 경우 우리가 완벽히 참여하기가 힘든 고강도의 신앙 표출 행위였습니다. 때로는 장엄하고 때로는 다양하고 때로는 치열하였습니다.

신앙 생활을 오래 한 편인 교우들도 신부님을 통해 새로운 예절을 많이 체험했을 것입니다. 그리고 자신들을 하느님께로 마치 목자가 양떼를 우리 속으로 몰 듯, 하느님께로 빠져들게 한 체험을 하기도 했을 것입니다. 간단히 끝내버릴 수 있는 가정 봉헌 미사에서도 신부님의 예절은 엄격하고 보다 많은 축복이 하느님께로부터 계셨을 것으로 믿게 했습니다.

번문욕례(繁文縟禮)

번문욕례(繁文縟禮)란 말이 있지 않습니까. 많은 말은 오히려 신부님을 욕되게 할 것 같습니다. 미국에 가시더라도 이곳에서처럼 함께 계셔 주시고 가끔 안부도 주십시오.

오실 때까지 건강에 각별히 유의하셔야 합니다. 그리고 그곳에서 많이 가르치고 많이 배우셔서 가능한 빠른 시일 내에 우리 곁으로 와 주시기 기도드립니다.

어쩌면 우리 가운데 많은 자가 그곳으로 뵈러 갈지도 모르오니 되도록 술 한 병이라도 아껴서 보관해 두시기 바랍니다.

가족신문 九男妹 제4호 1989.7.2.

환송시

우리 앞에 타는 불

권국명 알로이시오(詩人. 대구가톨릭대 교수)

모든 슬픔이 다한 뒤에
찾아오는 기쁨을 위하여
그 슬픔의 맨 마지막까지 남아 울고 있는 이여.

모든 괴로움이 다한 뒤에
찾아오는 희망과 기쁨을 위하여
그 괴로움의 맨 마지막까지 남아
흥건히 피 흘리고 있는 이여.

당신은 모든 슬픈 사람들과
모든 괴로운 사람들과
골짜기를 쫓기며 달아나는 사람들과
가난한 사람들과 잊혀진 사람들과
자꾸 목말라 떠도는 우리들에게
마지막 한 덩이 빵과 술로 남으소서.

당신이 우리를 사랑하는 것처럼
우리도 당신을 사랑함으로
당신은 우리를 먹이는 빵이고
당신은 우리를 먹이는 술이고
당신은 우리 가슴 쪽으로 흐르는 샘물이고
당신은 우리 앞에서 타고 있는 불로 우리를 비추소서.

* 이 詩는 1989년 6월 26일 대구 아서원에서 가진 미주 사목 연수 환송식에서 권국명 교수가 지어 낭송한 것임.

찬미의 제사를 올리리이다

팔순을 사는 레오 사제를 위하여

장남 최홍준 파비아노

이 기쁜 날 저는 먼저 10년 전 레오 사제의 칠순 날 아침에 불렀던 노래를 다시 불러봅니다. 노래 말미에 이렇게 덧붙인 흔적이 남아 있습니다. 2014(甲午). 5. 27(음). 구남매와 그 가족들의 마음을 모아 파비아노 노래함"

"주여,
당신 이름을 높이 부르며
찬미의 제사를 올리리이다"(옛 「시편」 115,8).

감사와 찬미,
하느님께 영광을 드리며
두 손 모으는 새벽

책장 위에 놓아둔 사진 한 장에 눈길이 닿습니다
자주빛 수단 가슴팍에 축하의 꽃을 달아
더욱 훤칠한 주교님 함께
흰 수단의 젊은 사목자 레오 사제와
하복 차림의 텁수룩한 사형(舍兄)이
대구 주교관 층계를 오르내리다 만나
그냥 그렇게 셋이서 찍은 사진이
전설처럼 이층 서재를 장식하는
오늘은 기쁜 날
그대 칠순을 살기 시작한 날입니다

'서로 간의 사랑에는 나눔이 따른다'는
'생각'이 새날을 열어주는
초여름 푸른 숲에 온갖 새들 우짖어 더욱 아름다운 이날
삼십년 전 오월 오일 '나눔의 날' 떠올리느니,
성인 교황 모시고 공설운동장에서 서울, 광주 양 대신학교

부제들에게 사제직을 수여하던 그날
듬직하면서도 세련되고
따뜻하면서도 카랑카랑한 그 목소리로 예식을 도와
진행을 하던 젊은 사제여.

하느님의 소리 '복스'(Vox)를 전해준
그대 사제로 다시 태어나던 날
병진(丙辰) 오월 삼일을 기억하며,
그보다 삼십일 년 전
암흑의 시대가 종언을 고(告)한 해방의 날 한 달 열흘 앞선
을유(乙酉)년 음력 오월 스무이렛날
청보리 누른 보리 보리밭 뙤약볕에서
오뉴월 보리농사 일하다 말고 스러지듯 건넌방으로 달려가
어머니 우리 어머니
아버지 우리 아버지
생명의 탄생을 노래한 이날은 '복된 탓'이려니

누이가 태어난 쥐띠 해(戊子) 정월 열아흐레 초저녁
둘이서 춤추고 노닐며 삼남매를 이루었고
베드로 태어난 이듬해(己丑) 동짓달 스무여드레 그때는
외가라서 보지 못했으나 한껏 기뻐하고 축복을 빌었었지요

동족끼리 총부리 겨누어 전쟁이 터지고 피란을 가고
성탄을 이틀 앞둔 오십일 년(壬辰) 또 다른 겨울
'이발소'에서 큰스테파노가
그 다음다음 해(癸巳) 동짓달 초나흘
작은스테파노 태어난 이후로는
열두 살 어린 나이로 큰 꿈 안고
서울로 혜화동으로 소신학교로
그대 떠난 이후로 을미(乙未)년 섣달 스무닷새
야고보가 태어나고
성당 산소에 먼저 잠든 데레사며, 데레사를 닮은
요안나
사라호 태풍 불던 을해(乙亥)년 시월 초엿새요,
양력으로 십일월 육일 태어난 이후로
사일구와 오일육이 지난 호랑이 해(壬寅)
정월 스무이틀, 미리 알고 이름까지 마티아라 부른 막내까지
선물로 다가오고
이리하여 구남매가 완성되더니

아, 아버지 사도 요한 님이시여
오, 어머니 막달레나 님이시여
무던히도 유난히도 힘들게 사신 세월이여!

둘째가 앞장서서 ‘구남매’ 마음 모아 신문 내고 책 찍어내고
‘서로 사랑하라’
당부 듣고 칠순 잔치 큰절로써
‘하나 되게 하소서’
기도하며 노래하던 그 시절의 기억 팔팔 올림픽까지

오매불망 사제 아들, 어버이 다칠세라
미루고 또 미룬 유학길
교포 사목하던 중에 덜커덩 후두암을 만나신 아버님
대구로 서울로 용하다는 의원 다 찾아가 수술까지 여러 차례
효험 없이 칠십일세 위령의 날 첫새벽 하늘나라 찾으실 제
통곡 없이 십오 년 하고도 몇 달을 더 혼자 사시다가
사순시기 첫 토요일 어머님마저 떠나시고
철두철미 고립의 아픔 속에
그분 ‘말씀’ 따라 궂은 비 광풍 회오리, 험한 길 마다 않고
온 마음 온 정신으로 걸어 나온
우리 사제 레오 신부
교구총람 두 권에 대구본당 백년사, 빛 잡지 창간
푸른 교회 학생본당, 열여덟 액션단체들과 함께 하며
그 빛살로 오신 사랑의 성령 전해 준 나날들
가족단위 산간학교 ‘에벳 야훼’,

듀링 꾸르실료 지도 일흔 번엔 북남 미주 해외에도 열 차례
문화사목 문서사목, 남다른 열정을 지닌 중견의 그 시절
아직도 '추억은 미래에 있다'고 외치며
가정공동체와 초막생활, '목마르지 아니한가'라 물으면서
수성성당에 이르기까지 쉴 새 없이 양떼에 다가가는 이제는
갈 길 바쁜 원로 사목자의 길 머지 않았음이니

격정과 전쟁과 노여움에서 벗어나
한껏 새바람 마시며 기쁨에, '복음의 기쁨'에 차
이제도 앞으로, 앞만 보고 걸으소서
구남매 새 옷 입고 다시 시작하는 이 여름
때마침 전쟁 예순네 해
여기저기서 참회와 보속의 속삭임 들리느니
사제여,
멜키체덱의 영원한 사제여
아쉬움과 모자람일랑 두어두고
기쁘고 복된 나날 그분 안에서 평화로울지니

"아, 주님
저는 정녕 당신의 종
당신께서 저의 사슬을 풀어주셨습니다.

당신께 감사의 제물을 바치며
주님의 이름을 받들어 부릅니다”(「시편」 116,16-17).

한국천주교중앙협의회가 1959년 6월 25일에 펴낸 ‘구약성서 제10편 성영(聖詠)’ 214쪽 제115편 16절 이하에 이런 말씀이 나옵니다.

오 주시여, 나는 당신 종이니다.
나는 당신의 종, 당신 여종의 아들이오매,
당신이 나의 사슬들을 풀어주셨나이다.
나는 당신께 찬미의 제사를 제헌하고,
또 주님의 모든 백성 앞에서
그이께 내 허원을 채우리니,
주님의 전당의 울안에서,
예루살렘이여, 너의 한복판에서 하리로다.

그러니 옛 ‘시편’ 115장 17절에 “나는 당신께 찬미의 제사를 제헌하고”를 바탕으로 해서 그 후에 나온 옛 ‘시편’에서 레오 사제가 서품 성구를 선택한 모양입니다.

10년이 지난 오늘 역시 기쁜 날, 저는 레오 사제와 어머님, 아버님, 그리고 형제 자매들과 고향 영천, 조교(早橋) 마을에 이르기까지 조근조근 짚어보고 싶습니다.

10년 전 그날 2015년 양력 7월 12일 주일.

“잘 나도 내 형제요, 못나도 내 자매. 잘 나도 내 자매요, 못나도 내 형제니라.”

우리가 좋은 집안에서 자랐느니, 좋지 않은 교육을 받고 자랐느니, 어떤 말을 들어도 지금 이 순간의 우리 각자를 돌아보며 승복할 것은 승복하고 아니오, 할 것이 있다면 아니오, 하면 된다고 봅니다.

우리는 같은 할아버지, 할머니의 손자 손녀들이고, 한 아버지, 한 어머니 슬하에서 자란 10남매 중 아홉이 살아서 이 자리에 모였습니다. 이것이 오늘 우리의 현실이고 현주소입니다.

우리를 지어내시고 살려주신 하느님께 깊이 감사드리고, 특별히 우리를 낳아주시고 길러주신 사도 요한 아버님과 마리아 막달레나 어머님께 감사드립니다.

어제 토요일 아침 일기에 이렇게 적었습니다.

‘아버지의 달’을 보고 내려왔다. 음력 8월 25일이 내 아버지 생신날인데, 어제가 오월 스무닷새. 그 스무닷샛날 달이 오늘 새벽 동쪽 하늘에 앉아 있었다. 하현달이. 내일 레오 아우의 만 칠십 세 생일인데, 하는 생각에 아버지, 어머니를 떠올리며 베란다에 올라 한참 동안

달을 쳐다봤다. 하현달은 엎어져 있지 않고 앉아 있다. 앉아서 누구를 안고 있는 모습을 하고 있다. 어머니와 함께 아버지께서 우리 형제 자매들과 그 가족들을 안고 계신 느낌을 받았다.

홍국 야고보 아우가 한때 사장으로 일하던 주간지 「경북동부신문」에 저는 아호인 '서오(瑞午)'를 내세워 '서오칼럼'을 쓴 적이 있습니다. 2017년 4월에 실은 글 가운데 사제 성소에 관한 내용에다, 영천에서 발행되는 신문이어서 영천과 관련 있는 내용을 담았습니다.

《서오칼럼》

사제직에로 '거룩한 부르심'[聖召]

장남 최홍준 파비아노

박홍 신부 추억

한국천주교 평신도사도직(단체)협의회 역대 회장들과 현직 회장이 매달 만나는 모임에서 서강대학교 총장과 이사장을 지낸 박홍(朴弘) 신부에 관한 이야기가 나온 끝에 누군가가 나에게 물어왔다. 동창 관계가 아니냐고.

그가 살던 곳은 경주였지만, 영천으로 이사 와서 중학교 때 한 반에서 공부했으며, 덜렁덜렁 말하고 행동하면서도 언제나 학업 성적은 우수했다고 들려준 다음, “내 아우(崔弘吉 레오 신부)가 중1로 들어가고, 박홍 루카 신부가 고1로 서울 성신고등학교로 진학할 때 함께 영천역에서 청량리행 야간열차를 타고 올라갔는데, 입학식에 참석하러 간 이들 두 신학생을 인솔한 이가 동국대학교 재학생이던 내 막내 삼촌(崔成植 타대오)이었다”고 덧붙여 주었다.

세상이 아는 대로 박 신부는 소신학교를 마치고 대신학교(大神學校)에 다닐 때 현 교황 프란치스코가 소속했던 수도회인 예수회에 입회해서 1970년 11월 대구 주교좌 계산동성당에서 사제로 서품받았고, 이듬해 1971년 출국, 미국 센트루이스 대학에서 신학 석사학위를 취득한 후 로마로 건너가 1979년 3월 그레고리안 대학에서 영성신학 박사학위를 받았다. 그가 고등학생으로 공부할 때 신학교 게시판에 나붙은 학생신문에서 나의 작품이나 기사가 나면, 내 얼굴 사진을 가리키며 중학교 때 친구라고 자랑하더라는 이야기를 아우가 나에게 전해준 적이 있다. 또 내가 국내외 성인들의 행적을 기록해 1998년 봄 『무한을 향해 자신을 던지고』라는 책을 펴내 서울 명동 로얄호텔에서 출판기념회를 열었을 때, 박신부가 와서 “영천 거랑물이 흘렀는데…” 하면서 축사를 해준 적이 있고, 최근까지도 이따금씩 그를 만나 식사도 하고는 한다.

아우 레오 사제

사실 나는 원고지 쓰는 법에서부터 문학의 기초가 되는 부분을 방학 때 서울에서 내려온 아우를 통해서 많이 익힐 수가 있었고, 미사 복사(服事)를 하며 배운 라틴말에 관심을 가지면서 귀동냥으로 기억해 두기도 했던 일이 생각난다. 어깨너머로 배웠다고나 할까. 1981년 성탄 대축일 밤, 로마 성베드로대성당 앞자리에서 성인 교황 요한 바오로 2세 집전 자정(子正)미사에 참석해 라틴어로 주고받는 경문에 쉽게 적응할 수 있었던 것도 그 덕분이라 할 것이다.

아우 신부를 생각할 때면 언제나 맨 먼저 떠오르는 것이 그의 일기장 분실사건이다. 그가 소신학교 과정인 중고등학교 6년을 서울에서 공부하고 대신학교는 광주 대건신학대학으로 진학해야 하는 문제가 대두됐고, 이때 어려움을 겪은 끝에 일반 대학인 연세대학교 문과대학 철학과를 나와서 공군 정훈장교로 복무한 다음 다시 대건신학대학으로 가서 1976년 5월 3일 대구 계산동성당에서 이문희 주교로부터 사제품을 받은 첫 수품자 3인 가운데 한 사람으로 기록된다. 그는 중고등학교 6년 내내 하루도 빠짐없이 일기를 썼고, 이를 영천 집에 가져다 놓았다. 내가 아우들과 정릉에서 자취할 때였는데, 아우의 부탁으로 아버지께서 그 일기장 6년 치를 영천역에서 서울역 소화물 취급소로 보내오셨다. 부피가 커서 우체국으로 보내지 않고 철도편을 이용하신 건데, 이를 찾아오던 날 저녁, 내가 친구들과 만나 종암동 쪽에서 시간을 보내다가 그만 잃어버리고 말았던 것이다. 천만금을 주고도 되돌려 받지 못할 그 귀중한 것을 잃어버리다니, 어이없는 일이었다. 어떻게 사과를 할 수 있겠으며, 어떻게 보상할 수 있겠는

가. 평생 빚을 지고 살아가고 있는 셈이다.

가톨릭신문 창간 90주년

며칠 전에는 가톨릭신문 창간 90주년 기념미사와 기념행사가 명동성당에서 있었다. 가톨릭신문 사주(社主)인 대구대교구장 조환길 타대오 대주교를 비롯해서 서울대교구장 염수정 추기경과 주교회의 의장 김희중 대주교, 그리고 가톨릭신문 창간 당해 연도인 1927년 1월 출생으로 마산교구장을 지낸 박정일 미카엘 주교 등 교회 내외 인사들이 많이 참석해서 성황을 이루었다.

가톨릭신문은 우리 민족이 일제의 사슬에 묶여있던 1927년 4월 1일자로 대구교회 청년연합회 최정복, 윤창두, 서정섭, 최재복, 이효상 등이 창간했고, 1964년에는 독일 유학을 다녀온 김수환 신부(1966년 주교, 1968년 대주교, 1969년 추기경 서임, 2009년 선종)가 사장으로 재임한 2년 동안 제2차 바티칸공의회(1962-65)에 관한 소식을 밤을 새워 번역하고 기사를 쓰고 노력했던 일이 이날 기념행사에서 거론됐다. 영상 자료로 꼭 20년 전인 1997년 창간 70주년 기념사진은 김수환 추기경과 이문희 대주교, 그리고 최홍길 사장 신부가 함께 케이크를 자르는 모습이었다. 가톨릭문학상과 가톨릭 학술상을 제정해서 지금까지 시행해 오고 있는 것이 이 신문사 90년 역사에서 돋보이는 일로서, 이날 공로패 전달 의식도 있었다. 가톨릭문학상과 학술상, 이 두 상을 제정할 때의 사장이 내 아우 신부였다. 90주년 행사에 역시 가톨릭신문 사장을 역임한 영천 출신 황용식(타대오, 현 대구대교구 제1대리구장) 신부가 참석해 레오 사제의 근황을 물었고, 한국가톨릭언론인회 회장을 지낸 또 다른 아우 최홍운(베드로, 서울신문 편집국장, 논설주간 역임)도 참석해 뜻깊은 저녁 시간을 함께 보낼 수 있었다.

한 마디 덧붙일 일은 2017년 5월 3일이 내 아우 사제의 사제 서품 41주년이고, 5월 4일은 필자가 아우 새 신부의 주례와 이종사촌 이재명 신부, 지금은 고인이 된 외오촌 김경식 몬시뇰, 외가 형제벌인 이정모 신부, 복자성당 주임 이창호 신부 등 다섯 사제 공동 집전 미사를 통해 혼인성사를 받은 지 41년이 되는 날이다.

레오 사제는 자신의 서품 한 해 전에 결혼한 제노베파 누이를 제외하고는 저를 비롯해서 베드로와 두 스테파노, 야고보, 요안나, 마티아 등 형제 자매들의 혼인 때마다 대구와 서울을 오가며 혼인성사를 집전해 주었습니다. 조카들까지도 그렇게 해주었습니다.

그는 견진성사를 성신중학교에 다니면서 국어 선생님이던 소설가 이선구(李旋求) 선생을 대부로 모시고 노기남 주교님 집전으로 받았습니다. 방학 때 집에 오면 대부님에 대해서 이야기를 많이 들려주었고, 저 또한 그 후 주일이면 명동성당에서 그분을 뵐 수 있었습니다. 그분의 형님 되시는 이서구(李瑞求) 선생이 방송극을 쓰실 때 남산 방송국에서 자주 뵐 수 있었습니다.

2010년 11월 2일 아버님 20주기에 제가 바친 노래가 있습니다.

사랑 안에서

- 아버님 20주기에 바치는 헌사(獻詞)

(1)

남녘 땅 따스한 경산 산소 이 고장에까지
단풍이 곱게 물든 이맘때면 어김없이
아버님 기일이 다가오고,
올해는 어느새 돌아가신 지 스무 해,
이십 주기입니다,
아버님.

하늘나라에서 어머님과 더불어
하느님을 뵈옵고
하느님과 함께,
하느님 안에서
영원한 복락 누리고 계실
아버님!
소리 높여 불러보는 오늘은,
축제의 날입니다.

올여름 유난히도 비가 잦아 과일 농사, 채소 농사
걱정들을 했사오나,
우리 인간을 무한히 사랑하시는 그분께서는
그래도
막바지 가을걷이하기에 좋은 날씨를 주셔서
지금
황금 들판을 이루고 있습니다.
하늘과
조상님께 감사드립니다.

아버님께서 가신 때가
1990년 11월 위령성월 첫 금요일,
모든 성인들의 대축일을 막 지내고 난
위령의 날 첫새벽
-임종경을 외우라고 하신 다음
어머님이 쥐어 드린
로마 순례 장미묵주(薔薇默珠) 향기를 맡으시고
조용히 십자고상(十字苦像)
잡으신 채로였습니다.
-나 이제 세상을 버린 부친의 영혼을 생각하오니,
세상에서 주를 섬기고 성교를 준행하였나이다.

나 주 대전에 드릴 공과 덕이 없사오나,
주께 구하오니 너른 인자로,
내 부친에게 연옥을 면하여 주시고,
빨리 승천케 하사 영원한 복을 누리게 하소서."

기도 소리 동신점보를 울리고
대구와 서울에서,
산청에서,
멀리 미국에서 모여온
저희 아홉 남매가
고향 영천에서, 대구 곳곳에서, 부산에서도
아버님 형제들이, 자매들이, 일가들이
어머님 고향 가마골에서, 마산에서, 문경에서,
또 어디 어디에서 고마우신 분들 함께 한 가운데
계산동 큰성당 장례미사에 앞서
이 바오로 대주교님
-왜 그다지도 고통을 드렸느냐고 물으시기에
미거한 소자, 대답할 길이 없었나이다,
아버님.
인고(忍苦)의 나날을 드렸으니 병원에서 여섯 달 남짓
서울과 대구를 오르내리시며

방사선이다, 수술이다, 약물중독이다,
또 무어다 하면서 드린 고통이
죄스럽기만 한 오늘입니다,
아버님.

하오나 그것으로 잘디잔 허물들을 씻어낸 기회였다면
그분께서 허락하신 속죄의 나날이었다면
그래서 당신께서 백장미 안으시고 천국 문을 여신 거라면
저희가 드리는 기도가 향불로 타오른다면
이 어찌 감사한 일 아니오리까,
아버님!

(2)
강과 산이 변해도 두 번은 변했을
이십 년 이 세월을 뛰어넘어
옛 봉투를 열어봅니다.
아버님 선종 소식을 특집으로 다룬 〈구남매〉 신문에도 다룬
만가(輓歌) 두 통.

-만(輓)
이제 하느님 부르심 받고

떠나는 다정한 벗
최 요한 남식 형

우리는 그, 개구쟁이 시절
몽당연필 나누어 쓰고
누룽지 갈라먹던 때
우리가 서로 잡은 손은
따뜻했지

몸은 비록 오척단구(五尺短軀)였으나
형의 이상과 포부
하늘만큼 높았지

영천-경주 구십리 길
아침에 가고 저녁에 올라올 때
그 깊고 넓은 부정(父情)
구남매 어버이 포오지정(哺烏之情)
누가 감히 당하리

일찍부터 하느님 알아 모시고
성모님 사랑 받아

주님의 품으로
많은 양 인도하셨지

우리 동창 이십육 명
이제 뿔뿔이 떠나가고
마지막 잎새
나 홀로 남아
누구랑 더불어
옛이야기 나누겠니

평화의 사도 최요한 형
우리 주 예수 그리스도의
품으로 돌아가
영원한 행복 누리소서

나도 더불어 곧 갈 거야
그때 다시 만나서
못다한 이야기
또 하세”
아버님의 초등학교 동기생 이 요한 홍기(李洪基)님이 쓰신
이 만가 앞에서

소자는 부끄럽고
아버님은 자랑스럽습니다.

(3)
또 하나,
아버님 칠순 때 펴낸 『서로 사랑하여라』 책자와
「구남매」 신문을 보고 아버님과
서신을 교환하던 김해(金海)의 어느 초등학교 선생님
배종단(裵鍾彖) 님은
아버님 선종 소식을 듣고 대구 빈소에까지 와서
어머님께 조의를 표하며
만가 한 장을 놓고 갔습니다.
삼가 옷깃을 여미고
이 귀한 시를 읊어 봅니다.

-만 지산 최남식 선생 영전(輓 志山 崔南植 先生 靈前)

전화부음 애도경(電話訃音哀悼驚)
전화 부음에서 슬프고 놀랐고
선생 서거 사방명(先生逝去四方鳴)
선생님 서거에 사방이 울었네

제형우애 천추력(弟兄友愛千秋力)
형제의 우애는 천추에 힘이 됐고

부모효충 만고성(父母效忠萬古城)
부모님께 드린 효도는 만고의 성이네

후덕시인 무멸적(厚德施仁無滅跡)
후덕하신 베풂은 자취가 사라지지 않고

온화행선 유방명(溫和行善有芳名)
온화하신 선행은 꽃다운 이름 있었네

척붕비곡 불래객(戚鵬悲哭不來客)
인척과 벗이 슬피 곡을 해도 오지 못하는 길손이고

하일하시 분상정(何日何時分相情)
어느 날 어느 시에 서로 정담 나눌꼬"

(4)
세월 이십 년,
저희에게도 변화가 적지 않았습니다,

아버님.

먼저 4년 전 2006년 사순시기 첫 토요일
뜻 깊은 날 한낮
가톨릭병원 중환자실에서
어머님 선종하시고,
파티마병원으로 옮겨 4일장으로 예절을 갖춘 다음
3월 7일 화요일,
부모님의 둘째 레오 사제가 사목하던 삼덕성당에서,
일가친척 수백 명 신자들, 조문객들
엄숙한 기도 속에
갓 대주교로 승품되신 최요한 부교구장님 주례로
백여 명의 교구 사제들이 영결미사를 봉헌하고
마리아 막달레나 어머님을
여기 아버님 옆자리에 모셨습니다.

하오나 아버님,
이 자리에 무덤이 늘어났습니다.
영천 삼촌 세례자 요한과
철도 삼촌 바오로와
이장해 온 철도 숙모 막달레나의

새 무덤
세 무덤입니다.
어머님 장례미사를 주례하신 최 대주교님은
지난해 여름에,
어머님 장례미사에서 강론을 해주신
어머님의 친사촌 김 보니파시오 몬시뇰은
올봄에
세상을 떠났습니다.
무어가 그리도 급하신지, 다들
하늘에서 부른다고 달려갔습니다.

(5)
떼도 더디 자라는 아버님 무덤에서
스무 해
세월이 지나는 동안
새로이 태어난 생명도 많고
새로이 들어온 식구도 적지 않습니다.
〈구남매〉 신문 7호 끝자락에
부모님의 여덟째 요안나가 연재한 '육아일기'에 적은
일곱 달 박이 '진아' 외손녀는
이제 어엿한 대학원생으로 성장해

네 가족 함께 부족함 없이 살고 있고,

살림밑천이라시던 '퓨우 빵!' 제노베파는
세 아이들 중 첫째가 출가해 딸아이를 낳았으며
셋째도 새 가정을 이루고
남은 세 식구가 새 집에 살고 있습니다.

부모님의 넷째 베드로 내외는 삼남이녀 다섯 아이들을
잘 키워내어 가정 이룬 데레사를
미국에서 살게 하고,
사회인으로 성장한 대건 안드레아와
다른 아이들도 씩씩하기만 합니다.

다섯째 스테파노도 열심히 살아 내년이면 정년에 이르고
내외 함께 단란한 가정 안에서
혼인한 두 딸이 서울과 더블린에서 살고 있고,
예로니모는 연극인의 길을 걷는가 하면,

조각하는 여섯째 스테파노 내외도
잘 자란 아들딸과 함께 새롭게 출발했으며,

오누이 자녀를 둔 언론인 일곱째 야고보는
매일의 십자가를 지고
군인의 아버지가 됐습니다.

인술을 펴는 아홉째 마티아 내외 또한 복음 안에서
아이들과 복된 나날,
거룩한 여행에 나서면서
하늘과 땅에 감사드리고 있습니다.

레오 사제는 지난해 성탄 날 다리를 다쳐서 고생했으나
아버님 산소가 가까운 하양에서 사목하며
아름다운 은빛 사제의 시기를 설계하고 있습니다.

두 분 삼촌, 세 분 고모
살아계시고
숙모, 사촌들도
그 가정들이 다들 화목한 가운데
아버님의 대가족은
아브라함 할아버지의 자손인 양
토마스와 마르티나 조부모님의 자손답게
날로 번성하고 있습니다.

소자 내외 또한 다른 형제들처럼
엘리사벳, 토마스와 함께
가정 안에서
일가친척 안에서
교회 안에서
세상 안에서
일치를 이루며 살고 있습니다.

무엇보다 사랑 안에서
살고 있사오니,
아버님,
어머님과 더불어 저희를
굽어살피소서.
아멘.

그런가 하면 저는 2015년 11월 2일 아버님 25주기에 아버님께 드리는 편지를 썼습니다.

아버님 전 상서

아버님 25주기에 올리는 글월

† 찬미예수님!

1990년 11월 2일 위령의 날 새벽 2시 무렵, 아버님께서 목에 피가 터지는 고통 끝에 이 세상을 작별하신 지 올해로 스물다섯 해. 25주기를 맞이해 아홉 자녀들 중 여럿이 이 자리에 모였습니다.

사랑하올 사도 요한 아버님.

돌이켜 보면 자애가 깊으신 양위분 슬하에서 자란 저희 형제 자매들은 저마다 타고난 달란트를 살리며 사랑 안에서 살고자 애써왔으나 뜻과 같지는 않았습니다. 가정과 세상에서 각자의 몫을 하려고 안간힘을 다해왔으나 힘이 미치지 못하는 구석이 너무나도 많았고, 아직도 창조주 아버지의 뜻보다는 자신의 뜻만을 고집하는 사례가 비일비재, 하느님을 믿는 이로서 미진함을 말씀드리지 않을 수 없습니다.

"아버지, 그들이 모두 하나가 되게 해 주십시오"(요한 17,21)라고 피땀 흘리면서 간구하신 대사제의 기도를 땅에서 실현하기 위해서는 "내가 너희를 사랑한 것처럼 너희도 서로 사랑하여라"(요한 13,34)며 '새 계명'을 주신 우리 주님의 길을 누구보다 제대로 갈 것을 저희 구남매와 그 가정에 유훈으로 주신 아버님이시여.

이제 아버님 떠나신 지 이십오 년, 어머님 떠나신 지 십주기를 눈앞에 두고 있습니다. 얼마나 그 가르침을 따르고 실천해 왔는지, 헤아리는 이 새벽, 하늘엔 달이 높이 떠서 태양의 빛을 반사해주고 있습니다. 핑계를 앞세우며 남처럼 살고 있는 저희 자화상을 들여다볼 수 있게끔 비춰주고 있어 한없이 부끄럽기만 합니다.

하오나, 오늘 이만큼이나마 살아 숨 쉬고 있음에 감사드리며 아버님의 지난날을 더듬어 보고자 합니다. 칠십일 년 생애를 오직 성실과 근면으로 자신의 성을 이루셨고, 겸손과 온유로 이웃을 사랑하신 참 그리스도인이셨습니다.

오늘 특별히 아버님 생애에서 저에게 와 닿는 부분은 훌륭한 교회 생활입니다. 소자, 이태 전에 전국 평신도사도직 단체의 책임을 벗어나기까지, 아니 그 후로도 이런저런 교회 일을 수행함에 비추어 아버님의 음덕이 생생하게 떠오르는 부분이 적지 않습니다. 우선 1970년 11월 15일 세 번째 '평신도의 날'이면서 '평신도의 날'에서 '평신도 주일'로 고쳐 부르기로 한 그날 본당에서 '평신도 강론'을 하시면서 어쩌면 그리도 제2차 바티칸공의회 정신을 속속들이 전달해 줄 수 있으셨던지요! 직무 사제직을 살아가는 성직자들과 마찬가지로 교회를 이루는 하느님 백성으로서 평신도들이, 세속에 살며 세상에서 표양(表樣)으로써 그리스도를 증언하는 가운데 사도직을 수행해야 한다고 역설하신 그 용덕과 지덕과 혜안에 경탄을 금할 길 없습니다.

마침 며칠 전 10월 28일은 제2차 바티칸공의회 문헌 「비그리스도교와 교회의 관계에 대한 선언-우리 시대(Nostra Aetate)」 반포 50주년이었고, 바티칸에서는 프란치스코 교황님의 수요 알현이 있는 날이었습니다. 이날 신자들을 위해 교리교육을 해주시는 관례가 있는데, 교황님은 '비 그리스도교 문헌'에 관해서 설명하는 가운데 제5

항의 '보편적인 형제애'를 거론하셨습니다.

"만일 우리가 하느님의 모습대로 창조된 사람들 가운데서 한 사람이라도 형제로 대하기를 거부한다면 우리는 결코 하느님을 모든 사람의 아버지라고 부를 수 없다"

이 문헌은 또 이렇게 계속됩니다.

"하느님 아버지를 대하는 인간의 태도와 이웃 형제들을 대하는 인간의 태도는 서로 깊이 연결되어 있다. 성서는 이렇게 말한다. '사랑하지 않는 사람은 하느님을 알지 못한다'(1요한 4,8)."

돌이켜보면 아버님께서는 저희에게 바로 이 점을 가르쳐 주셨습니다. 형제간에 다툼이라도 있을 때면 "열 손가락 깨물어 아니 아픈 손가락 없다"고 하시면서 서로 서로 사랑할 것을 당부하셨던 것입니다. '형제'가 누구이며 '아버지의 사랑'이 어떠하다는 것을 이제야 조금 짐작할 것 같습니다.

사랑하올 아버님.

고백컨대 소자의 신앙생활 기초는 아버님과 어머님의 신실한 가정기도에서 비롯됐습니다. 아침마다 조과(早課)를 바치고 방 청소를 한 일이라든지, 저녁 만과(晩課) 시간에는 꾸벅꾸벅 고개를 떨어뜨리며 졸음을 참지 못한 채라도 "울알라 빌으소서"(우리를 위하여 빌으소서)를 뇌이고는 했던 기억이 새롭습니다. 그래서 저도 가정을 이룬 다음 부모님의 가르침을 따라 온 식구가 '가정기도'를 함께 바치고자 노력했고, 아이들이 어릴 적에는 묵주기도의 경우, 한 단만이라도 함께 바치고 나서 그들을 해방시켜 주고는 했습니다. 기도하는 분위기와 습관이 중요한 것이고, 그러면서도 지루해서 싫증을 내면 안 된다는 생각이 들었기 때문입니다.

아버님,

아버님 칠순 기념 가정문집 『서로 사랑하여라』에 고스란히 남아 있는 아버님의 '교회 생활'을 읽으면서 다시 한 번 놀랐습니다.

1983년 11월 13일 열여섯 번째 평신도주일이자 9일기도가 끝나던 날 교중미사 강론을 통해 아버님께서는 영천본당 50년을 회고하시면서 본당의 역사는 물론 한국교회사를 꿰뚫어 보셨습니다. 또한 그다음 주 월요일인 11월 21일 저녁에는 103위 한국 순교 복자들의 시성을 앞두고 교우들에게 강의를 하셨고, 1986년 5월 5일 월요일 본당설정 50주년을 기념하면서 '영천본당 50년을 살며' 제하의 회고사를 발표하셨습니다. 아버님께서 직접 사셨던 기록뿐만 아니라, 박해시대 신앙선조들의 삶과 죽음을 조명해 본다는 것, 이는 결코 예삿일이 아니라, 성실과 근면과 노력의 결정체임을 미루어 짐작하게 해 줍니다.

소자가 전국평협 회장직을 맡았을 때 맨 먼저 떠오른 분이 본당 회장을 지내신 아버님이셨고, "최 회장님의 아들"이라는 소리를 누군가가 등 뒤에서 해오는 것만 같았습니다. 그래서 더 조심스러웠던 것인지도 모르겠습니다.

신부인 교회를 사랑하신 그리스도의 사랑을 닮으려고 애쓰신 아버님의 교회생활은, 위에 열거한 사례보다 앞서 일제 말기 일본인 대구대목구장 하야사카(早坂) 주교님의 사목방문이 있던, 1942년 8월 30일 주일로 거슬러 올라갑니다. 아버님께서는 신자들을 대표해서 일본어로 환영사를 하신 기록이 있습니다. 그런가 하면 쇼와(昭和) 18년이라고 했으니 1943년인데, 그해 5월 25일자로 하야사카 주교님께 보낸 탄원서를 아버님께서 일본어로 손수 작성하기도 하셨습니다. 당시 주임사제였던 파리외방전교회 선교사 루이 델랑드 남대영(南大榮, 1895-1972) 신부님이 교구청에 호출받아 가신 이후 귀환 소식이 없어 당시 본당 회장 명의로 사랑을 가득 담아 신부님을 속히 본당에 돌려보내 주십사고 편지글을 적으셨던 것입니다. 용평(龍坪; 영천군 화산면 용평동)에 삼덕당을 마련해 성심시녀회의 기틀을 놓았는가 하면 무료진료소, 양로원, 고아원 등 사회복지 사업에 정열을 불태우고 있던 남 신부님을 일제가 박해하던 시기에 교회 장상이 그를 보호하기 위한 조처였음을 그 후에야 알 수 있었습니다.

사랑하올 아버님,

아버님 칠순 때 어느 원로 사제가 축하의 인사를 통해 이런 말씀을 들려주셨습니다.

"최 회장님을 만났을 때 첫인상은 자전거였고, 두 번째가 봄바람과 같은 대인관계였습니다. 위아래 구별 없이 알뜰한 인사성과 친절함,

결혼 3년 후 1979년 10월 13일 사도 요한 아버님 회갑을 맞이해서 부모님과 데레사 이모님 앞에서 파비아노와 루피나 내외가 큰절을 올리고 있다. 세분은 그 후 1982년 10월 10일 '사랑의 순교자'막시밀리아노 콜베 성인 시성식(바티칸 성베드로광장)과 유럽 성지순례도 함께 다녀오셨다.

봉사정신, 또 남을 이해하고 용서하려는 등 보통 갖추기 힘든 덕성을 구비하신 분이라는 인상이 물씬 났습니다. 길흉사 간에, 특히 곤경에 처한 이가 있으면 찾아가 봉사에 끝을 보고야 돌아오는 분이셨으니, 현대판 '토비트'라고나 할까요!"

그렇습니다. 아버님은 이런 분이셨습니다.

"뿌리 깊은 신앙 가정으로 노모를 모시고 계시면서도 또 많은 자녀를 둔 가장으로서 너무 힘겨운 생활 속에서도 항시 십자가의 신비를 생활철학으로 살아오셨기에, 언제나 화기(和氣)가 흐르는 장한 가풍(家風)의 한 가정을 이루셨습니다."

이렇게 회고하신 그 사목자는 자녀들에 대한 성소 개발과 교육열을 지적하신 다음, "이게 바로 '좋은 나무에서 좋은 열매가 맺는다'(마태 7,17)는 성서 말씀의 좋은 사례 중 하나로 봅니다."고 덧붙였습니다.

과연 아버님은 십자가를 지고 사신 신앙인일 뿐만 아니라, 십자가를 진 가장이셨고 생활인이셨습니다. 어떻게 그 많은 저희를 먹이시고 입히시고 가르치시며 한 생을 사셨는지에 관해서는 이다음에 또 말씀드리기로 하겠습니다.

끝으로, 지난 팔월 넷째 주일에는 부모님의 둘째 레오 사제가 사목일선에서 물러나 원로 사목자의 길을 새롭게 출발하는 의식을 수성성당에서 치르고 그 주간 금요일에 팔공산 자락 백안 마을 구름재로 거처를 정하고 그리스도 가신 길을 따르고 있습니다. 이를 지켜보고 계신 부모님께서 그를 안전하게 이끌어 완전한 사랑에 이르게 해주십시오. 뿐만 아니라 다른 여덟 아들딸, 가족들에게도 '아버지의 달'처럼 하늘의 뜻을 비추어 헤아리게 해주시기를 청하옵니다.

아버님 사도 요한 선종 29주기에

행복하여라, 마음이 가난한 사람들!

장남 최홍준 파비아노

형제애(兄弟愛)와 가정 기도 안에서

"행복하여라, 마음이 가난한 사람들! 하늘 나라가 그들의 것이다. 행복하여라, 슬퍼하는 사람들! 그들은 위로를 받을 것이다. 행복하여라, 온유한 사람들! 그들은 땅을 차지할 것이다." (참행복, 마태오 5,3-5).

'참 행복'을 사신 분

탄생 100주년의 날을 기리고 한 달 열흘을 지낸 오늘 11월 2일은 우리 아버님 사도 요한님의 선종 29주기 연도 날입니다.

아버님의 생애는 '산상수훈'을 살고자 노력한 70년이라고 말할 수 있겠습니다. 아버님의 맏이로 태어나서 첫 18년 동안 함께 살며 자랐으며, 그 후 객지생활을 하면서도 편지나 전화, 또는 직접 찾아 뵙는 기회에 많은 것을 배운 아들로서 그렇게 회고할 수 있습니다.

아버님은 참으로 마음이 가난한 분이었습니다. 아무런 세속적인 욕망을 가진 바 없이 모든 것을 주 하느님께 맡겨드리고 평생을 사신 분이었습니다.

아버님은 슬퍼하는 분이었습니다. 이웃의 슬픔을 보고 함께 슬퍼해주신 분이셨습니다. 당신 자신의 안위보다 아내와 자녀들, 부모 형제들, 친척들, 세상 사람들의 어려움을 외면하지 않으셨고, 그들의 기쁨을 함께 기뻐하셨습니다.

아버님은 일생 중 크게 기뻤던 일이 둘째 레오의 사제 수품이었다고 회고하셨는가 하면, 1982년과 1987년이 특별한 해였다고 말씀하셨습니다. 1982년 당신 아내이자 저희 어머니이신 막달레나님의 회갑을 맞아 사제 아들과 서울의 자녀들, 딸과 사위가 힘을 모아, 유럽 성지순례와 10월 10일 로마 성 베드로 광장에서 거행된 막시밀리아노 마리아 콜베 사제 순교자의 시성식에 참석하게 된 일이 참으로 기뻤다고 하시면서, 특히 처제와 함께 한 것이 좋았다고 돌이켜 보셨습니다.

이날 시성식에서 받아오신 안내 책자를 저에게 주셔서, 저는 이 자료를 가지고 콜베 성인에 관한 글을 완성할 수 있었습니다.

폴란드 사람인 콜베 신부는 유대인에게 피신처를 제공했다가 발각돼 1941년 5월 28일 악명 높은 수용소 아우슈비츠에 끌려갔습니다. 거기서도 그는 몰래 고해성사와 상담으로 수감자들의 마음을 위로해 주었으며, 두 달 뒤인 7월 말, 수감자 한 명이 건초더미에 몸을 숨겨 탈출하는 사건이 발생합니다. 당시 수용소는 한 사람이 탈출하면 10명을 아사(餓死) 감방에 보내는 벌칙 규정을 두고 있었는데, 간수들은 죽어야 할 사람을 무작위로 골랐습니다. 그들 중 폴란드군 중사 출신 프란치셰크 가요브니체크가 울부짖었습니다.

"저는 아내와 자식이 있습니다. 죽기 싫어요!"

그때 한 사람이 앞으로 나섰습니다.

"내가 대신 죽겠습니다."

콜베 신부였습니다.

수용소 지휘관이 "너는 누구냐?"라고 물었을 때, 콜베 신부는 "가톨릭 사제입니다"라고 대답했습니다. 성모승천 큰축일*를 하루 앞둔 8월 14일, 이웃을 위해 대신 죽은 그를 교회는 '현시대의 순교자'로 여기면서 1982년 성인 반열에 올린 것입니다.

그해에는 또 저희 어머님이 레지오 마리애 유공 단원으로 뽑혀 교

* 성모승천 큰축일: 성모승천이 믿을 교리로 선포된 것은 1950년 비오 12세 교황에 의해서였지만, 교회는 그 이전부터 8월 15일에 '성모몽소승천'을 기려왔다.

구장 서정길 대주교님의 표창을 받으신 사실을 떠올리셨습니다.

그리고 1987년은 당신 처제이면서 저희의 이모이신 데레사 님이 교통사고 참사를 당한 해였습니다. 이 큰 슬픔속에 어머님이 급성 좌골신경통을 앓게 되어 아버님 또한 고통의 나날을 지내야 하셨습니다. 그러다가 다시 치유된 것도 이 해의 기쁨이라고 하셨습니다. 또 한 가지 기쁨은 아버님의 다음 글에 잘 나타나 있습니다. 담배를 끊으신 것입니다.

> "나는 세 살 때 고열을 동반한 홍역을 크게 앓았는데, 그 후유증인 홍진 기침에다 기관지 확장증을 여러 해 동안 숙환(宿患)으로 고생하면서도 흡연을 계속해 왔다. 이에 나의 건강을 염려한 셋째 아우 세진 바오로와 지금은 고인으로 하늘에서 영생을 누리고 있을 처제 김데레사 여사의 간곡한 당부를 받아들여 나는 나의 고집스러움을 꺾어 단연(斷煙)을 결단하고 실천한 것이 1987년의 큰일 가운데 하나였다."

하느님을 사랑하고 이웃을 사랑하신 아버님은, 그 한정된 사회적 위치에서도 온 마음, 온 힘을 다해주셨습니다. 홀어머니를 모신 먼 일가친척의 생계를 위한 배려로써 징집(徵集) 연기를 도와 애쓰신 일이 한두 번이 아니었음을 저는 생생히 기억하고 있습니다. 어머님이 기억하신 대로 지위 고하를 막론하고 주위의 작은 심부름 같은 일도 마다하지 않으셨으며, 누구에게나 겸손하게 응대하고 예의범절을 중히 여겨 실행하셨습니다.

가정문집을 펴낼 때 어머님이 '나의 장부 요한을 말한다'라는 글에서 이렇게 적으셨습니다.

> "…온갖 직업 바꿔가면서 부모님 모시고 동생들 뒷바라지하며, 자녀들 치다꺼리에 얼마나 신경쓰고 살았는지 모릅니다. 언젠가 머리조차 다 빠지고도 하루도 거르지 않고 일을 해냈습니다. 늘 스무 명 가까운 식구들, 성할 때나 병들었을 때나 객지에 나가 있을 때나 결혼을 시킬 때나 공부를 시킬 때 크고 작은 심부름도 수없이 많이 했었지요. 때로는 부모 형제들에게 못할 일도 했겠지만, 잘한 때가 더 많았다고 기억합니다. 감히 어느 누구도 못 해낼 큰일들을 당신 몸 사리지 않고 꾸준히 해내신 것입니다.
>
> 신문 지국장 할 때도 주어진 일에 더욱 충실하고자 했고, 젊은이나 늙은 어른에게나 한결같이 천진난만한 어린아이 마음으로 대해 주었으며, 인사 잘하는 사람으로도 호가 나 있었습니다.
>
> 그렇게 살아오신 덕분인지 천 읍내 돈 꾸러 안 간 집

이 없을 만큼 많았고, 모두들 잘 대해 주어 그 덕분으로 아이들 공부시키며 살아온 셈입니다. 그러나 그것도 한두 번이지 빌린 돈 이자가 무섭기도 해서 이렇게 기도할 때도 있었습니다.

'주님! 우리는 부자도 말고 빚만 갚고 살도록 해주십시오.'

자비 무한하신 주님께서는 우리에게 빚도 갚고 아이들 결혼해서 집도 다 마련하게 해주셨으니, 거기다가 아들 사제도 허락하셨으니, 이보다 더 큰 은총이 또 어디 있겠습니까!"(『서로 사랑하여라』 227-228쪽).

아버님은 온유한 분이었고 옳은 일에 주리고 목마른 분이었습니다. 남에게 자비를 베푸는 분이었고 마음이 깨끗하여 평화를 심는 분이었습니다.

저희의 혼인 초기, 어떤 문제로 아버님을 난처하게 해드린 일이 있었습니다. 일부 친척들까지 '난리'를 쳐 모두의 몸과 마음을 폐허로 만들었을 때, 부모님인들 그 얼마나 애통하고 비통해 하셨겠습니까!

모든 소통이 끊어지고 '연옥'의 나날이 계속되던 어느 날, 저는 무거운 발걸음으로 대구 시지동 아버님 댁을 찾았습니다. 저로 인해 마음의 평화를 깨뜨렸으니 사죄할 따름이었습니다. 묵묵히 듣고 계시던 아버님의 눈가에 물방울이 떨어지는 것을 보며 하늘나라의 자비를 읽을 수 있어 감사드렸습니다.

참으로 아버님은 우리의 마음을 비춰주는 빛이 되셨습니다. 소자가 서울대교구 평협과 한국평협 회장 직분을 맡았을 때 맨 먼저 다짐한 것이 '영천 최 회장의 아들'로서 아버님께 누를 끼쳐드리지 않아야겠다는 점이었습니다. 우리는 아버님을 보고 아버님이 믿으신 하느님을 찬양하게 됩니다.

천주께서 축복하시어

아버님 칠순 잔칫날 권국명 알로이시오 시인이 노래한 축시가 이를 말해 줍니다.

천주께서 축복하시어
- 최 요한 회장님의 고희에 드리는 축시

9남매의 아버지
9남매의 어머니여,
눈빛 맑은 씩씩한 아들딸을 기루어 내신
이 땅의 후덕한 산하(山河)와 같으신 어버이여.
내 안 먹고 자식 주고

내 안 입고 자식 주어
오, 스스로를 두엄처럼 무성하게 하신 한국의 어버이여.

하느님께서는
아브라함처럼 두 분 당신을 축복하시어
「야훼는 찬양 받으실 분」
오늘은 당신의 자손으로부터 찬양받으리이다.

두 분 당신은
이 땅 어버이의 대표이시고
이 땅 어버이의 눈물과 인고와
사랑과 간절한 소망의 대표이시니,
오, 이제 7순(七旬)의 모습
맑은 학(鶴)처럼 높고 빛나나이다.
천주(天主)께서 당신의 믿음을 축복하시어
백세 천세토록 당신의 땅과 열매가 풍성하리이다.

가정은 기도를 가르치는 학교요 교회

물론 지상 생활에서 완전한 것이 있을 수 없겠습니다만, 아버님은 복음에 충실하고자 노력하신 분이었습니다. 신앙인으로서 누구보다

양심을 따르고 진실한 삶을 추구하신 분이었습니다. 아버님은 실제로 인간으로서 양심적이고 진실했습니다. '성실 근면'을 생애의 모토로 살다 가신 분, 진실한 믿음과 진실한 삶은 아버님의 전 인품을 말한다 해도 지나치지 않습니다.

고향 본당에서 사제의 사목을 도우며 깨어 있는 신자로서 평신도 사도직에 충실하신 분, 그리고 무엇보다 기도로써 아홉 남매들을 길러주신 공덕을 저희는 잊지 못합니다.

형제는 같은 가정에서 태어나고 자란 사람들입니다. "그리스도인의 가정은 기도를 가르치는 첫째 장소"(「가톨릭교회 교리서」 2685)라고 교회는 일깨워줍니다. 혼인성사 위에 세워진 그리스도인의 가정이 '가정교회'라는 것입니다. 바로 이러한 가정교회에서 저희를 이끌어주시고, 또한 바로 세워주고자 최선을 다하신 아버님은 아침기도와 저녁기도는 물론, 묵주기도가 매우 바람직한 기도이며, 세상의 평화를 가져오는 기도로서, 이는 영혼의 병을 낫게 해주는 영약이며, 가족을 하나로 묶어주는 역할도 해준다고 일깨워 주셨습니다.

가정이 제대로 서있게 하려면 가족이 서로 사랑해야 하고, 서로간의 사랑은 성부, 성자, 성령- 성삼위 하느님의 친교와 일치를 본받아 노력할 때 이루어진다고 합니다.

아버님께서 저희에게 일러주신 당부 말씀을 새기고 싶어졌습니다.

"내가 기회 있을 때마다 역설하는 바이지만 형제 자매간은 같은 동기(同氣)라는 것을 명심하라. 형은 아우를 사랑으로 선도할 것이며,

아우는 형을 극진히 위하고 존경할 것을 거듭 일깨워두는 바이다. 옛날 할아버님께서는 항상 말씀하시기를 '맏 백[伯兄] 씨는 부모를 대신한다'는 것을 강조하셨음을 상기할 때, 거듭 재론같다마는 동기간은 서로가 사랑으로 감싸주어야 할 것으로 안다. 내가 눈여겨 너희 형제간과 며느리들과 남매간에 오가는 동태를 보니 흐뭇하기 이를 데 없다"(「서로 사랑하여라」196쪽).

사랑은 모든 것을 견디어 냅니다

아버님께서 즐겨 들려주신 성경 말씀 한 대목을 읽으면서 오늘, 아버님 탄생 100주년을 기리고자 합니다. 사도 바오로의 코린토 1서 13장에 나오는 '사랑의 송가'입니다.

"4. 사랑은 참고 기다립니다. 사랑은 친절합니다. 사랑은 시기하지 않고 뽐내지 않으며 교만하지 않습니다.

5. 사랑은 무례하지 않고 자기 이익을 추구하지 않으며 성을 내지 않고 앙심을 품지 않습니다.

6. 사랑은 불의에 기뻐하지 않고 진실을 두고 함께 기뻐합니다.

7. 사랑은 모든 것을 덮어 주고 모든 것을 믿으며 모든 것을 바라고 모든 것을 견디어 냅니다."

2019년 11월 2일 위령의 날

다음은 야고보 아우가 정리했음직한 '아버님 연보'입니다.

아버님 최남식(崔南植) 사도 요한 연보(1919-1990)

1919. 8. 25(음력). 경북 영천시 조교동(永川市 早橋洞; 당시에는 永川郡) 394번지에서 윤신공 최영필(崔泳弼) 토마스와 경주 이씨 두리(李斗里) 말지나 님의 5남 3녀중 장남으로 출생.

1926. 3. 영천보통학교 입학.

1930. 겨울. 집앞 금호강에서 친구들과 썰매를 타다가 얼음판 숨구멍에 빠져 사경을 헤매시던 중 친구 정도선 님의 도움으로 생명을 구하셨음.

1932. 3. 25. 영천보통학교 졸업.

1932. 4. 29. 보통학교 담임 교사 사가라 마사끼(相良政之) 선생의 주선으로 곡물 상회 입사. 장남으로서 집안일을 돕기 위해 상급학교 진학을 일찍 포기하시고 양품점이나 백화점에 취직해 큰 상인이 되려는 꿈을 가지셨으나 첫 직장은 곡물상회였음. 아버님께서는 졸업 전 그런 뜻을 담임 교사에게 장문의 편지로 전하시고 취직을 요청하셨음. 그러나 원하시던 직장이 아닌 데다 주인 김씨의 부도로 고생만 하시다가

2년 만에 퇴사.

1936. 영천 이(李)씨가 경영하는 양품점에 취직해 뜻을 이뤘으나 1939년 대흉년으로 이 양품점도 불경기를 이기지 못하던 중 1942년 초봄 대형 화재로 결국 문을 닫음. 대상인이 되고자 하신 아버님의 꿈도 연기처럼 사라졌음.

1939. 4. 17. 경북 칠곡군 왜관읍 낙산동 가실 성당에서 프랑스 선교사 여동선(呂東宣 Tourneux) 신부 주례로 아버님과 어머님 김해 김(金)씨 말련(末連) 마리아 막달레나 님과 혼인성사 받으심.

1942. 일본생명보험회사 영천지부 입사. 최우수 사원 선정.

1942. 7, 30 장남 홍목(弘牧; 필명 弘埈) 파비아노 출생.
(음력 6. 18).

1942. 8. 30. 대구교구장 하야사까(早坂) 주교 영천본당 사목방문 때 신자 대표로 일본말로 환영사 낭독.

1943. 6. 30. 영천군에서 시행한 읍면 서기 자격시험 합격.

1944. 4. 8. 영천읍 서기 임용. 새로운 인생 시작.

1945. 7. 6 차남 홍길(弘吉) 레오 신부 출생.
(음력 5. 27).

1945. 8. 15. 해방.

1948. 2. 28 장녀 경애(敬愛) 제노베파 출생.

(음력 1. 19).

1949, 6. 6. 영천군 인민위원회의 만행과 횡포에 시달리신 아버님 공직인 읍 서기 사퇴.

1950. 1. 16 3남 홍운(弘運) 베드로 출생.

(음력 1949. 11. 28).

1950. 6. 25. 6 · 25 한국전쟁 발발.

1950. 9. 5. 북한군 남침으로 영천 지역에도 주민 소개령이 내려져 조교동민들은 경산군 진량면으로 집결하게 되었다. 그러나 집을 떠날 수 없다시며 피난길에 나서지 않으신 토마스 조부님, 미리 떠나신 분다 외증조모님과 장남 파비아노, 두 사람을 찾아 나섰다가 고경면 용전 삼귀동으로 가신 아버님 등 가족들이 뿔뿔이 헤어졌다. 그러나 전세가 역전돼 경산으로 피난 갔던 가족들은 9일만에 귀가했고, 외증조모님과 장남도 11일만에, 뒤늦게 피난 가셨던 조부님까지 돌아오시어 전 가족이 다시 모였다.

1950. 10. 쌀, 콩 등 곡물을 농촌에서 구입해 트럭에 싣고 전국 피난민들이 집결한 부산에 가서 팔고, 생선을 서울 등지에 파는 등 브로커 행상을 했으나 중공군 침공으로 나라가 혼란해지자 그마저 중단.

1951. 4. 1. 경주세무서 서기 임용. 조교에서 경주까지 편도 40km를 매일 자전거로 출퇴근하시면서도 언제나 1등 출근. 그러나 부정부패를 모르시던 아버님께서는 당시 세무서 분위기에 적응하지 못하시고 얼마 후 퇴직.

1951. 12. 23 4남 홍대(弘大) 스테파노 출생.
(음력 11. 25).

1953. 12. 9 5남 홍록(弘錄) 스테파노 출생.
(음력 11. 4).

1956. 2, 6 6남 홍국(弘國) 야고보 출생.
(음력 1955. 12. 25).

1950년대 제3대 영천본당 주임 이명우 몬시뇰 재임 때 본당 회장 두 번 역임. 세무서를 그만두신 후 부모님을 모신 8남매의 장남으로서 자녀들도 늘어나 실직 상태를 오래 지속할 수 없으셨던 아버님께서는 언론계와 금융계를 넘나들며 닥치는 대로 일하셨다. 지방지인 대구신보와 영남일보, 중앙지인 경향신문과 동아일보 영천지국장직까지 맡으셨으나 소득이 적어 대구무진과 흥국생명보험까지 맡아 하셨다. 수면 부족과 지나친 격무에 시달리신 나머지 40대에 접어든 1950년대 말, 원형독두 탈모증에 걸려 몇 달 동안 모자를 쓰고 다니시는 등 고통이 심하셨다.

1958. 4. 7 (음 2. 19). 미애(美愛) 데레사 출생, 1959. 1. 26. 선종.

1959. 11. 6 (음력 10. 6). 차녀 선애(善愛) 요안나 출생.

1962. 2. 25 (음력 1. 21). 7남 홍택(弘澤) 마티아 출생.
그 후에도 9남매 자녀들을 위해 서민금융회사를 시작으로 개량온돌장치 보급원, 고려인삼공사 직원, 양곡가공협회 상무, 인쇄업 경영 등 직종과 지위 고하를 가리지 않고 60대까지 일하셨다.

1982. 10. 어머님 김말련 마리아 막달레나 님의 회갑(음력 8. 10). 당해 연도를 맞아 막내 이모 춘련(春連) 데레사 님과 함께 자녀들이 마련해드린 유럽 성지순례. 순례 기간 중이던 10일 로마 성 베드로 대성당 광장에서 거행된 성 막시밀리아노 콜베 사제 시성식 참석.

1987. 평생 피우시던 담배 끊으심. 아버님께서는 세 살 때 고열을 동반한 홍역을 크게 앓으셨다. 그 후유증인 홍진(紅疹) 기침에다 기관지 확장증으로 여러 해 동안 고생하시면서도 흡연을 계속하셨다. 이로 인해 기관지는 물론 결국 세상을 떠나시게 한 후두암까

지 발병했다. 이를 보다 못한 셋째 숙부 세진(世鎭) 바오로님과 이모 데레사 님의 간곡한 권유로 담배를 끊으셨다. 데레사 이모님은 그해 7월 24일 불의의 교통사고 참사로 선종하셨다.

1988. 8. 88 서울올림픽 총 예행연습과 육상 및 권투 경기 관람.

1989. 8. 25 (음력). 칠순 및 금혼 잔치.

1990. 2. 후두암 발병. 대구가톨릭대병원에서 후두 절개 수술.

1990. 3. 서울대학교병원 입원. 다섯 차례 후두 수술.

1990. 7. 서울대병원 퇴원.

1990. 11. 2. 대구 동신점보 자택에서 향년 71세로 선종.

영천성당과 고향 마을 조교동 방문기 "추억은 미래에 있다"

금년 2024년 3월 2일 어머님 연도 미사를 마치고 고향 영천성당을 찾아가게 되었습니다. 누이 선애 요안나의 제의로 갔는데, 영천성당 재건축 계획에 따라 4월에 본당과 부속 건물들, 정원과 마당을 허물기 전에 한 번이라도 더 눈여겨보자는 취지에서였습니다.

자동차 두 대로 움직였는데, 한 대는 대건 안드레아 규현이가 운전해서 그의 부모인, 아버님 기준으로 3남 베드로 내외와 4남 큰스테파노, 맏사위 율리오 김서방이 함께 탔고, 다른 한 대는 대구에 거주하는 6남 야고보 홍국 사장이 운전한 가운데 장녀 제노베파와 차녀 요안나, 넷째 며느님 스테파니아 제수씨, 그리고 내가 타서 모두 열 사람이었습니다. 이 기록은 '영천성당 방문기'라는 부제에 '추억은 미래에 있다'는 제목으로 「구남매」 신문 제14호에 게재된 것을 토대로 보완한 것입니다.

돌탑 위의 성모님

할아버지, 할머니와 노할머니, 그리고 태어난 지 1년을 채 자라지 못하고 세상을 떠난 누이 데레사 미애가 묻힌 영천성당 산소를 왼손 편으로 바라보면서 금호강을 건너 성당에 도착하자마자 우리를 두 팔로 반갑게 맞아주신 분은 두 단(壇)의 커다란 돌축대 위에 서 계신 성모님이셨다. 1954년 성년(聖年) 기념으로 이명우 야고보 신부님 재임 중에 축조한 성모상은 두 손을 한데 모으고 하늘을 향해 기도하시는 모습인데, 대구 성모당의 루르드 성모상과 파티마 성모상이 어떻게 다른지를 말해 주었더니 요안나가 무척 좋아했다. 원죄없이 잉태되신 성모님은 1854년 비오 9세 교황께서 칙서(Ineffiabilis)로 장엄하게 선포하심으로써 교회가 이를 믿고 따르게 되었다. "우리는 복되신 동정 마리아께서 잉태된 첫 순간부터 인류의 구세주이신 예수 그리스도의 공로와 전능하신 하느님의 유일무이한 은총의 특전으로 원죄에 물들지 않고 보호되셨다는 것이 하느님께서 계시하신 교리임을, 이런 이유로 모든 신자가 굳게 믿어야 함을 선언하고, 선포하고, 규정한다”(D.S.2803).

그러나 당시 공동체 일각에서는 이 선포에도 불구하고 여러 가지 소리를 내는 듯했고, 4년 후 남부 프랑스 루르드 동굴에서 베르나데트 소녀에게 성모님이 발현하시어 “나는 원죄없이 잉태된 자”라고 일러주셨다. 대구 성모당은 1911년 서울에서 분리 설정된 대구대목구 첫 주교로 부임한 드망즈 주교가 7월 2일 루르드의 성모를 교구 주보로 정하고, 성모님의 도우심에 힘입어 교구에 주교관과 신학교 건립, 계산동 주교좌 성당의 증축 등을 청원하면서, 교구에서 가장 아름다운 장소를 성모님께 봉헌하고 그곳에 루르드의 성모 동굴 모형대로 성모당을 세워서 모든 신자들이 순례하도록 하겠다고 다짐했다. 1918년 10월 13일 남산동 주교관 경내에 성모당을 완공하고 축성할 수 있었다.

반면 러시아의 공산혁명이 일어나던 1917년 포르투갈의 파티마에서는 루치아 소녀와 내외종 간인 히야친타, 프란치스코 남매 등 세 어린이들에게 나타나신 성모 마리아께서 “너희는 너희 자신을 하느님께 바치고, 하느님의 마음을 상해 드린 죄의 보속과 죄인들의 회개를 위해 하느님께서 너희에게 보내고자 하시는 고통을 참아 받겠느냐?”면서 “죄인들의 회개를 위해, 전쟁이 끝나고 세상에 평화가 오도록 매일 묵주기도를 바쳐라”고 당부하셨다. 그때는 제1차 세계대전(1914-1918) 중이었고, 성모님께서 묵주를 손목에 걸고 합장한 모습을 보이시며 전쟁은 곧 끝날 것이라고 일러주셨다. 그 후 전쟁은 일년 후 끝났으나 동서냉전이 수십 년 지속된 끝에 베를린 장벽이 무너지고 동유럽과 소비에트연방[蘇聯]이 해체된 1990년, 91년 사태를 파티마의 성모님과 연관짓는 것도 자연스런 현상이었다.

영천성당에 성모상을 세워 최덕홍 요한 주교 집전으로 축성한 것이 1954년 8월 15일 성모승천 대축일이었고, 그 해가 성모성년이기도 했지만, 6 · 25 한국전쟁이 발발(1950년)해 휴전(1953년)이 성립된 바로 다음해였고, 교구 주보이신 루르드의 성모님을 모시고 싶은 데다, '평화의 모후'께도 우리를 의탁하고자 했던 교회 당국의 원의가 강했던 것으로 나는 알아들었다. 성당도 제단 반대편인 북쪽으로 증축을 했고, 20여년 전 본당 설립 때 지은 면적으로는 늘어나는 신자들을 받아들이기가 협소해서 44평을 더 늘려서 1957년 11월 25일 최 주교의 후임자인 서정길 교구장 주교의 집전으로 증축 축성식을 거행했다.

성찰과 묵상의 집 '성사헌'

1951년 8월 개원한 샛별유치원으로 한때 사용하게 되었던 강당을 둘러보고, 성당 신축 기간 중 이곳에서 미사 전례를 집전한다는 설명을 최준혁 바오로 사무장 형제로부터 들을 수 있었다. 우리 구남매 중 셋째이자 장녀인 제노베파가 처음으로 이 유치원에 들어가서 3회

졸업생이 되었다며 감개가 크다고 이날 말하고는 했다.

성당 증축 때 금호강이 내려다보이는 바위 언덕에 지어 '성사헌'(省思軒)이라 이름 붙인 사제관이 그때는 그리도 화려하고 아름다우며 성스러워 보였었는데, 지금은 다닥다닥 건물이 몰린 데다 조악하고 볼품이 없게 되어 이번에 헐리게 되었다는 것. "성찰과 묵상의 집"이란 뜻의 '성사헌' 글씨까지 직접 써준 이 지역 제헌 국회의원이요 한학자였던 백파 정도영(白坡鄭島榮) 선생이 사제관 준공 축하식에 초대받아 한시 한편을 읊어준 것은 『영천본당 50년사』(128쪽, 1986, 영천천주교회)도 기록하고 있다.

성당 울타리를 우람한 돌담으로 쌓아 올린 것 역시 당시 주임 사제의 공덕인데, 후에 '몬시뇰'로 살다가 대구 남산동 성직자 묘지 입구 왼편 무덤에 잠든 이 야고보 신부는 6 · 25 전쟁 발발 직전에 부임해서 10년 동안 눈에 보이는 건물 증축과 함께 눈으로 볼 수 없는 복음화에도 크게 이바지한 사목자였다. 특히 지역의 유지들을 많이 접촉해서 새로운 방식의 선교에 큰 발자취를 남긴 그분은, 주둔 공병대와 미군 트럭까지 동원해 팔공산 아래 신녕천과 치산천변에 굴러다니던 큰돌들을 실어와서 성모상 축대와 성당 담장을 쌓을 수가 있었다. 이때 성당 정문 동편에 있던 세 칸짜리 건물을 허물고 그 자리에 국기게양대를 세웠는데, 그 집은 후에 사제와 주교가 된 장병보 베드로, 이갑수 가브리엘 신학생들이 방학 때 와서 생활하던 공간이었다. 학기 중에는 우리 가정이 길지 않은 기간 생활하기도 했다. 레오 아우가 기어 다니던 시기였고, 내가 네다섯 살쯤 되었을까, 하루는 잠에서 깨어 보니 아기만 누워있고, 엄마와 아빠가 안 계시는 것이었다. 나는 그만 엉엉 울면서 '동태'(바퀴의 방언)처럼 달려가 성당 서쪽 중간 문을 열고 "엄마아!"하고 울부짖었다. 순간, 귀가 번쩍! 하고 따귀를 갈아붙인 손의 위력이 불꽃을 번쩍였다! 아버지의 매서운 손이었다.

성모상을 바라보면서 왼쪽 성당 옆에 화단이 있었고, 화단 앞에 시멘트로 된 돌의자가 길게 놓여 있었다. 거기에 우리 구남매 중 두 스테파노와 야고보 등 3형제가 옹기종기 허름한 옷차림으로 앉아서 찍힌 사진이 한 장 우리 「구남매」 신문에 실린 적이 있다. 요즘 우크라이나와 가자지구 전투 자투리 사진의 헐벗은 아이들을 연상케 하는 그런 사진인데, 나는 이 돌의자의 사연을 시(詩)로 써 본 적이 있다. 영문으로 번역되기도 한 이 작품은, 어머니와 고향과 성모상과 또 다른 어느 누이와 소녀, 나중에 옛 소련 흔적이 남아있던 '리비우', 중세 후반에 세워진 도시로 유네스코 세계 문화유산으로도 등재된 우크라이나 서부의 이 도시를 회의 참석차 방문해 '유토피아의 유적'을 만난 사연까지 담았으나 제한된 길이 때문만은 아닐지언정 번역자에게조차 그 뜻을 제대로 전달하지 못한 아쉬움이 따른다. 기념 삼아 여기 옮겨본다.

오직 감사라고

푸릇푸릇 연초록 풀밭에 작은 꽃 춤을 추네, 어린 새 여린 나무 생기 돋아나고
텅 빈 성당 마당 돌의자에 살포시 다가앉은 어머니
유토피아를 속삭이시네, 나무가 듣고 있었네

부활 성야 거룩한 밤 흰옷에 흰 수건 하얀 마음으로 소녀가 세례를 받고
소년은 촛불 들고 나무로 서 있었네
코스모스 피는 언덕에서 오페라 마농 레스코의 아리아를 노래하고
나무는 자라서 먼 동유럽 하늘 아래 숲길을 지나 광장을 찾았더니
축제 끝에 이르는 말, 여기가 이상향의 흔적이라고

한 생애 이상을 좇아 발이 부르트는 수고도 마다하지 않았으나
우리 집 정원에 서 있는 고목 나무
엄마를 속 빼 닮은 아내의 미소가 흰 달빛을 받아 말해주네
함께 머무르시는 그분께, 오직 감사라고

아우 레오 사제는 '교회와 매스 미디어'라는 석사 논문으로 사제수업을 마치고 사제직에 오른 지 5년이 지난 1981년 부활대축일에 『추억은 미래에 있다』는 제목의 수상집을 펴냈다. 책 추천사에서 당시 대구대교구 총대리 이문희 바오로 주교는 이렇게 썼다.

"말을 하는 자는 단순한 발음으로만 말이 되는 것이 아니다. 말하는 자의 사상과 인격이 한데 어울려서 하나의 말이 되고 그것이 육화(incarnation)하게 될 때에 더욱 힘 있는 말이 된다. 그래서 이 책의 말씀들을 단순한 말로만 읽지 말아야 하고 더욱이 활자화된 글자로만 읽지 말아야 한다. 또한 재미있는 문학책으로만도 생각지 말아야 한다. 일생을 주 그리스도를 따르기로 결심하고 '하느님 말씀'에 봉사하기로 한 젊은 사제의 삶과 결부시켜서 이 책을 보아야 할 것이다."

이 책에서 최 신부는 젊은이들에게 호소하는 내용도 담았다. 2027년 세계청년대회를 준비하고 있는 서울대교구와 한국 교회에 던지는 메시지 같기도 해서 옮겨본다. "먼저 참으로 사랑하여야 할 것이다. '사랑'이란 말은 사량(思量)에서 비롯된 것이 아닌지 모르겠다. 어떤 대상이나 상대에 대해서 '생각을 많이 하는 것'이다." "젊은이여, 늘 새로움을 발견하여라. 우리의 존재와 삶이 끝내 허망한 것일 수는 없지 않은가. 이제껏 삶을 살아왔지만 앞으로 살아가야 할 남은 세월이 더 많은 우리에게는 인생이란 이룩된 것이 아니라 이루어져 가고 있는 것이다. 젊은이여, 정체를 밝히고 미래에 살자. 우리의 소망도 꿈도 사랑도 미래에 있다. 오늘 순간순간들을 놓치지 말고 아무리 힘겨운 고난과 시련이 닥쳐와도 우리는 미래를 살자. 젊은이여, 추억은 미래에 있다."

사실 '추억은 미래에 있다,' 이 말은 1962년 여름인가, 1963년 봄인가, 서울 안암동 고려대학교 구내 인촌 김성수 선생 묘원에서 당시 재학생들을 대상으로 한 시 백일장의 시제(詩題)이기도 했다. 아마 동탁 조지훈 선생이 출제한 것일 수도 있으리라.

왜 허물고 지어야 하나

영천성당 건물이 4월에 해체되고 신축 공사를 시작한다기에 마지막으로 여기면서 본당 안에 들어갔더니 노수녀 한 분이 중간쯤에서 기도를 하고 계셨다. 우리 일행보다 먼저 혼자서 제대를 향해 성체조배를 시작했다. 옛날 1950년대 중후반, 이명우 주임 신부님 고향인 상주 함창 출신 신학생들이 방학 때면 와서 우리 학생들에게 교리를 가르치고 복사 교육도 해주었던 기억이 난다. 어느 신학생이 "제대보에 써놓은 라틴어가 무슨 뜻인지 아느냐?"고 물었을 때 내가 "엣 베르붐 카로 팍툼 에스트(Et Verbum caro factum est)"라면서 삼종기도에 나오는 "이에 말씀이 사람이 되시어"라고 대답해 칭찬을 받기도 했던 생각도 났다.

옛 건물 등을 무너뜨리고 새로이 성전을 건축하면서 묵은 것에 대한 미련과 아쉬움이 남아 기억과 기념과 새로움에 대한 두려움까지 드러내고 있는 까닭은 어디에 있나. 영천성당 최초의 건물은 스위스 출신 파리외방전교회 소속 레이몬드 조(趙) 신부께서 고향집의 도움으로 지은 것이다. 노후에 그는 편지글로 이렇게 적었다.

"영천에는 성당이 없었다. 델랑드 남 신부가 나를 위해 집을 사주었는데 후에 이진호 씨에게 팔았다. 소년들을 가르칠 교리교사도 없었다. 나는 그 집에서 교회를 세울 때까지 살았는데 그 당시 돈으로 8,000 스위스 프랑을 가지고 성당 건물과 작은 사제관과 강당을 세웠다. 그 돈은 부모님으로부터 보내온 것이며, 이 돈 외에 누구한테도 도움을 받지 않았다. 나는 이 정도 규모의 성당을 5~6개 세울 만한 재력을 가지고 있었다."

1936년 10월 준공된 이 성당은 스위스 풍의 아름다운 건축물이라는 점에서 보존의 가치도 만만찮다는 지적에 귀를 기울이면서도 '신축'하기로 결정했다는 이야기를 들었다. 현장에 와서 직접 봄으로써 그 뜻을 헤아릴 수가 있었고, 나 또한 건축 헌금을 내고 싶다는 충동을 강하게 느낀다.

사도 요한 선친께서 종종 들려주신 "조 신부님은 나를 보면 언제나 '돈 많이 버십시오'라고 하셨지"라는 추억담이 아련히 떠오른다. 조 신부께서 영천성당에 부임하신 다음 전교회장과 복사(服事)로서 외종조부(外從祖父)이신 김수욱 미카엘 할아버지가 오셨고, 그때 당신의 조카였던 우리 막달레나 어머님과 사도 요한 아버님을 중매하셨다고 들었다. 우리 구남매가 영천성당과 떼려야 뗄 수 없는 관계가 맺어진 것 아닐까. 서정길 대주교님과 성 유스티노 신학교 동기로서 건강상 퇴교하고 그 대신 아들 딸 자녀들을 성직자, 수도자로 키우신 마카엘 할아버지께서 4년여 재임 후 일본 히로시마 교구 초청으로 그

곳 한인 상대의 전교 소임을 맡아 떠나셨다. 당시 영천역을 떠나면서 우리 막달레나 어머님과의 이별 장면이 심금을 울리기에 넉넉하다.

루이 델랑드 남대영 신부

지난해 2023년은 조 신부 다음으로 영천성당 주임사제로 살다 가신 루이 델랑드(Louis deslandes; 한국명 南大榮, 1895~1972) 신부가 한국 땅에 발을 들여놓은 지 100년이 된 해로서 포항시가 그분의 동상을 형산강이 보이는 곳에 세웠다는 소식을 들었다. 내가 아직 첫 영성체를 하기 직전에 영천을 떠나 포항으로 가셨지만, 검정 수염이 온 턱을 가득 채운 남 신부님을 나는 또렷이 기억한다. 미사 시간에 늦게 오는 신자들은 성당 문 밖에 서 있다가 나중에 성당 안으로 들어올 수 있었고, 성탄과 부활 판공 때 교리 찰고가 워낙 엄격해서 신자들이 재수, 삼수에 도전하고는 했던 소문이 파다했었다.

나는 '안토니'라는 아이를 안다. 내가 태어나던 그해 정월 초하루에 태어났으니 나와는 동갑내기였다. 태어날 때 산후조리를 잘 못했던지 그의 어머니가 숨을 거두시고 그는 고아로 자랐는데, 남 신부님이 마련하신 고아원 생활을 했다. 그 후 어디서 무엇을 하고 있는지 궁금하지만, 누구에게 물어보지는 않았다.

그분 남 신부님이 사제 서품 50주년 금경축 행사에서 세 분 아들 주교님들의 큰절을 받는 장면이 교회 신문에 실리기도 했다. 1972년

10월 29일자 「가톨릭시보」(그 후 '가톨릭신문'으로 명칭 변경) 같은 달 24일 수녀원 신축 성당에서 서정길 대주교, 장병화 주교, 이갑수 주교, 두봉 주교와 함께 금경축 기념미사를 공동 집전했다"면서 다음과 같이 보도했다. "남 신부는 성소 개발에도 힘써 서정길 대주교를 비롯한 최재선 주교(현재 외유중), 이갑수 주교와 김동언 신부, 김영호 신부, 장병보 신부를 양성했는데 이날 축하식에서 이들 주교 신부들은 영신의 자식으로 감사와 존경을 표하는 뜻으로 큰절을 올려 흐뭇한 분위기를 자아내기도 했다. 또 남 신부가 수녀원 설립 초기부터 고락을 함께 해온 노수녀들 그리고 '이 나라에서 가장 불쌍한 형제들을 도우기 위해' 성모자애원을 설립했다는 말대로 양로원의 노인들, 보육원의 어린이들, 불우한 나환자들도 큰절을 했다."

예수성심시녀 수녀회 창설자 남 루도비코 신부(파리외방전교회)가 세상을 떠난 것은 1972년 11월 17일 새벽이었고, 경북 영일군 오천면 소재 성모자애원 요양소에서 심장마비로 갑자기 돌아가신 거였다. 향년 77세.

4일장으로 치러진 남 신부의 장례 미사는 20일 오전 11시 30분 경북 영일군 연일면 대잠동 601 예수성심시녀회 본원 성당에서 수많은 조객들이 참석한 가운데 로톨리 대주교, 서정길 대주교, 장병화 주교, 두봉 주교, 이갑수 주교, 이문희 보좌주교와 친지 신부들이 공동 집전한 가운데 봉헌됐고, 그분의 유해는 수녀원 뒷산에 안장됐다.

루이 델랑드 남 신부님은 우리 외할머니와 외가 가족들과도 친밀하게 지냈다고 회고한 적이 있다. 1922년 12월 23일 프랑스 노르망디 지방에서 사제품을 받고 한국 선교사로 임명되어, 그 이듬해 1923년 4월 16일에 파리를 출발, 그해 6월 5일 부산항에 도착해 한국 땅에 첫발을 내디뎠고 곧바로 한국어와 풍습을 배우며 한국의 관습을 따랐다. 또한 남대영(南大榮)이라는 한국 이름까지 받아서 한국인으로 살려고 노력했다. 그 후 6개월 동안 한국어를 익힌 후, 1923년 12월 17일 경북 칠곡군 낙산본당(그 후 '가실본당'으로 명칭 바뀜)에 처음으로 파견됐기 때문에 낙산3동 가마골에 사신 외할머님이 잘 아셨던 것이다. 그는 성가연습, 연극 등 전례를 활성화시킬 수 있는 모든 도구를 사용하는 데 주저하지 않았고 덕분에 매일 많은 신자와 어린이들이 미사에 참례하고 영성체를 했다. 특히 가정 방문과 묘지 축성으로 신자들로부터 큰 신뢰를 얻었다. 1924년 10월 부산진(釜山鎭, 현 범일)본당으로 떠났다. 부고를 전한 당시 「가톨릭시보」는 그분의 생애를 간략하게나마 이렇게 소개했다.

> 오직 불우한 이들을 위해 70평생을 봉사하다 간 루도비코 신부를 마지막 보내던 지난 20일 때마침 강풍과 함께 억수같이 퍼붓는 빗속에서 그가 키워온 예수성심시녀회 348명의 수녀들은 남 신부의 유업을 이어받아 "가난한 이들 안에 예수 성심의 나라가 임하도록" 열심히 일할 것을 흐느끼며 맹서했다.

거인의 죽음은 너무나 뜻밖에 다가왔다. 17일 새벽 5시 15분 전 갈평 성모자애원 요양소 내 그의 침실에서 기상한 남 신부는 여느 때와 같이 수녀들의 묵상 지도를 준비하던 중 갑자기 심장마비 증세가 발작, 급보를 듣고 이체칠리아 수녀, 박 안드레아 수녀가 달려갔을 때 등의자에 기댄채 가쁜 숨을 몰아쉬며 "답답하다"란 말 단 한마디를 남긴채 5시 30분 잠자듯 눈을 감았다.

이때 그의 깨끗이 정돈된 책상 위에는 지난 밤늦도록 본국의 은인들에게 써놓은 편지들이 놓여 있었다.

남 신부는 자신의 건강도 돌보지 않은 채 최후 순간까지 불우한 형제들을 걱정하며 그들의 뒷바라지를 위해 외국 은인들의 협조를 호소했던 것이다.

1922년 12월 사제로 서품된 남 신부는 그 이듬해인 23년 6월 5일 부모들의 완강한 반대를 뿌리치고 선교사로서 한국땅에 첫발을 디뎠다.

낙산본당을 거쳐 35년 12월 8일 6명의 정녀들로 예수성심시녀회의 기틀을 마련했고 36년 성모자애원을 설립, 무의무탁한 노인들과 아이들을 돌봐왔다.

1953년 남 신부는 전 수녀원 자리였던 송정에 새로운 집을 마련, 수많은 전쟁고아들을 받아들이는 한편 인근 가난한 어민들에게 식량과 어선을 마련해 주고 포항시 죽도동에 성냥공장을 세워 가난한 노동자들의 일터를 마련해 주기도 했다.

1956년부터는 나환자들을 위해 다미안 피부병원을 부설하고 베타니아원을 세워 70여 명의 나환자들을 수용, 직접 관리해 왔다. 사회사업에 이바지한 공로로 그는 62년 8월 15일 정부로부터 문화훈장을 받았고 69년 본국인 프랑스로부터도 레지옹 도뇌르 훈장을 받았다.

남 신부는 오직 가난하고 병든 불우한 이들을 위해 일생을 바쳤던 것이다. 미리 준비해놓았던 유언장에서까지 남 신부는 그의 모든 것을 수녀원에 기증한다고 명기하고 자신의 사후에도 평소 그가 돌봐오던 불우한 사람들을 계속 보살펴줄 것을 당부했다.

17일 그의 유해는 갈평에서 운구되어 본원 강당에 마련된 빈소에 안치됐다. 불과 24일 전인 10월 24일 그의 금경축 축하식에서 건강한 모습으로 많은 사람들의 축하를 받던 남 신부의 뜻밖의 비보에 접한 수많은 사람들은 연일 빈소를 찾아 그의 명복을 빌었다.

영천성당과 구남매 가정

영천성당 강당에 샛별유치원이 성당 강당에서 문을 연 것은 1951

년 8월이었고, 금년 4월 본당이 철거되면서 이곳에서 미사를 드리고 있다. 내가 초등교 3학년 때 전쟁이 났고, 전쟁 석 달 전 부활 대축일에 첫영성체를 한 나는 그해 12월 24일 성탄 전야 연극공연에 총을 들고 단역으로 출연한 추억도 있다.

성당 대신학생들 숙소 거처에서 생활한 다음 조교동 할아버지 댁으로 들어가서 살았던 우리는 3학년 말까지 조교에서 읍내로 걸어서 통학을 했고, 주일이면 한 양푼이에 밥을 그득 담고 국과 반찬도 따로 아버님 자전거에 싣고 와서 미사를 마친 다음 성당 동쪽 좁은 마당에 둘러앉아 아침 겸 점심 격으로 '아점'을 들고 '성체강복' 예식을 마치고 나서야 조교로 돌아갔다. 마르티나 친할머니는 시장해도 성체를 받아 모시고 나면 배가 부르다고 하셨고, 연로하신 앞집 할매, 그러니까 친할머니의 친정 어머니인 분다 할머니도 함께하실 때가 많았다.

'국민학교'라 부르던 학교를 나중에 '초등학교'로 고쳐 부른 것은 일본식 잔재여서 그랬다고 들었다. 내가 4학년 때가 1951년인데 아버지 어머니와 장녀 베노베파, 3남 베드로까지 여섯 식구 가정이 읍내로 분가해서 살았는데, 창구동 49번지, 아버님이 투잡 동업(同業)을 하신 동해이발관 안집에 살 때 성탄대축일을 이틀 앞두고 홍대 스테파노가 태어났고, 교촌동에서 서문통 가기 전 이진호 회장 댁 바로 앞집에 살 적에는 겨울에 눈이 1미터까지 쌓인 어느 주일날 미군 군종 고 신부님의 지프 차를 타고 성당에 간 기억이 나고, 얼마 후 성당

부근 안태원 씨 대저택의 별채에 세 들어 살 때는 홍록 작은 스테파노가 갓난아기였다.

6학년에 가서야 영천읍 교촌동 169번지 영천극장 앞 제법 널찍한 집을 사서 조부모님과 삼촌 둘, 고모 둘에 노할머님까지 일곱 식구인 할아버지 일가와 합가해 대가족이 함께 살게 되었다. 이듬해 중학교 1학년 때 추석을 앞두고 팔월 열사흗날 토마스 할아버지 회갑 잔치가 거창하게 벌어졌는데, 대구에 사시던 큰고모님이 음식 장만하는 데에 뿌리라면서 조미료인 일제 '아지노모도'를 선보여 주신 것이 새롭기만 했다. 국산 '미원'이 나오기 전이었다.

생일잔치 이야기를 하자면 어머니를 빼고서는 할 수가 없다. 음력으로 팔월 초 열흘에 태어나신 어머니는 이틀 뒤 열이튿날이 마태오 외할아버지 생신이라서 흐지부지, '생일 없는 소녀'가 되셔야 했고, 결혼한 다음에는 생일 사흘 뒤 열사흗날이 시아버님 생신이었던 것이다. 시아버님이 세상 떠나시고는 어머님의 남편인 우리 아버님 생신이 같은 달 스무닷새였다.

그래서 어머님 회갑인 1982년 10월에는 당시 레오 사제와 맏사위, 베드로, 스테파노들까지 위로 형제 자매들이 100만원씩 갹출해 부모님과 데레사 이모님을 막시밀리아노 콜베 성인 사제 시성식 참석을 겸한 유럽 성지순례를 보내드렸다.

선후배, 친구들 이름도 하나 하나 부르고 싶은 영천성당을 떠나오면서 옛 우체국 자리를 지나서 조양각(朝陽閣)이 서 있는 곳에 나의 초등학교 시절이 떠올랐고, 전쟁으로 부서진 서세루(瑞世樓) 난간에 빠져서 팔목을 부러뜨리고 장기결석을 한 불상사도 엊그제 일만 같았다. 영천군청과 경찰서 자리를 지나 사촌 동생 홍윤 베드로가 사는 집 부근 교촌동 120번지 옛집이 있던 골목은 자동차로도 지날 수가 있게 넓어졌고, 극장 앞집에서 이쪽으로 이사 온 것이 내가 대학에 진학하면서 서울로 떠난 직후의 일이었고 보면, 부모님의 희생이 어떠했던가 싶어 가슴이 메여 왔다. 그러고 보니, 나와 우리 형제 자매들이 누리는 오늘의 삶과 행복이 거저 주어진 것이 아니다. 모든 것이 은혜요 감사한 일이다. 하느님께서 늘 우리와 함께 계신다는 확신 안에서 이 글을 맺고 싶다.

"언제나 기뻐하십시오.
끊임없이 기도하십시오.
모든 일에 감사하십시오"(I 테살 5,16-18).

조교 마을을 찾아서

일단 위와 같이 영천성당 방문기를 끝냈으나 그 후 초여름에 들어서면서 우리의 고향 마을인 영천시 조교동을 방문할 기회가 찾아왔다. 조교는 이를 조(早)에 다리 교(橋)자를 쓴다. 일찍, 이른 다리, 존다리, 그렇게들 불렀는데 영천 읍내, 시내에서 동쪽 포항 가는 길로 4㎞쯤 가면 단포교 못 미쳐서 나오는 동네이다. 동쪽으로 계속 가면 고경면 단포동에서 포항 가는 길이고, 조교 삼거리에서 왼쪽 북으로 가면 포은 정몽주 선생 유적지가 나오는 임고에 이른다. 조교동 394번지가 원래 살던 집이고, 우리 가족들이 본적지로 등록된 지번이기도 하다. 이곳에 살던 우리 할아버지께서 378번지 최영구네 집과 맞바꾸는 일이 벌어졌다. 우리는 동네 앞쪽 거랑물('개울물'의 방언)이 흘러가는 곳에 살다가 동네 중심부로 옮긴 것인데, 집 규모가 더 넓고 좋아졌다.

올해가 초등학교 졸업 70주년인 데다 영구의 사촌 아우이며 재경영천향우회 설립 회장인 최석암 선생의 자제인 영환이가 몸이 아프다고 해서 그가 사는 곳 가까운 조교동 장천길의 한 음식점에서 영천과 대구, 서울에 사는 동기들이 모이게 되었던 것. 최 선생은 우리가 초등학교에 다닐 때 교장선생님이었고, 영천성당에서 세례를 받아 열심한 교우로도 사신 분이었다.

모두 스물한 사람이 점심시간에 맞춰 나왔는데, 영환이도 영구도 다 만날 수가 있었다. 영구는 대구에서 왔고, 영환이가 장천에 과수원을 하고 있어서 병 중인 그를 위해서 이곳의 식당에서 모이기로 한 거라고 들었다. 그는 대구에서 고등학교를 나올 무렵만 해도 유망한 미술학도였는데, 물려받은 과수원 농사에 매달리느라 예술가로서의 꿈을 제대로 펼치지 못하고 지금은 거무스레한 얼굴을 하고 장기에 고장이 났다며 대수롭지 않게 말하는 것이었다. 서울에서 아버님께서 향우회 만드실 때 과거 재경영천학우회 회장을 맡기도 했던 내가 도와드렸다고 했더니 "고맙다"고 인사를 건네왔다.

그런데 이곳 장천길은 장천 들녘이 펼쳐졌던 곳이고, 군사용 비행장이 있던 땅이었다. 우리 할아버지 소유로 이 들녘에 네 마지기의 논이 있었는데, 6 · 25전쟁통에 세 마지기가 비행장으로 들어가고 말았던 그곳. 동부초등학교 부근 울얼들의 일곱 마지기 논보다 더 좋은 땅이었다고 어른들이 말씀하시는 걸 들었다. 지금은 비행장이 사라지고 지방도로가 여기저기 나 있고, 영천-상주간 고속도로도 멀지 않은 곳에 누워있었다. 아무튼 조교동은 조교동이지만 우리가 살던 마을은 상당히 안쪽으로 들어가야 했다. 살던 마을까지는 가보지 못했지만 영구를 만나 읍내 조양학교에 다니던 세월을 함께 나눌 수 있었다. 추운 겨울날 학교에 가다가, 혹은 하교길에 책보를 안고, 지고 집으로 가다가 금호강변 바위 아래쪽에 쪼그리고들 앉아서 햇볕을 받던 시간을 소환해 내고는 했다. 편도에 40분이 넉넉히 걸리는 길을 나는 3년 동안 걸어 다녔고, 영구는 6년 내내 그렇게 걸어 다녔다. 영환이는 그때 읍내 교장 선생님 관사에 살았을 것이다.

미카엘 외종조부 이야기

위의 글 속에 어머님이 신혼 무렵 영천역에서 친정 삼촌이신 미카엘 할아버지와 헤어지는 장면이 특별하다고 적은 부분이 있습니다. 히로시마 원폭 투하 74주년에 즈음해서 제가 적은 글이 있고, 이 글에서 선친의 기록을 옮겨놓고 있습니다. 글 말미에 원폭투하 60주년에 나가사키를 발문해서 그 뜨거운 여름장 제의를 차려 입고 행진을 하면서 '땀의 순교'를 이야기하는 대목이 나옵니다. 지금도 여름날 전례 집전 중인 사제들을 보면 얼마나 더울까, 얼마나 땀이 날까, 걸어다니는 순교자가 아닌가, 하는 생각이 들 때가 있습니다.

히로시마 원폭 투하 74주년에 부쳐

2019년 8월 5일 히로시마시(広島市) 나카구(中区) 평화기념공원(平和記念公園)에서 원자 폭탄에 피폭돼 숨진 한국인 희생자를 위한 위령제가 열렸다. 히로시마 원폭 투하 74주년을 하루 앞둔 날이다.

이날 국내 한 신문은 도쿄에서 발행되는 "아사히신문이 '한국에 대한 수출 제재로 한·일 갈등이 악화하는 상황에서도 양국 시민과 학생들이 모여 이국땅에서 억울하게 죽은 이들에게 기도를 바쳤다'고 보도했다"고 쓰고 있다.

"피폭(被曝) 희생자들에게는 국경이 없다"는 부제를 단 이 기사는 "히로시마는 인류 역사상 최초로 실전에 사용된 원자폭탄 '리틀보이'가 떨어진 도시"라면서 "지난 1945년 8월 6일 미군 폭격기가 떨어뜨린 원자폭탄은 히로시마 상공 지상 550m 지점에서 터졌으며, 인구 30만명의 히로시마 시민 중 20만명이 숨졌고, 이 중 한국인 희생자는 2만여명에 이르는 것으로 알려졌다."고 보도했다. 이 기사는 또

"이곳에 마련된 한국인 원폭 희생자 위령비엔 신원이 확인된 한국인 사망자 2600여명의 명단이 안치돼 있다."고 덧붙이고 있다.

나의 아버지와 어머니가 혼인하도록 주선해 주신 분이 히로시마 원자폭탄 피해자가 될번했는데, 이를 용하게도 피할 수 있었던 것은 순전히 당신 아버님의 귀국 당부에 순명하셨기 때문이다. 다시 말해서 우리 부모님의 혼인 중매를 서주신 분이신데, 나에게는 외할아버지의 아우 되시는 분, 그러니까 외종조부(外從祖父)님이시다. 김해 김(金海金)씨 수(秀)자, 욱(旭)자 미카엘 할아버지께서 당신 형님의 따님인 조카의 혼처를 알아보아주신 것인데, 이렇게 해서 1939년 어느 날 우리 아버지 사도 요한님과 어머니 마리아 막달레나님이 혼인을 하게 되신 것이다.

내 아버님이 칠순이셨을 때 집안 문집에 쓰신 기록이 보존되어 있어서 이를 그대로 옮기자면, 1988년 가을로 시계 바늘을 돌려놓고 이 글을 읽어봄직하다. 여기 나오는 인물 중에는 이미 고인이 되신 분이 적지 않다.

《나의 처숙부 미카엘님은 젊으셔서 사제가 되고자 대구 신학당(神學堂, 고 서정길 대주교님 및 현 마산교구장 장병화 주교님 등의 동기)에 입학하셔서 학과 성적은 매우 좋은 편이었으나 건강이 좋지 못하시어 그만 두시고 고향 본당인 '가실성당'의 전교회장으로 잠시 계시다가 '영천성당' 초대 주임이셨던 파리외방전교회 조문도 신부님이 부임하시던 1936년 4월 부활 대축일 직전에 이 본당 초대 복사(服事)

겸 전교회장으로 오시어 영천지방 외교인들을 구령의 길로 인도하셨다. 특히 그해 부활 때 수십 명의 영세자를 내기도 하셨는데, 일본 히로시마 교구장 초청으로, 내가 결혼하던 1939년 초가을 급거 일본에 건너가시어 전교 사업에 열중하시면서 한약국(韓藥局; 당시에는 漢藥局으로 표기했음)을 여시어 전교와 생업을 병행하시면서 큰 성과를 거두시었다.

그러나 이른바 대동아전쟁의 전세가 일본에 불리해지면서 험난한 시국을 염려하신 고국 엄친의 '조속 귀국(早速歸國)하라'시는 명령에 순명(順命)하시어 그 많던 약제(藥劑)와 모든 재물(財物)을 일본 땅 히로시마에 고스라니 남겨 두고 급거 귀국하셨다. 귀국 직후 히로시마에 미군의 원자폭탄이 투하되어 일시에 수많은 인명이 살상되었다.

사십여 년이 지난(1988년 기준) 이날까지 우심한 그 후유증으로 많은 사람들이 신음하고 있는 엄청난 그 재앙을 극적으로 모면하게 된 것도 오직 엄친의 명에 무조건 순종한 나의 처숙부님의 놀라운 효성의 소산이라 하겠다.

해방 직전 환국하시어 큰 화를 면한 처숙부님은 어수선한 시국을 전후하여 형언할 수 없는 고충을 겪으셨지만 남다른 열심한 신앙생활과 지극하신 효성을 굽어보신 주님의 축복으로 슬하에 3남4녀 칠남매를 두셨다. 장남인 김경식 보니파시오 신부(후에 몬시뇰, 선종)님은 지금 대구 계산동 주교좌성당 주임 사제로 계시고, 둘째 한규는 박사학위를 받고 서강대학교 교수로 재직 중이며, 3남 중규는 청운의 꿈을 안고 면학에 열중이다. 장녀 및 2녀 등 두 따님은 툿찡 포교 베네딕토 수녀원 등에서 수도 생활에 여념이 없고, 3녀 효애 양은 아예 결혼을 포기한 채 수년 전부터 프랑스 파리에서 장차 교회와 사회를 위해 열심히 노력하며 예술가의 길을 가고 있다.

팔순이 다 되신 처숙부 미카엘님은 노구를 무릅쓰고 지금도 대구 동산 매션 상가에서 고향 동명(洞名)을 딴 '낙산(落山)한의원'을 운영하시면서 복음 전파에도 남다른 활동으로 많은 외교인을 구원의 길로 인도 중에 계시다. 또한 처숙모(金福愛 데레사)님도 비상하신 열성으로 한때 무릎 관절염도 아랑곳하지 않으시고 레지오 마리애 프레시디움 단장을 오랫동안 역임하셨다. 주회 때는 언제나 사회를 하시면서 행동단원의 본분을 되살려 춘추 큰 축일(부활, 성탄) 때마다 수십 명씩 외교인을 영세시키는 등 눈부신 활약을 계속중에 있어 신앙가정의 귀감이라 하겠다.》

히로시마. 그리고 나가사키. 2005년 8월 원폭 투하 60주년 때는 박 미카엘 주교님을 모시고 현장에 가서 나가사키 대주교님 주례 장엄 미사를 봉헌한 기억이 새롭기만 하다. 엄청난 가해자였으면서도 원폭에서는 피해자였던 그들, 그날의 미사, 오늘의 세 나라 사이의 관계와 의미를 되짚어 보게 된다.

그날도 오늘처럼 무더위가 기승을 부렸다. 주교관에서 평화공원까지 행진을 하면서 사제단 중에는 찜통더위와 '현대의 순교'가 갖는 의미를 생각하게 된다고들 하였다. 오늘 우리의 현실은 어떠한가.

구름재 이야기

올해 2024년 3월 2일 첫 토요일에는 어머님 18주기 미사를 봉헌하면서 가족들 앞에서 어머님을 기리는 글을 읽고, 이를 「구남매」 신문 14호에 실은 바 있습니다. 이 글에서 저는 '구름재'[雲齊]에 관해서 이런 내용을 담았습니다.

《"구름"은 당신 모습을 드러내지 않고 행동하시는 하느님의 오심을 나타내는 상징입니다(창세기 19,9). 이집트를 떠난 이스라엘 자손들이 밤낮으로 행진할 수 있도록 주님께서 그들 앞에 서서 가시며, 낮에는 '구름 기둥'속에서 길을 인도하시고, 밤에는 '불기둥'속에서 그들을 비추어 주셨습니다(창세기 13,21). 창세기에 이어 레위기(16, 2. 13.)에서도 이 구름은 예배 중에 감추어진 하느님의 현존을 상징하는 유형의 연기구름으로 묘사되는가 하면, 복음서가 들려주는 '거룩한 변모'이야기에서도 구름이 예수님 안에서 드러나는 하느님의 현존을 가리킵니다(마태 17,5). 지난 사순 제2주일 복음에서도 우리는 이 말씀을 들었습니다.

그때에 구름이 일어 그들을 덮더니 그 구름 속에서, "이는 내가 사랑하는 아들이니 너희는 그의 말을 들어라."하는 소리가 났다. 그 순간 그들이(제자들이) 둘러보자 더 이상 아무도 보이지 않고 예수님만 그들 곁에 계셨다(마르 9,7-8).

어릴 적 '가첩'(家牒)에 적힌 이름 왼쪽에 글월 문(文) 날개 한(翰), '문한'(文翰)이라는 자신의 자(字)를 좋아했던 레오 사제는 "구름"을 쳐다보며 이상을 향해 높이 높이 날아가는 꿈을 꾸고는 했던 소년이었습니다. 어머님 떠나신 지 아홉 해 여름날 사목 일선에서 물러나 새로운 거처를 마련한 이곳 사제관을 '구름재'라 이름한 것 역시 우연한 일은 아니었습니다. 이곳은 지난해 2023년 도립공원에서 국립공원으로 승격된 대구·경북 지역의 유서 깊은 진산(鎭山)인 팔공산 자락에 사뿐히 내려앉은 교회의 집입니다. 사시사철 찾는 이들로 붐비는 팔공산은 태백산맥과 낙동강을 잇는 국내 핵심 생태축으로 멸종위기종을 포함해 야생생물 오천삼백여 종이 서식하는 생물다양성의 보고(寶庫)라고 들었습니다.》

다음은 아우 홍대 스테파노가 소문을 내는 바람에 문화일보 기획시리즈 '그립습니다'코너에 우리 어머님을 이야기할 기회도 있었습니다.

어머니의 '경고친서'

'일년 중 가장 좋은 시절'이라고 노래하면서 가톨릭교회는 오월을

'성모성월'(聖母聖月)로 지낸다. 그분 성모 마리아는 영광의 어머니라기보다 고통의 어머니로 더 많이 기억한다. 편태(鞭笞)의 극심한 고통을 보여준 영화 《패션 오브 크라이스트》(2004)나 십자가에 못 박히는 예수를 바라보는 성모 마리아의 슬픔을 노래한 《스타바트 마테르》(Stabat Mater)의 여운이 남는 것도 사실이다.

세상의 어머니들 가운데 고통 없이 살아가신 이 누구이시랴만, 나를 낳아 길러주시고 아홉 자녀를 저마다 제 길을 걸어가게 해주신 다음 16년 전 봄에 훌쩍 떠나가신 우리 어머니[金末連 마리아 막달레나 1922-2006] 또한 어렵사리 84년 생애를 살아낸 분이시다.

내가 중학생도 채 되기 전이었을까. 학교에 갔다 왔을 때 집안 분위기가 심상치 않다 싶었는데, 어머니가 짐을 챙겨 들고 급히 나가시는 것이 아닌가! 초비상이 걸린 것이다. 나는 지체없이 버스 정류장까지 따라가서 어렵게, 어렵게 어머니를 모시고 왔다. 대가족 집안에 문제가 생겼을 때 '중립'을 지키시는 아버지가 원망스러워서 친정으로 가고자 해서 집을 나서신 것이었고, 이런 일이 두 번은 있었다.

팔남매의 장남인 아버님과 혼인하신 어머니는 시부모님과 시외조모님, 시동생 둘, 시누이 둘, 그리고 당신 자신의 '구남매' 중 이때가 여섯째까지 태어났을 즈음이었고 보면 우리 민요의 노랫말이 아니더라도 '고추장보다 더 매운 시집살이'를 하고 사셨음이 분명하다. 부엌일을 거들어주는 이도 없는 상태에서 아침마다 도시락을 다섯, 여섯 개씩 싸주어야 하는 번거로운 고달픔이라니!

올가을 추석 무렵이면 어머님이 태어나신 지 100년이 된다. 우리 형제 자매들이 마음 모아 기억에 남을만한 무언가를 하자면서, 그동안 잊고 지내 온 구남매 카페 '카리타스 프라테르나'(Caritas Fraterna; 형제애)를 살펴봤더니 '어머니의 기도'에 이웃사랑'이 가득 차 있음을 보게 되었다.

"사랑하올 예수님, 지금까지 살아온 것이 주님 안에 부끄럽습니다. 용서하여 주시옵소서. 저 구남매 다 각자 하는 일 불행 없이 건강한 몸으로 살게 하소서. 또 저의 장부도 건강을 주시고 모든 어려운 일에 잘 참고 살게 하소서. 그리고 시어머님이나 친정어머님 항상 성총(聖寵) 지위에 사시다가 주님께서 데려가소서. 그리고 저의 형제들에게도 평화를 주시고요. 저의 시동생 바오로 가정과 요셉 가정도 주님께서 돌봐주시기 바랍니다. 우리나라의 평화도 주시고요, 이밖에 모든 것도 다 들어 주시옵소서. 앞으로는 잘 참고 살겠습니다."

만 열여덟 살이 채 되기 전에 내가 서울로 유학 오고 나서 하나, 둘 아우들이 서울로 올라왔고, 힘겨운 도시의 삶이 분별없이 펼쳐졌다. 어쩌다가 더러는 빗나가기라도 할 때면 우리 중에 누군가는 어머니의 경고 친서를 받아야 했다. 1960-70년대 권위주의 시대 집권자가 당료나 관료에게 말이나 행동이 못마땅했을 경우 경고하는 의미로 친서를 써서 보내는 일이 있었는데, 이때 서울의 우리 형제들은 고향에서 어머니가 연필이나 볼펜으로 한 자, 한 자 적어 보내시는 편지를 '눈물의 경고친서'라고 불렀다. 이제 다시 어머니와 그분의 육필

경고친서가 그립기만 하다.

문화일보 : 2022년 04월 29일(金) 최홍준/ 방송작가

2009년 7월 4일 토요일 일기

어머님 전 상서

어머니,

어느새 칠월입니다. 올 한 해도 반이 가고 새로운 반을 살아가게 됐습니다.

그리운 어머니, 사람은 이렇게 살다가 떠나가게 마련인가요? 살다 죽으면 그뿐인가요?

아니지요, 그렇지가 않은 거지요. 내세가 있고, 상선벌악이 있고, 천주존재와 천지창조 등등 우리가 대세자(代洗者)들에게 일러주는 4대 교리도 있는 거지요.

하느님에 대한 신뢰와 사랑이 모자라서도 아니련만, 웬지 이즈음에 와서는 시간이 빨리 간다는 느낌 속에 자괴감과 아쉬움과 그런저런 상념들로 일손이 잘 잡히지 않을 때가 곧잘 있습니다.

어제 양평 나들이에서 세 시쯤 미사를 드리고 음식을 나눠 먹고, 일곱 시가 넘어 귀로에 올랐지만, 일박이일이 아닌 당일 행사로 끝나면서 오늘 하루를 집에서 쉬게 돼 새 자동차 번호판도 받아서 붙이게

됐습니다. 51 수 6123. 수요일에 받았다고 '수'자가 들어간 것인지 모르겠습니다.

몇 번 운전해 보니 오토매틱 차도 익숙해지려 합니다. 딸아이와 모든 이에게 감사할 따름입니다. 이제부터 좀 더 가치있는 삶을 살고자 노력하겠습니다.

어머니, 제 시 한편이 다음주 '독서신문'에 소개된다고 합니다. '한국현대시문학' 여름호에도 한편이 나가고요.

새로 쓰지를 못하고 있던 시가 나간다고 하는데, 이번 강진 나들에에서 몇 편을 건져 올릴 '상'이 남아있습니다만. 밤에, 다산초당으로 올라가는 길에, 소나무와 대화하면서 그 옛날 다산선생을 떠올렸고, 만약 그의 조카인 정하상 바오로가 이곳을 방문했다면, 그도 이 언저리를 거쳐 초당에 올랐을 것 아닌가 싶었습니다.

2009년 7월 15일

어머님, 오늘은 '어머니'가 아니고 '어머님'입니다

제 마음이 그렇게 불러보고 싶은 겁니다. 7월 4일이면 미국 독립기념일이지요. 7,4 남북공동성명이 서울과 평양에서 동시에 발표된 지 서른일곱 해. 세월이 많이도 흘렀습니다. 남산 중앙방송 시절, 남과 북이 분단 이후 거의 처음으로 대화를 시작하게 된 그 시점에, 어머님에겐 막내가 만으로 열 살, 맏이가 서른 살, 아직 장가도 들기 전이었습니다.

"저, 평양에 다녀왔습니다."로 시작된 이후락 중앙정보부장의 특별방송을 들으면서 세상이 달라지려니, 꿈을 꾸게 됐지요. 그러나 남북한 양쪽은 그를 계기로 더욱 더 체제를 강화하고 마음대로 통치해 나갔습니다. 백성들은, 백성이란 말은 민주주의에 반하는 용어라며 쓰지 말자는 이야기도 있습니다만, 아무튼 사람들은 가렴주구, 어렵사리 세상을 살아가게 마련이었습니다.

우리 부모님도 허리가 휘청거릴 정도로 힘든 나날을 사셨습니다. 고생 많이 하셨습니다. 다들 행복했다는 소리보다 어려웠다는 추억담을 내놓고는 한답니다. 그래서 명절이면 술 한잔 받아놓고 어머님은 늘 자식들의 불편한 소리를 들으시며 감내하셨던 기억이 새롭습니다.

어머님을 그렇게 모시는 게 아닌데, 아니었는데…, 라는 생각이 납니다. 마음고생, 몸 고생, 돈 빌리러 다니던 시절의 서글픔, 이번만 고생하면 햇볕 쨍하고 드는 날 오려니, 하고 참아 받으셨으나, 그날은 끝내 오지 않았습니다.

인생이 다 그런 거려니, 하면 그뿐이겠으나, 우리 어머님만은 명절 때 한 잔 하고 씨름하는 자식들 서리에, 몸 둘 곳 못 찾으시며 슬픔을 더 많이 안으셨다는 점에서 저는 이렇게 통곡하고 싶을 따름입니다.

어머님, 지금 천상에서 쉬고 계시겠지요? 자식들 내려다보고 계시겠지요? 머지않아 저희도 찾아갈 것입니다. 오늘 아침, 울컥 그런 생각이 드는 것은 어인 까닭인지요?

베드로가 강남의 큰집을 팔고 강북의 조그만 집을 새로 샀다는 전갈을 받고 문득 어머님, 아버님의 옛날이 떠올라서 몇 자 적었습니다.

2009년 7월 20일 월요일

어머님, 며칠 전에 이런 시를 적어봤습니다

말씀께서
비가 내린다, 철철철
인천공항 김포공항 오고 가는
비행기 소리 들린다
탁 트인 수풀 속에 모습 드러내는
산동네 근린공원 바라보며
아내와 나누어서 생활말씀 읽자하니
가진 것을 팔아 자선을 베풀어라 하신다,
말씀께서

실상 가진 것이 너무 많다
버릴 것도 내어줄 것도 많은 나에게
욕심을 버리라고 하신다
여분의 것이 많으니 내어주라 하신다

돌아보면 살아오는 동안 한 번도
넉넉해서 갈무리하고
도둑이 들까 애태운 적 없건마는
내가 먼저 술값 낸 적은 참 많았다
남들보다 더 바쁘게 일한 만큼
고만큼 더 벌어서 술 사준 적 있었으나
대학생 딸아이 등록금 마감날에
젊은 나를 찾아온 그 할아버지께
꾸어드린 적 있었으나
적선을,
베풀어야 할 처지에 거저 준 적
바이 없다
서러워서 애통해하는 그 친구의
눈물 닦아주지 못했고
잠자리도 주지 못했다

아,
그들 모두 이제는 저 세상 사람 되었구나
죽은 이의 아들이 날 찾아 인사한다 했으나
흔쾌하게 받아주지 못했으니
장마비 내리는 이 아침 나에게

가진 것을 내어놓아
하늘에 재물을 쌓으라 하신다
말씀께서

어머님, 베드로의 댓글을 보고 다시 어머님을 떠올립니다

소자가 처음 집을 살 때, 약수동 전셋집에 살다가 응암동 조그만 '내집'을 390만원 주고 사서 들어갈 때 재산관리가 이렇게 저렇게 된다고, 함께 살던 동생들과 의논을 했더라면, 하는 생각이 지금도 문득문득 납니다.

그런 전통을 세워두었더라면 우리 집 형제애가 또다른 방향으로 발전할 수 있지 않았을까, 생각해 봅니다.

재산을 내어놓고 공유하자는 것이 아니라, 어떻게 돌아가고 있다는 것쯤은 함께 알고 지내는 풍토를 만들어 나갔다면, 어땠을까, 하는 아쉬움이지요.

어머님, 저는 요즘도 미사 때 교황과 주교 성직자를 기억하는 대목에서 레오 사제를 기억하고, 세상 떠난 이들을 기억하는 부분에서 어머님, 아버님을 떠올리며, 저희를 위해 기도하는 차례에서는 저희 가족과 대자 대녀들, 그리고 동생들, 특히 어려운 처지에 있는 동생들을 더욱 많이 사랑해 주십사고 기도하고 있습니다.

묵주기도 환희의 신비 4단에서도 그 형제들을 바쳐드리고 있습니다.

자비로우신 하느님께 그들을 맡겨드립니다.

요즘 소자가 교정을 본 '마리아'에 관한 책에 성자를 낳아준 성모님이 하느님의 어머니이신 동시에 하느님이신 성자 그리스도 예수님의 따님이시기도 하다는 대목에 한참을 멈춰서 묵상할 수 있었습니다.

오늘은 방배동 원룸을 전세 얻어 시작하는 '새가정운동본부'개소식이 있습니다. 저희가 몸담고 있는 포콜라레운동 새가정들이 활동하는 곳이지요. 천상에서 굽어 살펴주십시오, 어머님.

어제가 어머님 본명첨례였군요

2009년 7월 23일 목요일. 미사 때 어머님을 기억했습니다만, 명동 10시 미사가 최석우 안드레아 몬시뇰 장례미사였거든요.

그 전주 토요일에는 이병문 베드로 신부님이 현역 잠원동성당 주임이라서 그랬는지, 장례미사에 본당이 넘쳐서 꼬스트홀까지 만원을 이뤘습니다만, 어제는 원로 사목자인 관계로 성당도 차지 않고 듬성듬성 빈자리가 더러 보였을 정도였습니다.

최 몬시뇰은 어머님과 같은 1922년생이고, 김수환 추기경님과 동성학교 입학 동기라고 했습니다. 최 몬시뇰께는 소자가 진 빚이 있습니다. 원고빚이지요. 아내가 옆에서 슬쩍 건드렸는데, 죄송한 일이지요. 젊은 날, 최석우 신부님이 조 교수와 함께 저를 불러 명동 일식당에서 저녁 대접을 하시면서 중학생도 읽을 수 있도록 쉽게 써달라시

2022년 7월 30일 파비아노 만 80세 생일에 네 가족이 함께 기뻐하고 있다. 이날 딸 정윤 엘리사벳과 아들 재웅 토마스가 회사 사장님의 개인 요트를 빌려 집안 어른들을 모신 가운데 여의도 마리나에서 한강대교를 왕복하는 2시간여의 선상 잔치를 벌일 수 있었다.

며, 한국교회사 통사를 부탁하셨는데, 그리고 독촉도 여러 차례 하셨는데, 원고 스타트만 드리고는 더 못써드린 기억이 죄스럽습니다.

방송일로 그때는 정말 바빴습니다. 마음의 여유가 없을 때였습니다. 이제 그분은 돌아가시고 말았습니다. 그래서 지금 하양성당 신문에 쓰고 있는 것도 교회사 통사를 위한 기초가 되기를 바라면서 연재 중에 있습니다.

동성학교 을조에 12명이 입학했는데, 지금 단 한 분 임응승 신부님만 남았다고, 장례미사에 참례한 당사자 임신부님이 주례자인 정 니콜라오 추기경께 전해드렸다고 했습니다. 정 추기경님은 강론에서, 내년 3월부터는 동성학교에 '을조'와 같은 신학교 지망생을 신입생으로 받는다고 공표했습니다.

모두가 다 가는 인생입니다.

저는 어제 한국문인협회 모임에 착석했습니다. 일본 가는 사람들이 모였더랬습니다. 토요일에 갔다가 다음 주 화요일에 돌아옵니다. 교토와 나라, 오사카를 돌아볼 예정입니다. 그동안 남쪽으로 나가사키와 후꾸오카는 여러 차례 다녀왔고, 북으로 삿보로와 유바리, 아오모리, 중북부로 아키다와 센다이도 다녀왔으나 교토와 오사카는 이번이 처음입니다. 이번 여행에서 문학적인 소재도 많이 건져 오겠습니다.

어머님,

서로 섭섭한 일들은 잊어버리기라도 해야 하련마는 집착이 너무 강한 것이 저희들의 흠이 아닌지 모르겠습니다.

경축 칠순 "희망의 새날을 향하여"

장남 최홍준 파비아노

=== 홍운(弘運) 베드로 칠순에 기록하되, 우리 어르신 양위 부모님의 네 번째 아기요, 아들로서는 세 번째 베드로 태어난 그해가 기축(己丑)년 동짓달 스무여드레 그때는 가마골[釜谷] 외가라서 보지 못했으나 한껏 축복을 빌었었지요===

임오(壬午) 음 유월 열여드레 맏이가 태어나고 삼년 후
겨레가 해방되기 한 달 앞선 을유(乙酉)년 음력 오월 스무이레ㅅ날
보리밭 뙤약볕에서

한여름 들일을 하다 말고 스러지듯 건넌방으로 달려가
어머니, 우리 어머니
아버지, 우리 아버지
집안의 둘째요, 레오 사제
이승의 삶을 노래한 날이려니.

예노파가 태어난 1948년 쥐띠 해(戊子) 정월 열아흐레 초저녁
아들들 둘이 춤추고 노닐며 이남일녀 삼남매를 이루었고
네 번째 아기요, 아들로서는 세 번째
베드로 태어난 기축년 동짓달 스무여드레 그때는
일천구백오십년 일월십육일
가마골 외가라서 보지 못했으나 한껏 기뻐하고 즐거워하며 축복을 빌었었지요.
그러구러 칠십년 세월이 지난 오늘
칠순의 영광을 천국의 부모님 함께 땅 위의 형제 자매들
아들딸 손자 손녀들, 친가 가족들, 처가 인척들, 조카들 두루
은총 안에서 노래하며 잔치, 잔치 벌였구료!
감사, 감사, 하늘과 땅 축복 속에 영광이여!

2018. 12. 23. 대림제4주일

홍국 야고보의 특별한 생일을 축하하며

장남 최홍준 파비아노

† 찬미예수님!

오늘 홍국 야고보 아우의 60회 생일을 진심으로 축하하며 몇 말씀 나눌까 합니다.

1955년 을미(乙未) 섣달 스무닷새 날은 1956년 2월 6일 월요일입니다. 만 60세 환갑날은 나흘 뒤인 2월 3일입니다. 오늘 이 자리가 크나큰 은총 속에 축복의 순간, 순간임을 우리 모두가 느끼고 있습니다.

성영 필립보와 지혜 마리아에게 아버지의 특별한 생신날을 선물하신 하느님께 감사드립니다.

오늘 이 뜻깊은 날을 맞이해서 우리 아버님 사도 요한, 어머님 마리아 막달레나께 감사드립니다. 야고보를 낳아주셨고, 우리 형제 자매 모두를 낳아주시고 길러주셨기 때문입니다.

우리 구남매 형제 자매가 형제 자매일 수 있는 것은 아버님, 어머님으로 해서입니다. 두 분이 우리를 낳아주셨기 때문입니다.

레오 사제가 만든 다음카페 '구남매'는 이름을 '형제애'라고 붙였습니다. 라틴어로 Caritas fraterna, 영어로 fraternal charity라고 부릅니다. 형제간의 사랑, 우애를 뜻하는 말입니다.

바로 이러한 형제애가 발전하면 보편적인 형제애가 되는 것이고, 이웃 사랑에까지 확산되는 것입니다. 이웃은 같은 하느님의 자녀이므로 주님 안에 한 형제 자매라는 인식에서 우러나는 사랑으로서 애덕을 실천하는 것. "만민을 아버지같이 돌보시는 하느님께서는 모든 사람이 한 가족을 이루고 서로 형제같은 마음으로 대하기를 원하셨다"(사목헌장 24). 그러므로 교회는 먼저 '형제애의 상징'(사목헌장 92)이 되며 "보다 깊이 뿌리박힌 세계적 형제애를 추구"(사목헌장 91)한다는 것입니다.

이제 우리 구남매도 일곱 번째가 환갑을 맞이했습니다. 60년 이상을 살았다는 뜻입니다.

맏이인 나는 서울 · 도쿄 월드컵 대회가 열리던 바로 그 기간에 환갑을 맞이했는데, 대천해수욕장 콘도미니엄에서 레오 사제 주례로 미사를 봉헌하고 만찬을 나누었던 기억이 새롭습니다. 그때 일을 떠올리며 형제 자매 여러분에게 감사하다는 인사를 나누고 싶습니다.

둘째인 레오 사제는 지난 2005년 오월 스무이렛날 대구 삼덕동성당 사제관에서 간소한 저녁 식사를 함께 함으로써 갑일을 축하했고, 제노베파는 어머님 선종하신 이듬해 2009년 초 서울 응암동에서 레오사제 집전 미사로 이날을 축하했으며, 홍운 베드로는 지수 결혼 이후 사돈네와 우리 형제들이 모인 가운데 강동지역에서 축하 만찬을 했으며, 홍대 스테파노는 2011년 동짓달 스무닷새 명동 한식집 3층 연회장에서, 그리고 홍록 스테파노는 2013년 동짓달 초나흘 눈 내리던 날 밤, 충청남도 홍성에서 이날을 지냈습니다.

그리고 오늘 홍국 야고보가 갑일을 축하하기에 이르러, 요안나와 마티아 둘 만 60줄에 오르고 있습니다.

다시 한 번 형제애를 생각하게 되는 오늘입니다.

같은 아버지, 어머니 슬하에서 자란 우리 아홉 자녀들과 그 자녀들, 또 자녀들이 서로 사랑하고 화합하면서 빛나는 여정을 걸어갔으면 하는 바람입니다.

도로테아 고모 장례미사 강론

장남 최홍준 파비아노

지난 2022년 가을 그 화창한 토요일 아침, 시월 열여드렛날 포항 이동성당에서 중간고모님의 장례미사가 봉헌되었고, 친정 조카 두 분 사제 레오, 야고보 그들 또한 원로 사목자로 살아가며 이 미사 제단에 함께 섰습니다. 포항 이동성당 천지만 베드로 본당 주임 사제의 강론이 아름다웠습니다.

- 故 최정순 도로테아 장례미사

2022.10.18(화) 09:00 이동 성당

가을볕이 고와서 가벼운 나들이 나서던 걸음에 최정순 도로테아 자매님은 홀연히 먼 길에 오르셨습니다.

낟알 익어가는 들판 사이로 선선한 바람이 불어오던 찰나에 그렇게 하느님의 추수에 들어가셨습니다.

청명한 하늘이 그리도 좋으셨는지, 황금빛 추수가 그리도 그리웠는지, 바람결에 자매님을 떠나보낸 유가족과 친지들로서는 준비 없는 이별이 아직 서툴고, 또 앞으로도 마냥 그럴 터입니다.

유언 한마디 듣지 못한 유가족의 상심은 고인께서도 모르실 것입니다. 하지만 고인의 인생 여정 마지막에 함께 길을 나섰던 그 모습이 유언이 되었습니다.

자매님은 일곱 자녀에게 인생길 그 첫걸음마에 손을 잡아주었습니다. 그리고 그 길이 신앙의 길이라며 기도손을 잡아주었습니다.

일전에 어느 동향 교우에게 자녀들 모두 어긋남 없이 신앙인으로 자라난 것에 대해 하느님께 참으로 감사하다고 인상 깊은 말씀을 남기셨습니다.

한 생을 살아온 잔잔하고 담백한 신앙 고백입니다.

그 고백처럼 유언 대신 길을 가리키며, 함께 걷던 길을 남기셨습니다.

우연인지 몰라도 지난 주일 교중 미사 끝에 우리는 죽음을 가르치는 신앙 동영상 강좌를 보고 들었습니다.

우리는 길이요 진리요 생명이신 그리스도를 수없이 고백합니다.

그럼에도 자주 그 고백의 무게를 간과하기도 합니다. 세상의 모든 길이 어두워지면 저마다 걸어온 길따라 마지막 길 앞에 서게 됩니다. 그제야 아버지의 집으로 인도하는 길, 그리스도라는 길만 부활의 빛으로 훤하게 밝아집니다.

지금 고인의 머리말에는 한평생 간직하고 지켜온 신앙 부활초가 빛나고 있습니다. 고인은 이 빛따라 마지막 길을 걸을 것입니다.

오늘 복음에서 수난을 앞둔 주님께서 제자들에게 말씀하십니다.

"마음이 산란해지는 일이 없이 … 하느님을 믿고 또 나를 믿어라. 내가 있는 곳에 너희도 같이 있게 하겠다."

하느님을 믿는 사람들, 그리스도와 함께 머무는 제자들은 오롯이 그 이름에 의탁하는 법을 압니다.

우리 안팎의 온갖 허물과 죄악, 어둠이, 마침내 죽음이 우리의 마음을 흩어버리려 하더라도 우리를 내신 분의 사랑과 은총에 힘입어 우리는 언제나 사랑받는 자녀로서 믿음과 희망과 사랑으로 파스카의 길을 거쳐갑니다.

재속 가르멜회원으로 살아온 삶을 완성하여 하느님께 마지막 봉헌하는 도로테아를 우리에게 선사해 주신 하느님께 감사드리고, 찬미드리며 그 부족함과 소홀함을 보지 말으시고 성교회의 믿음을 보시기를 청합니다.

어머니이신 성교회는 자비로우신 하느님 아버지께 그리스도의 이름에 온전히 의탁하며 도로테아 자매를 맡겨드립니다.

길이요, 진리요, 생명이신 주님! 도로테아 자매에게 영원한 안식을 주소서.

어머님 추억

맏며느리 유숙자 루피나

2021년 11월 3일

결혼하고 첫 가족 모임으로 기억한다.

어머니께서는 저녁 준비를 하시고, 나는 옆에서 보조 역할을 했으리라.

항상 단출한 가족 안에서 조용히 살았던 나로서는 재미있기도 하고 복잡하기도 하고, 그러나 어머니의 지시에 따라 부엌이며 넓은 마당이며 방이며 마당 한켠에 있는 광으로 뛰어다니며 나름 열심히 도와드렸다.

그날 반찬은 고등어찌개가 주인공이었다. 큰 알루미늄 냄비 바닥에 된장으로 버무린 시래기를 깔고 등푸른 고등어를 어슷하게 놓고는 생선 사이에 갖은양념을 뿌려 지져낸 고등어찌개!!! 상위에 놓인 반찬 사이에 당당히 자리한 그 고등어찌개는 인기 짱이었다.

어머니도 바쁘시지만 나도 어머니처럼 여러 번 부엌을 들랑날랑 시중들기에 정신이 없었다. 가족들은 모두 하하호호하며 즐거움 그 자체!

어머니께서는 식사를 하시는 둥 마시는 둥 가족들이 행복하게 먹는 모습만으로도 만족해하시는 것 같았다.

그렇게 나도 들락날락하며 시중을 드는데, 대짜 냄비 한가득했던 생선찌개가 바닥을 드러내면서 냄비 바닥 긁는 소리가 들리는 것이었다.

대가족의 위력을 몸소 느끼는 첫날이었다.

11월 4일

나는 어머니를 따라 영천 시장을 갔다(시어머니는 '어머님'으로 부르는 것이 예법이라고 하지만 '어머니'라고 부르니 더욱 더 친근감이 느껴져 좋다). 별생각 없이, 시골 시장 구경 가는, 약간은 기대감을 가지고 어머니 뒤를 따라갔다. 시장 입구에서부터 많은 찬꺼리들이 널

브러져 있었다.

어머니께서는 지나가시면서 이것저것 가격을 물어보시기도 하고 살 듯 흥정도 하시고, 쉽게 사시는 스타일이 아니고 많이 망설이시는 스타일!

“이거 얼만교?”

“좀 깎아주소.”

“좀 더 주소.”

그렇게 한참을 하다 보니 어머니 손에, 또 내 손에도 많은 반찬 재료들이 들려 있었다. 들고 가기에 힘겨울 정도로! 대가족을 먹이시려니 무엇이든지 많아야 했으리라.

그렇게 양손에 들고, 그것도 모자라 머리에까지 이고 온 재료들을 다듬고, 씻고 요리해 상위에 올려 가족들을 먹이셨던 어머니! 체구도 자그마하신 분이 너무나 많은 입을 책임지시느라, 얼마나 힘드셨을꼬!

아침 먹고 나면 점심, 돌아서면 세참과 저녁. 돈도 재료도 부족했던 그 시대, 생각할수록 가슴이 아프다.

어머니, 정말 고생 많으셨습니다. 천국에서 부디 행복하소서.

11월 5일

대구에 갈 때면 어머니와 우리 가족들은 집에서 좀 많이 떨어진 곳으로 목욕을 갔다. 집에 샤워실이 없었던 시대라 맘먹고 가는 목욕 행사였다.

목욕탕 입구에서 남자들과 몇 시에 만날 것을 약속하고 남자는 남탕으로, 여자는 여탕으로. 각자 비누칠하여 깨끗이 하고는 탕에 들어가서 때도 불리고, 피로에 지친 몸을 달래며 푸근하고, 행복한 시간을 보낸다.

나는 어머니의 몸 구석구석을 닦아드리고 때도 밀어드리면서 9남매를 키우신 어머니의 풍만하고 위대한 가슴까지도 깨끗이 씻어드리는데, 어머니께서도 시원하신지 잘 따라주신다.

나도 어머님의 손길에 손이 닿지 않는 내 등을 어머니께 내어드린다.

"가마이 있어바라 좀 더 밀어 주께!"

"됐심더!"

그 시절이 그립다.

11월 6일

아침에 막내들의 도시락을 준비하는데, 어머니께서 "야이야! 도시락 반찬 귀퉁이에 김치 이파리보다 도톰한 몸통을 좀 넣어라!"

나는 이파리에 양념이 많아 더 맛나고, 보기도 좋을 것 같은데, 왜 허연 부분을 넣으라고 하시나 싶어 여쭈어보았더니,

"그래야 목이 안 막히는 기라, 니는 그것도 모르나?"

나는 대답 대신 김치의 도톰한 부분을 입에 넣고 씹어보니 과연 ^^. 김치의 고유한 맛이 입에 한가득 고이면서 나도 모르게 어머니를 바라보면서 어른은 그냥 어른이 아니구나 싶었다.

11월 7일

시골을 가다가 해인사를 지나게 되어, 아이들에게 팔만대장경도 보여줄 겸하여 잠시 들리기로 하였는데, 어머니께서는 차에서 내리기는 하시는데 별로 맘이 내키지 않으신 표정이시다. 어머니께서 말씀하시길,

"거기 가서 뭐 하는데? 나는 절에 가서 아무런 할 일이 없다!"

하시며 묵주 알을 열심히 굴리신다.

"나는 여기서 묵주신공 할 테니 너희끼리 갔다온나!"하시며 요지부동이시다.

결국 우리는 아이들을 앞세워 잠깐 절을 구경하고 내려왔고, 어머니께서는 성모님과 함께 우리를 기다리고 계셨다.^^

맘이 저리도록 보고 잡고, 귀여우신 우리 어머니^^. 한 폭의 그림처럼 내 기억 속에 남아있다.

11월 8일

와우!

이렇게 기억을 쫓다 보니 천국에 계시는 어머님과 추억 놀이를 하는 것 같다.

어머니께서도 재미있어하시면 좋겠다.

이미 다 지난 일이니!

아마 명절이었을까? 우리 대가족 파티가 밤을 홀딱 지나 거의 새벽이 되어 갈 무렵. 남자들은 이미 술과 혼연일체가 되어 있었고.

우리 여자들도 뒷바라지하느라 피곤한 몸을 해가지고는, 파티가 빨리 끝나기를 기다리고 있는데, 그러나 끝날 것 같은 파티가 다시 시작하는 분위기다.

어디서 나왔는지 새로운 술병이 나오고! 이 모든 상황을 지켜보시던 어머니께서 "야들아, 여기 와봐라!"하시며 며느리들을 술상 앞으로 부르셨다.

영문을 모르는 며느리들이 어머니 앞에 쪼르르 앉는다. 어머니께서는 새로 나온 술을 잔에다 죽 따르시고는,

"야들아, 무뿌라!"하신다.

우리는 그렇게 어머님과 함께 술을 마셔야만 했다. '그래야 아들들이 덜 마실 테니!'

11월 9일

비가 촉촉이 내리는 전형적인 가을이다. 방금 남편을 여의도 성모 병원에 내려놓고, 일부러 국회의사당 쪽으로 차를 몰아 라디오에서 흘러나오는 제목도 모르는 클래식 음악을 들으면서 붉게 물든 낙엽을 보며 기분을 내보았다.^^

오늘은 어떤 추억을 되새김해 볼까.

추운 겨울 저녁 무렵 우리 부부는 시댁인 대구시내 구동신점보에 도착했다. 그때는 어머니 혼자 집을 지키시며 계셨을 땐가보다. 우리 말고 다른 가족 한 팀이 더 있었는데, 누군지는 기억이 나지 않는다. 저녁을 먹고 잠자리에 들 때는 우리 부부를 꼭 어머니 곁에 자게 하셨다. 내가 어머니 옆에 자고, 남편은 어느 쪽인지 기억이 나지 않는다. 자다가 춥다고 느낄 때, 나는 어머니 몸에 내 몸을 살짝 닿으면 얼마나 따뜻한지!

나도 모르게 어머니께 더 밀착하여 잠을 청했던 기억이 난다. 내 기억에 그런 나를 어머니께서는 귀찮아하지 않으시고 모른 척 받아 주셨다.

"춥나!"

"어머니 몸이 너무 따뜻합니다."

"젊은 기 그래 몸이 차서 우짜노."

하시며 토닥여 주셨다.

나는 어린 시절 엄마 팔을 베고, 엄마 가슴에 얼굴을 묻고 잠을 청했던 버릇이 있었기에! 나에게 따뜻한 가슴을 열어주신 또 한 분의 어머니로 기억하고 싶다.

11월 9일 오후

밑반찬을 장만하기 위해 이것저것 재료를 꺼내다가 냉장고 저편에 있는 멸치를 꺼내 다듬기 시작했다. 같은 재료인데 어떤 땐 맛나고 어떤 땐 별로고, 일관성이 없다.

어머니의 멸치 반찬은 반짝반짝 윤기도 나고, 촉촉하고 맛이 좋았는데….

다듬던 멸치들을 상위에 흩어 놓으니 모양도 가지가지.

온전한 놈.

반동갈이 난 놈.

대가리가 없는 놈.

몸통만 있는 놈.

꼬리가 떨어지고, 배가 갈라지고, 어차피 내 손으로 해체하겠지만 멸치가 불쌍하다는 생각을 한다.

엄마처럼 맛나게 만들어 보라는 남편의 부탁을 생각하며, 멸치와의 대화를 중단하고 유튜브의 힘을 빌려 반찬을 만들어 보았다.

어머니를 따라가기는 어렵다.

어디를 둘러보아도 아름다운 추억 속의 그 '아련함'이란 조미료는 찾을 수가 없다.

11월 10일

오늘 아침 남편이 좀 늦게까지 자리에서 일어나지 않았기 때문에 10시 미사에 갔다.

나이를 그냥 먹는 것이 아닌가 보다. 미사를 마치고 남편은 명동 사무실로, 나는 집으로 혼자 걸으면서 날씨 탓인지 괜히 쓸쓸한 느낌에 맘이 무거웠다.

언젠가는 이렇게 혼자가 되겠지!

아버님께서 후두암으로 돌아가시고, 장례식까지 다 치르고, 삼우 미사까지 모두 끝나고, 자식들은 자신들의 삶의 터전으로 다들 가버린 저녁, 어머니께서는 "혼자서 통곡하며 울었다"고 털어놓으셨다.

"한참을 우는데 예수님께서 '내가 항상 네 옆에 있는데 와 우노!" 라며 위로해 주셨단다"라고 말씀하신 것. 그 후 어머니께서는 본당인 대덕성당은 물론 성모당이며, 각종 행사에 참석하시는 등 바쁘게 생활하셨다고 일러주셨다. 대구 친구들을 통해서도 우리 어머님의 행적을 들을 수 있었고, 실제로 온몸, 온 마음 다하여 하느님을 찬미하며 자유롭고, 기쁘게 신앙생활을 하시는 모습을 눈에 그려지고는 했다.

11월 11일

오늘은 빼빼로 데이!

명절이나. 가족 모임이 있어 대구 본가에 가면, 어머니께서는 국이며, 식혜며, 메밀묵을 쑤어

냄비나 그릇마다 담아놓으신 기억이 있다.

얼마나 많이 준비해 놓으시는지 가족들이 배불리 먹고도 떨어지는 법이 없었다.

덕분에 더욱 즐겁고, 기쁘다.

어느 땐가 어머니께서 서울에 오셨는데, 나는 아주 가벼운 맘으로

"어머니, 메밀묵을 만들어 볼까요?"하고 여쭈었더니 "그랄래?"하시며 응답해 주셨다.

나는 어머니의 지시에 따라 메밀을 갈아서 묵을 만들기 시작했다. 채에 밭여 묵 물을 내리고, 양에 맞는 자그마한 솥에다 끓이기 시작했는데, 처음에는 쉽게 저어졌지만, 묵이 제 모습을 잡으면서 힘이 들기 시작했다.

"야이야, 잘 저어야 한다. 밑에 타면 안된데이!.

솥 바닥에 닫는 나무 주걱에 힘을 주어 저었지만, 묵이 뽁딱뽁딱 끓으면서 튀어 오르기도 하고, 너무 팔은 아파왔다. 속으로 괜히 시작했다는 생각이 들었다.

어쨌든 만들어 먹기는 했는데. 해마다, 명절마다, 큰일이 있을 때마다, 큰 가마솥에다가 불까지 지피시면서 어떻게 그 일을 하셨는지

놀랍기만 하다. 먹는 사람들은 후룩후룩 쉽게도 먹어 치우는데 말이다!!!

어머니께서 만드신 '묵채'가 그립다.

11월 13일

동창 모임에 갔다. 모두 반갑고, 너무 오랜만이라, 주먹 인사를 하고 또 하며 서로의 이름을 부르는 등 한참 동안 나이가 아닌, '연세'도 잊고 어린아이처럼 기뻐하였다. 정신을 차리고 보니 우리의 모습은 많이 변해 있었고, 나는 머리 염색도 하지 않아 더 그러했으리라.

나는 일찍 머리가 세고, 빠지고 하였다. 혹 이러다 여자 대머리가 될 수도 있겠다 싶었다. '언젠가는 염색을 중단해야지'라며 결심을 미루고 있었는데, 최근에 포콜라레 마리아 폴리가 열렸고, 그 주제 중에 "지구의 부르짖음에 귀 기울이기"라는 부분이 있어 내가 실천할 수 있는 것이, 머리 염색을 하지 않는 것이라 여겨, 실천하기로 한 것이다.

친구들도 자세히 보니 염색한 친구들이 대부분이었고, 모두 머리카락 속이 비어 가발까지 뒤집어쓰고 나온 친구들도 있었다.

그런데 우리 어머니께서 지금 우리 나이 때를 기억해 보면 머리숱도 많으셨고, 흰머리보다 까만 머리가 더 많으셨던 기억이 난다.

어머니께서는 진정한 미인이시다.

11월 12일

어느 때인지는 기억이 나지 않지만, 우리 신부님이 계시는 성당에서 막 미사가 시작될 무렵이었다. 입당 성가가 흘러나오고, 우리 신부님께서는 신자들 뒤쪽에서 복사단과 독서자들을 앞세운 가운데 아주 엄숙하고, 거룩하고, 멋있게 입장하시는데 내 옆에 계시는 어머니께서 가만 가만 이렇게 말씀히시는 것이었다.

"키가 쪼금만 더 크면 얼마나 좋겠노."

신부님의 키와는 아무 상관 없이 거룩한 미사는 잘 봉헌되고, 잘 마무리되었다.

또 하나, 이런 일도 있었다.

우리가 녹번동에 살 때니 혼인 이듬해였나 보다. 우리 집에 가는 골목길이었는데, 어머니께서는 저 멀리 앞서가시는 아버님을 보시며

"키가 어째 저렇게 작노"하시며 "그래서 선을 안비 줬는가?!"

하시며, 무슨 말씀을 더 이으셨다.

내 느낌에 '어머니께서 뭔가 억울하시다고 생각하시나! 저 연세에도.'

11월 14일

내가 최씨 가문에 시집온 지 첫째 날, 아니면 둘째 날로 기억한다.

기억하는 이유는 넘 놀라서!^^

아침에 모두 일어나 움직이기는 하지만 아직 하루를 위한 정신상태가 완전하지 않은 시간!

갑자기 영천집 저 삽짝 마당 초입에서

"아이구 배고파라!"라는 소리가 큰 마당을 통과하여, 잠이 덜 깬 우리 머리통을 쩌렁쩌렁 울렸다. 한마디로 비상사태! 할머니를 비롯하여 그 시각 깨어있는 가족들은 일제히 놀람과 함께.

시할머니께서는

"야야, 빨리 계란후라이 해라"하셨다. 어떻게 했는지는 모르지만 잠시 후 아버님께서는 반숙 달걀을 드셨고, 그 혼란은 아무 일도 없었던 것처럼 끝났다. 지금 생각해 보면 그런 일이 이때가 처음이 아닌듯하다.

결론으로 어머니께서 한마디 하신다.

"배고픈데, 목소리는 어째 그리 큰교! 빨리 뭐 먹을 것 달라고 하면 되지."하신다.

멋쩍을 때 아버님은 두 다리를 쭉 펴시고는, 어린아이와 같은 미소를 띠시며 미안함을 대신하셨다.

"미안하오, 내가 넘 배가 고파서"하셨더라면 더 멋있으셨을 텐데.

11월 15일

아버님께서 서울대학교병원에 입원해 계실 때다.

그때는 어머니께서는 대구에 계시고, 서울 며느리들이 당번을 정하여 아버님 간호를 해드리고는 했다. 아버님께서 병원 생활을 답답해하시니 누군가 화분에 심긴 노랑 열매가 달린 제주도 낑깡나무를 가져다 창문가에 놓아드렸다.

무료한 병원 생활 중이신 아버님께서는 아주 기뻐하셨고, 많은 주사줄에 건강을 의지한 채 외출조차 자유롭지 못하시니, 나무를 바라보며 "예쁘다!"칭찬도 하시고, 몇 개 달렸는지 세어도 보기까지 하셨다.

그런 어느 날 어머니께서 서울에 오셨다. 두 분은 잠깐 인사를 나누시고, 아버님께서는 당번인 며느리와 함께 검사받으시러 방을 나가신 것 같다.

어머니께서는 병실을 지키시며, 돌아오시기를 기다리고 계셨으리라.

아버님께서 다시 방으로 오시고, 침대에 앉으시면 딱 보여야 하는 곳에 있어야 할 "낑깡이 없다!"고 외치셨다.

우리는 모두 놀라 눈이 똥그렇게 되었다.

"내가 따 무꾸마."

그날 아버님의 실망하시는 모습! 노발대발!

목소리도 나오지 않으시니, 온몸으로. 서울 오신 지 얼마 되지도 않았는데, 어머님께서는 대구에 내려가셔야만 했다.

11월 16일

이빨 치료를 하고, 새 이빨을 해 넣었다.

그래서 그런지 입에서 느껴지는 음식 맛이 좀 다르다는 느낌이다.

**나이를 실감한다.

언젠가 어머니께서 식사를 하시다가 "나는 옛날에, 만약 집안에 며느리가 들어와서 밥을 적게 주면 우짜노."라고 걱정하셨다고!

왜 그런 말도 안 되는 걱정을 하셨을까! 그 당시는 너무나 가난한 시대여서 그러셨을까. 어머니께서는 여러 가족들의 밥을 푸다 보면, 어떤 땐 어머니께서 드실 밥이 없을 때도 많으셨단다. 제일 많이 드셔야 할 분이 못 드셨으니, 그 맘이 얼마나 서러우셨을까!

아마도 그때가 서울 방문이 마지막인 것으로 기억된다. 어머니께서는 음식을 참 맛나게 드신다. 그런데 그날 아침은 밥을 한 수저 드시고는

"야이야, 내가 웬만하면 잘 먹는데, 요즘은 음식을 입에 넣어도 도대체 무슨 맛인지 모르겠는 기라! 참 이상하제."라고 하셨다.

어머니께 어떤 말을 해드렸는지는 기억나지 않지만, 뭔가 어떤 위기감을 느낀 것은 사실이었다.

11월 21일

언니 떡집을 도와주러 다닐 때다.

아마 봄이었으리라.

언니가 만드는 쑥 인절미가 너무 맛나 보여, 집에 어머니께서 계신다고 하니 언니는 하얀 고물에다 갓 뽑아낸 쑥인절미를 무쳐 그릇에 담아 주었다.

어머니께 한 접시 드렸는데, "야이야, 나는 이렇게 맛있는 떡 처음 먹어본데이"라고 하신다.

서울 가족들이 명절에 갔다가 각자 집으로 돌아갈 때면, 어머니께서 깻잎, 콩잎, 채썬 무말랭이에다 고추잎을 곁들여 무친 반찬들을 나누어 주셨다.

그런데 아버님께서 돌아가시고 아마도 지금의 내 나이 또래가 되셨을 땐가! 어머니께서는 한숨을 쉬시면서

"야이야, 이제는 만사가 귀찮다. 아무것도 하기가 싫은 기라. 이제는 그런 거 안 할란다."라고 선언하셨다.

당연히 그만하셔야지요.

가끔 어머니의 흉내를 내 보지만 어림없다.

어느 날 딸아이 정윤이가

"엄마, 옛날에 할머니께서 만들어 주신 약간 이상한 냄새가 나는 콩잎 반찬이 생각나! 먹어봤으면!"했다.

머리로 그림은 그려지는데, 나도 그 맛이 그리웠다.

정윤이가 검색을 하여 인터넷으로 구입한 콩잎 반찬이 우리 집에 도착해서 먹어보았는데,

역시 어림도 없다. 그 반찬은 몇 달째 우리 냉장고 저 귀퉁이에 숨어있다.

그리움과 아쉬움을 간직한 채!

12월 3일

흰둥이, 태지, 기쁨이, 환희, 삼순이, 복실이, 왕건이, 유비, 삼돌이, 삼순이, 진이, 승우 그리고 고양이는 '미남'이와 '비앙꼬'.

우리 곁을 스쳐 간 강아지와 고양이들, 아직 우리와 삶을 함께 하고있는 동물들이다. 그 중에서도 '복실이'이야기를 하고 싶다.

복실이는 '만두'의 딸이다. 저 대학로에서 인계받아 내 손수건에 싸서 데리고 왔다. 꼬물꼬물 어찌나 예쁘던지!

어머니께서 오시면 복실이는 할머니가 귀찮아하시는데도 곁에 꼭 붙어 앉아 기도하시는 시간 내내 옆을 지켰다.

복실이의 사랑은 한결같았다. 가끔은 "저리 가라, 기도할란다."하시며 잠시 떨어지는 듯하다가 다시 어머니의 옷자락에 자신의 몸 일부를 연결하고는 조용히 앉아 있었다.

"고것 참!"하시고는 신기하신 듯 받아들이신다.

동물에게도 배울 것이 많다. '항구하게 사랑하라!'

2022년 4월 9일

다시 한번 나의 숨은 추억들을 탈탈 털어 보자!

아마도 어머니께서 마지막 서울 나들이를 하신 걸로 기억된다. 어머니의 모습은 좀 초췌하셨고, 평소 잘하시지 않는 이야기들을 띄엄띄엄 내뱉듯이 해주셨다.

어떤 내용은 걱정.

어떤 내용은 황당함.

며느리가 많다 보니!

특히 글라라 동서 이야기를 하시며, "간도 크지, 어째 이혼을 할라꼬 맘을 먹을꼬!"하셨다. 그래서 나도 그동안 어머니께 말씀드리지 않은 이야기를 해드렸다.

여기서 지난날 사랑을 실천한 경험담 한 토막을 옮겨보면 다음과 같다.

《아버님 추억

내가 막 포콜라레 운동에서 추구하는 '사랑이신 하느님'을 삶의 첫 자리에 모시고 살고자 했을 때, 이 '이상'의 따뜻함을 느껴가며 살고 있을 때, 나의 시아버님께서 후두암을 앓고 계셨다. 다행히 동서들이 많아 당번을 정하여 기쁘게 간병해 드린 기억이 있다.

서울대학교병원에 입원하셨을 때는 간병인의 도움을 받으면서 동서들이 형편대로 서로를 배려하면서 병원을 찾았고, 6개월 동안의 입원 생활을 마치고 대구 본가에 내려가 계실 때도 일주일씩 당번을 정하여 다녀오고는 했다. 서울 집은 엉망이 되고 아직 아이들도 어릴 때라 어려움이 이만저만이 아니었다. 맘속에 사랑의 불씨가 없었다면 더 크게 어려웠으리라.

아버님 덕분에 동서들이 만나는 기회가 많아 서로 친해졌고, 가끔은 서로 이야기를 나누면서 소통하는 것이 기뻤다. 그런데 다섯째 동서가 자기는 결혼할 때 폐물을 받지 못했다며 섭섭한 마음을 있는 그대로 표현하는 것이었다. 풍족하지 못한 집안에 가족이 많다 보니 부모님께 의지하기보다는 각자가 벌어서 형편대로 예물을 마련하여 결혼해야 하는 그런 처지였다.

그런데 그 동서의 반복된 하소연은 맏며느리인 나에게 부담으로 다가왔고, 이웃의 어려움에 하나가 되어주어야겠다는 생각에 시집올 때 받은 금목걸이와 금팔찌를 다시 세공하여 병원에 계신 아버님 앞에서 그 동서에게 선물할 수 있었다.

아버님께서는 기뻐하셨고, 다른 동서와 나는 그 다섯째 동서가 화목한 가정을 이루기를 바라면서 손뼉을 쳐주었다.》

이 경험을 시어머님께 이렇게 말씀드렸다.

"동서가 자기는 결혼 때 폐물을 받지 못했다고 하소연했고, 그것도 한두 번 하는 것이 아니라, 여러 번 했어요. 자꾸만 들으니 신경이 쓰여서 제가 결혼 때 받은 금팔찌며 금목걸이를 금방에 가져가서 다시 세공을 한 후 병원에 계신 아버님 앞에서 동서에게 주었어요."

이 이야기를 들으신 어머니께서는 한마디로,

"말라꼬 주노!"였다.

그 당시 아버님 반응과는 정반대였다. 아버님께서는 두 무릎을 쓰다듬으시며, 흐뭇한 표정과 함께 '고맙고 감사하다'고, 아주 기뻐하셨는데…. 어머님은 계면쩍으셔서 그러셨는지도 모를 일이다.

2022. 8월 12일

오전 10시 미사를 마치고 집을 향하는데, 집과 집 사이 작은 텃밭에 잎이 크고, 키가 큰 토란이 고개를 흔들며 나를 반긴다. 나는 순간, 몸은 그대로 두고 정신은 날아서 이동을 하듯 영천 시골집을 향한다. 시골집 귀퉁이에 자리 잡고 큰 키를 자랑하며 싱싱하게 자란 토란.

어머니께서는 토란이 다 자라면 껍질을 까고 말려 놓았다가 국 끓이거나 하실 때 다양하게 활용하신다.

몸이 부드러워 자칫 심심할 것 같은 국을 풍요롭게 만드는 재주가 있는 토란. 토란이 다 자라면 어머니께서는 토란 밑둥을 자르시고는 나에게 껍질을 벗기라고 하셨다. 그런데 나는 토란 알레르기가 있어 머뭇머뭇하다 어머니께 말씀드렸다.

"제가 토란 알레르기가 있어, 껍질 벗기는 것이 어렵거든요!"

"니는 그것도 못하나"하시며 빙그레 웃으시고는 잎은 뚝 떼어내시고, 두 팔을 크게 혹은 작게 휘저으시면서 토란 껍질을 벗기신다. 마치 한국무용을 시연하시는 것 같았다.

"얼쑤! 내 새끼들 먹일 국에 잘 말려 넣어 볼란다."

나도 어머니께서 던져놓으신 토란 잎을 머리에 쓰고 어머니 주위를 빙글빙글 돌아본다. 어린 시절 잘도 추었던 춤을 추며 어머니를 추억한다.

2022년 9월 29일

기도.

어린 시절 철도 들기 전에, 나의 어머니는 새벽같이 어린 나를 깨워, 성당에 가라고 닦달하셨고, 아침저녁에 붙들어 앉히고는 그 긴 도문(禱文)과 함께 기도하게 하셨다.

졸음을 참으며 반복되는 도문 끝자락에 매달려서 나는 정신을 차리지 못하고, 엄마의 매서운 손바닥 세례를 받고서야 겨우 정신을 차려 기도를 끝내곤 하였다.

결혼을 하고 시집의 분위기도 크게 다르지 않았다. 이 집도 기도하는 분위기!

기도하면 어머님의 기도하시는 모습이 생각난다.

이번 가을 동창들 모임이 있었는데, 어머님을 기억하는 친구들이 "숙자야, 너의 시어머니 정말 열심하셨다. 허리가 꼬부라져 많이 불

편하실 텐데도 여기 저기 미사 가시고, 얼마나 열심히 다니셨는지, 우리가 본받아야 할 분이셨다."

이제 나도 70대. 그래서인가, 나의 기도 시간도 많이 길어진 것 같다. 아파서 병원에 입원한 일은 없지만 어떻게 알겠는가! 가끔 나의 죽음을 생각하며, 하늘나라가 가까워진 것은 부정할 수 없는 사실이다. 하늘나라를 꿈꾸며, 기도 계획을 짜본다. 감사기도. 용서를 청하는 기도. 선종을 위한 기도 등등. 어머님만큼 나도 바빠질 것 같다.^^

사랑하는 나의 사람아~!

장녀 최경애 제노베파

통학 열차 늦지않게 자전거 태워주시던 아버님

가톨릭 신자로 태어난 직후 '세례 성사'를 받을 수 있어서 부모님께 감사드린다.

어릴 적 5~6세 때 만성중이염으로 읍내 '주외과의원'까지 몇 십리 길을 자상하신 아버님께서 매일 한결같이 자전거로 왕복 태워 간호해 주셨다. 그리고 샛별 유치원(3회)을 졸업했지만 무용이 하기 싫어서 도중에 옆길로 새기도 했었다. 그것을 알고 나와 연년생인 남동생

(홍운)이 누나인 나를 유치원까지 데려다주는 수고를 하였다.

그리고 어릴 때 매일같이 성당에 새벽 미사를 가느라 겨울에 추울 때 동생에게 외투를 벗어 주고 나는 추워 떨면서 집까지 동생과 걸어오곤 하였다. 훗날 요즘도 친정 식구들 모임이 있을 때마다 지난 어린 시절 누나의 자상함에 무척 고마웠다고……

"누나도 어렸는데 어떻게 외투를 벗어 줄 수가 있었나?"하고 표현한다. 또 우리 형제, 자매들이 큰 방에서 '미사 예절 놀이'를 즐겨 했는데 둘째 오빠가 신부님 역할을 하고 미사 전에는 고해성사 놀이도 한 일은 잊을 수 없는 아름다운 추억으로 남게 되었다.

훗날 둘째 오빠는 대구에서 착한 목자, 레오 신부님으로 여생을 보내고 계심은 하느님의 특별한 은총과 자비하심이었음에 감사드린다. 아버님께서는 내가 중학교 다닐 때 영천읍에서 대구까지 기차 통학을 했을 때도 아침 늦잠을 자서 기차 시간이 촉박할 때마다 자전거에 태워 기차역까지 속도를 내어 늦지 않게 태워주신 아버님의 깊은 사랑과 은혜는 참으로 잊을 수 없는 고마움으로 기억하고 있다.

결혼 후 보석 같은 삼남매 선물로 받아

고향에서 고등학교 졸업 후 서울 연세대학교 간호학과에 시험을 쳤으나 안타깝게도 낙방을 한 후 진로를 찾으러 재수하려고 오빠와 남동생들과 함께 신촌로타리 근처에 방을 얻어 자취 생활을 했다.

낯선 객지에서의 일상은 그리 평탄하지만은 않았다.

세월이 흘러 부모님의 권유로 고향에 내려와 결혼 전까지 여러 해 동안 보건소에 취직하여 성실히 근무했다.

그리고 결혼적령기가 되어 1975년 2월 1일, 영천 성당에서 김춘호(율리오)와 화촉을 밝혔다.

곧바로 남편 직장이 이동이 되어 경남 산청으로 신혼 살림을 차렸으며 이듬해인 1976년 8월 29일에 우리 부부에게 예쁜 공주, 문희(2.65㎏)가 태어나서 며칠 후 산청 성당에서 '유아 세례 성사'를 받고 세례명을 '로사'로 불렀다.

첫 아이를 맞이한 소감은 감개무량 그 자체였다.

보석같이 귀하고 사랑스런 아이를 선물로 주신 하느님께 감사와 찬미의 기도를 드렸다.

문희(로사)가 태어난 지 2년만인, 1978년10월24일에 너무나 사랑스럽고 진주 같은 귀한 둘째 공주, 승희(3.4㎏)가 우리 부부 곁에 선물로 와 주어 얼마나 반가운지 감사기도를 주님께 바쳤다.

며칠 후 산청 성당에서 '유아세례성사'를 받고 세례명을 '안토니아'로 불렀다.

그후 '진주 산부인과'에서 1981년 3월 26일 막내 아들, 기석(4.3㎏)이가 믿음직한 장군감 같은 우량아로 태어나 얼마나 기쁘고 감사했던지 하느님께 건강한 아이를 주신 은총에 감사 찬미 기도를 드렸다.

며칠 후 산청 성당에서 '유아세례성사'를 받고 세례명을 '미카엘'

로 불렀다.

성모님의 돌보심으로 이제 2녀 1남의 세 아이의 부모가 되어 주님 사랑 안에서 성 가정 공동체를 갖출 수 있었다.

이토록 사랑스러운 세 아이들을 바르고 착하게 지혜로운 꿈나무로 잘 성장하는데 부모로서 밑거름이 될 수 있는 은총을 간청하며 주님께 두 손 모아 기도드렸다.

그리고 교회 신심활동으로 막내를 임신 중에 1980년 9월 21일, 성모님 군대인 '레지오 마리애, 황금궁전pr.'에 입단하여 초대 단장으로 활동하여 선교사업에 동참하고 있으며, 1985년 8월 22~25일, "꾸르실료 교육"을 받고 보다 열심히 신앙생활을 할 수 있도록 영적 성숙의 지렛대가 될 수 있었다.

율리오 장부는 '레지오 마리애'에 입단하였으며 본당 사목회 회장직을 맡아 교회 봉사에 성실히 임하고 있었다.

아이들 다니던 초등학교 어머니회 회장, 1일 교장도

주말이 되면 가끔 포드 자가용을 타고 다섯 식구가 신나게 놀러 다녔다.

'화계목포'옆 정자에 올라가서 싸가지고 간 김밥과 간식들을 둘러앉아 맛있게 먹고 나서 개천가에서 물놀이도 하고 아빠가 나뭇잎과 가지들로 만들어 준 물레방아와 돛단배, 여치들을 물에 띄우며 행복해하는 아이들의 모습이 참 귀엽고 사랑스러웠다.

어떨 때는 가지고 간 카세트를 틀어주면 음악 소리에 맞춰 율동도 하고 노래도 따라 부르는 천진난만한 행동이 너무나 보기 좋았다.

그리고 큰 아이가 4학년 되던 초겨울에 가족들이 처음으로 비행기 타고 3박 4일간의 제주도 힐링 여행 간 것은 건강한 삶을 지탱해주는 뜻깊고 행복한 시간이었다.

또한 산청초등학교 어머니 회장으로 여러 해 동안 봉사하면서 특별히 기억에 남는 일은 5월15일, 스승의 날 행사'에서 어머니 회장으로서 '일일 교장 선생님'역할을 맡아서 각각 세 자녀들 교실에서 '일일 수업'도 하고 교사 종례시간에는 여러 선생님들 앞에서 떨리는 마음으로 회의 주관을 했던 이색적이고 소중한 경험을 했다.

또한 맏딸 문희가 6학년 때 전교 부회장을 맡고 있던 중에 서울 구미동에 사는 시동생의 권유도 있었고 문희가 너무나 전학을 가고 싶어해서 '서울 장안초등학교'로 전학(유학)을 보냈다. 연약한 어린 아이를 부모 품에서 너무 일찍 떼어 놓는 안타까움에 서로 심적 고통을 느끼며 한참 동안 힘든 시간을 보냈다.

맏딸 문희에 이어 온 가족 서울로

우리 가족은 서울 은평구 응암동에 오래전에 마련해 두었던 소형 주택으로 1992년 5월에 이사를 했다. 3년 전에 서울로 유학 와 있던 문희와 꿈에 그리던 가족과 합가하여 연서중학교 3학년에 전학을 하였고, 둘째 승희는 연서중학교 1학년, 막내 기석이는 신사초등학교 4학년으로 전학했다. 감사하게도 삼 남매 모두 낯선 학교 생활에 적응을 잘하고 공부도 무척 잘하는 모습에 안도감과 감사함을 느꼈다.

집 근처에 있는 '응암동 성당'에서 가톨릭 신자로서의 신앙생활은 여념이 없었다.

레지오는 인자하신 모후pr. 단장으로, 남편은 신비로운 장미pr.으로 전입 하였다.

둘째 승희가 '초등 임용교시'에 전체 3등으로 합격하여 첫 발령을 받았을 때의 기쁨과 또 승희가 가족을 위해 마련한 '설악 대명콘도'에서의 2박 3일, 새해 해돋이 가족 힐링여행은 우리 가족에게 새 희망과 행복 가득한 추억을 갖게 해준 뜻깊고 의미있는 여행이었다.

삼남매가 마련해 준 아파트 너무 고마워

세월이 유수라더니 어느새 의젓하고 예쁘게 잘 성장한 삼 남매가 힘을 합쳐 물질적, 정신적 도움으로 좀 더 넓고 쾌적한 아파트로 엄마, 아빠의 결혼기념일(2월 1일)을 기념하여 2005년 2월 1일, '하이포룸 아파트'로 확장하여 이사하게 해준 효심에 깊은 감동을 받았으며 주님 은총으로 우리 가족은 보다 행복하고 화목한 가정 소공동체를 이룰 수 있었다.

맏딸, 문희(로사)가 2005년 10월 8일, 사법고시 준비생으로 있던 노석준(토마스)과 일산 사법 연수원에서 둘째 오빠인 최홍길(레오) 신부님의 '혼인 미사' 집전으로 은혜로운 결혼식을 올렸고, 이듬해인 2006년 12월 28일, 첫 손녀 현서(루치아)가 태어나서 처음으로 외할머니, 외할아버지 칭호를 얻게 되어 벅찬 감동과 행복감을 안겨 주었다.

자녀들의 효성, 환갑·칠순 잔치와 해외여행

나의 환갑은 자녀들과 사위의 사전 의논으로 미리 예약해 둔 홍제동 '힐튼호텔'에서 친정 가족들의 환담과 화기애애한 축하 파티가 있었던 행복한 시간이었다.

남편 율리오씨의 칠순 잔치가 삼 남매의 주선으로 종로 어느 뷔페집에서 친정 식구 9남매 가족과 시댁 식구들의 축하연이 있었다. 그리고 자녀들의 마음을 모은 '상해 칠순 여행'을 3박 4일간의 일정으로 뜻깊은 힐링 시간을 가졌다.

그리고 여동생 요안나, 권서방 부부의 칠순 선물로 함께 '베트남, 캄보디아 여행'을 즐겁고 감사한 마음으로 다녀왔다. 그중 인상 깊었던 곳은 캄보디아에 있는 '앙코르왓'이었다.

기석 미카엘의 혼인 성사는 2009년 1월 10일, 명동성당에서 오빠 최홍길(레오) 신부님 집전으로 김도은, 미카엘라와 성령의 인도하심으로 만인의 축복을 받고 은혜로운 결혼을 할 수 있었으며 주님, 자비하심과 성모님의 보살피심에 감사와 찬미 드렸다.

첫 신혼살림은 직장(LG디스플레이)이 있는 경북 구미시에서 1년간 근무하였으며 그 후 본사가 있는 경기도 파주시로 이사했다.

그리고 승희 친구 모녀와 우리 모녀 넷이서 2014년 겨울 3박 4일 대만 자유여행'은 즐겁게 보람되고 색다른 경험을 한 멋진 추억의 한 페이지로 남아있다.

그리고 승희의 마음 씀씀이가 따뜻했다.

어느새 칠십대 후반, 평화로운 삶에 감사

요즘 나는……

사랑하는 세 자녀 출가 후, 둘 다 칠순 후반인 율리오씨와 단둘이서 시니어 시대로서의 평화로운 삶을 살아가고 있음에 감사한다.

가족 구성원들의 영적, 정신적, 신체적 건강과 사랑과 배려심으로 화목하면서 평화롭고 행복한 삶을 영위할 수 있기를 기원하고, 자녀들은 신앙생활을 좀 더 열심히 하고 사회에 도움을 줄 수 있는 쓸모 있는 지혜와 덕행을 갖춘 사람으로 살아가길 소망한다.

세월이 유수라더니 다람쥐 쳇바퀴 돌 듯 하루하루 달려온 나의 모습은 내 삶의 인생 황혼기에 접어든 병약하고 작아진 나를 발견한다. 내 삶의 여정을 되돌아보면 가끔씩 시행착오로 후회스럽고 아쉬운 사연들도 많았고, 희로애락이 담긴 보람된 일들도 참 많았다.

대인 관계에 있어서도 원만하게, 매듭진 실타래를 미련 없이 풀어야 할 숙제들이 있다면 차분히 풀어가며 '웰빙'에서 '웰다잉'으로 훗날 하느님 나라, 천상 잔치에 초대받고 싶은 간절함이 크다.

요즘 나에게 해주고 싶은 말은 성경 구절로 희망과 위안을 얻고 싶다.

"주님께서 그대에게 복을 내리시고, 그대를 지켜주시리라.

주님께서 그대에게 당신 얼굴을 비추시고, 그대에게 은혜를 베푸시리라."

(민수기 6,24-25)

치매를 앓고 있는 나의 가족에게

사랑하는 율리오 장부님
하느님께서 맺어주신 귀한 인연으로 함께 자식들 낳아 기르며
세월이 흘러 팔순을 바라보는 여기 이 순간까지 가장으로서
성가정을 꾸려 가시느라 참으로 애 많이 쓰셨어요!
이제 당신이 조금씩 기억을 잃어가고 있는 모습이 안타깝지만
주님 자비하심과 성모님의 돌보심으로 희망을 잃지 말고,
그래도 둘이서 자녀들과 함께 마음 모아
사랑과 배려로 인간 승리해봅시다. 너무 두려워 마세요.
당신을 사랑하는 제노베파가 당신 곁에 있으니까요!

내가 돌보고 있는 가족이 꼭 기억했으면 하는 추억

하느님께서 귀한 선물로 주신 문희(로사), 승희(안토니아), 기석(미카엘)이가 우리 부부 곁에 왔을 때의 기쁨과 환희, 감사

영천 성당에서 혼인 미사를 드리고 속리산 신혼여행 갔을 때(2005.2.1.)

맏딸 문희가 변호사인 노석준(토마스)과 사법연수원에서 혼인 미사를 올리고, 막내 기석이가 예쁜 김도은(미카엘라)과 명동성당에서 혼인 미사를 올림

우리 칠순과 환갑 때 상해, 베트남, 캄보디아 여행, 남해 일대 온 가족 여행과 기석이가 엄마, 아빠 위해 고향인 영천 일대 추억 여행 시켜준 일

우리의 꿈나무인 현서(루치아), 현옥(루카), 연서(클라라), 김주원(대건안드레아)…보석 같은 우리 손주들

그림책을 쓰고 나서

먼저 이도경 선생님의 프로그램 진행을 알선해 주시고 열정을 보여주셔서 감사 드립니다.

이 그림책을 쓰면서 소홀했던 가족의 소중함과 아름다운 추억을 되새겨 볼 수 있어서 감회가 새롭습니다.

사랑하는 나의 가족들과 함께 행복합니다.

고맙습니다. 건강 합시다.

나의 소망록

건강-영육간

행복

가족 함께 기도 생활하기

화목, 사랑, 친절

훗날 함께 하느님 나라에서 만나기

평화

소중한 추억 여행 잊지 않기

배려심과 관심 가지기

가족과 함께 건강하게 여행 다니기

손주들 재능을 살릴 여건 마련하기

책 출간 기념하며 보훈병원앞 까페에서

4

8

경애가 그린 어린 시절 형제 자매들이 「미사놀이」 하는 장면 (왼쪽 위)
보석 같은 삼남매 문희와 승희, 기석 (왼쪽 아래)
2024년 3월 서울대공원 벚꽃구경 (위)

경주 최부잣집 방문기

겸손하게 나누고 베푼 진정한 부자

3남 최홍운 베드로

경주 최부자들이 대대로 살아온 고장은 섬세하게 그려진 한 폭의 정갈한 한국화 같았다. 경주시 교촌동(교촌 또는 교동)을 가로질러 흐르는 남천 건너편의 넓지만 정돈된 마을을 보니 그냥 놀랍고 기뻤다. 푸른 숲속에 나지막한 기와집들이 반듯반듯한 길을 사이에 두고 옹기종기 모여 있는 동네가 반가웠다. 경주 최부자 12대 400년 가운데 후반 200년의 뜨거운 숨결이 남아 있는 곳이었다.

말로만 듣던 경주 최부자 본관을 방문할 수 있는 행운은 우연한 기회에 찾아왔다. 30여 년 동안 몸담고 언론 운동을 한 '새언론포럼'에서 지난 3월 11일부터 이틀 동안 진행한 '경주역사기행'에 참여했을 때다. 첫날 일행 16명과 함께 버스로 서울을 떠나 금관총과 황룡사 구층목탑 터를 거쳐 해질 무렵 월정교에 이르렀다.

이 다리는 통일신라 경덕왕 19년(760), 궁궐과 사찰이 많은 남산을 잇기 위해 남천 위에 지어졌으나 조선시대에 유실되었다. 이를 고증을 거쳐 2018년 복원했다. 야경이 일품이어서 부러 저녁에 도착했다. 안내를 맡은 경주예술의전당 오기현 대표가 월정교 설명을 마치고 남천 건너편을 가리키며 "저기가 경주 최부잣집이 있는 마을"이라고 하지 않는가.

단숨에 돌다리를 건넜다. 마을 입구의 'HOUSE OF CHOI'라고 쓰인 영문 입간판이 먼저 반겼다. 외국인도 많이 찾는 관광 명소임을 짐작할 수 있었다. 연륜이 스민 이끼 낀 흙담장과 검고 푸른 기와집들이 낯설지 않고 정다웠다. 경주 최씨 가문의 후손으로서 밀려오는 감동을 억누를 수 없었다.

외적이 침입했을 땐 결연히 일어나 앞장서 싸웠고, 평시엔 학문과 문화를 사랑하며 겸손하게 나눔과 베품을 실천했던 만석꾼 경주 최부자들. 마침내 전 재산을 사회에 환원하고 12대 400여 년 최부자 시대를 스스로 마감했다. 전통 한옥 양식의 고택들을 둘러 보면서 노블레스 오블리주(Noblesse Oblige)의 참뜻을 되새겨 보았다.

다시 찾은 교촌, 영천 우리 동네 이름과 같아

2024년 3월 11일 해질 무렵 찾았던 경주 최부자 마을.
영문 표지판이 관광명소임을 알려준다.

이튿날 일정까지 마치고 돌아와 구남매 단체 소통방에 그 벅찬 마음을 알렸더니 큰형님께서 기행문을 써보라고 하셨다. 차일피일 미루다 지난 5월 17일 경주시 교촌 최부자 종가로 다시 갔다.

교촌(또는 교동)이란 향교가 있는 마을이다. 영천 우리 가족이 오래 살았던 동네 이름과 같다. 우리 집 뒤에도 향교가 있었다. 흰 바지저고리에 검은 테 안경과 갓을 쓰신 영필(泳弼) 토마스 할아버지께서 생전에 뒷짐 지고 향교에 가시던 모습이 떠올랐다. 어린 그 시절이 떠오르다니, 아득한 그리움이 밀려 왔다.

이번에는 경주 출신의 6촌 아우 홍관의 안내로 경주최부자민족정신선양회 최창호 상임이사와 서울신문 대구경북 취재본부장을 지낸 최암 선배를 만나 큰 도움을 받았다. 80대 중반의 최 선배께서는 여전히 건강하고 말쑥한 차림으로 승용차를 운전해 나오셨다. 40여 년 만에 만난 후배를 따뜻하게 맞아주시고 최부자 마을에 있는 식당 요석궁에서 점심까지 사 주셨다.

최창호 이사는 경주최부자아카데미를 운영하느라 쉴 틈이 없는 나날을 보내는 가문의 지킴이다. 매일 밀려오는 방문객들에게 마을 곳곳을 안내하며 최부자 가문의 '충효정신'을 전한다. 최근에는 전국 각 지방자치단체 공무원들과 각급 학교 학생들이 단체로 온다고 했다. 그들은 나라와 백성을 사랑하며 아낌없이 이웃과 나누었던 그 솔선수범의 삶을 배워간다고 했다.

최 이사는 경주 최부자 가문의 역사와 얽힌 이야기를 들려주고 선양회에서 펴낸 책들과 자료를 한 보따리 안겨 주었다. 『경주최부자이야기』, 『옛날 옛적에 어떤 부자 살았는데』, 『(구)대구대와 경주 최부자』, 『독립선언서·청원서 그리고 경주독립운동가들』, 『경주 최부자댁 소장 자료집』과 2023년에 나온 경북대학교 이혁 박사의 학위 논문 「경주 교촌동 최씨 가문 연구 – 소장 자료중심으로」 등이었다. 주로 경남 하동 아래에서 지내는 홍관 아우도 하동문화원엔서 펴낸『하동 화개동천과 최치원』이란 두꺼운 책을 가져와 주기에 고맙게 받았다. 최치원은 바로 우리 경주 최씨의 시조이시다. 홍관은 최치원 시조의 마지막 흔적이 남아 있다고 전해지는 지리산을 헤매고 있다. (N.B. : 이 기행문은 최창호 이사의 설명을 중심으로 위의 책과 자료들 내용을 그대로 인용하거나 참조한 글이다.)

경주 최씨의 유래

신라 말, 사회 개혁 꿈꾸던 최치원 시조

통일신라 말 대학자요 대문호이며 문신이셨던 최치원(崔致遠. 857~908) 시조는 득성조 소벌도리(蘇伐都利) 원조의 24세손으로 경주 사랑부에서 태어나셨다. 자는 고운(孤雲), 해운(海雲), 해부(海夫), 시호는 문창후(文昌侯)이시다.

소벌도리 원조께서는 기원 전 57년 신라 건국 때 박혁거세(朴赫居世)를 초대 왕으로 세우는 데 참여한 6부 촌장 가운데 한 명인 돌산고

허촌(突山高墟村) 촌장이셨다. 소벌도리 원조께서 32년 신라 3대 유리왕으로부터 최(崔)씨 성을 받고 경주 사량부 부장에 취임하셨다. 이때부터 최씨 혈통이 시작되었다.

경주 최씨의 시조 최치원 할아버지는 신라 말 뛰어난 문장가 삼최(三崔), 최치원·최승우(崔承祐)·최언위(崔彦撝) 가운데 한 분이시다. 12세에 당나라에 유학하여 6년 만에 당의 빈공과에 장원 급제한 사실은 잘 알려져 있다. 당나라에서 여러 관직을 거쳤으며, 특히 '황소의 난'이 일어나자 절도사 고병의 막하에서 「토황소격문(討黃巢檄文)」을 써서 격퇴하면서 이름을 더욱 떨치셨다. 귀국 후 헌강왕으로부터 중용돼 아찬(阿飡) 관등까지 오르셨다.

아찬은 신라 17관등 중 여섯 번째였다. 엄격한 골품제도 아래에서 성골, 진골 다음의 육두품 귀족이 이를 수 있는 최고 관등이었다. 고운 시조께서는 육두품 가문에서 태어나셨다. 아찬까지 올랐으나 진골 귀족들이 득세하며 나라가 어지러워지자 스스로 외직을 자청해 지금의 태인, 함양, 서산 등지의 태수를 지내셨다. 막내 아우 홍택 마티아가 홍인의원을 개업해 가족과 함께 살고 있는 그 함양이다. 함양의 명소 상림과 하림도 최치원 시조께서 태수로 재임하실 때 풍수해를 막기 위해 조성하셨다.

『한국사 사전』은 신라시대 육두폼이 처한 상항에 대해 "학문이나 능력은 뛰어났지만 골품제도 때문에 출세에 한계가 있었던 육두품 중에는 신라 사회에 비판적이거나 반(反) 신라적 활동을 하는 경우도 생겨났다. 신라 3최라고 불리는 치치원, 최승우, 최언위도 그런 사람들이었다"고 적고 있다. 사실 최승우는 후백제 견훤을 도왔고, 최언위는 고려에서 벼슬을 했지만 최치원 시조는 끝까지 신라와 운명을 같이 하셨다.

기울어져 가는 신라에 남아 사회를 개혁하고 나라를 구하려고 최선을 다했다. 마지막 노력으로 진성여왕 8년(894)에 구국의 시무십조(時務十條)를 올렸으나, 받아들여지지 않자 크게 낙담하셨다. 결국 모든 관직을 버리고 전국을 유랑하다가 908년 무렵 행방불명되셨다. 삼국사기에서는 가야산 해인사로 들어가셨다고 하고, 민담에는 지리산으로 들어가셨다고도 한다. 그러나 908년까지 생존해 계셨음은 분명하다.

신선(神仙)·유선(孺仙)으로 살아 계시다는 고운 시조

조선시대 많은 선비들이 지리산 화개동의 고운 유적을 찾아 보고 신선(神仙)이며 유선(孺仙)으로 지금도 살아 계시다고 노래했다. 큰 뜻을 펼쳐보지 못한 채 나라의 패망과 함께 생을 마감해 안타깝기 그지없다. 당나라에서 쓴 글을 모아 귀국 후 헌강왕에게 바친『계원필경(桂苑筆耕) 128권』은 우리나라에선 가장 오래된 문집이다. 이 밖에도 고운 시조께서는 많은 명저를 남기셨다.

『계원필경』 서문에 밝히신 중국 유학 가실 때부터 돌아오실 때까지의 생활상은 놀랍기만 하다. 육두품의 한계를 뼈저리게 가슴에 품고 사셨을 조상들의 삶을 그려본다. 고운께서 12세 어린 연세에 당나라로 유학하신 이유도 이 처절한 신분제를 극복하기 위해서였음을 이 서문을 통해 짐작할 수 있다..

"신은 12세에 집을 나와 중국으로 건너갔는데 배를 타고 떠날 즈음에 망부(亡父)가 훈계하기를 `앞으로 10년 안에 진사에 급제하지 못하면 나의 아들이라고 말하지 마라. 나도 아들을 두었다고 말하지 않을 것이다. 가서 부지런히 공부에 힘을 기울여라`라고 하셨습니다."

10년은커녕 6년 만에 장원 급제할 수 있었던 비결은 아버지 말씀에 순종하고 효도하는 뜻으로 열심히 공부했기 때문이라고 밝히시는 대목에서는 눈물이 난다.

"신이 엄한 가르침을 가슴에 새겨 감히 망각하지 않고서 겨를 없이 노력한 끝에 중국의 문물을 구경한 지 6년 만에 과거 급제자 명단의 끝에 이름을 걸게 되었습니다. 졸음을 쫓기 위해 한(漢)나라 손경(孫敬)이 상투를 끈으로 묶어 대들보에 매고, 전국시대 소진(蘇秦)이 송곳으로 정강이를 찔러가며 공부했듯이 저도 아버지의 뜻에 걸맞게 되기를 소망하며 공부했습니다."

고운 시조께서 관직을 수행하며 집필했던 과정과 귀국 후 문집 『계원필경』을 헌강왕께 올리는 대목도 흥미롭다.

"그 뒤 선주 율수현위에 임명되었는데 봉록은 후하고 관직은 한가하여 배부르게 먹고 하루해를 마칠 수도 있었습니다만 벼슬을 하면서 여가가 있으면 학문을 해야 한다는 생각에 촌음도 허비하지 않으면서 공적으로나 사적으로 지은 것들을 모아 문집 5권을 만들었습니다. …… 돌아와서 환호작약하는 이들에게 부끄럽기는 합니다만, 일단 밭을 갈고 김을 매듯 정성의 밭을 파헤친 만큼 하찮은 수고나마 스스로 아껴져서 받들어 올리게 되었습니다."

조선시대에 『계원필경』을 다시 편찬·간행한 홍석주(洪奭周, 1774~1842)는 서문에서 최치원 시조의 문장을 극찬하고 있다.

"공이 지은 글을 보면 왕왕 화려하면서도 들뜨지 않은 것이 많음을 알 수 있다. 가령 황소에게 보낸 격문 1편만을 보더라도 기운이 굳세고 뜻이 곧으니, 결코 교묘하게 아로새기려 한 것 아니요, 그가 지은 시 역시 평이하고 우아하니 만당의 사람들이 미칠 수 있는 바가 더욱 아니라고 할 것이다. 이는 대개 명수(明水)와 거친 삼베 같은 바탕 위에 단술의 맛과 화려한 옷감의 아름다움을 겸한 것이라고 할 것이다."

노상직(盧相稷, 1855~1931)은 『고운선생문집』을 중간할 때 서문에 이렇게 적고 있다.

"세상에서 신라를 논할 때면 산에 대해서는 반드시 두류산, 가야산, 청량산을 말하고, 물에 대해서는 반드시 동해와 동쪽 낙동강을 말하고, 사람에 대해서는 반드시 문창 최 선생을 말한다. 대개 나라가 나라답게 되기 위해서는 명산과 명천과 명인이 있어야 한다. 그런 뒤에야 빼어난 기운을 온전히 받아 이상적인 정치를 행할 수가 있는 것이다. 이 세 가지는 또 서로 화합해야 아름다운 결과를 이루어낼 수 있다. 그러한 까닭에 명산과 명천의 빼어난 기운이 두텁게 쌓여서 인재를 배출한 결과 선생이 태어난 것이다. 선생도 명산과 명천에 대해서 뜻을 두지 않을 수 없었다. 하지만 이것은 선생 스스로 한 것이 아니라 하늘이 그렇게 만든 것이다."

최치원 시조께서 중국을 떠나실 때 동년배인 당나라 사람 고운(顧雲)은 송별시 「유선가(儒仙歌)」를 지어 주며 섭섭함과 아쉬움을 전했다.

열두 살 때 배를 타고 바다를 건너와　　十二乘船過海來
문장이 중국을 감동시켰네　　文章感動中華國

우리는 광정공파(定靖公派) → 한천공파(寒川公派)
최부자는 사성공파(司成公派) → 정무공파(貞武公派)

경주 최씨는 최치원 시조 이후 26파로 나뉘었다. 그 가운데 관가정공파(觀稼亭公派)·광정공파(匡靖公派)·정랑공파(正郎公派)·사성공파(司成公派)·화숙공파(和淑公派)·충렬공파(忠烈公派) 등 6대 파가 주축을 이룬다. 대부분 고려 말에서 조선 초기에 분파되었다.

우리 집안의 직계 중시조는 최치원 시조의 12대손인 광정공 최단

(崔鄲)이시다. 고려 말 무과에 급제한 뒤 1380년(우왕 6) 판사(判事), 1390년(공양왕 2) 한양윤(漢陽尹)을 거쳐 판자혜부사(判慈惠府事)가 되셨다. 이어 1390년 이성계(李成桂) 휘하 무장으로 무진회군에서 공을 세워 1392년 조선 개국 후 개국원종공신(開國原從功臣)에 책록되셨다. (1988년 펴낸 가족문집 『서로 사랑하여라』 207~308p 아버님의 글, 「나의 조상은 누구인가」 참조)

경주 최씨 광정공파는 다시 16개 파로 갈라진다. 우리는 광정공에서 7세 후, 최치원 시조로부터 19세인 한천공파(寒川公派)에 속한다. 한천공 최인(崔認) 파시조께서는 임진왜란 때 대구 공산 의병장으로 출전해 많은 공을 세우셨다. 우리 직계 조상들은 임진왜란과 정유재란 때 주로 대구, 영천, 경주 지역에서 관군장 또는 의병장으로 나가 왜군을 물리치고 나라를 지키셨다. 한천공의 친동생께서는 대구 의병장으로, 큰집 조카는 공산 관군장으로 왜적과 싸우셨다.

경주 최부자 가문은 최치원 시조로부터 10세 후에 분파한 사성공파(司成公派)의 후손들이다. 사성공 최예(崔汭) 중시조께서는 1373년(고려 공민왕 22)에 경주 황오리에서 부친 홍재(弘載) 어른의 차남으로 태어나셨다. 형님 최호(崔灝)는 정랑공파, 동생 최한(崔漢)은 송오공파의 파시조가 되신다.

사성공 예 중시조께서는 21세 되던 1393년 조선 최초로 시행된 과거시험 문과에 급제하셨다. 주서(정 7품), 선공감정(정 3품), 병조좌랑, 면천(지금의 당진) 군수, 성균관 사성(司成) 등 여러 관직을 거치셨다. 청렴한 관리로 명성이 자자해 청백리로 녹선되셨다. 경주 최부자 가문 12대 400년 시대를 시작하신 분은 최예 중시조의 6대손이며 정무공파(貞武公派)의 파시조이신 정무공 최진립(崔震立) 장군이시다.

경주 최부자 시대

최부잣집 철학의 기틀

경주 최부잣집 가문 12대는 정무공 최진립(1568~1636)에서 시작해 문파(汶坡) 최준(崔浚, 1884~1970)까지를 말한다. 아직도 후손들이 경주와 서울 등지에서 살고 있지만, 마지막 최부자 최준이 일제강점기에는 독립운동 자금, 해방 후에는 인재 양성을 위해 (구)대구대학교(지금의 영남대학교)를 설립하는 데 전 재산을 쏟아붓고 스스로 400년 최부자 시대를 마감했기 때문이다.

최부자 가문의 후손인 최창호 이사는 요석궁에서 최암 선배, 홍관 아우와 함께 점심을 먹고 나오면서 2만 평 넘는 이 마을에서 요석궁 식당과 인척인 최재용(박상진의 처가) 씨 집 외에는 모든 재산이 영남대학교의 영남학원 재단 소유입니다. 최준 할아버지께서 집과 산소, 임야, 현금 등 전 재산을 조건 없이 (구)대구대학교를 설립할 때 기증하셨기 때문이지요"라며 입을 열었다.

최부자 가문은 1대 정무공부터 7대 최부자 최언경(崔彦卿,

음식점 요석궁 앞에서. 오른쪽부터 최창호 이사, 최암 선배, 필자, 홍관 아우

1743~1804)까지 약 200년간 경주 남면 이조리에서 살았고, 8대 최부자 최기영(崔祈永, 1768~1834)부터 12대 최준까지 200여 년은 지금의 경주 교촌에 살았다. 가산이 늘어나면서 이조리 집이 너무 좁고 성내와도 멀어 이주하였다. 그 후손들이 지금도 교촌에서 살고 있지만 남의 땅, 즉 영남대학교 소유의 대지와 집에서 사는 셈이다.

경주 최부자 1대 정무공 최진립은 1594년(선조27)에 무과에 급제해 임진·정유 양난에 나가 싸워 큰 공을 세우셨다. 이어 병자호란 때 남한산성에 갇힌 인조를 구하기 위해 출전했다가 장렬하게 전사했다. 공주 영장으로 재임하던 정무공은 당시 69세로 출전을 말렸으나, "임금께서 포위를 당하셨는데 어찌 늙은 신하가 살기를 도모하랴"며 전장에 나가 싸우니 감격한 장졸들도 칭송하며 힘을 얻어 용감하게 싸웠다. 용인 험천(지금의 수지)에 이른 어느 날, 적의 기습 공격을 받고도 물러서지 않고 화살을 날리며 싸우다가 결국 전사했다. 자식들이 달려가 시신을 보니 온몸에 화살이 꽂혀 마치 고슴도치 같았다고 전한다.

인조는 그의 공을 높이 평가해 병조판서로 증직하고 정무공신이라는 시호를 내렸다. 청백하게 절개를 지키고(貞) 적을 억눌러 모욕을 막았다(武)는 뜻의 시호는 그의 삶을 잘 표현하고 있다. 나라에서는 또 후손들이 영원히 정무공의 신위를 사당에 모시고 제사를 지낼 수 있게 허락했다. 정무공은 무장으로서 충절을 지켰을 뿐 아니라 청렴하고 결백하게 관직을 수행해 청백리 반열에 올랐다. 청백리는 조선시대 전체로도 모두 217명에 불과한데, 사성공과 정무공 두 분이나 선정되었으니 대단한 집안이라 아니할 수 없다.

경주 최부잣집 종가 사랑채 대청에는 충의당(忠義堂)이라는 편액이 걸려 있다. 정무공의 충의 정신과 청렴한 삶은 지금도 종가의 중심에 게시되어 후손들에게 전해지고 있다. 정무공은 후대 자손들이 만석꾼의 큰 재산을 이웃과 더불어 나누고 베풀며 살아가는 경주 최부잣집 철학의 기둥을 세운 분이다.

경주 최부자 가문이 명가(明家)·명부(明富)로 발돋움하는 기틀을 마련한 분은 정무공의 여섯 아들 중 삼남이며 제2대 최부자인 최동량(崔東亮, 1598~1664)이시다. 활달하고 의리가 있으며, 부모 형제나 가솔을 성심으로 대하는 등 부친의 신임이 두터웠다. 정무공이 전사하자 시신을 모셔서 언양 오지연에 장사 지내고 3년의 시묘살이도 했다. 맏형이 일찍 별세한 데다 큰조카마저 빨리 죽고, 둘째 형은 병약해 집안일을 할 수 없었기 때문이었다.

최동량은 정무공신이신 부친의 후광으로 개령현감, 용궁현감 등 관직을 했으나 말년에 귀향해 양잠과 농사에 힘쓰며 선대의 업적을 기리고 가문을 돌보았다. 특히 형제의 우애를 강조하고 후손들을 위해 가거십훈(家居十勳)을 만들어 부자 가문의 기틀을 다졌다. 이와 함께 경주 지역에서는 처음으로 이양법을 전파하고 보와 도랑 등 수리 시설을 활용해 대량 생산의 터전을 마련했다. 황무지도 개간해 농지를 대폭 넓혔다.

부를 크게 늘려 본격적인 만석꾼 반열에 올린 최부자는 3대 최국선(崔國璿, 1621~1682)과 4대 최의기(崔義基, 1653~1722)였다. 최국선은 아버지 최동량으로부터 그리 많은 재산을 물려받지 못했다. 그러나 임진왜란과 정유재란, 병자호란을 거치면서 피폐해진 백성들을 살리고 어려워진 국가 재정을 늘리기 위해 나라에서 대대적인 토지 개간에 나섰다. 황무지를 개간해 더 넓은 농지를 확보하는 일이 급선무였다.

최국선은 이 사업에 적극적으로 나서 엄청난 농지를 확장했다. 충신의 후손으로서 존경받는 가문이었기에 관의 지원과 백성들의 신뢰가 큰 힘이 되었다. 이와 함께 아버지 최동량 때 시작한 이양법과 수리시설을 활용한 농법으로 식량을 증산해 나갔다. 무엇보다 소작인과 수확량을 절반씩 나눠 갖는 병작반수제(竝作半收濟)의 시행이 자산을 대폭 늘린 결정적인 요인이었다.

최국선은 아버지와 아들 최의기까지 3대에 걸쳐 많은 부를 형성했으나, 처음부터 존경받는 부자는 아니었다. 당시 소작료가 80%를 넘어 90%에 육박했다. 소작인들은 보릿고개를 넘기 힘들었다. 지주나 마름에게 양식을 빌리고 추수기에 2배로 갚는 비싼 이자로 연명했다. 쥐꼬리만 한 소작료로는 빚을 갚기는커녕 늘어만 갔다. 최국선도 여느 지주와 같이 관행에 따랐다.

그러던 어느 날, 횃불을 들고 떼를 지어 부잣집을 습격하는 명화적(明火賊)이 쳐들어왔다. 최국선은 크게 깨달았다. 명화적들은 다른 재물은 가져가지 않고 채권 장부만 빼앗아 불태웠다. 그들 가운데는 자신의 소작인들도 있었다. 즉시 소작인들의 나머지 채권 서류도 불태우고 병작반수제를 시행했다.

그러자 소작인들은 자신의 수익을 늘리기 위해 더욱 열심히 일했다. 최국선의 재산도 따라서 많아졌다. 이 소문은 순식간에 전국으로 확산돼 찾아오는 과객도 엄청나게 많았다. 최부잣집에는 매일 100여 명의 손님이 찾아와 숙식했다.

4대 최부자 최의기에 이르러 재산은 더욱 많아졌다. 소작인들과 공평하게 수확물을 나누고 불쌍한 이웃을 돕고 찾아오는 손님을 극진히 모시는 전통도 확립되었다. 이런 청부(淸富), 덕부(德富)의 최부잣집 정신은 경주 최씨의 시조 고운 최치원 성현의 맑고 깨끗한 애국 · 애족심을 바탕으로 사성공 최예와 정무공 최진립의 실천적 삶을 통해 구체화되었다. 최부자 가문에는 누대에 걸쳐 지키고 실천한 철학이 있다. 2대 최부자 최동량이 완성한 「가거십훈」과 수신(修身)의 처세를 일깨우는 육연(六然), 제가(濟家)를 위한 육훈(六訓)이다.

경주 최부자 가문의 철학

1. 가거십훈(家居十訓)

①인륜을 밝힌다(明人倫) : 오품(부자유친, 군신유의, 부부유별, 장유유서, 붕우유신의 오륜)은 하늘이 내려 준 법으로 천하 고금에 다 함께 따라야 할 공통된 도리이다. 이에 밝지 못하면 사람이 능히 사람답지 못하고, 가정이 능히 가정답지 못하니 가히 두렵지 않겠는가!

②어버이를 섬김에 효도를 다한다(事親孝) : 부자(父子)는 천성적으로 맺어진 친속이며, 이른바 효도라는 것은 덕의 근본이요 행실의 근

원으로 가르침이 그로 인하여 생겨나는 바이다.

③임금을 사랑함에 충성을 다한다(愛君忠) : 임금과 신하의 큰 윤리는 하늘의 법도요, 땅의 의리이다. 함께 나서 함께 살아가는 자이다. 남의 신하된 자는 반드시 순임금이 요임금을 섬긴 바로써 임금을 섬겨야 바야흐로 신하의 도리를 다하게 된다.

④가정을 잘 다스린다(宜室家) : 부부는 두 성씨의 결합이니 남편은 그 몸가짐을 조심하여 아내를 거느리고, 아내는 그 몸가짐을 조심하여 그 남편을 받들어서, 화락하고 또한 즐겁게 부모의 뜻에 순종하면 가도(家道)가 바르게 된다.

⑤형제 사이에는 우애가 있다(友兄弟) : 형제라는 것은 형체를 나누고 기운을 연한 사람이라, 형은 아우에게 우애하고 아우는 형을 공경하여 노여움을 품고 서로 다투어서 천륜을 파괴시키지 말아야 한다. 더구나 어른을 공경하는 도리가 나의 형에서부터 시작되며, 어린이를 사랑하는 은혜가 나의 아우로부터 시작하느니, 집에 있어서나 향리에 있을 적에 어른은 어린이를 사랑하고 어린이는 어른을 공경하여, 어린이를 멸시하고 어른을 능멸하는 폐단이 없어야만 사람의 도리가 바로 선다.

⑥친구 사이에는 신의가 있다(信朋友) : 붕우는 그 덕을 벗하며 그 인(仁)을 돕는 것이다. 그래서 천자로부터 서민에 이르기까지 벗에 의뢰하지 아니하고 덕을 이루는 자가 없다.

⑦여색을 멀리한다(遠女色) : 옛사람이 이르기를 "예쁘고 고운 칼

(예쁜 여성을 비유)이 세상 사람을 다 죽인다"라고 하였으니 그 말이 진실하다. 임금이 여색을 좋아하면 그 나라가 망하고, 대부가 여색을 좋아하면 그 집이 망하고, 선비와 서인이 여색을 좋아하면 그 몸을 망치게 된다. 그렇다면 사람의 집에 화근이 이보다 더 심한 것이 없다.

⑧술에 취함을 경계한다(戒酗酒) : 술이라는 것은 예를 행하고 성품을 기르며 환락하는 것이다. 그러나 지나치면 환난이 되니 삼가지 아니하면 안 된다. 선친께서 "술은 사람을 미치게 하는 약이다. 술은 기쁜 것이나 기쁘도록 마셔서는 안 된다"라고 하셨다.

⑨농업과 잠업에 힘쓴다(課農桑) : 이는 천하의 근본이다. 맹자가 말하기를 5묘(畝, 논밭 넓이의 단위. 1묘는 곧 30평으로 약 99.174㎡에 해당함)의 집 가에 뽕나무를 심으면 70세의 노인이 명주옷을 입을 수 있고, 100묘의 밭에 농사 때를 잃지 않으면 여덟 식구의 가정이 주리지 않는다"라고 하였다. 그러므로 농업을 밝게 하고 잠업을 다스리는 것은 가정의 가장 급한 일이다. 이러한 까닭에 선친께서 관직에 있을 때나 집에 있을 때나 농업과 잠업의 권장을 앞세우셨다.

⑩경학을 익힌다(講經學) : 경서라는 것은 옛 성현들의 마음 다스리는 법을 밝혀 전해지는 서책이다. 사람의 성품이 모두 착하였으나 깨달음이 선후가 있으니, 배우고 때로 익히면 착한 것이 밝혀져 그 처음의 본성을 회복하게 된다. 그러므로 선친께서 자제를 가르치실 때 반드시 『소학』을 먼저 가르친 뒤에 경서와 사기를 가르치셨다.

가거십훈(家居十訓)은 최동량이 죽기 전해 겨울에 자손들을 위해

지은 '집에서 지켜야 할 열 가지 훈계'이다. 이는 당시 일반적인 유가(儒家)의 풍습에 따른 것으로 최부잣집만의 독특한 가훈으로 보기는 어렵다. 그러나 아홉 번째 항목에 농업과 잠업을 언급함으로써 경학을 익히는 것보다 앞세운 것은 눈에 띄는 부분이다. 농업과 잠업은 당시 산업의 근본이었으므로 농업과 잠업을 앞세웠고, 최부잣집은 주로 농업과 잠업으로 가산을 일구었다고 추정해 볼 수 있다. 그리고 일곱 번째 '여색을 멀리하라'와 여덟 번째 '술에 취하지 말라'는 교훈은 부자들이 흔히 저지르기 쉬운 오류를 구체적으로 경계한 것이라 할 수 있다. 사치와 술과 여자는 한 나라의 왕조도 멸망시킨다. 실제로 최부잣집에서는 12대에 걸쳐 여자 문제나 술 문제 때문에 어려움을 당한 일은 없었다. 이것이 부를 지킨 또 하나의 중요한 요인 중의 하나이다.

2. 육연(六然)

①자처초연(自處超然, 스스로 초연하게 지내고) : 초연함이란 어느 한 가지에 집착함이 없고 얽매임에서 벗어나는 것. 혼자 있을 때라도 스스로 초연하게 지냅니다.

②대인애연(對人靄然, 남에게는 온화하게 대하며) : 인간관계의 기본은 남을 배려하는 따뜻한 마음을 가지는 것. 남에게 항상 온화하게 응대합니다.

③무사징연(無事澄然, 일이 없을 때는 맑게 지내며) : 마음속에 욕심이 있으면 마음이 맑을 수 없다. 그러므로 욕심을 버리고 불순한 생각을 버려야 한다. 변고 없이 무사할 때는 마음을 맑게 유지 합니다.

④유사감연(有事敢然, 유사시에는 용감하게 대처하고) : 혼자 있을 때는 초연하고, 일이 없을 때는 맑은 물처럼 조용히 스스로 내면을 바라보다가 변고가 생기는 유사시에는 과감하게 대처합니다.

⑤득의담연(得意淡然, 뜻을 얻었을 때는 담담하게 행동하며) : 보통은 성공하면 기쁨을 감추지 못하고 흥분한다. 그러면 실수를 할 수도 있고 남에게 시기와 모함을 받을 수도 있을 뿐 아니라 오히려 일을 그르칠 수도 있다. 뜻을 이루어 성공하면 담담하게 행동합니다.

⑥실의태연(失意泰然, 실의에 빠졌을 때는 태연하게 행동하라) : 어떤 일을 추진하다가 실패했거나 결과가 마음에 들지 않아 괴로워하고 좌절하여 허둥대기도 한다. 그러나 그런다고 결과가 바뀌는 것은 아니다. 뜻을 이루지 못해서 실의에 빠져도 태연하게 행동합니다.

'연(然)'의 사전적 의미는 '그러하다', '그렇다고 여기다'인 만큼 전체적으로 관용·긍정·초연의 뜻이 담겨 있다. 즉 '여섯 가지를 그래야 한다'라는 가훈이다. 경주 최부잣집의 주손(冑孫)인 최염(崔炎) 선생은 "어렸을 때부터 매일 아침 조부 방에 문안을 가면 보는 데서 붓글씨로 육연을 반드시 써야만 했다"라고 술회한다.

이것은 첫째, 어려서부터 육연을 반복해서 학습함으로써 아예 세포에 각인시키고자 했던 것이며, 둘째, 여섯가지 '대긍정의 경지'에 들어가야 1만 석의 재산을 감당할 수 있는 그릇이 된다고 여겼고, 셋째, 만석꾼의 재산을 유지한다는 것은 재테크만 잘 한다고 되는 것이 아니라 깊은 인격적 수양이 뒷받침되어야 가능하다고 판단하여 어릴 때부터 철저하게 교육했던 것이다.

3. 육훈(六訓)

①과거를 보되 진사 이상 벼슬을 하지 말라

조선시대는 가히 당쟁의 역사라 할 만큼 당파싸움의 연속이었다. 이로 인한 국론분열과 비극은 끝내 망의 길로 치달았다. 특히 최부잣집 초기에는 바로 이런 당쟁과 사화, 임진왜란과 병자호란으로 온 나라가 피로 물들었다. 심지어 전란 중에도 당파싸움은 멈추지 않았다. 이런 상황에서 자신과 가족은 지킬 수 있는 불가피한 방책으로 정치와 거리를 두는 것이었다. 그렇다고 유교의 교리가 절대적인 가치 기준이 되고 선비가 도덕적 삶의 목적이던 시대에 양반이기를 포기할 수도 없다. 최부자 가문은 고심 끝에 과거에 급제해 양반 신분은 유지하되 높은 벼슬로 나아가지 않는 길을 선택하도록 후손들에게 가르쳤다.

②1만 석 이상의 재산은 사회에 환원하라

최부잣집 마당에 있는 육연과 육훈. 경주 최부자 가문 400년을 지탱해 온 가르침이다

왜 5천 석도 아니고 2만 석도 아닌 1만 석이었을까? 대체로 만석꾼이라는 표현 속에는 그 정도면 충분하다는 공감대가 형성되었을 것으로 본다. 지나치게 욕심을 부리면 주변 사람들의 시기와 관의 감시 대상이 될 뿐 아니라 보관하기도 힘들다. 그 대신 1만 석 이상 수확할 경우 모두 소작인들에게 소작료를 감해주거나 주변의 어려운 사람들을 돕는 데 썼다. 이를 가훈으로 정해 철저히 지키니 인덕을 쌓고 장기적으로는 안정적으로 부를 유지할 수 있었다.

③흉년기에는 땅을 늘리지 말라

흉년이 들어도 부자들은 별 걱정을 안 하지만 가난한 사람들은 한 끼 밥 먹기도 힘들었다. 연명하기 위해 소중한 농토를 헐값에 팔아 양식을 구하는 경우도 많았다. 논 한 마지기에 쌀 한 섬 정도밖에 못 받았다. 그 양식으로는 흰 죽을 끓여 먹을 정도였다. 그래서 흰죽논, 죽빼미논, 한섬논이라는 말이 나돌았다. 최부자는 이런 행태를 가진 자들의 횡포요 가난한 사람들의 약점을 악용한 처사라고 판단해 이런 가훈을 정했다.

④주변 100리 안에 굶어 죽는 사람이 없게 하라

"가난 구제는 나라도 못한다"는 말이 있다. 가진 재산을 이웃과 나누는 일이 그만큼 어렵다는 말이다. 그러나 최부자는 이를 실천했다. 그 범위도 매우 넓었다. 육훈에는 없지만 최부잣집 사람들은 "파장에 물건을 사지 마라", "물건값을 깎지 말라"는 가르침도 실천했다. 이 교훈은 매우 실용적이고 실질적인 경영 원리를 내포하고 있다. 이웃이 잘 살아야 나도 잘 살 수 있다는 평범한 이치다. 사실 당시 사방 100리 안에는 최부잣집 농토가 많았고 그 땅에 소작을 붙이는 소작인들도 많이 살고 있었다. 그들이 잘 먹어야 농사를 지을 수 있는 노동력이 확보된다. 내가 가진 것을 나누어야 결국 이득이 나에게로 돌아온다는 상생경영의 요체를 여기에서도 찾을 수 있다.

⑤과객을 후하게 대접하라

최부잣집엔 하루 100명 가까운 과객이 드나들었다고 한다. 10여 명은 아예 기거하기도 했다. 그래서 치부잣집에는 한꺼번에 500명이 먹을 수 있는 그릇과 반상이 있었고 매년 2천 석 가량의 쌀을 손님 접대하는 데 썼다. 요즘처럼 어디를 가나 숙박시설이 잘 되어 있는 시대가 아니어서 다른 지역으로 떠나는 사람들은 먹고 자는 일이 큰 문제였다. 이런 사정을 아는 최부잣집은 경주를 지나가는 사람들을 일부러 불러들이기까지 했다. 이렇게 선행을 베풀면서 얻는 이득 또한 컸다. 우선 인심을 얻고 전국 각지에서 온 사람들로부터 세상 돌아가는 이야기, 즉 정보를 얻어 앞날에 대비할 수 있었다. 무엇보다 열린 마음으로 대접하고 소통함으로써 커진 무형의 힘이 400년 최부자 가문을 지탱해 주었을 것이다.

⑥시집온 며느리들은 3년간 무명옷을 입게 하라

당시 3대가 덕을 쌓아야 최부잣집 며느리가 될 수 있다"는 말이 있었다. 그만큼 많은 사람들이 최부자와 사돈 맺기를 원했다. 단순히 내 딸이 잘 먹고 잘 살기를 바라는 희망이 있었겠지만, 그보다는 존경받는 가문과 결합해 부와 명예를 공유하려는 뜻이 더 컸을 터이다. 그러나 일단 새 며느리는 엄한 통과의례를 거쳐야 했다. 만석꾼 집안의 살림을 책임져야 할 안주인으로서 갖춰야 할 기본자세를 배워야 했다. 3년 동안 무명옷을 입고 아래 사람들과 똑같이 생활해야 했다. 근검절약을 생활화하고 이웃과도 자연스럽게 소통하는 법을 익히도록 했다. 이 과정을 통과해야 비로소 최부자 가문의 일원이 되었다.

전 재산 사회 환원하고 부자 가문의 문 닫은 최준

독립운동에 투신

마지막 최부자 최준은 일제가 침략 야욕을 드러내던 1907년 국채보상운동이 일어나자 경주지역에서 이 운동을 이끌었으며, 1910년 대한제국이 망하자 직접 조선국권회복단 단원과 대한광복회의 재무부장을 맡아 독립운동을 했다. 셋째 아우 최완을 상해 임시정부 재무위원으로 파견해 재정적으로 뒷받침하고 만주와 러시아에서 활동하는 독립투사들에게 군자금을 보내며 큰 힘이 되었다.

해방 후 임시정부 주석 김구 선생은 서울 경교장에서 최준을 만나

"임시정부 재정의 60%는 백산무역에서 보낸 돈이었다"며 크게 치하했다. 그때 최준은 62세, 김구 선생은 70세였다. 백산무역주식회사는 무역자금 송달을 가장해 임시정부에 군자금 등을 보내기 위해 최준이 독립운동가 백산(白山) 안희제와 함께 1919년 설립했다. 안희제가 독립자금 모금 창구로 활용하기 위해 1914년 부산에서 백산상회로 출발했으나, 최준이 대주주이자 사장으로 참여하면서 백산무역으로 재탄생했다.

최준은 곡물·면포·해산물 등을 무역한다는 명목으로 당시 전 재산을 담보로 식산은행에서 돈을 빌려 임시정부에 보내곤 했다. 이로 인해 가산은 크게 기울어졌고 집안 살림은 몹시 어려워졌다. 더구나 군자금 송달이 탄로 나 공주 감옥과 평양경찰서로 끌려가 많은 고초를 겪었다. 백산무역도 1924년 결국 문을 닫았다.

이 무렵 영친왕의 아우 의친왕 이강(李堈)이 경주 고적을 답사하기 위해 왔다가 최부잣집 사랑채에 며칠 머물면서 이 사실을 알았다. 의친왕은 무엇보다 최준의 비범한 식견에 깊은 감명을 받았다. 또 독립자금 조달을 위해 전 재산이 채권은행에 의해 경매에 이른 사실도 알았다. 그는 서울로 가서 식산은행장 유하광풍(有賀光豊, 아리가 마쯔도요)를 적극 설득해 일부 채권을 줄일 수 있도록 도왔다.

3·1독립운동 후 조선총독부는 원로원 격인 중추원을 만들어 민족지사들이 참여하도록 집요하게 회유했다. 최준에게도 중추원 참의와 문교장관을 맡아달라고 강요했으나 끝내 거절했다. 그 대신 1920년

경주박물관의 전신인 경주고적보존회를 만들고 회장을 맡아 경주에 산재한 신라 문화유산을 관리·보존하는 일과 언론·교육·민족 문화 활동에 힘썼다.

최준은 일제의 이른바 문화정책으로 1920년 창간된 〈동아일보〉 발기인과 중앙학교 재단 이사, 보성전문학교(지금의 고려대학교) 이사, 경주 청소년 지원 등을 통해 민족문화의 육성·발전에 크게 기여했다. 특히 1933년 경주의 역사를 집대성한 『동경통지(東京通志)』 14권 7책을 발간한 성과는 길이 남을 큰 업적이다. 위당 정인보가 고문을 맡고, 육당 최남선이 총괄하였으며, 향교 전교 박화준이 자료 수집 등을 도왔다.

대구대학교 설립에 전 재산 기증

1945년 광복이 되자 최준은 대구 종로통 약전골목에 '을유약업회사'를 설립하고 활동 영역을 넓혔다. 아울러 지역 유지와 지도급 인사들과 함께 '아양음사'라는 조직을 만들어 시국을 걱정하며 조국의 앞날을 논의했다. 여기서 최준은 인재 양성이야말로 나라를 발전시키는 길이라고 확신하고 대학을 설립하기로 결심한다. 그때까지 대구·경북지역에 4년제 종합대학이 없었기 때문이다.

최준은 1945년 10월 20일 종합대학설립준비위원회를 만들고 이를 확대 개편한 경북종합대학기성회의 회장이 되었다. 동참한 지역 유지들이 그의 독립운동 경력과 경주 최씨 가문의 청렴성을 높이 평가했기 때문이다. 대구대학교는 이 기성회가 산파역을 맡아 1947년 3월 10일 개교했다. 이 과정에서 최준은 도내 유지들과 재산가들, 향교 재단까지 참여하게 해 성금 일천만 원과 토지 90만 5천 평을 설립 자산으로 모았다.

물론 설립자 최준이 가장 많은 현금 90만 원과 최씨 가문에서 300여 년 동안 가보로 전수되어 오던 희귀 도서 7천2백여 권을 내놓았다. 도서는 대학 설립의 필수 조건이었다. 이 가운데 2천여 권이 6.25전쟁과 관리 부실로 분실되었다. 나머지 5천여 권은 현재 영남대학교 중앙도서관에 문파문고로 보관되어 있다.

최준은 또 1955년 그때까지 남아 있던 전 재산, 즉 과수원 9,536평, 대지 11,442평, 전답 12,772평, 문중 임야 8,973평, 건물 16동 351평, 산림 276정 등으로 문파교육재단을 설립하고 경주 교동에 계림학숙을 설립했다. 이어 1959년에는 대구대학재단과 합병해 대구여자학숙으로 개교했으며, 1962년 대구대학교 부설 여자초급대학으로 승격시켰다. 여성 교육의 중요성을 일찍 깨닫고 실천한 선각자였다.

이로써 경주 최부자 가문의 전 재산은 대구대학으로 귀속되었다. 설립 당시 최준은 기성회장과 설립자 겸 이사직만 맡고 이사장은 다른 사람에게 맡겼다. 대학은 어느 개인의 소유물이 아니라 지역사회 나아가 국가의 것이라는 그의 투철한 교육관에 따른 것이었다. 따라서 대구대학의 창학 정신은 애국애족의 정신, 어느 개인이 좌지우지할 수 없는 진정한 민립 사학의 정신, 그리고 지역 발전에 기여하는 향토애 정신으로 요약된다.

최준은 그러나 정부 수립 후 토지개혁으로 재정 상황이 어려워졌을 때나, 6.25전쟁 중 피난왔던 교수들이 대거 서울로 가는 등 경영난에 시달릴 때는 재단 이사장이나 학장서리가 되어 대구대학을 지켰다. 그러나 5·16 군사쿠데타로 탄생한 군사정부가 1962년과 1963년 시행한 대학 정비령에 따른 시련은 컸다. 이미 전 재산을 대구대학 설립 자금으로 내놓았기에 대학 정비령이 요구하는 시설 확충 등에 충당할 재정적 여력이 없었다. 이때 삼성물산 이병철 회장이 나타났다.

'한강 이남'최고 대학교 약속한 삼성 이병철, 박정희에게 대구대학교 헌납하고 영남대학교로

삼성은 당시 정부 특혜로 엄청난 이익을 얻고 있었으나, 사회 기여도가 낮아 이미지가 매우 좋지 않았다. 대학가에서는 매판자본이라고 비판했다. 삼성은 이미지 개선을 위한 방편으로 교육사업을 선택했다. 경주 최부잣집과 삼성을 연결한 사람은 당시 대구대학교 재단 이사였던 신현확이었다. 1960년대 초 대부분의 사립대학은 부정 입학 등 부정한 방법으로 운영되었으나 대구대학교는 달랐다. 현대식 건물들이 들어선 캠퍼스를 갖추는 등 모든 학사 운영이 모범적이었다. 삼성으로서는 인수가 절실했다.

1964년 주룩주룩 비 내리던 어느 날, 고급 승용차 행렬이 최부잣집 앞마당에 멈췄다. 이병철이 차남 창희 등 일행과 함께 내렸다. 최창호 이사는 당시 상황을 이렇게 전했다.

"최준 할아버지께서는 검은 양복을 입은 이병철 일행이 여러 대의 승용차를 타고 와 위세를 과시하는 듯해 처음엔 언짢아하셨으나, 조상들을 모신 본채 옆의 가묘부터 가서 절하는 모습을 보시고 조건 없이 대구대학교 운영권을 넘기셨다고 들었습니다."

조건이 전혀 없었던 건 아니다. 이병철은 최준 이사장에게 "대구대학의 운영권을 맡겨주신다면 한강 이남에서 가장 좋은 대학으로 만들겠습니다"는 각오를 전했다. 바로 '한강 이남 최고 대학'이 조건이었다. 다만 대학 운영을 잘하는지 확인할 수 있게 이사직은 유지하겠다고 했다. 최준은 우리나라에서 첫째가는 부자 회사 회장의 말을 믿었다. 이병철은 여러 경로를 통해 사례하려고 했으나, 최준은 "내가 학교를 사고파는 사람으로 보이느냐"면서 단호히 거절했다. 오히려 가보로 전해지던 중국 단계석 벼루를 이병철에게 선물했다.

이병철의 약속은 불과 2년 만에 깨졌다. 1966년 9월 유명한 삼성의 '한국비료 사카린 밀수사건'이 터졌다. 이병철은 이 사건을 무마하기 위해 일체의 사회활동을 중단하고 은퇴하면서 한국비료를 국가에 헌납했다. 이와 동시에 대구대학을 당시 대통령 박정희 개인에게 넘겼다. 그 무렵 청구대학이 본부 건물 신축 중 불이 나는 위기에 봉착하면서 경영권이 청와대에 넘어가 있었다. 당시 청와대 비서실장이던 이후락이 청구대학교 법인 이사여서 큰 역할을 했다.

당시 박정희는 3선 개헌에 실패해 은퇴하면 대학교 이사장이나 총장을 하고 싶어 했다. 이런 야욕을 채우기 위해 그는 돈 한 푼 내지 않고 대구대학교와 이미 수중에 넣고 있던 청구대학교를 합병해 1967년 12월 영남대학교를 세웠다. 설립자이던 최준의 강력한 반대에도 불구하고 군사 작전하듯 통합하고 말았다. 특히 최준은 두 대학 합병 이사회에 참석해 반대하려고 했으나 제지당했다. 최준은 통곡했다. 교수와 학생들도 시위를 벌이며 격렬하게 반대했으나 소용이 없었다. 이렇게 발족한 영남대학교를 사람들은 「왕립 대학교」라고 불렀다.

최준은 허수아비 이사로나마 2년 정도 지내다가 그마저 강제로 해임되었다. 그리고 1년 후 세상을 떠났다. 삼성은 이 과정에서 대구대학교 대신 성균관대학교의 경영권을 차지하게 된다.

이 과정을 목격하고 소상하게 알고 있는 주손 최염은 이렇게 전하고 있다.

"삼성은 자기들이 자초한 한국비료 밀수사건으로 둘때아들 이창희가 구속되고 풍전등화의 위기에 처하게 되었습니다. 그런 와중에 이후락 등이 이를 교묘히 이용하여 이병철 회장에게 성균관대학을 줄 터이니 대구대학을 넘겨달라는 압력을 가하였고 이병철 회장은 이를 쌍수로 환영하였던 것입니다. 이병철 회장은 조부(최준)와의 합의를 헌신짝처럼 파기하고 대구대를 청와대에 상납하여 영남대를 발족하게 되었습니다. 그리고 박정희가 돈 한 푼 희사하지 아니하고 두 대학의 기존 자산만으로 이름만 바꾼 채 영남대를 만들었습니다."

경주 최부자 가문은 영남대학교를 돌려 달라는 것이 아니다. 박정희에 이어 박근혜가 실질적인 주인인 민립 사학을 창학 정신에 맞게 대구·경북 시민들에게 주라는 것이다.

경주 최부잣집을 지키는 후손들

여기까지 설명한 최창호 이사는 담담한 표정으로 경주 최부잣집 종가로 우리를 안내했다. 주소는 경주시 교동 69번지다. 요석궁 음식점에서 불과 50m도 안 되는 거리에 있다. 음식점을 나서자 최 이사는 2만 평 되는 이 마을 10여 채 가옥 가운데 이 요석궁과 바로 저기 보이는 최준 할아버지의 종매형이신 박상진 어른 집 외에는 모두 영남대학교 소유"라고 했다. 요석궁은 최준의 동생 최윤(1886~1969)의 집이어서 그 후손들이 음식점을 하고 있고, 독립운동가 박상진의 집 역시 최준의 소유가 아니어서 기증 재산에서 겨우 빠졌다.

종가 바로 옆, 같은 번지에 유명한 교동법주 본점이 보였다. 크게 걸린 간판에 '국가중요무형문화재 제86-3호'라는 글자가 눈길을 끌었다. 집에서 빚어 만드는 가양주가 국가중요무형문화재로 선정된 술은 문배주와 면천 두견주뿐이라고 최 이사는 알려주었다. 3대 최

교동법주 본점. 3대 최부자 최국선이 궁궐 법식대로 집에서 만들기 시작했으니 350년의 역사를 자랑한다.

부자 최국선이 젊었을 때 임금님 수라상을 책임지는 사옹원 참봉으로 일하다가 낙향해 궁궐 법식대로 술을 만들어 법주라고 한다는 설명도 새로웠다.

1779년 경주 내남면 이조리에서 이곳으로 온 이래 지금까지 대대로 살아온 최부잣집은 소박했다. 솟을대문부터 작고 아담하며 본채와 사랑채, 안채도 낮고 너무나 평범한 우리의 전통 기와집이다. 흙담장을 사이에 두고 오른쪽에 향교가 있다. 향교가 최부잣집보다 높고 크다. 향교는 조선시대 대표적인 국립 교육기관이었다. 경주는 신라 이래 영남 유학의 큰 물줄기가 도도히 흐르는 고장이다. 향교의 위상 또한 높았다.

8대 최부자 최기영은 이조리 집을 해체하고 옮겨와 이 집을 지을 때 이 점을 의식했다. 용마루를 향교에 비해 5자 이상 낮췄다. 이를 위해 집터를 3자 이상 깎아내고 기둥 역시 2자 이상 잘라냈다. 솟을 대문도 작게 지었다. 최부자 가문은 향교 건물의 신축과 유지·보수하는 데 노력하고 재정적인 지원도 아끼지 않았다. 집안 전래의 책들도 향교에 보내 학문 장려에도 크게 기여했다.

보성학원(현 고려대학교) 이사장 제안도 사양한 최준 할배

얌전한 대문을 지나 마당에 들어서자 아주 오래되어 보이는 석조 수조가 보였다. 마지막 최부자 최준이 월성의 한 서당에서 발견한 신라 시대 유물이라고 했다. 높이 1m, 길이 1.5m, 너비 1m의 수조에 물이 조금 있고 둘레에는 연꽃잎이 그려져 있다. 최창호 이사는 "인촌 김성수 선생이 생전에 자주 찾아와 이 수조를 달라고 했으나 최준 할아버지께서 번번이 거절하셨다"고 전했다. 신라 유물을 경주에 두고 싶었기 때문이라고.

최 이사는 이어 "지금의 고려대학교 재단인 보성학원 2대 이사장이셨던 손병희 선생께서 최준 할아버지에게 자신은 독립운동을 하기 바쁘니 보성학원을 맡아 달라고 했으나 거절하시고 대신 호남 갑부 인촌 김성수 선생을 추천하셨다"는 사실도 알려주었다. 최준이 그때

손병희 선생의 제안을 받아들였다면 또 다른 역사가 이뤄졌을 것이라는 부질없는 가정을 세워 본다.

바보의 지혜

본채와 사랑채를 보니 대대로 살아온 이 집 주인들의 정신과 삶의 자세를 읽을 수 있다. 마루 위에 걸려 있는 편액들은 쉽게 범접할 수 없는 경주 최부잣집만의 가르침, '바보의 지혜'를 무겁게 깨우쳐 준다. 하나 같이 스스로 낮추고 겸손하게 살라고 한다. 그 가운데 '大愚軒'과 '鈍次', '龍庵古宅'이 눈길을 끈다.

대우헌은 9대 최부자 최세린(崔世麟, 1791~1846)의 호다. 크게 어리석은 사람이 사는 집이라는 뜻이다. 자신을 낮추고 또 낮추며 겸손하게 살았던 모습이 그려진다. 둔차는 11대 최부자 최현식(崔鉉軾, 1854~1928)의 호로 스스로 아둔해서 둘째만 가도 좋다는 뜻이다. 일등은 누구에게나 시기와 질투의 대상이 되니 자신을 낮추면 화를 면할 수 있다는 삶의 지혜를 담고 있다. 용암은 이조리에서 이사 와 이 집에서 처음 살았던 8대 최부자 최기영의 호다. 이 집터가 고대 최치원 시조께서 사셨던 곳이고 거기에 우물이 있었다는 전승에 따라 지은 호다, 실제로 교촌 최부잣집 마당에 우물이 있으나 바로 그 우물인지는 확실하지 않다.

사람들은 이런 최부자들을 '바보'라고 한다. 주변 사람들의 만류

최부잣집 종가 마당에서. 뒤로 신라 유물인 석조 수조와 이 집 주인들의 겸손한 자세를 나타내는 편액들이 보인다.

에도 불구하고 전장에 나가 목숨을 던진 초대 최부자 정무공 최진립, 명화적들이 침입했을 때 그들을 용서해 줄 뿐만 아니라 채권 서류까지 돌려준 3대 최국선, 자신이 살 집까지 나라와 민족을 위해 아낌없이 바쳤던 최준! 이런 최부자들을 바보라고 하지 않을 수 없을 것이다. 하느님을 사랑하고 이웃을 자신처럼 사랑하라 하신 예수님의 가르침을 실천한 분들이다.

본채를 돌아 안채로 가는 길목에 경주 최부자 가문 400년을 지탱해 준 가훈, 육훈과 육연을 적어 놓은 표지판이 서 있다. 최부자 시대는 막을 내렸지만 후손들은 여전히 그 가르침에 따라 살아가고 있다. 가슴이 먹먹하고 숙연해졌다. 시조 최치원 성현의 후손으로서 자세를 가다듬는다. 주손 최염이 최창호 이사에게 들려준 최준의 말씀을 마음속 깊이 새긴다.

"정무공 할배께서는 나라를 지키기 위해 목숨을 버리셨는데 너거 할배(최준)도 나라를 위해 뭔가를 해야 되겠제."

"그날 이후로 이 할배는 우리 집 재산이 우리께 아니라고 생각했디라. 이거는 내꺼도 아니고 너거 아부지꺼도 아니고 니꺼도 아닌기라."

어머님 탄생 100주년에 부쳐

어머님! 사랑합니다. 아버님! 뵙고 싶습니다.

4남 최홍대 스테파노

우리 어머님 김말련(金末連) 막달레나님은 1922년 음력 팔월 초열흘에 나셨으니 지금까지 살아 계시다면 올해로서 탄생하신 지 꼭 102년이 되신다.

그리고 2006년 3월 4일에 만 84세를 일기로 선종하셨으니 그 세월도 어느새 18주년이 지나가고 있다는 이야기이다.

어머님께서 낳은 자식은 모두 열 자녀였으나 둘째 딸로 태어났던 데레사는 첫 돌 무렵 감기에 걸려 일찌기 하느님의 품에 안기었고, 다른 아홉 남매, 칠남 이녀가 장성하여 일가를 이루며 살고 있는데,

그 중 여섯 명이 일흔 줄을 넘어서리만치 시간과 세월은 가히 화살처럼, 쏜살같이 흘러 흘러 가고 있나 보다 싶다.

어머님에 대한 회억 내지는 추억담은 각자가 다 다를 수도 있고, 공유하거나 겹치는 부분도 많이 있으리라 싶지만, 여기서는 순전히 나와 관계되는 이야기만 풀어 놓을까 싶다.

유소년기 이후 군대 생활할 때까지

나는 비교적 유복하게 자라나 당시만 해도 유치원 다니는 아이들이 안 다니는 아이들보다 현저히 적은 시절에 일찌기 영천 성당 부설 샛별유치원에 다닐 때 부터 매우 활발하게 성장하였는데, 이 모두가 자애로우신 아버님 어머님께서 자식들에게 기(氣)를 꺾지 않으시려는 교육 방침에 의거한 점이 많았기 때문이 아니었을까 여기며 평생 동안 감사하며 살고 있다.

나는 중학교 1학년 때부터 2년간 아버님께서 신문 지국장을 맡고 계셔서 용돈도 벌고 조금이나마 가계를 돕기라도 한다며 신문 배달을 했었는데, 매월 수령하는 얼마 되지 않는 봉급을 어머님께 고스란히 맡기곤 하였다. 그러다가 후일 용돈이 필요하여 달라기라도 하면, "네가 태어나 그동안 먹고 옷 입고 학교 다니는 그 숱한 돈이 얼마인데, 그걸 내어놓으면 주겠다."시며 말씀하시곤 하여 어린 마음에 어쩌지를 못하고 홀로 고민(?)을 한 적도 있었다.

그러나 이것도 어머님께서 팔남매의 맏며느리시고, 아홉 자녀를 양육하시는 입장에서 아버님 홀로 돈을 버시는 집안 사정을 돌아 보면 응당 어쩔 수 없는 일이었음을 그때도 어렴풋이 짐작을 하였지만 성장하여 어머님의 지혜로우신(?) 한마디 말씀이 언제나 귓가에 쟁쟁하게 남아 있다.

그리고 나는 어린 나이에 일종의 허영(?)이랄 수 있는 "사람은 나면 서울로, 말은 제주도로!" 라는 말에 현혹(?)되어 서울 바람(?)이 잔뜩 들어 중학교 2학년을 마치고 서울 도심지의 J 중학교 3학년 편입시험에 응시하고자 상경하였다가 실패하였으나, 당장에 고향으로 내려가 학업을 이으라시며 부러 올라오신 아버님께 성공하여 내려간다며 억지(?)를 부리고 잔류한 것이 나의 일생을 이토록 꼬이게 만드는 커다란 분기점이 될 줄은 당시에는 차마 상상도, 예상도 하지 못하였다. 이로 인하여 가파른 청소년기를 지나 보내면서 늘상 고향과 부모님과 떨어져 지내는 형제 자매들을 그리워하며 입을 앙다물고 살아왔지 않았나 회억하게 된다.

그 무렵 나를 데리러 오셨던 아버님을 배웅하기 위해 자취방이 있던 정릉의 시내버스 정류장까지 고향으로 가지 않으려고 부러(?) 슬립퍼를 질질 끌고 나갔던 촌동의 내 모습은 언제 생각해 봐도 어설프기 짝이 없어 보였던 것이리라. 참으로 통탄할 일임에랴 싶다는 게다.

인생이나 역사에 있어서 가정(假定)은 없다 손치더라도 그때 나의 똥고집(?)은 내 운명을 갈랐고, 살아가는 길을 완전히 다르게 만든 엄청난 사건이었음을 나이가 들수록 깨우치며 어떨 때는 가슴을 치며 통탄할 때도 더러 많았지 싶다는 게다.

이 때의 일로 나는 대학, 그것도 일류 대학에 입학하지 않는 한 고향 땅 영천(永川)에 내려 가지 않을 것이며 부모 형제들 앞에 당당히 설 수 없다 라는 궤변(?)을 늘어놓곤 하며 군 입대 전까지 고향을 멀리하고 살았는데 그 점이 후일 내게 커다란 핸디캡으로 작용할 줄은 차마 몰랐던 것이다.

거기에다가 왜 시험 운(運)이 그리도 없었던 지 응시하는 시험마다 실패요, 탈락의 연속이라 대학에는 결국 입학도 하지 못한 채 사춘기 시절을 우울하게 지냈던 것이다.

일생을 좌우하다시피 했던 이 일련의 결정, 내지는 선택으로 내 인생은 마구 뒤바뀌었고, 후일 세상과 마주할 때 커다란 장애물(?)로 작용하여 언제나 마음 한구석이 휑하니 비어 있는 듯 허전하였지 싶다. 첫 번째 선택의 실패였던 것이다.

이러한 연유에도 불구하고 나는 한때 초등학교 1학년 때부터 반장을 지낼 정도로 할아버님이나 할머님과 부모님으로부터 집안에 인물 났다시며 기대를 한 몸에 받으며 당당하게 자랐던 유소년 시절이 내겐 커다란 자양분이 되어 찌든 삶을 산다 손치더라도 좌절하거나 포기하지 않고 용맹 전진하며 살아 올 수 있지 않았나 회상하게 된다.

아울러 중학교 1학년 때부터 시작한 웅변은 나의 주특기가 되어 후일 군대 생활 중에도 각급 부대에서 열리는 웅변대회에서 1등 또는 상위로 입상하여 수시로 포상 휴가를 나오는가 하면, 서울서 우울하고 어둡게 자랐던 청소년 시절에 대해 만회를 하기라도 하는 양 아주 중요한 경험을 하게 됨으로써 그 후 세상을 살아갈 때 대단한 자부심으로 크게 작용했던 것을 평생 잊지 못하고 있다.

아버님께서는 아무리 바쁘셔도 내가 중학생 시절 웅변 대회가 있는 날이면, 부러 학교에 오셔서 특유의 기침을 하시는 것으로 당신께서 와 계심을 알리시면서 나의 웅변 순서가 끝날 때까지 앉아 응원하기도 하셨는데, 그만큼 아들에 대한 기대가 크셨기 때문이 아닐까 회상하며 후일 그 기대에 부응하지 못한 내 자신을 탓하며 자상하신 아버님께 죄송하기도 하고 그 깊은 사랑을 잊지 못하고 있다.

그리고 2학년 말에 거행된 졸업식에서는 웅변을 잘한다고 재학생을 대표하여 송사(送辭)까지 낭독하였는데 이 때에도 아버님께서는 어김없이 오셔서 아들이 읽는 송사를 다 듣고 가셨던 것이다.

참으로 자상하시고 사랑이 넘치시는 우리 아버님! 정녕 그립습니다.

어린 시절 부모님의 슬하에서 성장하던 시기는 가히 내 삶의 황금기였다고 해도 과언이 아닐 터인데, 이를 박차고(?) 서울로 올라 간 것은 크나큰 실책이 아닐 수 없다 할 것이다.

실제로 서울에서 각종 시험에의 실패는 나를 너무도 힘들게 했고, 또래 아이들의 정상적인 성장이 그리도 부럽고 서러워 홀로 가슴앓이를 많이 하고 자랐던 것이다.

이 때 부모님과 형제 자매들은 나의 앞날을 염려하고 걱정하시며 끊임없이 기도를 바쳐 주셨으며, 내가 원하는 대학 시험에 합격하기를 간절히 바라며 성원해 주셨지만, 결국 이를 성취하지 못하고, 1972년 3월 7일에 육군으로 현역병에 입영을 하고 말았다.

이 때를 전후한 내 삶의 궤적은 군 제대 후 공무원 생활을 바로 시작하였고, 큰아이가 초등학교에 입학할 무렵 한국방송통신대학에 입학하여 정상적인 성장을 하지 못한 한(恨)을 풀기라도 하듯 학생회와 동문회 활동을 더욱 가열차게 펼치지 않았나 싶기도 하다.

이 때의 치열한 기록은 마침 한국방송통신대학교 학보인 KNOU 위클리 제50호 마로니에 칼럼에 원고를 기고함으로써 일목요연하게 정리가 되었는데, 지난 2020년 6월 1일(월)자에 보도되었기 이를 여기에 옮겨 실으며 이야기를 이어 가고자 한다.

청년 시절(1986) 부터 공직 은퇴 시기(2011),
그리고 그 후 9년(2020)까지 망라한 기록

제목 : 방송대, 그 아름다운 추억

나는 1972년 삼수(三修) 끝에 서울대 병설 초급 전문대학 과정으로 한국방송통신대학이 개교한다는 소식을 접하고 행정학과에 입학 원서를 접수했지만 낙방하고 말았다. 마침 현역병 입영 영장이 나와 있던 터라 그해 3월에 입대할 수밖에 없었으니 상실감은 이루 말할 수 없었다.

1975년 1월에 전역하고 그해 여름에 실시된 서울시 공무원 행정직 5급 을류(지금의 9급에 해당) 시험에 합격하여 공직에 입문했다. 이후에 결혼도 하고 생활인으로 내몰리고 말았다.

그러던 중 큰딸이 자라 초등학교에 입학할 즈음이 되자, 혹시 저 아이가 성장해 "아빠는 어느 대학을 졸업하셨나요?"라고 묻기라도 한다면 과연 어떻게 대답해야 할지 고민이 들기 시작했다. 그러던 중 마치 행운의 여신께서 돕기라도 하듯 방송대를 만날 수 있는 기회가 다시 왔다. 학업 기회를 놓친 현직 공무원들 가운데 방송대 입학을 바라는 이들이 지원한 "정부위탁장학생 특별 전형 제도"가 생긴 것이다. 시청 실무자가 각 학과마다 입학 정원의 5% 이내로 뽑을 수 있다고 안내했다. 나는 그 길로 달려가 입학 원서를 제출했다.

다른 공무원들은 행정학과나 법학과를 지원했지만 나는 주저하지 않고 다른 학과를 선택했다. 마침 1990년 베이징에서 아시안게임이 열리기로 되어 있어 중국에 대한 관심이 증폭되던 때였다. 기꺼이 중국어과에 응시, 당당히 합격하는 기쁨을 만끽했다. 그때의 감격을 어찌 필설로 다 표현할 수 있을까.

1986년도에 입학한 중국어과는 당시 3학년이 최고 학년일 만큼 신생 학과였기에 학습 의욕들은 왕성했지만 여러 측면에서 아쉬운 점도 많았다. 제1회 졸업생 101명이 배출됐던 1989학년도에 나는 4학년에 진학하면서 학과 총학생회장으로 뽑혀 만학도로서 학업보다는 학생회 활동이 주가 될 만큼 생활 패턴이 크게 바뀌게 되었다. 낮에는 공무원, 밤에는 학생회장이 되어 "학과로서의 면모(5개 학년이 꽉 찼고 첫 졸업생까지 배출되었으므로)를 제대로 갖춘 원년(元年)"을 선언하고 "전국적인 공동체 구축"작업에 적극 나섰다.

이후 중어중문학과(학과명 개칭 운동 끝에 관철) 총동문회장을 3회 역임했고, 서울지역 총동문회장(2002~3)을 지냈으며, 2007년 6월에는 "I LOVE 방송대. 제1회 방송대와 국만이 함께하는 마라톤 축제"를 창설, 초대 조직위원장을 맡아 봉사할 수 있었다.

이 마라톤 대회의 성공적인 개최로 무너져 있던 전국총동문회를 일으키는 계기가 되어 재건된 제20대(2008~9)에서 수석부회장을 맡았다. 청년 시절부터 시작된 방송대 활동은 마치 숙명이나 되는 것처럼 2011년 말 정년퇴직할 때까지 줄기차게 이어져 왔으니, 어찌 방송대의 역사가 내 삶의 궤적 전부가 아니라고 말할 수 있겠는가.

나는 올해 "인생칠십고래희(人生七十古來稀)"라고 하는 뜻깊은 세월을 살고 있다. 정년퇴직한 지도 어언 9년, 마치 인생을 관조하기라도 하듯 방송대와 나의 지난 날들을 되돌아보며, "국민의 대학"으로서, 남북통일의 초석을 다지는 "민족의 대학"으로서 웅비의 나래를 활짝 펼쳐 나아가기를 간절히 염원하며, 방송대에 대한 아름다운 추억에 잠긴다.

- 최홍대 제25대 전국총동문회 자문위원장, 중문 졸 -

정년 퇴직 이후

위 칼럼에서 밝힌 바 대로 나는 시울시 공무원으로 36년 4개월(1975.09.13.~ 2011.12.31.) 간 근무하고 명예롭게 정년퇴직하면서 녹조근정훈장까지 수여 받았다.

그러나 퇴직 이후 골든 타임이라고 할 수 있는 첫해와 둘째 해 사이에 사회 적응을 잘못(?)하여 온갖 어려움을 겪고 살았다.

현직에 있을 때엔 남에게 아쉬운 소리 한 번 안 하고 살았던 내가 방송대 후배의 알선으로 보험설계사가 되었지만, 그 흔하디흔한 자동차보험 가입 권유조차 제대로 하지 못해 우왕좌왕 하던 끝에 결국 빚만 지고 실패로 돌아갔고, 젊은이들이 결혼을 하게 되면 보통 은사나 존경하는 분을 주례로 모시고는 하는 것이 관례이지만, 그것조차도 버거워하던 결혼 예식을 앞둔 청년들이 숫제 결혼식장에 의뢰를 하면 쉽게 만날 수 있는 전문 주례사로 수년간 220여 쌍을 맡아 주례를 선 바도 있으며,

모 시내버스 회사의 상무로 2개월간만 짧게 근무하고 그만두었으나 당장에 재취업하기가 힘이 든다며 몸으로 때울 수 있는 직종을 찾다 보니 법인택시 운전까지 하게 되었지만, 그것마저 서울 시내 지리를 익힐만 한 6개월 만에 그만둬야 하는 특별한 사유가 생기는 등등으로 은퇴 이후의 삶은 매우 팍팍했다.

그러나 이 시기에 주어지는 삶이 간단치 않고 힘이 든다며 간절히 매달린 곳은 하느님 뿐, 어린 시절 아버님 어머님의 강한 신앙 교육 덕분으로 매일 아버님께서 운전하시는 자전거에 실려 새벽 미사에 참례하며 별표를 모아 주일학교에서 성탄절에 항상 상을 받던 기억이나, 방과 후 놀아도 성당에서 놀던 그 기초가 어디 가지 않기라도 하듯 나이가 들면서 찾게 된 신앙 생활에의 회귀는 어쩌면 당연한 일이었는지도 모른다. 하루도 빠짐없이 매일 새벽 미사에 참례하는 등 이 시절이 참으로 은혜로운 시기가 아니었나 싶다. 이 때 내가 적극적으로 원했던 바도 아니었지만 자연스럽게 사는 거주지의 남성 4구

역장과 길음동성당 남성 총구역장까지 지낼 수 있었던 것은 크나큰 주님의 은총이 아닐 수 없었으리라. 그러나 활발하게 성당 활동을 펼치던 중 아쉽게도 정년 퇴직 이후에 합가하여 같이 살던 큰딸과 분가가 이뤄져 2020년 10월에 지금 살고 있는 방학동으로 이사 오면서 그치고 만 것은 종래 아쉽기만 하였지 싶다.

가장 행복했던 시절은 부모님을 뫼실 수 있었던 때

나는 1982년도에 불과 만 32세 밖에 안 된 젊은 나이에 최초로 집을 장만하게 되는 획기적인 사건, 쾌거를 이룩하였고, 그 해에 우리 구남매 가운데 누님과 베드로 형님과 내가 거의 동시에 집을 구입하는 대사건이 발생하여 아마도 이때를 잊지 못하고 있는지도 모를 일이다.

우리 집은 막내딸 정아 아녜스가 1982년 1월 19일에 태어 났는데, 그 해 가을에 집을 장만하였다고 해서 그 아이를 우리 부부는 "복덩이"라고 부르곤 하였고, 세 아이 모두 사립인 충암초등학교에 입학시키는 등 기염을 토하던 때였으니 가히 나의 전성시대(?)라 말하지 않을 수가 없다 할 것이다.

어릴 적 고향을 떠나 객지 생활을 하면서 늘 애달파 했던 점이 언제나 아버님 어머님을 뫼시고 편안하게 함께 살 수 있을까 하는 바람이 가장 큰 소망이었는데, 드디어 그럴 기회가 찾아 왔다.

즉 새 집을 장만한 기념(?)으로 아버님 어머님을 모시고 약 한 달간 머무르시게 하면서 베드로 형님 내외분이 장만한 보약으로 한약 한 재씩을 달여 드리며 그동안 못해 본 생경한 경험을 한 것은 크나큰 축복이었지 싶다는 게다.

아버님께서 그 무렵 세 살(1983년도)밖에 안 된 첫 친손자인 규화 예로니모를 등에 업으시고 이리 저리 다니시던 정겨운 모습은 지금 생각해 봐도 입가에 미소가 저절로 피어 흐르고 가슴이 뭉클하기만 하다.

처음으로 매입한 은평구 증산동 일반 주택은 대지가 마흔 일곱 평이나 되어 마당과 화단도 있고 집안에 그네도 설치되어 있어서 세 아이를 키우기에는 안성맞춤의 보금자리.

우리 집 바로 뒷산에 돗자리 깔고 가끔씩 소풍도 즐길 수가 있었는데, 그때도 아버님 어머님께서 얼마나 편안해 보이시던지 지금 생각해 봐도 아름다운 정경이 아닐 수 없었다.

그리고 또 하나의 아름다운 추억은 세 아이들이 미취학 아동으로 어릴 적 해마다 여름 휴가철이면 응당 일주일 전부를 헌사하며 고향 영천으로 내려 가 부모님과 향리를 지키고 있는 아우들(야고보, 요안나, 마티아)과 함께 연일 즐겁고 유쾌한 시간을 향유 했었는데, 정녕

1984년 봄. 은평구 증산동 시절 처음 소유한 주택의 그네를 배경으로 올망졸망한 정혜, 규화, 정아가 어리고 귀엽다.

이때를 잊을 수가 없다.

당시에는 자가용도 없을 때인데, 새마을호에 아기 유모차와 대형 물튜브를 지참하고 가서 우리 집 마당에 풀장을 설치하여 아이들 물놀이를 하게 만드는 등 하루 종일 웃음꽃이 그칠 시간이 없을 정도였으며, 부모님께서도 무척이나 행복해 하시던 장면 장면들이 너무도 감사하여 지금도 수시로 오버랩되고는 한다는 게다.

기실 어린 나이에 고향을 떠나 객지 생활을 하다가 군에 입대를 하고 곧 결혼을 하여 일가를 이루며 살다 보니 부모님 모실 기회가 전혀 없던 내 입장에서는 여름 휴가철 일주일만큼은 부모님과 함께 지내야지 마음먹고 바닷가나 어디 휴양지에 갈 엄두는 일절 갖지 않고 곧바로 고향으로 내려갔던 그 시절이 그나마 나에게 있어 객지생활에서 찌든 애달픔을 씻겨 달래 주는 일종의 보약과도 같았던 시절이 아니었던가 회고하게 된다는 것이다.

이 때 대식구들의 식사를 도맡아야 했던 아내 스테파니아의 노고도 잊을 수가 없고 그저 감사할 따름이다.

정녕 아름다운 때였음에랴 싶다는 게다.

어머님 선종 즈음에 내가 겪은 간병 체험

어머님께서는 참으로 건강해 보이셨다.

아버님께서 1990년 11월 2일 '죽은 모든 이를 기억하는 위령의 날'에 천국으로 가신 이후 당신 혼자서 대구 동신점보아파트를 지키시며 매일 미사는 물론이고, 각종 성령 기도회나 재속삼회 회합 등의 참여는 물론이시고, 온갖 기도 제목을 다 소화하시며 열심히, 아주 열심히 신앙생활을 이어가셨고, 외할머님께서 90세를 훌쩍 넘기시고 큰이모님도 88세에 선종하셨으므로 당시의 건강 상태로 보아 최소한 백수는 너끈히(?) 사실 줄로 굳게 믿고 있었던 것이다.

거기에 덧붙인다면, 아는 사람도 별로 없고, 어디를 가려 해도 자식들 도움 없이는 아무 데고 가실 수 없는 서울은 애시당초 원하지 않으셨던 점도 그 이유 중 하나이지만, 어머님께서 매일 매일을 주하느님을 찬미 찬송하여 기쁘게 살아가고 계셔서라도 대구에 홀로 사시는 문제에 대하여 더욱 더 별다른 조치를 취하지 못하였지 않았나 싶은데, 그 점이 늘 마음에 걸리고 안타까울 따름이다.

어머님께서는 지난 2005년 7월 24일(토)에 2세들 가운데 처음으로 혼배 성사를 받게 되는 나의 큰딸 정혜 프란체스카 로마나의 혼배미사를 레오 신부 형님이 집전하시게 되어 이를 보시기 위해 강원도 횡성군 소재 풍수원성당에 오셨다가, 그 길로 서울에 오셔서 머무르시며 아들 넷, 딸 둘의 집을 일일이 순방 하셨는데, 그 길이 이승에서 자식들과의 마지막 이별 여행(?)이 될 줄을 정녕 아무도 몰랐던 것이다.

바로 뒤이어 큰 외손녀 문희 로사의 결혼식이 10월 9일에 있었지만 이에 참석을 못하실 정도로 갑자기 건강이 악화되고 말아 가슴이 아팠던 것이다.

그 이듬해 초부터 대구가톨릭대학병원에 입원 가료를 받으시던 어머님께서는 그해 3월 4일에 선종하시기 전까지 구남매 각 가정마다 일주일에 한 차례씩 교대로 간병을 하도록 정해져 있었는데, 3,1절이 되던 날 우리 부부의 차례가 되었지만, 아내가 내려갈 형편이 못 되어 내가 하루 연가를 내어 내려 가 2박 3일간 그 귀중한 간병 체험을 할 수가 있었으니, 그것이 어머님과의 생애 마지막 이승에서의 이별 순간이 될 줄이야, 감히 짐작이나 했었던가 싶다는 게다.

그 날 간병 당일의 소상한 기록은 상경 후 그 익일인 3월 3일 재의 예식 다음 금요일 새벽녘에 소상히 일지로 적었는데, 그 전문을 여기 옮기며 어머님에 대한 아릿한 추억을 되살리고 싶다.

<간병 체험 : 2006년 3월 3일 재의 예식 다음 금요일에 작성>

참 잘 다녀 왔다.

어머니께서 대구 가톨릭대학병원에 입원하신 지 꼭 50일이 되는 날, 우리 부부가 담당키로 했던 간병 당번, 마침 아내의 몸 상태가 여의치를 않아 당연히(?) 며느리나 딸들이 간병을 하는 것으로 인식되어 오던 이제까지의 우리 집안 관행(?)을 깨고, 아들인 내가 직접 체험할 수 있었던 어제와 오늘은 참으로 은혜롭고 축복받은 날이 아니었던가 싶다는 것일 게다.

비록 3.1절 공휴일을 포함하여 1일 연가를 내고 직장 동료들에게는 미안함이 없지 않았으나, 어머니를 깊이 생각하며 어머니의 통고를 가장 가까운 거리에서 직접 목도하며, 어떻게 하면 어머니께서 현재 당하고 계시는 고통을 조금이라도 덜어 드릴 수 있을까 고민할 수 있었던 25시간 여 시간은 참으로 큰 의미로 내 가슴에 남아 있게 되었다.

어머니에 대한 아름다운 추억 한 편이 추가로 제작된 것이다.

사람이 가장 고통스러울 때, 가장 인간적인 모습을 보이게 되어 있다고 간주해 본다면, 지금 우리 어머니께서 감당하고 계시는 저 인고의 세월을 가장 지근거리에서 살펴볼 수 있었고, 어머니의 옥음을 들을 수 있었으며, 조금이라도 고통을 경감할 수 있는 방법이 없느냐시며 인간적인 호소를 하시는 순수한 현재의 어머니 모습을 뵈올 수 있었던 소중한 시간들................어찌 잊을 수 있을까?

간병 체험.
나에게 큰 의미로 남게 되었다.

어머니 간병 이틀째, 내가 쓰는 간병 일지는 이러하다.

어제(아니 사실은 오늘 새벽 3시경) 너무 늦게 잠자리에 든 것이 부담이 되어 집에서 부터 지참하고 간 탁상시계에 6시 반을 맞춰 놓고 잠을 청하다.

덩거러니 나 홀로가 된 동신점보아파트에서의 취침은 아무래도 깊은 숙면에 들지 못하고. 한참이나 뒤척이다가 겨우 잠이 들었지만 무슨 노이로제에 걸린 환자처럼 6시 5분 전에 벌떡 일어나기도 하다가, 다시 잠을 청하는 등 설치는 잠,

결국은 7시가 넘어 깨어나 깜짝 놀란 가슴으로 세수도 하지 않고 곧장 병원으로 달려 감.

중환자실 면회객들의 우울하고 우중충한 얼굴은 언제나 같은 모습들............

어머니께 아침 인사 올리고 잠시 후 조반과 약봉지가 배달되어 옴.

아침 당번 간호사와 침대 위에 계시는 어머니의 자세를 두어 차례 옮기며 조금이라도 더 편하게 해 드릴 방도를 물색함. 내가 "어느 남자"의 역할을 수행하게 된 셈. 어머니의 양쪽 겨드랑이를 끼고 어머니를 침대 윗 쪽으로 들어 올리는 일을 하게 된 것임. 그러나 간호사들은 군대의 숙련된 조교처럼 힘으로 하지 않고 익숙한 그 무엇이 있어 보임. 나 역시도 어제보다는 한결 숙달된 느낌이 강하게 듬.

국물 이외에는 잡숫지 않으시겠다시는 어머니는 식사 도중에도 여

러 번 "지업다(지루하다는 뜻의 경상도 사투리), 그만 먹자." 또는 "아이구 불편해라" 라는 말씀을 자주 하시지만, "몇 숟갈 남지 않았습니다. 이렇게 식사라도 잘 하셔야 힘이 생기시고 어서 퇴원을 하실 수 있으시답니다." "불편한 자리는 식사 중에 만이라도 참으셔야지요. 예수님을 생각하면서 말입니다" 라며 마치 어린 아이(?)를 달래듯 말씀 올리면, 이내 수긍을 하시며 결국 병원에서 제공한 흰 죽 한 그릇을 깨끗이 다 비우심.

간호사들이 약은 저희들이 잡숫게 할 터이니 낮에 다시 오시고 나가 주시면 좋겠다는 의사를 밝혀 하는 수 없이 병실을 빠져나와 구내 매점과 붙어 있는 식당에서 우동으로 조반을 떼움. 식사 중에 신부님의 전화를 받음. 낮 시간에 봉성체 영하러 오시겠다는 말씀. 식사를 마치고 병실에 다시 올라 갈까 말까 망설이다 결국 동신점보아파트 옆 Z피씨방으로 행차. 아침 상황을 카페의 한줄 메모장에 올려 놓고 바로 사우나탕에 들어 감.

11시 10분쯤 목욕탕에서 나와 병원으로 향하는데, 신부님의 전화. 병원 1층 현관에서 만나 함께 중환자실행. 어머니께 봉성체를 영해 드리며 강복을 주시는 신부님. 지극한 정성이 몸에 베어나 보이신다. 나에게도 성체를 영해 주시고.

신부님은 가시고 나는 다시 어머니께 중식을 제공. 아침과 별반 다를 바 없는 대화 속에 어머니께서는 병원 측에서 제공한 죽을 말끔히 한 그릇을 비우신다. 소화를 시켜 드린다며 레지오 까떼나 기도를 바침. 기도 후 약을 잡숫게 해 드리고, 의료기상사에 가서 어머니 욕창에 좋을 만한 무엇을 하나 사 오겠다고 말씀드리니, "뭐 하러 돈을 써?" 하시며 만류하신다. 어제 밤에 그토록 힘들어하시던 때보다는 한결 좋아지심을 느끼게 하는 대목. 어머니의 양 쪽 욕창 부분에 5분 이상 부채를 부쳐 드리기도 함. 시원해 하셔서 내 기분도 좋음.

오후 2시 반부터 간호사들의 교대가 이루어지는 때라서 가급적이면 그 시각에는 자리를 비우는 것이 좋을 것이라던 마티아와 요안나의 이야기가 생각 남. 마침 어머니께서 곤히 주무시어 조용히 병실을 빠져 나옴.

식사를 하지 않은 상태이지만, 어제 신부님의 일기에 록이 꼬리글로 올린 신우의료기상사가 눈에 띄어 "누가 윤 안젤라씨입니까?"라며 들어서니 어떤 여자 분이 손을 번쩍 듬. 욕창에 좋은 것이 있나 봤더니 추천 품목들 대부분이 이미 우리 어머니 곁에 있는 것들 뿐. 다른 무엇이 없냐며 재차 다그치니, "욕창 예방 통풍 매트"라는 것을 꺼내 보이며, "이것은 어떻습니까?" 라기에, 가만히 살펴 보니 돗자리처럼 보이지만, 점점 날씨도 달라질 것도 같고, 아마도 깔고 누우시면 시원하시겠다는 생각이 들어 거금 35,000원을 주고 삼. 바로 다시 병실에 올라 가 주무시고 계시는 어머니가 깨어나시면 간호사들이 교대하기 전에 반드시 깔아 달라며 김혜은 간호사에게 특별히 당부하고 나옴. 이 사실을 늦은 점심 식사를 하고 나와 Z피씨방에 다시 들어가 한 줄 메모로 올림. 기족들의 반응(?)은 나중에 저녁 시간에 확인함. 다들 좋아하는 분위기여서 퍽 다행.

상경길 야간 운전을 하자면 약간의 휴식이 필요하다는 판단 아래 동신점보아파트에 올라가 취침. 집에 들어서서 막 옷을 벗고 잠자리에 들려는데, 권 서방의 전화가 걸려 옴. 병원에 있으면 오겠다는 생각이었던 모양인데... 만남이 불발.

약 1시간 반 정도 눈을 붙이고 났더니 몸은 날아 갈 듯 가벼운 느낌. 오후 6시 10분 전, 병원 1층 현관을 지나 가는데, 웬걸. 컴퓨터 한 대에 동전이 남아 있는 것이 보이지를 않나. 냉큼(?) 좌정을 하고 한줄 메모장에 두 줄의 메모를 남기고 유유히 병실로 올라감.

어머니 곤히 주무시고 계시다가 나의 인기척을 느꼈음인지 깨어나심. “욕창 예방 통풍 메트”가 어찌 깔렸는 지 확인해 보니 이불 밑에 넣어 둔 관계로 지금 당장에는 큰 효험이 없지 않을까 싶지만 어머니는 기분학상(?) 좋다고 말씀하심. 왜 샀느냐는 말씀도 없으심.

낮 시간에는 어머니의 오른 쪽 팔뚝에 대고 여의사가 와서 피를 뽑아 가더니, 그 시각에는 남자 의사가 와서 피를 뽑겠다고 통사정. 어머니의 양 쪽 팔뚝에 주사 바늘을 꽂을 데가 어디에 있다고. 안 뽑으면 안 되느냐고 물었으나 묵묵부답으로 자기 일만 하겠다는 듯 피를 뽑음. 약 5분 정도 피 뺀 자국을 눌러 드리고 나서 병원 측에서 제공한 저녁 식사.

대화 내용이나 정황들은 아침이나 점심시간에나 별반 대동 소이. 오후(2시반~10시반 까지) 간호 근무이신 이해연 수녀님은 언제나 친절하게 대해 주심. 그 수녀님과 젊은 남자 한 명 그리고 내가 함께 어머니의 자세를 침대 윗쪽으로 다시 올려 고쳐 앉으시게 한 다음 식사를 제공.

역시 흰 죽 한 그릇을 깨끗이 비우심. 낮에도 그랬지만, 감자나 아욱국에 첨가된 나물들과 동치미 국물과 그 안의 무우들을 번갈아 떠 드리니 잘 잡수심. "어머니의 상태가 아주 좋아지시고 계시다"라고 말씀드리니 매우 고무되시는 듯함. 그러나 "와, 이래 안 낫노?"라는 말씀을 여러 번 하셔서, 어머니의 눈 부위라든지 여러 가지로 확실히 좋아지고 계시다고 위로의 말씀을 올리니 고개를 끄덕이심. "그래서 퇴원을 빨리하시려면 식사도 잘하시고 약도 잘 잡수셔야 하는 겁니다." 라고 말씀드리니 식사를 더 잘하시는 것 같은 느낌이 듬.

식사 후 약을 복용하시자면 약 2~30분은 지나야 소화가 될 것 같아 레지오 까떼나 기도를 바침. 그 레지오 책 속에 있는 대부분의 기도문을 낭독해 드리며 성인열품도문 까지 바치게 되었는데, "저희 어머니를 위하여 빌어 주소서"라는 대목을 "우리를 위하여 빌어 주소서."라고 해야 '너도 해당되는 기도가 되지 않느냐?' 셔서 그 때부터 고쳐 기도를 바침. 기도가 끝나고 나서 약을 잡숫게 해 드림. 초저녁에 신영국 의사가 소금물을 잡숫게 하면 좋겠다고 해서 밥과 함께 나오는 작은 소금 봉지를 어머니가 드시는 물병에 타서 흔들어 잡숫게 해 드렸더니 몇 모금씩 빨대를 통해 잡수심.

그 무렵 신부님이 바쁘신 와중에 다시 병실을 방문하심. 내가 삼덕동성당을 경유하여 서울로 가게 되면 그만큼 시간을 많이 쓰는 결과가 되지 않느냐시며. 신부님의 따뜻한 "배려"에 그저 감사한 마음뿐. 어머니께 강복을 주시고 나서 모처럼 망중한을 즐기듯(?) 담소. 신부님이 어머니께 "홍대 간병 잘합디까?"라고 여쭈시니, 어머니께서는 "그래, 잘하더라."라고 말씀하셔서 일단 "합격점"인가 여기게 됨.

어머니는 어제 보다는 한결 좋아지신 모습이 역력해 보이심. 왜냐하면, 어제 밤에는 내가 도착했는데도 별 다른 인사 말씀도 없이 바로 성화와 짜증을 부리시는 등 불편한 기색을 무려 3시간 동안이나 마구 보이셨는데, 오늘은 "서울 가려면 일찍 가거라" 시든지, "수고했다. 어서 가거라." 시며 아주 정상적인(?) 대화가 가능했던 것으로 미루어 보아, 짐작하건데, 분명히 상태가 좋아져 보이신다는 추측을 낳게 함.

7시 40분경, 어머니께 인사를 드리고 신부님과 함께 병실을 나옴. 주차장에서 신부님과 석별의 정을 나누며 "다음 주말에 다시 찾아뵙겠습니다"라는 인사를 드리고 일로 상경길. 성서 인터체인지를 향해 신호등을 기다리는데 신부님의 전화가 다시 걸려오기도. 얼마나 자상하신 형님 신부님이신가. 고맙습니다. 신부님!

내륙간고속도로 선산 부근을 달리는데 마티아의 전화가 걸려 옴.

"수고하셨습니다" 라는 인사가 그리 어색하게 들리지 않는 것은 아마도 내가 직접 어머니 간병을 체험하였기 때문일 터.

이틀간의 어머니 간병, 부모님의 네째 아들인 나의 어머니 간병 체험, 참으로 많은 생각에 묻히게 하고 있다.

충주 휴게소 근방을 막 지나는데, 전방 시야를 가릴 정도로 폭설이 내림. 차들도 엉겁결에 주춤거리기도 하고. 만약 대구에서 한두 시간 더 늦게 출발하였다면 꾀 쌓인 눈길을 달려 올 뻔. 신부님의 "배려"가 더욱 감사하다는 이유가 여기에 있슴.

2000년도 봄 어머님 상경시 북악스카이웨이 팔각정 뜰 앞에서 경애와 홍대 스테파노부부와 홍록 스테파노와 요안나가

그러나 경기도에 들어 서니 언제 눈이 왔느냐는 식으로 말끔한 도로가 마음을 푸근하게 하는데, 날씨 탓인 지 중부고속도로상에는 소통하는 차량들이 현저히 적게 보임.

밤 11시 40분쯤 귀가하여 어제와 오늘 어머니와 함께하였던 시간들을 반추하는 이 시각. 어느새 새벽 3시를 넘어서고 있다. 아뿔싸. 지하철 1호선이 파업 영향을 받는다는데, 내일 출근길이 걱정이다. 이제라도 잠을 청하자.

어머니!

함께 하였던 시간 너무도 감사합니다.

어서 병마를 물리치시고 벌떡 일어 나 보여 주소서.

어서 동신점보아파트로 가셔야지요.

어머니 계시지 않는 동신점보아파트는 너무나도 썰렁합니다. 싫습니다.

어머니!

가까운 시일 안에 동신점보아파트 503호, 어머니의 집에서 뵙고 싶습니다.

어서 퇴원하시기를 좋으신 주님께 간절히 기도 바칩니다.

어머니! 이 밤 편히 주무시옵소서.

- 그러나 어머님은 3월 4일 재의 예식 다음 토요일, 즉 사순 첫 토요일에 그만 선종하셨다 -

2박 3일간의 간병 체험을 하고 올라와 그 주일에 다시 내려가기로 마음먹고 있었는데, 어머님께서 3월 4일 아침에 위독하시다는 병원 측 연락을 받고 서울서 오전 중 출발을 하였으나, 끝내 임종은 지켜보지를 못한 것이 지금껏 한으로 남아 있다.

간병 체험을 하고 헤어질 때 어머님과 나누었던 평범한 대화 내용으로 보아 당장에 그리 급하게 이승을 하직하실 분위기가 아니었건만, 이렇게 허망하게 가시다니, 그 황망함은 필설로 다 표현하기 어렵기만 하다.

정녕 한 번 제대로 모시고 살아 보지도 못하고 저리 훌연히 떠나시게 하다니, 그 비통함은 이루 말을 다 할 수가 없기만 하다는 게다.

그러나 세상사 만사를 다 좋게 안배하고 계시는 우리 주 하느님의 섭리 가운데 있는 세상일임을 깊이 묵상하며 어머님께서, 그리고 아버님께서 연원한 천상 안식을 누리시기 간절히 두 손 모아 기도를 바친다.

사랑으로 우리를 키워 주셨고, 신앙을 깊이 각인시켜 주셨으며 항상 자애로우셨던 우리들 구남매의 아버님! 어머님!

사랑합니다.
어머님!

뵙고 싶습니다.
아버님!

아버님! 어머님!

천상에서 이승의 저희를 어여삐 굽어 살피시며,
부디 영면 하시옵소서.

천국에서 영원한 안식을 누리시옵소서. 아멘.

어머님의 성령 기도

셋째 며느리 조정희 스테파니아

제가 막내 딸 정아 아녜스를 임신한 초기인 1981년도 어느 주말에 영천 시댁에 내려가던 중 새마을호 열차 식당에서 식사를 하였는데, 아마도 그게 문제였던 듯 그날 밤에 그만 탈이 나고 말았다.

심하게 배가 아파 대문간 앞에 있는 화장실 가기가 너무 무서워 망설이다가 하도 급하여 부리나케 뛰어갔었지만, 볼 일을 마치고 돌아서려는데 마치 뒤에서 누가 잡아당기는 것처럼 무서워 어떻게 뛰어왔는지 정신이 다 혼미하였다.

그런데 조금 더 있으니 다시 배가 아파 왔으나 또 다시 화장실 가기가 도저히 엄두가 나지 않아 할머님의 요강을 실례하였다.

밤새도록 배가 계속하여 아파 한숨도 못 자고 날밤을 지새웠다.

다음 날 오전에 드러누워 기진맥진해 있다가 점심 식사 후에 어머님께서 작은집에 가자고 하셔서 영문도 모르고 따라나섰는데, 마침 현임 데레사 아가씨가 있었다. 그 자리에 저를 앉혀 놓으시고 두 분이 내 양 어깨에 손을 얹으시며 기도를 바치신다.

나는 영세를 받은 지 얼마 되지 않아 그 기도가 무슨 기도인지도 잘 몰랐다.

아무튼 약 3~40분쯤 지났을까, 갑자기 불덩이 같은 것이 내 뱃속으로 쑤욱 들어와 머리끝까지 온몸이 불덩이로 가득 차는 것을 느낄 수 있었다.

신기하게도 그후 배 아픈 것이 순식간에 사라져 편안해지는 것을 느끼며 안도의 숨을 몰아 쉬었는데, 그 기도가 바로 성령 기도인 줄을 나중에서야 알게 되었다.

작은집에서 돌아 와 어머님께서 손수 끓여 주신 고디(올갱이)국이 얼마나 꿀맛이던지 당장에 두 그릇이나 먹으며 원기를 회복하였던 것이다.

얼마 전에 아일랜드로 시집 가서 살고 있는 둘째 딸 정아 아녜스와 화상 통화 중 그 때 상황이 문득 떠올라 말을 꺼냈더니, “엄마, 그러면 내가 엄마 뱃속에서부터 성령을 입은 거네.”하는 것이 아닌가.

그러면서 혹시 할머님 유품이 있으면 무엇 하나라도 간직하고 싶으니 보내 달라고 하길래, 어머님께서 레지오 마리애 개근상 부상으로 받으신 “십자 고상”이 있다고 했더니, “그 고상 나중에라도 꼭 주세요.”하는 것이다. 그래서 최근에 그 고상을 보낼 때 마침 어머님께서 성지 순례 다녀 오시면서 구입하셨다는 “벽걸이 십자가”와 함께 아일랜드로 부쳐줬다.

지금 생각해 봐도 너무 너무 신기하기도 하고 감사한 일이 아닐 수 없었다.

임신 초기라 약도 함부로 먹을 수가 없었는데, 그 기적과 같은 성령 기도 덕분에 몸도 씻은 듯이 나았고, 후일 정아도 순산할 수 있었으니 이 얼마나 감사한 사건인지 추억하게 된다.

어머님의 성령 기도 덕분에 태어난 정아 아네스는 그런 사연의 덕택인지는 모르겠으나 신앙심이 매우 깊고 강한 사람으로 성장하여 지금 아일랜드에서 시댁 식구들과도 잘 어울려 지내고, 사위 제임스를 사랑으로 보필하며 두 딸 미켈라와 크리스틴을 지극 정성으로 양육하며 열심히 잘 살아가고 있다.

어머님!

진심으로 머리 숙여 감사드립니다.

사랑합니다.

하늘나라에서 아버님과 함께 구남매와 그 가족들, 특히 정아를 비롯한 손주들과 증손주들을 위하여 기도 바쳐 주시고, 지켜 주시고 보호해 주시옵소서.

한 가지 덧붙여 말씀드리면, 저는 지난해 12월에 코로나 델타 바이러스에 감염되어 삼육서울병원 중환자실에 입원하는 등 사경을 헤매기도 하였는데, 그때도 제일 먼저 떠오른 분이 어머님이셨다.

그리고 형제 자매들과 온 일가친척, 친지 분들의 간절한 기도 덕분에 살아 돌아올 수 있어서 너무도 감사합니다.

앞으로 더욱 열심히 살아가겠습니다.

어머님!

감사합니다.

아버님과 함께 천상에서 영원한 안식을 누리시옵소서. 아멘.

표지화의 제작과정과 감상

5남 최홍록 스테파노

표지화의 구상을 위해 이리 저리 생각해 보았지만 좋은 구상이 떠오르지않아 망설이고있던 차에 아내가 서가에서 김정훈 부제님의 저서 “산 바람 하느님 그리고 나“라는 책을 뽑아들고와 표지화와 책 속의 부제님이 직접 스케치한 그림들을 보여주며 ”이처럼 무언가 의미가 담긴 표지화가 되어야 한다고 힘주어 말해 주어 책표지 디자인 작업의 방향을 설정하는데 있어 큰 도움이 되었다.

김정훈 부제님은 사제로 서품되시기 수 개월 전인 1977년 6월 오스

트리아 유학 중 등반을 하시다 불의의 조난으로 30세의 젊은 나이에 유명을 달리하셨던 분으로 저서를 통해 확인한 바로는 자연과 인간에 대한 더 없는 사랑을 간직한 성직자요 사색을 즐기는 예술가였다.

이에 따라, 원고 마감을 하루 앞 둔 날의 정오 시간 즈음에 표지화 제작을 위한 이벤트를 시작하였지만 과연 좋은 디자인을 해낼 수가 있을지 의문이 되고하여 좀처럼 마음을 놓을 수가 없었다. “어설프게라도 좋으니 김정훈 부제님의 나무 스케치를 참고하여 각 가정 마다 한 점씩 해질녁 까지 제출해 주십시오”라는 공지문을 9남매 단톡에 올리긴 하였지만.. 학창시절의 미술시간 이후로는 그림을 그려보신 적이 없으신 분들이시기에 몇 가정이나 참여해 주실런지도 의문이었고 좋은 작품이 나오리라고는 별로 기대되지도 않았다.

그러나, 그 날 초저녁이 되자 첫 작품으로 베드로 형님네의 그림이 규현이가 주로 그렸다며 단톡에 우리집 나무 라는 설명과 함께 올려주셨는데 .. 보통 솜씨를 훨씬 웃도는 수작이어서 놀라웠고 이번 이밴트가 성공할 수도 있겠다는 희망을 가져보도록 하였다.

18시 37분경 두 번 째로 들어온 작품은 6남 홍국 야고버가 그린 그림이었다. 등을 기대 서 있는 겨울나무의 형상으로서 홍국 자신의 개성이 물씬 묻어나는 자유분망하면서도 속도감 있는 필치로 인해 공간의 활력이 느껴져 좋기도 하거니와 하늘을 향해 힘차게 뻗어 올라간 소나무의 형태는 둘인 듯 하나로 보이기도 하고 .. 어찌보면 서로 등을 맞대고 나란히 서 있는 다정한 형제의 모습으로도 보이기에 표지화의 중심적 이미지가 되면 좋겠다고 생각하였다. (아니나 다를까, 다음 날 본격적인 디자인 작업을 하였던 미수도 이 이미지를 앞 표지의 중심에 두고 작업을 시작하는 것이어서 이심전심으로 텔레파시가 통하였던 셈이 되었다). 더구나 야고버는 작품을 제출한 후 단톡에 칭찬글들이 올라오자 답글로 5분만에 대충 그렸을 뿐인데 ㅋㅋㅋ"라고 적고 있음과 같이 이번 이벤트를 통해 그의 예술가적 재능이 유감없이 발휘되었다고 본다.

덧붙이자면, 그가 사진을 찍어 단톡에 올린 이번 그림의 하단부에 회색톤의 그림자가 드리워져 있어 마치 성령님이 임하신듯해 보였는데.. 늘 신부님과 붙어 살다보니 성령님의 은사가 듬뿍 내려 이처럼 멋진 그림을 그리게 된것이 아닐까? 하고 묵상해보기도 한다. 아무래도 두 분이 팔공산 자락의 구름재에서 함께 살고있는 현재의 삶의 모습을 집약하여 상징적으로 표현한 걸작중의 걸작이라고 해야 할 것 같다.

그 다음으론 제노베파 누님이 직접 그리신 작품이 올라왔는데, 나무의 특징적 형상을 잘 관찰하여 섬세한 필치로 그려낸 표현력은 실로 대단한 것이어서 학창시절에 얼마나 우수한 학생이었지를 가늠해 볼 수가 있었다. 아마도 요즘 그림 잘 그리는 현서에게도 음으로 양으로 큰 영향을 주셨을 것으로 생각된다.

그 다음으로는 규화가 방학동의 600년된 은행나무를 그린 그림이 올라왔는데 은행나무의 특징적인 모습을 잘 관찰하여 묘사한 것이어서 규화 역시 대단한 소질을 가지고 있다는 사실을 확인해볼 수 있었다 현재는 연기를 하고 있지만 요즘은 연예인들이 멀티 플레이어가 되어야 하는 모양이다. 인기있는 가수나 배우들이 대중적 인기와 인지도를 등에 업고 화가들의 도움을 받아가며 그린 그림들을 전시하여 쏠쏠한 수입을 올리는 풍조도 있으니 참고하길 바란다.

그 다음으로는 큰형님의 그림이 두 점 올라 왔는데 .. 내가 서울에 처음 올라와 살던 정릉에서 큰형님이 수채화 물감으로 나무와 수풀이 있는 풍경을 능숙한 붓놀림으로 그리시곤 하시던 생각이 난다. 이번 제출된 그림은 취미생활로 평소 그림을 그리시는 루피나 큰형수님의 조력이 있었을 것으로 짐작이 되고.. 탁월한 솜씨를 발휘하신 것으로 여겨져 프로급의 그림이라는 찬사가 쏟아지기도 하였다, 키 큰 소나무 형태의 그림이 다양성 가운데 통일을 이루는 질서의 아름다움이 나타나도록 할 것임으로 일찌감치 왼쪽 상단에 배치하였다.

그 다음으로는 성당에 저녁미사를 다녀와서 그렸다는 요안나의 그림이 올라 왔는데 중간 굵기의 가지들이 없어 사실적 묘사와는 거리

최홍록 가족. 오른쪽부터 필자, 아들 규형, 딸 미수, 아내 은명이

가 있는듯 하였으나 다시 보니 고목 위에 새 싹이 돋아 성장해가는 형상으로 그려져 있어 또 다른 한 그루의 나무가 그려졌음을 확인해 볼수가 있었다

신부님의 대충 그리신 듯 하면서도 간략화된 선적 표현의 나무 작품은 표지 앞면의 왼쪽 상단에서 찾아보실수가 있으며 표지 앞면 중앙의 홍국이 그린 나무의 훌륭한 배경이 되면서도 신부님 특유의 철학적이고 사색적인 분위기의 화풍을 접해보시게 되리라 믿는다.

마지막으로 올려진 홍택 마티아의 나무 형상은 표현력이 부족해 보일 수도 있겠으나 월요일날의 바쁜 진료시간에 틈을 내어 최선을 다해 그려낸 역작으로서 큰형님과 요안나가 그린 나무의 중앙에 위치하여 유기적 조화를 이루도록 하는데 감초 역활을 톡톡히 하고 있다. 만약 이 나무가 없다고 가정해본다면 표지 후면 상단부의 분위기는 깨어지고 말 것이다.

다음 날 새벽이 되어 단톡을 통해 모여진 한 점 한 점의 노작들을 찬찬히 둘러보던 미수가 참 재미있는 그림들이라는 찬사와 함께 밤새워 작업하던 자신만의 독창적 스타일의 작업을 접고 구남매가 그린 원판스케치를 조화롭게 배열하는 형식의 디자인(Design)작업으로 전환하게된 것은 참으로 기적에 가까우리만치 획기적인 일이어서 매우 감사한 일이 되었으며.. 이처럼 레오 신부님의 팔순을 축하드리는 문집발간을 계기로 구남매가 합심하여 작업을 진행해 나올 수 있도록 안배하여 주신 우리의 주님께 감사와 찬미를 드린다.

파아란 풀밭에 아홉 그루의 나무가 유기적 조화를 이루며 서 있는 형태로 표현된 표지화로서 여러 색상으로 표현된 나무들의 이미지들로 인해 한 바탕 축제의 장이 펼쳐진 인상을 주고 있다. 무엇보다 구남매 가족들의 4대에 걸친 협동작품이라는 데 깊은 의미가 있다고 본다.

표지화 좌측면에 배치된 5남 홍록의 스케치는 정든 고향 영천시 교촌동에 소재한 일명 영천극장 앞의 꽃대궐 같았던 집 사랑방에서 감나무와 대추나무가 여러 그루 심어져 있었던 정원을 향해 내다본 정경의 그림이다. 정원 앞에는 네모진 형태의 물탱크가 있었고 수돗가에는 수시로 빨레감들이 수북히 쌓여 있곤 하였다. 그림 속의 근경에는.어머님이 사용하시던 빨레판과 방망이가 보이며 오른편에는 아버님이 즐겨 타시던 자전거가 그려져 있다. 이는 저승에서도 구남매와 함께 하시는 아버님과 어머님을 길이 기리고져 함이다.

최홍록 (스테파노) 씀

아버님 30주기 미사와 가족모임을 마치고

6남 최홍국 야고보

참으로 은혜로운 시간이었다. 이 엄중한 코로나19 팬데믹상황에서 사람간의 만남이 쉽지 않은 시기에 구남매 중 칠남매가 한 자리에서 함께 할 수 있었다니 얼마나 큰 축복인가. 천상의 아버님, 어머님의 전구하심 덕분일 것이다. 이틀 전에는 마티아 부부까지 다녀갔으니 감사할 뿐이다.

문경에 이어 이천휴게소에 당도했다는 홍대 형님에 이어 이천휴게소에서 늦은 저녁식사와 함께 술 한잔 하다 성남 근처를 지나고 있다는 베드로 형님의 전화를 연달아 받았다. 또 밤 10시를 훌쩍 넘긴

1994년 미국 보스턴에서 치러진 월드컵 축구경기장에서 한국팀을
응원하던 6남 홍국 야고보와 그의 장남 성영이 필립보

시간에 서울역에 도착한 자형과 권서방은 애꿎은 두 분 누님(?)들을 모시고 막걸리 집을 찾았다니 형제 자매들의 아버님 제삿날 행사는 아직도 진행 중일세.

얼마나 멋진 구남매인가?

거대한(?) 소파를 치우고 그 자리에 무거운 전동식 안마의자를 옮기고 싶어하시던 신부님의 오랜 소망을 한방에 해결해드린 자형과 권서방. 너무나도 기뻐하시고 고마워하시던 신부님 모습에 큰 보람을 느꼈다는 두 사람이 술잔을 부딪치며 보람찬 성취감을 만끽하고 있다는 요안나의 전언이 나를 흐뭇하게 한다.

구남매 슬하의 유일한 며느리가 처음으로 동참하면서 더더욱 뜻깊었던 아버님 제삿날 밤에 지혜와 성영이가 떠오르는 것은 당연한 사고의 흐름인가? 미국에 있는 지혜는 차치하고라도 이번 행사에 참석하라는 말에 팬데믹 상황 속에서 주중 3~4일 근무일에 걸려 내려올 수 없다며 아쉬워하던 성영이가 보고싶다.

세상에 남겨진 자녀들의 건강과 행복을 빌어주시는 부모님의 음덕에 기대고 싶다. 오늘 밤 잠자리에 아부지가 오실까 엄마가 오실는지....

2020년 11월 1일 밤 11시 구름재에서

팔순 맞으신 둘째형님 레오신부님께

6남 최홍국 야고보

오는 일천구백이십사년 칠월육일은 우리 칠남이녀 구남매 중 둘째 형님이신 레오 신부님의 팔순 생신 날이지요.

삼년 전 큰형님에 이어 여든 해를 살아내신 신부님!

고장도 없는 시계마냥 빠르기만 한 세월 탓일랑 하지 마십쇼. 신부님께서 공군 장교 시절 손잡고 영화초등학교에 입학시켜 준 막내까지 두어해 전 회갑을 넘기고 나머지 동생들도 앞다퉈 팔순고개를 넘어갈 것이기 때문입니다.

신부님은 "천주교 사제는 효자"라는 말을 떠올리게 해 주셨습니다. 그 바쁜 사목생활 중에서도 부모님을 위한 일에는 가장 먼저 발 벗고 나서던 모습이 눈에 선합니다.

미국 교포사목 중에 아버님이 돌아가신 일에 대해서는 "아버님 임종을 보지 못할 줄 알았으면 미국으로 가지 않았을 것"이라 토로하셨지요. 급작스런 어머님 선종 때는 그야말로 세상 다 잃은 듯 슬픔에 휩싸여 한동안 많은 신자들이 걱정하던 때가 떠오릅니다. 허망하게 어머님을 잃어버리시고는 "이제부터 우리는 고아"라며 애통해하셨지요.

그러고보니 누구보다 친정 가족들을 생각하는 데는 가장 앞장섰던 분이 신부님이신 것 같습니다. 토마스아퀴나스 본당 재임시절 가톨릭문화관에서 아버님 고희연을 성대하게 개최했던 때가 생각납니다. 고향 영천에서까지 찾아오신 경향각지 수많은 손님들 앞에서 저를 보고 "야가 아직 장가 못갔심더. 이쁜 색시 하나 소개해 주이소오"라시던 아버님이 그립습니다.

또 고령 산간학교 때는 전국 각지에 흩어살던 형제 자매 가족들도 함께 했으며 상인 성당 재임시절에는 구남매 모두 한복 입고 큰절하며 거행했던 어머님 칠순기념 행사도 열었지요.

재임본당을 찾아온 조카들을 가장 반기시던 신부님 모습도 떠오릅니다. 큰집 조카 재웅 토마스랑 셋째 형님네 규호와 그 동생 소윤 안나가 찾아왔을 때 마냥 흐뭇해하셨지요. 에노파 누님네 외동아들 기석이가 구미 신혼시절 새색씨를 데려왔을 때는 마침 본당잔치 때였

어머님 김말련 막달레나의 기일 맞이 부모님 묘소를 방문한 레오 신부님과 6남 홍국 야고보

지요. 당시 김동길 총회장님께서 떡뽁이와 오뎅 등등 안주꺼리와 먹을거리를 챙겨주었지요.

제가 편집국장을 지냈던 가톨릭신문사의 사장을 역임하신 신부님과의 추억은 끝이 없을 정도입니다. 저 지난 달 돌아가신 김길수 교수님과 함께 가시는 본당마다 산간학교를 개최해 오셨지요. 마지막 임지였던 수성 성당 재임시에는 경주시 산내면 국민 청소년 수련원에서 본당 설정 50주년 맞이 본당공동체 가족캠프를 열었지요. 교구사 편찬책임사제에다 대구대교구 제2주보 이윤일 요한 성인 유해를 미리내 성지에서 봉송해올 때는 제가 취재기자로 참여하기도 했었지요.

그밖에 한티순교성지 조성사업과 꾸르실료 운동에 앞장서고 새얼 학교 설립 및 대학생연합회와 운전기사사도회 등 18개 단체 지도신부를 역임하는 등 불철주야 눈부시게 활동하셨던 현역 시절의 신부님은 그야말로 열정적인 사제였습니다.

매일 일지를 적어가며 은퇴하는 날까지 바쁘게 사시다 눈이 침침해지셔서 힘들어하시는 오늘 현재의 신부님 모습을 대하는 제 마음은 너무 힘들고 안타깝습니다. 지난 시절 열정적인 모습을 되돌릴 수는 없겠지만 팔순을 맞아 부디 건강을 되찾으시어 기쁜 나날 되시길 빌어봅니다. 그동안 제대로 모시지 못했던 저를 용서해 주십시오.

앞으로 신부님을 잘 모시겠습니다.

2024년 6월22일 새벽에

여섯째 동생 홍국 야고보 올림.

그 찬란한 시간, 나의 산티아고!

차녀 최선애 요안나

오늘도 함께 걷는다.

산티아고를 다녀와 걷는 즐거움을 알게 된 후, 걷기는 우리의 일상이 되어버렸다.

집앞 서달산을 오르고, 현충원과 한강변을 걸으며 매일 산티아고를 떠올린다.

평생을 다니던 직장에서 은퇴를 하면 긴 세월 함께 한 서로에 대한 선물로 산티아고를 다녀오자고 약속했던 남편,그레고리오.

더 늦기 전에 요리를 해보겠다며 이탈리아로 가서 요리를 배우고 이탈리안 레스토랑 라 부쏠라(La Busolla)를 열었다 접고, 노환으로 힘드셨던 시부모님 두분 모두 천국으로 가신 후,자연스럽게 맞이했던 그 시간.

야무지지 못한 내 체력도 걱정이고, 800km나 되는 길을 40여 일간 매일 걸어야한다는 사실에 설렘보다는 걱정이 앞섰다.

조금 높은 산에도 오르고 시간과 거리를 늘려가면서 체력을 길렀다.

옷가지며 치약 하나의 무게도 줄여가면서 베낭을 챙겨 긴 비행 끝에 파리를 거쳐 순례의 첫 시작점,생장에 도착했을 때로부터의 긴 여정…

순례자사무소에서 순례자 여권과 순례자 표식인 조가비를 받고, 예쁜 마을 생장을 둘러보며 길가에 핀 이름모를 들꽃 한송이도 그렇게 예쁠 수가 없었다.

성모승천성당에서의 미사참례 후, 순례자 한사람 한사람에게 연로하신 신부님께서 해 주시던 축복의 기도로 한층 더 고무되었던 밤을 지새우고 이른 새벽의 여명속에 힘차게 출발했던 기억에 지금도 가슴이 뛴다.

탄성이 절로 나오던 초록 들판과 언덕을 지나 벅찬 감동이 밀려오던 아름답고 장엄한 피레네 산맥 한 자락에 있던 첫번째 알베르게 오리손(Orisson Refuge)에 도착했다.

들뜬 기운들이 한가득 연기처럼 피어오르던 저녁 아가페시간.

저마다의 사연을 가지고 모인 세계 각국의 많은 이들과 함께 따뜻한 시선으로 아낌없이 마음을 열었던 그날의 열기와 설렘을 어찌 잊을까.

5월의 날씨에도 산기슭에는 눈이 쌓여있었고, 맑았다 흐렸다, 순간 물안개로 한치 앞도 보이지 않던 피레네 산길을 넘으며 프랑스에서 스페인으로 국경을 넘었다.

숲길을 걷고 걸어가다 다음 숙소가 있는 론세스바예스 수도원의 회색빛 첨탑이 보였을 때의 감격으로 날아갈 듯 걸었던 일이 어제만 같고, 어둠을 가르며 들려오던 수도원의 새벽 종소리에 새롭고 아름다운 또 하루가 열리고 있음을 감사해 하던 그 날,

은혜로운 기운에 힘입어 투명한 하늘 아래 걷다 들어선

라라소나 마을 초입에 서있던 아름드리 마로니에 나무와

푸르게 물결치던 끝없는 밀밭의 장관과 바람소리.

평화로운 목장을 지나 양귀비의 붉은 꽃물결 흐드러지던 언덕,

켭켭의 세월이 느껴지는 올리브나무와 포도밭이 어울어지던 들판,

마을마다 고즈넉히 자리를 지키고 있던 오래고 오랜 성당의 모습들은 놀랍고 아름다운 산티아고 길의 풍경들..

그 햇살,그 하늘,그 바람결.. 그대로 전할 길 없어 두고온 가족들

첫번째 알베르게, 피레네 산맥의 오리손(Orisson Refuge)을 돌아보며

로스 아르코스(Los Arcos)를 떠나며

생각에 가슴 저미던 길이다.

가장 즐거운 기억으로 남아 있는 시라우키 알베르게에서 맛있는 병아리콩 스프와 닭고기로 만찬을 즐기고 순례자의 노래(Pilgrim's song)를 함께 불렀던 이들의 안부도 궁금해진다.

길을 걷다 몇번이나 반갑게 마주치곤 했던 미국인 부부와 영국에서 온 안나와 마르틴 그리고 조가비를 베낭 대신 목에 걸고 다녀 만날 때마다 웃음 짓게 해 주시던 네델란드에서 오셨던 할아버지!

그들과의 짧은 만남이 준 여운이 이렇게 길 수가 있다니…

꽃가루가 솜털처럼 쌓여있던 마을, 저녁미사를 마치고,신부님께서 마련해 주신 순례자들의 노래 잔치는 또 얼마나 즐거웠었나..

다음 날, 길에서 우리를 보며 지팡이까지 흔들면서 'Best Singer!'라며 아낌없는 칭찬을 해주던 다정한 친구들!

누구를 만나도 스스럼없이 '부엔 까미노(Buen Camino)'라고 인사하며 서로를 응원해 주던 길위의 친구들이 있어 더욱 즐거웠던 길..

순례길을 걷는 누구나 맘껏 무료로 마실 수 있는 이라체 '와인의 샘'(Fuente del Vino)을 향해 걷던 그레고리오의 기분좋은 발걸음과 함께 떠오르는,수도꼭지에서 쏟아지던 와인과 로그로뇨의 기가 막힌

페르돈 고개 아래 밀밭의 장관

버섯 핀쵸스, 아침 식사로 먹었던 또르띠야와 까페 콘 레체 그리고 무더위를 식혀주던 오렌지쥬스, 수모도 그 길과 함께 맛있게 떠오르는 추억이다.

밀밭을 지나 언덕을 오르니 거센 바람이 불어와 서있기조차 힘들었다.

'페르돈 고개(Alto de perdon)''용서의 언덕'이다.

사랑을 실천하는 일은 첫 번째로 남을 용서하는 것이고, 두 번째는 남에게 도움을 주는 것이라고 했다.

페르돈 고개 위, 나바라 조각가 빈센테 갈베테가 만든 순례길 설치 작품

여기서 '나'를 돌아보라는 메시지다.

지쳐서 들어가 기도하고 한참을 쉬곤 했던 길위의 오아시스, 거룩한 성전들.

높디 높은 천정에,두꺼운 돌벽 사이 사이로 긴 세월 스며들었을 수없이 많은 이들의 애원과 마주했던 시간은 곳곳에 마련된 이 길의 '신비'였고,

마을의 작은 경당에서 기도를 마치고 나오는 우리에게 순례자들을 위해 봉사하시던 분이 따뜻하게 포옹도 해주시며 목에 걸어주셨던 성모님 패는 지금도 기도상 위에서 그 날, 그 은총의 순간을 떠올리게 한다.

카스트로헤리츠(Castrojeriz)마을 입구

운이 좋은 날이면 라면과 김치로 행복한 식사를 하고, 더는 움직일 수 없을 것 같은 무거운 몸을 이끌고 나와 어슬렁거리며 마을 구경을 다니던 늦은 오후의 나른한 풍정도 왜 이리 그리운지..

유난히도 햇살 눈부시던 알베르게에서 뽀송뽀송 말라가던 빨래들이며 줄지어 벗어놓은 신발들, 잔디에 누워 해바라기하던 이들과 발바닥에 생긴 물집을 따주던 정겨운 모습들도 잊을 수 없는 평화로운 한 낮의 기억이다.

드디어,메세타 구간에 들어섰다.

드넓게 펼쳐진 황량하고 아득히 먼 지평선을 향해 그리고 나를 향해 걷고 또 걸으며, 한순간 문득, 쉴 곳 없는 인생길 어디쯤에서 때로는 홀로 눈물 삼키셨을 나의 어머니와 아버지가 떠올라 가슴이 매여왔다.

세시간을 걸어도 마을이 보이지 않고 나무 그늘 하나,바람 한 점 없었던, 산티아고길에서 가장 힘든다던 구간을 걸으며 천국에 계신 부모님과 눈물로 소통하고 고단했던 한 생애,주님 품에서 끝없이 위로받으시기를 간구하면서 그리고 내곁의 사랑하는 이들을 위해 그 어느 때보다 뜨겁게 기도하며 걸었던 시간의 의미는 얼마나 깊고 충만했는지...

주님 향해,삶을 향해,그리고 나를 향해 질문을 하고 답을 구하며 내안에 여전히 살아있는 '사랑'을 발견할 수 있었던,무한히 뜻깊고

산토 도밍고 데 라 칼사다(Santo Domingo de la Calzada) 가는 길

은혜로운, 길위의 시간이었다.

아침이면 일어나 최소한의 짐을 지고, 걷고 쉬고 먹고,밤이면 달콤한 잠을 자던 단순한 일상이 주는 행복감은 다른 어떤 여행에서도 누릴 수 없었던 것이었고 육신은 고달파도 영혼은 날이 갈수록 비워지고 가벼워지던 그 느낌이 그렇게도 좋을 수가 없었다.

숲길로 들어서며 멈추고 바라본 작은 나무십자가 행렬..

길가의 나뭇가지들을 주워 정성껏 십자가를 만들었을 사람들의 애틋한 소망들이 걸려있던 라바날 가는 길..

산티아고 676km를 남겨둔, 푸엔테 라 레이나(Puente la Reina)인근 들판에 있는 표지판

철의 십자가(Cruz de Ferro)

그렇게 다다른 라바날 데 까미노.

프란치스코 성인이 순례길에 들러 기도하셨던 아름다운 성전에 무릎 꿇고 묵상하며 고요한 평화 속에 이틀을 머물렀다.

성전을 가득 메우던 수사 신부님들의 기도송(Kirie Eleison)을 들으며 한없이 낮아졌던 시간은 순례길의 의미를 더해주었고, 함께 걷던 순례자의 플룻 연주는 천상의 소리인 듯 말할 수 없이 감미롭고 아름다웠다.

삶의 균형을 맞추어야 할 때가 있듯, 바삐 가던 걸음을 멈추고 지나온 길을 돌아보면서 은총속에 젖어 있었던 날의 기억이 오늘도 새롭다.

마침내 다다른 산티아고 데 콤포스텔라(Santiago de Compostela)! 바닥에 앉아 그저 하염없이 바라본 대성당.

그 압도적인 위엄에 말을 잃었고 자전거 순례를 한 사람들은 자전거를 높이 들고 환성을 지르고, 태극기를 흔들던 우리나라 순례자분들과 수없이 절을 하며 흐느껴 울던 사람들의 감격의 순간에 우리도 하나의 풍경이 되어 오래 오래 앉아 있었다.

멀리서 마음으로 함께 걸어 준 사랑하는 가족들과 쉽지 않은 인생길 정답게 동행해 준 나의 소중한 인연들을 생각하면서…

성전 지하에 모셔진, 예수님의 열두 제자 가운데 첫번째 순교자였던 산티아고 성인의 유해 앞에서 그리고 성전 제대 위 한편에 모셔진 성인의 동상에 기대어 있을 때 느껴졌던 따듯한 위로의 기운은, 돌아

산티아고 대성당(Catedral de Santiago de Compostela)을 바라보며

와 일상의 까미노 안에서 겪게 되는 어려움을 만날 때마다 떠올려지는,참으로 기적같고 신비로운 체험이었다.

누군가 "세상에서 가장 길고 아름다운 박물관은 산티아고 길이다."라고 했던가.

스페인의 북쪽 지역,나바날,라 리오하,까스띠야,갈리시아에 이르기까지 하루도 같지 않았던 오묘한 대자연의 색감들과 천년의 역사를 간직한 성당들과 소박한 마을들 그리고 생김새와 언어는 달라도 마음으로 하나가 되어 길을 걷던 많은 사람들이 있던, 그 아름다운 박물관을 다녀왔다.

한동안 열심히 익힌 스페인어로 먹을 것을 주문하고 스페인어만 통하던 알베르게의 주인 노부부와 대화로 잘 곳을 마련하던 나의 친절한 가이드, 그레고리오.

때때로 운동화끈 조여주며 무거운 짐은 자기 몫인 양, 기꺼이 지고 앞장서 걸어가던 그의 뒷모습을 따라 두려움없이 걷던 길..

스무살에 만나 같은 꿈을 꾸고, 같은 테두리안에 살아가면서 때로는 너무 다른 서로를 힘들어하며 서로 다른 방향을 바라보던 때를 아프게 돌아보면서 육십이 넘어 한마음으로 걸었던 산티아고 길..

내 삶에 깊게 뿌리내릴 성찰과 사랑의 시간, 일생의 행운이었다.

아이들이 짝을 만나 가정을 이루고 매일같이 바다같은 기쁨과 웃음을 선사하는 손녀 예원이와 손자 지후..

내 생의 찬란한 절정.

가족이 늘어나면서 자꾸 자꾸 깊어지는 기도속에 부모님의 시.공을 넘어선 사랑의 힘을 느끼며 오늘도 걷는다.

길을 걸으며 또 산티아고를 생각한다.

코로나 팬데믹을 지나오면서 산티아고의 추억이 없었더라면 어떤 시간을 보냈을까..

가끔은, 그곳에서 먹었던 음식들을 함께 만들고 순례자 메뉴에 항상 같이 나오던 리호아 와인을 곁들여 즐거운 식사를 하고, 발걸음마다 멈추고 카메라에 담아두었던 사진들을 정리해 앨범을 만들면서, 그리고 무엇보다 하루하루 그날들처럼 기쁨으로 물들여가면서 지내온 지난 3년, 까미노 블루(Camino Blue)의 연속이었다.

지나온 길, 그리운 길.

언젠가 다시한 번 걷고 싶다.

넉넉하게 날을 잡아 천천히 걸으며 각국의 파스 냄새 진동하던 알베르게를 다시 찾고, 수많은 이야기를 담고 있는 천년 역사의 신비속으로 다시한 번 떠나고 싶다.

아, 나의 그리운 산티아고로!

2019년 5월 7일부터 6월 12일까지 37일간,

800km의 여정

책표지 디자인: 최미수 카타리나(5남 홍록의 딸)
스케치 원본: 구남매(최홍준 파비아노, 최홍길 레오신부, 최경애 제노베파, 최홍운 베드로, 최홍대 스테파노, 최홍록 스테파노, 최홍국 야고보, 최선애 요안나, 최홍택 마티아)
6.25전쟁이 끝나고 배고프고 힘든 시절부터 오늘날의 4대를 이루기까지, 앞에서 끌고 뒤에서 밀어주며 모진 풍파를 이겨냈습니다. 본 작품에서 저 마다의 한 자리를 굳건히 지키는 아홉 그루의 나무들이 숲을 이루는 이미지로 상징화하여 구남매의 영예와 뜻을 기리고자 합니다. 여러가지 색상으로 표현하여 책표지 초록의 화면에 배치된 각각의 나무 드로잉은 구남매 혹은 각 가족대표가 모두 참여하여 그려서 더욱 뜻깊은 작업이 되었습니다. (최미수)

구남매 2세들 마당

쉼표와 마침표. 그 사이 어디쯤

김승희 안토니아(장녀 경애의 둘째딸)

2017년 내 일기장에서 발견한 [쉼표와 마침표에서 배우는 것.] 의 글을 인용해 본다.

아이들이 하교하고 난 빈 교실에 앉아 있다 보니 '다름의 관점이 크고 작은 크기와 모양, 형형색색으로 다가오는 작은 교실'이 내 20년의 시간이 반복된 [터]구나 싶었다.

충분히 달려온 것 같아 이제 좀 느슨하게 쉬고도 싶은데, 주변은 아직 이르다고 말한다.

소소히 살아가고 싶은 파이어족이 되고 싶었으나, 어느덧 나이가 넘어섰다.

쉼표가 필요한 때

잠시 멈춰 돌아보니 묵은 감정과 말의 조각들이 머릿속에 정리되지 못한 채 쌓여있다.

가족 글이 엄마 소원이시라기에 여유 없이 지나친 것 같아 이번은 한 줄 남기려던 선한 의도도 잠시, 두세 시간 작업 후 허리통증이 과해져 며칠 병원 신세를 지기도 했다.

더딘 진행에 다시 문서를 열고 보니 더더욱 생각이 멈춰 그대로다.

이게 현재의 나를 말해주는 것 같기도 하다.

글을 머릿속에서 출력하기 전 멈춤과 비움이 필요한 때였나 보다.

문득 떠오르는 생각은 있다. 시간에 관한 어른들의 답이 지표가 되어 준 기억이 스친다.

[문득] '어린 10대의 내 눈에 멋있고 여유 있어 보인 외가 어른들은 지금의 시간이면 이루고 싶으셨던 삶에 만족과 심리적 안정감을 느끼셨을까?' 궁금해졌다.

늘 불안했던 10대. 10대보다 여유가 간절했던 20대.

[문득] '엄마. 나이가 들면 마음이 덜 불안하고 좀 편안해져요?' 궁금했었다.

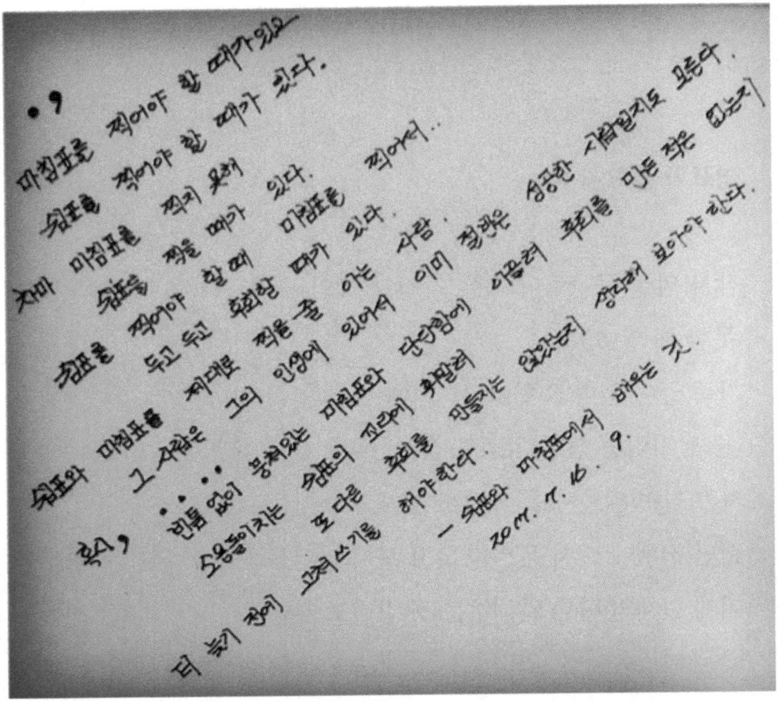

다른 일에 도전해보고 싶었던 30대. 좋아하는 이모와의 삼청동 데이트에서

[문득] '이모, 언제가 제일 행복했어요? 언제로 돌아가고 싶어요?' 궁금했었다.

'몸은 늙어도 마음은 안 늙는 것 같다. 나이가 아니라 그냥 지금 마음을 편안하게 가져야 하는 것 같다.'하시던 엄마.

'지금이 가장 좋다. 젊을 때로 돌아가고 싶진 않다. 니 나이면 뭐든 다시 시작할 수 있는 나이다, 충분히 젊어.'하시던 이모

그런 지금과 현재를 그 순간만큼은 바라보게 하시던 그 말씀들이 툭 꺼내진다.

현재. 지금 여기.

치열했던 10대와 너무 바빴던 20대가 떠오르면 그저 피곤하다.

밤낮 바쁜 아르바이트와 장학금을 받기 위한 하루, 한 달, 일 년의 시간을 보내고, 출퇴근 4시간 거리에 발령받고, 과중 업무에 시달려도... 선택보다는 삼킴의 시간, 납득보다는 의무의 시간으로 남기며 30대가 흘렀다. 그렇게 40대가 되었고, 어느새 부모님도 70대가 되어 계신다.

알면서도 여유를 선물하지 못한 20년.

지금이 어쩌면 쉼표가 가장 필요한 때인지도 모르겠다.

교과서에서 찾은 질문들

한 학기 동안 수업했던 교과서들을 꺼냈다.

'행복의 조건은 무엇이라고 생각하나요?'

'인생에서 가장 중요하게 생각하는 가치는 무엇인가요?'

'작품 속 인물의 삶에서 찾은 가치를 나의 삶과 비교하여 말해 보

세요.'

참으로 어렵고 막연한 발문인 이 문장들은 초등학교 6학년 도덕 교과서와 국어 교과서 속 문항들이다. 그리고

'공동체 생활에서 다름을 인정해야 하는 까닭은 무엇일까요?'

'갈등을 해결하기 위한 해결 방법은 무엇일까요?'

이 문항은 사회 교과서 속 민주정치 단원의 내용이다.

교육과정이 거듭 바뀌어도 변함없이 접하는 물음. 어렵게 느껴지는 이 문항들은 나만 그럴까?

이 어려운 문항들을 13살은 참 빠르게도 이해하는 것도 같다.

진지하게 고민도 하고 단순하게 연결 짓기도 하며 자발적으로 의견을 모으고 생각을 나눈다.

놀랍다. 지극히 교과서적인 말들이 삶에 대한 질문인지 몰랐던 것 같다.

'나는. 그리고 어른들은 이 질문들에 답을 쉽게 하실 수 있을까?'

하루의 시작은 내 마음의 기분점수와 감사한 일 찾기이고,

'지금/여기'에 집중하자며 소소한 행복을 찾는 하루 일기를 학교에서 쓰는 것으로 학교생활의 마무리를 한다. 아이들은 참 사랑스럽게도 기꺼이 쓴다. 급식이 볶음밥이라 행복하고, 카레라 행복하단다. 날씨가 맑아서 감사하고, 체육이 들어 기분이 좋은 날.

'나는 오늘 하루 감사한 마음과 행복감을 소소하게 느꼈을까?'

사회 교과서 속 통합 주제는 인간의 존엄성과 존중부터 선택한다.

존중은 타인과 자신 모두에게 해당하는 덕목이라고도 말한다.

나 자신부터 존중하며 있는 그대로를 인정해주고 아낄 수 있어야 타인도 인정할 수 있다는 교과서 내용이다. 나는 춤 잘 춰요. 나는 예뻐요. 나는 잘생겼어요. 나는 밝아요. 애들이 좋아해요,… 수많은 '나' 중에 아이들은 부러운 친구가 별로 없단다.

'나는 있는 그대로의 나를 인정해 준 경험이 몇 번이나 있을까?'

나는 여전히 어른아이로 겉모습만 바뀌어 있는지도 모르겠다. 13살에 머문 어른아이처럼 말이다.

마침표를 찍을 때

사람의 말을 귀담아들어 주고 마음을 헤아리는 것이 좋은 교사상이고 인정이 중요한 가치라고 믿었던 것 같다. 그리고 상담 공부를 열심히 했다. 그리고 문득 타인의 감정 쓰레기통이 되어주고 있었던 것은 아닐까 고민이 생겼었다.

13살 세계의 갈등, 감정처리, 학부모의 하소연과 감정처리…

도움이 됐다면 감사한 일이고, 남이 쏟는 감정을 고스란히 받기만 했을 때는 힘들었다.

지금의 나는 수업이 끝나고 퇴근하면 조용해진다.

그리고 하루 에너지 총량은 있다고도 믿게 된다.

점점 만남이 줄고 대화를 줄이는 것!

존중을 실천하는 사람의 곁에만 머무는 일!

그리고 대화법과 사고체계가 맞지 않는 사람과는 관계를 꼭 지속할 필요도 없다는 것!

회복하기 위해 애쓰지 않아도 된다는 것도 안다.

불편한 자극 없이 평온한 하루

그 상황을 자연스럽게 찾아가는 태도로 어쩌면 회피형 인간이 되어간다

지금이 가장 편안한 쉼을 선택하고 있다고는 믿는다.

지나간 사건과, 불편한 관계는 더 이상 애쓰지 않고 점으로 찍어 현재를 간섭하지 못하게 한다. 마침표, 현재를 살아낼 수 있는 선물인지도 모르겠다.

고쳐쓰기가 필요한 때

익숙한 공간, 익숙해지는 시간 속에서 내 어린 시절의 에피소드들이 수업 제재로 소환되어 재생되고 또 각색되는 일이 많아졌다. 그저 반복되는 시공간 속에 어린 시절 사건의 기억들이 각색되어 색을 입힌다. 그렇게 과거와 자주 마주한다.

실수와 후회들로 괴롭던 그 시절의 나와 다름으로 괴롭던 모든 인간관계가 반복될 때 좋아하는 친구가 해준 말이 큰 깨달음을 준 경험이 있다.

'그럴 수도 있지. 다 이유가 있겠지.'

그렇게 별일 아니게 그렇게 무심하게 툭.

털어버리라고.

생각이 출렁일 때 나도 이제는 고쳐쓰기 찬스로 잔잔해져 보아야겠다.

평온한 하루를 꿈꾸는 나는 고쳐쓰기가 필요한 때인 것 같다.

위로가 된다는 것

나는 동물털 알러지가 있다는 진단을 받았다. 동물이 참 무섭고 두려워 개를 키우는 일은 없겠다 싶었고 공감하지도 못했었다.

친구네 집에 반려견이 있는지 모른 채 출간하는 교육청 책 표지 편집을 도움받기 위해 방문한 일이 있었다. 그리고 멍이를 만났다. 신기하게도 13살 멍이는 지금 나와 함께 산 지 5년차이다. 첫 한두 해는 음식을 먹을 때마다 맑고 까만 눈망울로 올려다볼 때 체증이 올라왔다. 빤히 보는 이 녀석과 눈이 마주칠 때면 급히 먹고 외면하려다 꼭 체하고 말았다.

그러던 어느 날 속이 까맣게 탄 내가 서러움에 눈물이 북받쳐 오르던 날, 꼬리를 흔들며 내게 발을 '툭'하고 얹고 까만 눈동자로 가까이 눈을 마주치며 핥아 주는 멍이를 마주하며 심장까지 녹는 위로를 받았다. 그런 위로가 난생처음이었기에 정말 놀라운 변화도 겪었다.

위로는 말로 다 전해지는 것이 아니라는 것, 공감하는 말도 필요 없다는 것, 괜찮냐고 걱정하듯 바라보는 눈빛만으로도 큰 위로가 될 수 있다는 것을 글로만 배운 내가, 온 마음으로 배운 순간이었다. 의미 없는 존재가 의미 있는 소중한 존재로 변하는 그 찰라의 순간이 참 의미 있는 경험이 되었다.

올해 파주로 발령받고 멍이도 함께 이사를 왔다. 이제 주변에 공원이 많아 집에 혼자 있었던 멍이가 산책을 즐기며 행복하게 지낼 좋은 환경이라고 좋아한 기쁨도 잠시. 이사 5일 만에 멍이는 아파트 앞에서 심정지가 왔다.

처음 보는 생명의 멈춤에 놀라고 무섭고 두려운 그 순간을 처음 겪었다. 그리고 살릴 수만 있다면 전혀 돈이 아깝지 않은 마음을 가지게 되었다.

소중한 위로인 멍이가 조금 더 곁에 아프지 않게 머물러준다면 삶의 힘이 될 것 같은 마음. 그렇게 하루하루 최선을 다한다.

문득 스친다.

'이모와 신부님 외삼촌도 이런 마음이셨을까?'

'지금은 반려견을 보내고 어떤 마음으로 버티셨을까?'

그때는 알지 못했던 일을 겪는 현재, 그 때 어른들의 마음이 궁금해졌다.

그리고 지금. 현재. 모두 평온한 하루를 보내셨으면 좋겠다.

감사드리는 마음

최규화 예로니모(4남 홍대의 아들)

2002년, 명동에 위치한 남산 드라마센터 무대에 서며 배우의 길을 본격적으로 걷기 시작한 이래 꼭 20년이 지난 지금 전 여전히 무대에 서기도 하고, 영화나 TV 드라마에 출연하기도 하며 배우의 삶을 살아가고 있습니다. 너무도 감사하게도 말이죠.

올해 2022년은 제가 간절히 바랐던 일도, 늘 꿈 꿔오던 목표도 아니었지만 처음으로 배우가 아닌 연극 연출가로서 대학로에 입봉을 했던 특별한 해이자 제게는 어떤 깨달음이 있었던 해로 오래도록 기억에 남을 것만 같습니다.

배우로서 걸어온 20년을 잠시나마 뒤돌아보니 언젠가 대구에 지방 공연을 하러 내려갔을 때, 할머니께서 신부님과 함께 극장을 찾아와 제가 출연한 작품을 봐주시고 응원 해주시던 기억이 선명하게 떠오릅니다.

20년이 되도록 한결같이 응원해주시고 격려해주시는 가족 분들의 기도와 마음들이 너무도 감사해서 몸 둘 바를 모를 정도였던 때가 많습니다. 그렇게 늘 감사하며 살다가, 어느 샌가 그 고마움에 보답을 드리고 싶은 마음과 은혜를 갚고 싶은 마음들이 커지고 커지다 제 마음이 약해져 있던 어느 때에는, 끝내 제가 보답을 해드리지 못한다거나, 은혜를 갚지 못하거나, 날 응원해주시는 마음들을 실망시키고 말게 되면 어쩌지 하는 부담으로 바뀌어 있음을 발견하기도 했습니다.

2년 전부터 전 세계를 강타한 유례가 없던 팬데믹으로 인해 모두가 웅크리고 있던 때에, 전 40대로 접어들며 제가 지금껏 살아오고 걸어왔던 모든 시간에 대한 회의에 빠지기도 했답니다.

언젠가는 나도 빛을 보게 될 날이 있을거야 라고 늘 믿어 왔었던 마음에 금이 가기 시작하니까 무너지는 건 너무도 삽시간이었습니다. 안될지도 모른다는 의심이 생기기 시작하니까 절대 안 될 거라고 단정 짓게 되는데 까지는 오래 걸리지 않았습니다. 그 시기를 극복하고 이겨내고자 노력했지만, 그 어떤 노력도 도움이 되질 못했습니다.

그러다 부모님께서 코로나 바이러스를 피해가지 못하시고, 어머니께서 급기야 중증 폐렴으로 위독한 상태까지 가시는 일까지 겹치고 나니 안간힘을 쓰며 겨우 하루하루를 버티어 내는 수준으로 마음이 약해지곤 했습니다.

결국 간절하게 기도해주신 가족 분들 모두의 마음과 어머니의 의지가 더해져 기적처럼 어머니께서 치유되기 시작하시고 회복되기 시작하시면서 한없는 감사한 마음이 제 마음 역시 치유해주기 시작했습니다.

아버지, 어머니께서 회복하셔서 올해 설날을 맞아 아주 오랜만에 함께 모여 식사를 하면서, 저도 모르게 눈시울이 붉어졌습니다. 이토록 사소해 보이는 함께 하는 식사 시간이 이리도 소중하게 느껴진다는 것이 참 놀라웠습니다. 주님께서 도와주시고 허락해주신 어머니의 치유가 곧 우리 모두에게 어떤 치유의 기적을 주시는 듯 했습니다.

그 날 이후, 전 거짓말처럼 무언가를 내려놓게 된 것 같은 마음과 기분을 느끼고 있습니다.

언제나처럼 제게 주어진 일은 최선을 다하고 있지만, 지금 이 시간이 모여 나중에 빛을 보게 해줄거라는 기대를 버릇처럼 하게 되지 않고 있습니다. 그저 '지금'이 제게 너무도 소중하고 또 감사하다는 말을 뱉는 새로운 버릇이 생겼고, 하루에도 수십 번씩 짧게나마 기도를 드리며 '그저 오늘을 허락해주심에 감사합니다.'라는 기도를 올리곤 합니다.

처음으로 연출이라는 자리에서 한 작품을 완성해가는 총책임자로서의 시간을 보내면서 내가 맡은 역할 하나만 열심히 하면 그걸로 족했던 배우로서 느꼈던 어려움이나 수고는 아무 것도 아니었구나 라는 기분을 느끼기도 했고, 아무리 연출이 애를 써도 각각의 배우들이 제 몫을 해주지 못하면 아무 소용이 없다는 걸 느끼며 공동 작업이라는 것, 협업하여 함께 만들어 간다는 것의 의미를 새삼 깨닫게 되었습니다. 모두가 제 맘 같지 않고, 제 의지와 노력만으로는 되지 않음을 새삼 다시 느끼기도 했습니다.

그저 우리 각자가 할 수 있는 건 어쩌면 내가 할 수 있는 내 몫의 최선을 다하는 것. 그리고 그걸 넘어서는 무언가는 그저 주님께서 채워주시리라 믿고 감사하며 기도드리는 것. 그렇게 조금은 단순하게 정리가 되어가는 듯 했습니다.

공연이 코 앞에 다가왔던 막바지 연습 기간에는 하루 종일 연습을 진행하고 녹초가 되어 집에 와서도, 쉽사리 잠들지 못하고 내일 연습을 준비하고 그러다 지쳐 쓰러지듯 잠이 들고, 또 눈 뜨면 다시 연습실로 향하던 고된 일정 속에서도 그저 이렇게 제 온 몸과 마음과 영혼을 바쳐 열정을 다해 임할 수 있는 일이 주어졌음에 감사하다는 마음만은 다행히 잊지 않을 수 있었답니다. 그 덕분인지 다행히 공연을 관람하러 찾아주신 많은 분들께서 너무 좋은 작품이었다고 칭찬해주시고 격려해주셔서 몸 둘 바를 모를 정도로 감사하고 감동이었습니다. 또한 아버지께서 저의 첫 연출작을 적극적으로 홍보해주신 덕분에 2주 가까이 되는 공연 기간 동안 매회 관객분들이 많이 찾아주셔서 저와 저희 팀원들 모두 얼마나 감동을 받았는지 모릅니다. 그리고 가족 분들의 기도와 응원이 얼마나 큰 힘이 되고 제게 용기를 주는지 또한 새삼스럽게 깊게 느낄 수 있었던 시간이었습니다.

천국에서 저희를 지켜보시며 기도해주시는 할아버지 할머니의 따뜻한 마음 덕분인지 저희 가족분들은 여전히 이렇게 삶을 기록하고 추억하고 또 감사하는 마음으로 가족 신문과 가족 문집을 만들어 가고 계시는 걸 보며, 축복받은 가족의 일원임에 다시금 감사 기도를 올리게 됩니다. 이 감사하는 마음과 기도를 앞으로도 평생 잊지 않고 간직할 수 있는 저였으면 좋겠습니다. 그리고 부디 가족 분들 모두의 마음과 일상 속에도 감사함과 평화가 늘 함께 하시길 간절히 기도드립니다.

저의 첫 연출작이었던 연극 '마지막 세자매' 프로그램 북에 실었던 제가 쓴 '연출의 글'의 일부를 발췌하여 첨부하며 이만 줄일까 합니다.

꿈을 꾸며 살다가 꿈에 부딪혀 무너졌던 날이 있었습니다.

가능성으로만 가득 차 보였던 삶이 불가능 투성이로 채워지더니, 어느새 왜 살아야 하는지에 대한 이유조차 잊어버렸던 날이 있었습니다.

유례없던 팬데믹으로 인해 지난 2년이 넘는 시간동안, 누군가 와서 봐주어야만 의미가 생기는 일을 업으로 삼고 살아가는 것에 대한 회의와 절망감이 저희를 짓누르곤 했습니다.

하지만 거짓말처럼 우리 삶에 찾아오는 고통들은 어느 시점엔 더 이상 날 아프게 하지 않을 만큼의 크기로 작아져 있거나, 또는 새로운 고통들에 자리를 떠밀리곤 합니다.

인생은 누군가의 말처럼 고통의 연속일 지도 모르고, 또 누군가의 말처럼 행복이 우리 삶의 유일한 목적일지도 모르겠습니다.

네. 전 모르겠습니다.

우린 그리고 저는 참 악착같이도 살아남고 버텨냅니다. 아이러니하게도 우린 언젠가 예측할 수 없는 어느 시기에는 반드시 사라지고 말 존재들인데 말이죠. 그렇게 악착같이 살고 싶은 걸 보면 살아있음이 참 좋은 건가 봅니다. 근데 우리는 살아있음이 왜 좋은지, 얼마나 좋은지 너무도 자주 그리고 쉽게 잊곤 합니다. 그리고는 잊고 있던 질문을 다시금 꺼내 들곤 합니다.

'왜 살아야 하지?' '어떻게 살아야 하지?'

당시 극사실주의라고 평가받던 100년이 훌쩍 지난 작품을 꺼내 들어 읽으며 가장 놀라웠던 건, 100년 전의 그들의 모습과 지금의 우리가 다르지 않다는 사실이었습니다. 그 때도 지금도 여전히 인간은 살고 사랑하고 고통 받고 행복하고 희망을 품고 좌절하고 기쁨과 슬픔을 오갑니다. 그러다 어느 시점엔 사라지고 맙니다.

내일을 알 수 없는 우리의 오늘은, 여러분들을 다시 모시고 저희가 준비한 이야기를 들려드리고 보여드릴 수 있어 선물 받은 듯이 감사하고 행복한 오늘입니다.

저희와 만나지는 여러분의 오늘 역시도 선물 같은 하루이길 간절한 마음으로 바래봅니다.

그리고 또 새로운 선물 같은 내일이 여러분에게 찾아오기를 빌겠습니다.

진심으로 감사드립니다.

연극 '마지막 세자매' 막공이 끝난 후 단원들과 단체사진 (위, 맨 왼쪽이 규화)
연극 '마지막 세자매' 연습실에서 (아래)

어제보다 오늘이….

최규현 대건 안드레아(3남 홍운의 맏아들)

잘 다니던 회사를 그만 두고 요식업의 길로 들어선 이유는 단 한 가지였다. 즐거운 공간을 만들고 싶다. 그 공간에 오는 사람들이 즐거운 기억을 가지고 돌아가길 원했다. 그것으로 돈을 벌고, 나도 즐겁길 바라는 마음에, 덜컥 사표를 내고 겁 없이 달려든 지가 벌써 10년을 훌쩍 넘기고 있다.

아무런 사전 지식과 준비도 없이 시작한 가게는 얼마 지나지 않아 삐걱거렸고, 운영을 하며 느낀 점은 "아!! 난 정말 아무것도 모르고 시작했구나.."였다. 그러면서 들었던 생각은 어디라도 체계가 잡혀

있는 곳에서 바닥부터 배워야 한다는 것이었다.

월 백 육십 정도의 돈을 받으며 미국식 브런치 카페에 취직하여 일하기를 3년. 비교적 빠른 시간에 신규 오픈 매장의 점장까지 오르는 동안 이전에 공부했던 전혀 다른 전공의 공부와 회사생활은 생각보다 많은 도움을 주었다. 결국 관리직으로 올라가며 필요한 건 문서작업과 매출, 매입, 인력 등의 관리 능력이었고 이전 컴퓨터를 전공하면서 공부한 각종 오피스프로그램들과 스포츠마케팅회사에서 대회를 기획, 운영한 경험들은 고스란히 남아 나에게 큰 도움을 주었다.

그 후, 키즈밀 관련 R&D, 푸드트럭, 공유형 푸드카페, 백화점의 팝업 영업, 아울렛 입점, 배달전문 샵인샵 프렌차이즈 운영까지 다양한 요식업 관련 일을 하며 어느덧 마흔을 넘기고 있다. 그 길지만 짧게 지나간 시간 동안 만들고 판매한 음식들도 다양하다. 팬케이크, 와플과 각종 디저트, 핫도그와 화와이안 푸드, 멕시칸 타코, 김치찌개, 떡볶이 분식, 찹쌀탕수육 등등.

즐거운 나의 공간을 만들어 돈을 벌고자 입문한 요식업에서 시간이 지날수록 나의 브랜드를 만들고자 하는 마음으로 커져갔고, 다른 이가 만든 브랜드를 키우거나, 스스로 만든 몇 개의 브랜드들이 있었지만 키우지 못하고 사라졌다. 실패한 것이다.

하지만 요식업 이전의 것들이 요식업에서 도움을 줬듯이 빚이 쌓이고 휴일도 없이 일하며 힘겹게 지내온 지난 시간들은 고스란히 나에게 남아 조금 더 나은 가게를 만들 수 있도록 도와주었다.

플렌티 브런치 카페에서. 최규현.

지금은 청년주택사업을 하는 회사와 협업하여 새로운 브랜드를 만들어가고 있다. 이 또한 이제 시작이지만 제법 나쁘지 않은 매출 그래프를 그려가고 있다. 마치 아웃라이어의 법칙처럼 10년이 지나고 나서야 이제 조금 요식업을 알아가는 듯하다.

아직 완전히 자리를 잡았다고는 할 수 없지만 분명한 것은 어제의 나보다는 나아지고 있다는 것이다. 작은 바람이 있다면 오늘의 나보다 더 나아지기를 원한다. 일에서도 인성으로도 주변 지인과 가족과의 소통에서도 조금씩 더 성숙해지기를 바라본다.

My Journey Back to God

하느님께로 돌아가는 나의 여정

최정아 아녜스(4남 홍대의 둘째딸)

만 25세였던 나는 2007년, 호주 브리즈번에서 심실상빈맥(SVT)이라는 문제로 도자절제술이라는 심장 시술을 받게 됐다. 간단한 시술이었지만 퇴원 후 40도에 육박하는 더운 날씨에 에어컨도, 침대도 없는 친구 집에서 머물면서 수술 자국에 염증이 생겨 문제가 심각해져 버렸다. 사실은 졸업 후 바로 한국에 돌아가는 것이 계획이었던 나는 살던 집도 정리한 터였고, 대학 생활 동안 친하게 지냈던 국제 학생 친구들은 거의 졸업 후 다 떠났던 상태였다. 1월 3일, 나를 잠시 돌봐주던 마리나 (Marina)라는 브라질 친구는 아침부터 일하러 나가고 나는 심상치 않게 계속 아파져 가는 나 자신을 걱정하며 덩그러니 찜통 같은 친구 집에 혼자 남겨져 버렸다.

정오가 넘자 고열과 심장통증이 점점 심해져 정말 가슴을 쥐고 아파했다. 시술을 받기 전 5년 정도의 시간 동안 발작성 빈맥 증상 때문에 심장 맥박이 1분 300회 이상을 찍으며 심장이 찢어질 것 같은 고통과 안압이 높아져 시야가 일시적으로 보이지 않는 무서운 증상들을 여러 차례 겪었더랬다. 언제, 어디서, 어떻게, 또 얼마나 오랫동안 증상이 계속될지 예측할 수가 없어 항상 불안했던 터라 한국 가기 바로 전 시술을 힘들게 결심한 것이었는데 성공률이 95% 이상이라는 이 간단한 시술 후 이렇게 어마어마한 고통이 나를 기다리고 있을 줄이야…

정말 죽는 것처럼 아프다는 말은 이럴 때를 두고 하는가 보다. 너무 아픈데 누구한테 전화를 할 힘도, 그럴 정신도 없었다. 고통 속에서 숨이 쉬어지지 않으니 나는 정신이 혼미해지기 시작했다. 숨을 더 크게 쉬려고 하면 심장이 아프다 못해 터져 죽을 것 같았다. 이때 흐릿한 시야 사이로 '묵주'가 내 눈에 들어왔다. 묵주기도를 언제 했었는지 어떻게 하는지 기억이 나지 않을 정도로 나는 이 시기 냉담중이었다. 하지만, 알 수 없는 이유로 시술을 위해 입원했던 그날 이후부터 내 머리맡에 묵주를 놓아두었다.

갑자기 죽음이 나에게 가까이 찾아온 것 같다는 패닉을 느꼈던 그 순간 나는 묵주를 잡고,

'하느님, 살려주세요! 다시는 하느님 배신하지 않을께요!!!'

딱 이 두 마디가 내 입에서 모든 간절함을 다해 나왔다.

육체적 고통 속에 죽음이 진정 무서워 뜨거운 눈물을 계속 흘렸다. 정말 아무것도 할 수가 없고 내 육체가 그전에 겪어보지 못했던 큰 고통을 겪는 바로 그 순간 나의 창조주 하느님께 매달린 것이다. 건강 속에 원하는 것을 다 할 때는 우리 주님의 존재 자체를 잊고 살던 어리석은 내가, 시술 전에도 그렇게 갑작스럽게 많이 아팠으면서도 주님을 찾지 않았던 오만 방자했던 내가, 생사가 달린 순간 속에 있어보니 바로 하느님 앞에 쓰러져 무릎을 꿇게 된 것이다.

하지만 죽음의 문턱에서라도 주님을 외치면 우리에게 풍성한 자비를 베푸시는 인자하신 하느님은 간절하게 하느님께 매달린 나의 목소리를 들으셨고, 신앙심이 굳으신 우리 할머니와 가족들의 기도 소리에 응답하시며 철없고 한심했던 나에게 새로운 인생의 기회를 허락하여 주셨다.

이렇게 드라마틱한 내 인생의 전환점이 생기기 정확히 17개월 전인 2005년 7월,

언니 결혼식 차 풍수원성당에 오셨던 할머니는 버스 안에서 묵주기도를 하고 계셨다. 나는 버스가 떠나기 전 인사를 드리려고 할머니를 찾아갔더랬다. 호주 유학 생활 중이었던 내가 많이 불안해 보이셨는지 자상하신 우리 할머니는 내 손을 꼭 잡으시면서 기도를 해 주셨고, '신앙심 깊은 좋은 사람 만나 너도 결혼 해야지!' 라고 말씀해 주

2024년 5월 녹(Knock) 성모 발현 성지에서 정아와 미켈라, 크리스틴

셨다. 유학 시작 후부터 계속 몸도 마음도 많이 힘들었었는데 할머니의 진지하신 그 한마디가 내 마음속 깊은 곳에 자리를 잡았다. 그 후 7개월도 되지 않아 다음 해 2월 할머니께서 위독하시다는 소식을 듣고 급히 입국하여 중환자실에 계신 할머니를 뵀을 때는 안타깝게도 할머니와 대화할 수가 없었다. 미숙아로 태어났던 할머니의 첫 증 외손자 태인이의 사진 앨범을 보여드리니 산소 호흡기를 착용하시고 힘들어하시는 할머니의 두 눈에서 뜨거운 눈물이 계속 흘러나왔다.

평생 기도를 생활화 하셨던 우리 할머니와의 마지막 작별을 한 뒤 한국을 떠나면서 내 마음속은 마치 정체를 알 수 없는 어둠이 밀려와 나를 공허함 속으로 가두어 놓는 듯하였다. 브리즈번에 다시 돌아와 며칠 되지 않았던 3월 4일 우리 할머니는 이 세상을 등지시고 예수님 곁으로 가셨고 나는 그 후 공부에 몰두하려고 노력하며 정신적인 공허함, 외로움, 우울함 그리고 육체적 나약함을 이겨보려고 안간힘을 썼다.

돌아보면 영적 어둠 속에 갇혀 이 세상을 살면서 내가 하고 싶고, 이루고 싶어 하는 욕심들과 야망 (My Will)과 하느님께서 내게 원하시는 삶 (Divine Will) 사이에서의 갈등이 심했기 때문에 이렇게 몸도 마음도 많이 힘들었었던 것이 분명하다. 내가 학업에 몰두하며, 어떤 특정 직업을 가지기 위해 노력하는 내내 내 마음속 깊은 곳은 텅 비어 있었다. 그래서 우울했고, 그 우울함을 세속적인 방법으로 계속 달래려고 애썼다. 흔히 베스트셀러로 팔리는 자기 계발 서적들을 읽거나, 커리어 성공을 이룬 사람들의 성공담을 읽으며 내가 추진하는 것이 옳다고 자신을 정당화시키고 다독거렸고 마음속의 공허함을 영화를 보거나 노래를 들으며 잊으려고 노력했었다.

하지만 내 마음속 깊은 곳의 빈자리는 바로 '하느님의 부재'였다.

내 영혼이 모든 힘을 다해 '하느님'을 다시 찾으라고 울부짖는 몸부림이었다.

길을 잃고 헤매는 안타까운 양 한 마리였던 나를 제대로 흔들어 일깨워 주시고자 예수님은 내 인생에 직접 개입(Divine Intervention)하기로 하신 것이다. 하지만 착하신 하느님은 강제적인 방법이 아닌 나에게 '깜짝 선물' 두 개를 준비해 주셨다. 그 첫 번째 선물이 바로 심장 문제였던 것이다. 어떤 성인이 말했다. 우리 인생에서 겪는 모든 '고통 (Suffering)'이 우리의 영혼을 얼마나 정화하는지를 이해하게 되면 고통은 곧 하느님께서 우리에게 주시는 하나의 선물 중 하나라는 것을 알게 되고 육체가 붙어있는 지금 고통을 더 허락해달라고 조른단다. 육체가 아프면 인생 모든 우선순위가 '회복'에 집중하게 되듯이 하느님께서는 우리가 고통을 겪으면서 예수님께서 겪으신 온갖 수난을 기억하고 회개하며 영적인 회복을 먼저 추구한 뒤 하느님께서 직접 베풀어 주시는 육체적, 정신적 힐링을 얻기를 원하시는 것이다. 그러고 보니 내가 많고 많은 몸의 장기 중에 심장이 아팠던 것은 하느님을 멀리하며 차가워진 내 심장을 예수님의 사랑으로 채우며 뜨겁게 하라고 하느님께서 나에게 주신 깜짝 선물이다.

이 같은 시기 내 손을 잡고 17개월 전 해 주신 할머니의 신실한 기도를 천당에 가신 할머니께서 다시 한번 예수님께 직접 간청하셨는지 나는 아일랜드 출신인 제임스를 할머니 돌아가신 8개월 뒤, 심장 시술 딱 7주 전에 만나게 된다. 제임스는 할머니께서 말씀하시는 정말 '신앙심'이 강한 사람이었고 심장 시술 회복 후 내가 다시 신앙생활을 제대로 할 수 있게 옆에서 이끌어주고 격려해준, 정말 하느님께서 나에게 보내주신 두 번째 '깜짝 선물'이다. 올해로써 함께한 지 15

년, 결혼 12년 차인 신랑에 대해 흉을 보라고 하면 책 한 권을 써도 모자라지만 제임스와의 결혼생활에서 가장 좋은 것을 꼽으라면 함께 신앙생활을 하는 것이라고 주저 없이 말할 수 있다. 내가 존경하는 가톨릭 성직자나 신실한 일반 신자들이 공통으로 강조하는 성공적인 결혼생활은 항상 우선순위 1번은 하느님! 2번 배우자, 3번 자식들이라고 한다. 현실적으로 이 우선순위를 지키며 사는 것이 정말 어렵다고 느껴지는 게 사실이다. 신랑한테 아이들은 뭘 해도 귀엽기라도 하지만 내 맘대로 되지 않는 배우자를 항상 예뻐해 주는 것은 상당히 힘들다 못해 무거운 십자가를 매일 지니는 것이라고 나는 항상 농담 섞인 진담을 한다. 1979년에 돌아가신 미국 가톨릭 교회의 유명한 풀턴 신 대주교(Archbishop Fulton Sheen)께서 결혼에는 세 가지 'Ring'이 존재한다고 하셨다. Engagement Ring (약혼반지)로 결혼을 약속하고 Wedding Ring (결혼반지)를 끼고 결혼생활을 시작한 뒤 Suffering (고통)이 시작되는 것이라고. 그러나 그 고통은 배우자가 서로를 천국으로 이끌어주는 과정이기 때문에 중요한 것이라고. 두 개의 거친 돌이 만나 서로 부딪히고 싸우고 다시 화해하기를 반복하며 서로를 다이아몬드로 만들어주는 과정이 결혼이라고 12년밖에 결혼생활을 하지 않았지만, 풀턴 신 주교님의 말은 가슴속 깊이 와 닿는다.

이렇게 하느님께서 내게 주신 깜짝 선물 두 개를 통해 나는 하느님을 다시 알아가고 제대로 하느님을 따르고자 결심한다. 물론 처음에는 하느님을 절대 다시 배신하지 않겠다는 나 자신의 말 때문에 하느님의 분노와 벌이 무서워서 주일미사부터 다시 나가기 시작했던 건 사실이다. 그러나 제대로 기도하는 방법조차도, 내가 믿는 가톨릭 교회의 가르침도, 성경도 아는 것이 하나도 없었던 내가 하느님께 마음을 열고 나니 내가 필요할 때 읽어야 하는 책들, 해야 하는 기도들, 만나야 하는 사람들을 하느님께서는 그때마다 자상하게 준비해 주신다. 정말 하느님을 알고자 하는 마음 (desire)이 생기기만 하면 우리 주님은 모든 은혜(Grace)를 무한대로 베풀어 주신다.

5년 전쯤 내가 아일랜드에서 향수병이 깊어져 가족도 없이 짊어져야 하는 삶의 무게에 눌려 많이 힘들어하던 때 우리 할머니는 인생의 수많은 우여곡절을 어떻게 극복하셨을까, 무슨 기도를 가장 많이 하셨을까, 성지순례를 자주 다니시면서 할머니의 가슴속에 가장 걱정하셨던 것은 무엇이었을까. 이런 궁금증들이 계속해서 생겼다. 그러면서 할머니와 같은 분을 만나 내가 묻고 싶은 모든 것을 물어보고, 그런 할머니의 지혜를 얻고 위안받으며 함께 기도할 수 있으면 얼마나 좋겠냐는 생각을 기도 중에 많이 했었다. 정말 단순히 기도 중에 딴생각하듯이 떠오르는 그런 생각들이었다.

그 후 일 년이 채 되지 않았을 때쯤 지금 살고 있는 모나한 타운 광장에서 '낙태 반대'를 위한 공개 묵주기도를 한다는 공지를 성당 주보에서 보았다. 비가 오고 추운 날이었지만 첫 번째 유산을 겪은 지도 얼마되지 않았었고, 엄마의 골반 골절 사고가 난 뒤 며칠 뒤였던

지라 마음이 만신창이였다. 그 아픈 마음을 달래고자 꼭 이 묵주기도에 참여해야겠다는 알 수 없는 힘에 이끌려 비바람 치고 추운 2월의 어느 날 묵주를 들고 혼자서 나가보았다. 그곳에서 나는 우리 할머니와 영적으로 너무 비슷하신 만 83세셨던 안젤라(Angela) 할머니를 만나게 된다. 안젤라 할머니께서는 나를 보시자마자 안아주시며 추운데 기도하러 나와줘서 고맙다며 따뜻하게 말씀해주시고 기적의 패와 기도문 등을 여러 개 선물로 주셨다. 이날 이후부터 안젤라 할머니와 나는 일주일에 한두 번 정도 만나며 함께 기도하고, 끊임없는 대화와 식사를 같이 하며 친구보다도 더 가깝고 편한 사이가 되었다. 안젤라 할머니의 굳은 신앙심과 끊임없는 기도 생활은 신기하게도 우리 할머니 뵙는 것만 같다. 아들만 넷인 할머니는 딸이 없으셔서 항상 혼자이시고, 나는 친정이 없어 갈 곳이 없는데 착하신 주님께서 그런 우리 둘을 지금 이 시기에 꼭 필요한 존재로 연결해 주신 것이다. 정말 "천주님께 감사!(Thank You and Praise You, Jesus!)"가 입에서 저절로 나온다. 우리 할머니께서 만 83세에 돌아가셨는데 만 83세의 안젤라 할머니를 만나게 된 건 절대 우연이 아닌 하느님께서 나의 신앙심을 더 견고하게 하시고자 베풀어 주신 크나큰 은총이라고 믿는다.

너무 신기하다.

내 인생에서 일어나는 모든 일들은 하느님의 오묘한 섭리 속에 존재하는 것이 확실하다.

가까운 주변 사람들을 통해 나를 악마의 시험에 들게 하는 것 또한 하느님의 허락하에 일어날 수 있는 것이다.

하느님은 우리에게 당신을 따르라고 소리치고 호통치시며 우리를 질질 끌고 가지 않으신다.

우리에게 정말 '자유의지 (Free Will)'이라는 큰 선물을 쥐여 주시며 우리가 직접 진정한 영적 "자유 (Freedom)"를 선택할 수 있게 허락해 주신다. 그래서 우리는 매 순간 하는 우리들의 크고 작은 '선택 (Choice)'들로 우리의 마지막 종착지를 결정하게 된다.

하느님 계시는 우리의 진정한 고향인 천국에 갈 것인지...

지옥 연불에서 우리의 죗값을 오래동안 치를 것인지...

아니면 하느님의 절대적인 '부재'로 혐오와 고통만 존재하는 지옥으로 갈 것인지...

이 모든 게 우리 각자의 손에 달려있어 우리 인생은 우리 스스로 결정한다는 말이 정말 맞는 것이다.

대학생이 되어 감당하기 힘든 성인들만의 자유가 나를 찾아왔을 때, 아무 생각도 없이 하느님을 내 인생에서 배제하며 '내가 원하는 대로', '내가 하고 싶은 것만' 하기로 나 자신 스스로가 선택했던 것이다. 부모가 되어보니 어리지만도 내 자식이 내 말을 안 듣고 말썽을 피우면 화도 화지만 내 마음이 슬퍼지는데 천상의 아버지이신 우리 하느님은 당신을 적극적으로 밀어내는 당신이 직접 창조하신 자식들을 보시면 얼마나 마음이 아프시며 피눈물을 흘리실까…

마음이 만신창이가 되셨을 우리 하느님을 생각하며 오늘은 어제보다 조금 더 잘 살아야지 생각한다.

내 인생 궁극적 목표는 우리 모두의 고향인 천국에 돌아가는 것이고, 내 뜻(My Will)을 사는 것이 아닌, 하느님의 뜻(Divine Will)을 사는 것이다. 배우자로서 뿐만 아닌 부모로서의 내 역할 또한 내 자식들이 천국에 도달할 수 있게 인도해주는 것이라고 굳게 믿는다. 하느님께서 나에게만 주신 유일한 임무를 '절대복종(obedience)', '겸손함(humility)'과 '인내심(perseverance)'을 가지고 충실히 이뤄 나가는 것, 나를 중심으로 사는 것이 아닌 기도조차도 남들(others)을 위해 하는 것이 진정 내가 원하는 삶이다.

하느님을 따르는 삶은 고행길이다. 빠르게 바뀌고 예측불허인 현대사회에서 예수님을 따르는 삶은 칭송받기는커녕 놀림거리가 되고 핍박받게 되어 있다. 하느님께서 직접 알려주신 '진실(The Truth)'을 입 밖으로 내뱉는 순간 내 주변은 적들로 가득해져 버린다. 그래서 더더욱 지금 신앙심을 견고하게 해 두지 않으면 세상이 바뀌는 대로 나 자신은 몸도, 마음도, 영혼도 모두 흔들릴 수 밖에 없는 것 같다. 올해 예수승천대축일 날 어느 신부님의 강론을 들으며 마음속 깊이 와 닿은 부분이 있었다. 예수님께서는 사도 제자들을 뒤로 하신 채 하늘로 올라가셨다. 그래야 우리의 초점이 예수님이 계신 천국에 맞춰지고 그 궁극적 목표를 가지고 우리는 이 세상 삶을 하느님의 뜻에 맞게 살 수 있게 되기 때문이란다. 그 강론을 듣는 순간 떠올랐다.

나는 항상 온갖 고문과 고통을 겪으며 순교하신 성인들을 생각하며 어떻게 그 고통을 이겨냈고 신앙심이 얼마나 강해야 그 고통들을 감수할 수 있었을까 궁금하였었는데, 내가 오직 갈구하는 것이 하느님과 영원히 함께하는 것이라면 하느님께서는 성령 (Holy Spirit)을 우리의 친구로 보내주시고 성령이 충만해지면 하느님과 함께한다는 기쁨과 희열에 가득 차 일시적인 육체적, 정신적 고통을 잊을 수 있는가 보다. 그래서 수많은 성인들이 이 세상에서 겪는 온갖 고통을 영적성장(spiritual growth)의 기회로 삼아 우리가 적극적으로 받아들이고(acceptance), 하느님을 우선순위에 둔 내적인 삶(interior life)을 세속적인 외적인 삶(exterior life)보다 더 중요시하며 살아야 한다고 하나 보다.

절대 쉽지 않은 좁고 험난한 길이지만 이 길은 우리 할머니와 할아버지께서 또 우리 가톨릭 신자선조들이 걸어온 길인 것이고, 전세계 수천 명의 성인이 주님과 함께한다는 행복한 마음을 가지고 걸어온 고통의 길인 것이다. 하느님과 함께하고, 하느님을 따르면서 어둠의 끝이 없는 것 같았던 마음 속의 공허함과 우울함은 점점 과거의 흔적으로 남아 사라지고 있음을 몸소 체험한다. 하느님께서는 분명 내가 행복하게 하느님의 임무를 완수하기를 원하신다. 요즘 내가 제일 좋아하는 기도는 이탈리아 Dolindo Ruotolo 신부님의 기도문이다.

"O Jesus I surrender myself to you, take care of everything!"

2023년 4월 29일 미켈라 첫 영성체하던 날
아빠 제임스와 엄마 최정아, 동생 크리스틴과 함께

예수님, 나의 모든 것을 당신께 받칩니다. 나의 모든 것을 돌보아 주소서!

계속해서 나 자신의 욕망 (My Will)을 내려 두고 예수님께서 원하시는 삶(Divine Will)을 살 수 있도록 주님 도와주십사 기도하며 하느님을 갈망하는 나의 심장은 뜨겁게 뛰며 우리 할머니와 같은 독실한 가톨릭 신자들이 가득한 우리 집안에 태어날 수 있는 은혜를 베풀어 주신 우리 하느님께 감사, 또 감사한다. 이 세상살이 아무리 힘들더라도 하느님께로 돌아가는 나의 여정은 오늘도 계속된다.

우리 큰아버지 신부님

최지수 데레사(3남 홍운의 맏딸)

어린 시절 명절이면 할아버지, 할머니께서 사시는 대구에서 연휴를 보냈다. 대구에 내려가면 조부모님 댁에서 아버지의 9남매가 모여 시간을 보냈고, 대구에서 사제 생활을 하고 계신 큰아버지의 본당에서 미사를 드렸고, 우리 남매는 성당 마당과 사제관을 뛰어다니며 친척들과 시간을 보냈다. 특별히, 큰아버지 신부님을 뵈러 간다기 보다는 또래 사촌들을 만나 노는 것이 좋았다. 9남매의 자녀들이 모이면 16명 정도의 아이들이 모이게 된다. 90년대를 지나면서 5명이 더 늘어났지만… 아무튼, 당시 우리는 어딜가든 단체 할인을 받을 수 있는 인원이 몰려다녔으니, 아파트에 사시던 조부모님 댁은 공간이 늘 부족하기 마련이었다. 그래서 큰아버지 신부님께서 계신 본당은 우리들의 최고의 놀이터였던 셈이다. 어린 시절에는 큰아버지 신부님이 늘 무서웠다. 딱히, 잘못을 했다거나 꾸중을 들었던 일은 없었는데, 아버지의 형님이어셔서 그랬는지, 신부님이셔서 그랬는지는 잘 모르겠지만, 작은 아버지들과는 달리, 큰 아버지들은 조금 멀게 느껴졌던 것 같다.

초등학교(당시에는 국민학교)에 입학한 뒤, 큰아버지 신부님께서는 미국 교포 사목을 떠나셨고, 같은 시기에 홍록 작은 아버지 가족은 학업을 위해, 홍국 작은 아버지 부부는 발령을 받아 미국으로 떠나셨다. 같은 시기에 미국 생활을 하셔서 그런지 큰아버지 신부님께서는 미국에서 1991년에 태어난 홍국 작은 아버지의 첫째 아들 성영이를 무척이나 귀여워하셨다. 미국에서 돌아오신 뒤, 신부님의 사제관에서 놀 때, 성영이는 신부님께 장난도 잘 치고 스스럼없이 말도 잘 하는 똑똑한 아기였다. 신부님께서는 성영이가 참 똑똑하다고 말씀하시며 많이 아껴 주셨는데, 그 모습을 보고 어린 마음에 '우리 막내도 동갑이고 몇 달 더 어린데… 신부님의 저런 살가운 모습은 처음 보는데…'라는 생각을 하며 질투를 했던 기억이 있다. 어릴 때 나는 '착한 아이 병'같은 것이 있어서 내 속내를 잘 드러낸 적이 없었기에 지금 이 이야기는 살면서 처음 표현하는 것이다. 생각해 보면 작은 것에도 질투가 많았지만, 드러내면 어른들이 보시기에 착해보이지 않기에 어린 시절에는 솔직한 감정을 드러낸 일이 거의 없었다.

대학 4학년 때, 좋은 기회를 잡아 시카고와 가까운 지역 주립대학으로 교환학생을 올 수 있었다. 어느 여름, 미국 출장을 오셨던 아버지께서 시카고를 들렀다 가셨는데, 그 때, 신부님께서 미국 교포 사목을 하시던 당시 시카고를 방문하신 적이 있으시다고 하셨다. 그 이야기를 듣고, 아주 조금이나마 신부님과 공감대를 형성할 수 있었다. 이후 더 시간이 흐르고, 시카고에서 회사를 다닐 때, 직장에서 휴가를 길게 내지 못해 한국에 가는 건 쉽지 않았다. 나은이를 낳고, 5 년만에 한국을 방문할 수 있었고, 오랜만에 큰아버지 신부님을 찾아 뵈었는데, 참으로 반갑게 맞아 주셨다. 오랜만에 만난 조카와 대화를 하시기 위해, 신부님께서는 20년 전 미국 교포 사목을 하실 당시의 이야기와 시카고에 방문했던 일, 그곳에서 식사를 했던 식당의 이름을 말씀하셨다. 그 식당은 '금강산'이라는 식당인데, 시카고 북쪽 서버브(외각지역)에 위치해 있는 한식집이다. 신부님과 이런 저런 미국 이민 생활에 대한 이야기를 나눴고, 신부님께서 오랜만에 만난 조카와 대화하시기 위해 애쓰신다는 생각이 들었다. 신부님께서는 서울로 올라가는 우리 가족들을 배웅하시기 위해 구름재 마당에서 차가 다 빠져나갈 때까지 서 계셨는데, 내가 처음 미국으로 떠날 때 마지막으로 뵈었던 우리 할머니의 모습과 겹쳐 보였다. 조카를 맞이해 주시고, 대화를 이어가시고, 배웅을 하시는 모습에서 어린 시절 느꼈던 무서움과 어려움은 전혀 찾아볼 수가 없었고, 너무나 정이 많고 따뜻

21년 6월 4일 3남 베드로의 미국 사는 장녀 지수와 손녀 나은이와 나율이 가족의 구름재 방문

한 큰아버지 신부님을 뵐 수 있었다.

어느새 우리 집안 어른들은 할아버지, 할머니께서 돌아가신 연세를 훌쩍 넘기신 분들이 많아지고 있다. 자주 찾아 뵐 수 있는 기회가 없으니 나이가 들수록 그 잠깐의 만남이 나에게는 항상 소중하다. 미국살이가 길어질수록, 집안의 경조사에 참석하지 못하는 횟수가 늘어갈수록, 나는 '이 만남이 혹여나 마지막이 되지는 않을까?' 하는 생각을 하며 내가 할 수 있는 최선을 다하려고 노력한다. 그래서 한국을 방문하면 늘 큰아버지 신부님과 집안 어른들께서 모이는 자리는 꼭 참석하려고 한다. 최근 몇 년 사이, 신부님을 포함해 집안 어른들의 노환이 깊어지고 있다는 이야기를 듣고, 집안 어른들의 건강을 위해 한 분, 한 분의 성함을 읊으며, 우리 나은이, 나율이와 매일 아침 기도를 드리고 있다.

모두들 우리 곁에서 오래 오래 건강하시기를 마음 모아 기도드립니다.

나의 서울 방문기

최지수 데레사(3남 홍운의 맏딸)

콜로라도로 이사를 하고 난 뒤, 한국에 가기 위해서는 최소 한 번은 비행기를 갈아타야 한다. 직항이 없기 때문이다. 그런데, 팬데믹 이후에는 한국을 방문하가 더 까다로워 졌다. 출발 전 코로나 검사를 해야 하고, 음성 확인서를 Q-code 라는 한국 검역 시스템에 등록을 해야 한다. 다행히 우리 세 모녀는 모두 음성을 받았다. 하지만, 문제는 비행기… 처음 한국행 비행기를 예약할 때는 캐나다 항공이 가장 저렴하다는 이야기를 듣고, 캐나다 항공을 예약했다. 어차피 한 번은 갈아타야 하는데, 그 곳이 미국이면 어떠하고 캐나다면 어떠하리. 항공권만 저렴하면 그만이지. 하지만, 저렴한 항공사여서 였을까? 출발 한달 전 쯤, 덴버에서 벤쿠버로 가는 직항 비행기가 운행을 중단했다. 처음 비행기 표를 예매했을 때에도 환승 시간은 3시간 정도로 어린 두 아이들을 데리고 환승하기에는 넉넉하지 않은 시간이었는데, 그 3시간 안에 샌프란시스코에서 한 번 더 갈아타고 한국행 비행기 시간에 맞춰야 했다. 그래서 기존에는 아침 8시에 덴버에서 출발하는 비행기를 타면 됐었는데, 새벽 5시 비행기를 타야했고, 환승 시간 한 시간 동안 샌프란시스코에서 벤쿠버 행을 갈아타고, 또 다시 벤쿠버에서 한국행을 갈아타는 환승 시간 역시 한 시간 밖에 여유가 없었다. '두 아이들이 졸려서 못 쫓아오면 어떡하지?'라는 걱정에 아이들에게 여러번 당부를 했다. '엄마가 혼자 너희 둘을 데리고 가는 여행이니, 너희 둘이 엄마를 많이 도와줘야 한다.'고 말이다. 우리 두 딸들은 졸린 몸을 이끌고, 한 시간 밖에 없는 국제선 환승 시간을 잘 맞춰줬다. 각자의 가방을 끌고 말이다. 어찌나 기특하던지.

만 나이로 5살과 8살인 어린 아이들이 제 몫을 해내는 모습을 보는 엄마의 마음은 감동의 도가니일 수 밖에… 무사히 우리들은 두 번의 환승을 잘 해냈다. 복병은 공항 직원들일 줄이야… 한국에 도착하고 알았다. 사람은 옮겨 탔지만, 우리가 맡긴 위탁 수화물 4개 중 2개가 도착하지 않았다. 하필이면, 아이들 옷과 속옷이 담겨있던 가방이었다. 너무 난감했지만, 아이들에게 새 옷과 새 속옷, 새 잠옷을 사는 건 마냥 신나는 일이었다. 다행이 사흘 뒤, 아이들의 가방은 무사히 친정집으로 도착했다.

넷째 규호와 아버지께서 공항까지 마중을 나오셨다. 아이들이 있고, 짐이 늘 많으니, 형제들은 귀찮아 하면서도 공항에 나와준다. 너무 고마운 일이다. 서울로 들어서니, 도로인지 주차장인지 모를 만큼 막히는 퇴근 시간이다. 공항에서 아차산 집까지 가는 시간은 예상보다 오래 걸렸지만 나는 그렇게 차가 막히는 서울이 참 그리웠다. 노을 지는 한강과 매케한 공기, 꽉 찬 도로와 여유없이 운전하는 모두를 바라보니, 한국에 도착했음을 실감했다. 계속 한국에 있었으면, 이러한 것들이 '불편함'이라고 생각하지 않고, 나도 이 속에 있었을 텐데… 해를 거듭해 한국에 가면 갈수록 내가 나고 자란 이 곳에서 나는 이방인이 되어가고 있음을 느낀다.

첫 날 저녁은 역시나 언제나 나와 내 아이들을 반겨주는 우리 형제들 그리고 부모님과 함께했다. 아차산 성당 앞에 있는 마포 돼지 갈비집인데, 이상하게 이 맛을 미국에서는 맛 볼 수 없다. 양념도 양념이지만 고기의 육질 역시 부드럽다. 그리고 함께 기울이는 술잔까지. 늘 그리운 순간이다. 둘째날은 응암동에 신혼집을 마련한 막내 소윤이네 집에 갔다. 집에 멀어, 이제는 저녁 시간 모임을 함께 하기 쉽지 않다. 그래도 엄마 칠순을 기념해 우리 오남매가 돈을 모아 구입한 차가 나의 발이 되어 주었다. 아이들을 태우고 소윤이의 퇴근 시간에 맞춰 응암동으로 향하는데, 이 녀석들… 시차 적응이 되지 않아 잠들어 버렸다. 삼겹살을 좋아하는 나은이를 생각해서 소윤이네 집 앞에 있는 유명하다는 냉동 삼겹살 집에 갔는데, 그 시끄러운 식당 안에서도 결국 두 아이 모두 일어나지 못해 저녁을 먹지 못했다. 다음을 기약했지만, 한국을 떠나기 전까지 그 다음은 오지 않았다.

우리가 도착한 날은 6월 3일로, 마침 현충일 휴일 주말이 이어졌다. 그래서 규호네서 일요일 하루를 함께 보냈다. 규호와 올케인 은지, 나은이는 나은이가 가져간 닌텐도 스위치를 신나게 했고, 동네 공원을 산책하고, 코인 노래방을 갔다. 나은이와 나율이는 태어나서 처음으로 노래방을 간 것인데, K-pop을 좋아하는 나은이에게는 너무나 신나는 일이었다. 언제가 환하게 맞아주고, 아낌없이 아이들과 놀아주는 규호와 은지가 늘 고맙다.

미국에 살면서도 방탄소년단(BTS)을 좋아하고 K-pop에 푹 빠진 나은이는 K-pop 댄스를 직접 배우고 싶다고 했다. 자기가 좋아하는 것은 정말 열심히 하는 나은이는 두 달 동안 정말 열심히 K-pop 댄스 학원에 다녔다. 그리고 나는 우리 나은이는 '몸치'라는 것을 느꼈다. BTS 를 좋아하는 나은이가 한국에 가면 하고 싶은 것이 하나 더 있었는데, 바로 머리를 보라색으로 염색하는 것이었다. 보라색이 BTS 팬덤의 색깔이라나 뭐라나. 정말 큰 마음 먹고, 보라색으로 머리를 염색해 줬다. 어린 나율이는 덩달아 밝은 금색으로 머리를 염색했다. 자녀가 있다보니, 한국에서의 일정은 아이들 중심으로 많이 진행된다. 나은이를 위한 강남 방문이 그 중 하나다. 강남역에 있는 '라인 프렌즈'라는 가게가 있는데, 그곳에는 BTS 캐릭터 상품들을 판매

한다. 몇 시간을 그곳에서 시간을 보내며 다량의 BTS 캐릭터 상품을 구매했다. 우리 딸이 신이 났으니 그걸로 됐다. 또, 압구정동에서 청담동으로 가는 명품거리에는 K-pop 거리라는 곳이 새로 생겼는데, K-pop을 사랑하는 외국인들이 방문하는 관광지다. 학창시절 압구정동 로데오 거리에서 친구들과 시간을 많이 보냈던 터라, 워낙 익숙한 곳이었는데, 이제는 관광객이 되어 그곳으로 가니 어쩐지 어색하기도 했다. 나은이 맞춤형 관광으로 K-pop의 성지를 찾아다니던 중, BTS 소속사 건물이 용산에 있다는 이야기를 듣고 비가 많이 오던 어느날 그곳을 방문했다. 그런데, 아뿔사!! 조사가 부족했던 탓에 14세 미만은 입장이 불가능하다는 이야기만 듣고 발길을 돌려야 했다. 그래도 씩씩한 우리 나은이는 "엄마, 4년만 있으면 나 12살이야! 4년 후에 오자!"라고 했다. 하지만, 복병은 만 5살인 나율이였다. BTS 기획사 건물 앞에서 움직이지 않고 울고만 있는 것이다. 왜 그러냐고 물었더니, "나는 4년 후에도 12살이 아니야, 엄마…"라며 대성통곡을 하는 것이었다. 정말 우리 작은 나율이는 무슨 생각을 하는지… 그 작은 아이는 생각이 참 많다. 우리가 한국을 방문하는 중에 마침, 김 서방의 사촌들도 한국을 방문했는데, 그 아이들도 K-pop 사랑이 대단하다. 그래서 함께 잠실 종합 운동장에서 하는 드림콘서트를 관람하게 됐다. 드림 콘서트는 내가 중학교 때 1회를 시작했는데, 어느새 28년 째 롱런하는 콘서트가 되었다. 다수의 신인 가수들과 인기 아이돌을 한 자리에서 볼 수 있어서 너무 좋았다. 특히, 우리 나은이는 유명 아이돌의 모든 노래를 알고 있었다. 나도 어릴 땐, 아빠가 구해주는 드림콘서트 티켓을 들고 모든 가수들의 노래를 따라 부르며 이 자리에 있었는데, 이제는 내 딸 아이가 그러고 있다니. 나랑 다른 점은 나는 중학생이었는데, 우리 나은이는 이제 막 초등학교 2학년을 마쳤을 뿐이다. 그래도 나는 무엇인가 열정적으로 좋아할 수 있는 그 아이의 그 마음이 너무 좋다.

한국에 가면 늘 유일한 나의 자매인, 소윤이가 조카들에게 시간을 많이 쓰려고 노력한다. 이번에도 우리가 한국에 가기 몇 달 전부터 본인의 월차를 정하고, 아이들과 제부인 윤호와 함께 서울대공원에 갔다. 1년 전에는 에버랜드에 갔었는데, 나은이와 나율이 키가 작아 탈 수 있는 게 많지 않았다. 그래서 올해는 서울대공원에 갔는데, 나율이도 탈 수 있는 롤러 코스터가 있었다. 소윤이와 나는 롤러코스터를 잘 못타는 탓에 우리 제부가 많이 고생했다. 대신, 나은이의 무한 사랑을 얻었다. 롤러코스터를 너무 좋아하는 나은이는 이모부와 함께 몇 번이고 롤러코스터를 탔다. 또, 게임을 좋아하는 이모부 덕에 우리 아이들은 이모네 집에 가서 신나게 게임을 하기도 했다. 아이들이 너무 에너지가 넘쳐서 기가 많이 빨릴텐데, 헤어지는 순간까지 늘 높은 텐션으로 놀아주는 제부가 참 고맙다.

이번 한국행의 가장 큰 목적은 셋째 규완이의 결혼이었다. 넷째 규호가 결혼할 때 둘째를 임신 중이라 결혼식에 참석 못한 것이 너무 한으로 남아 있어서, 그 이후에 우리 남매들 결혼식엔 꼭 빠지고 싶어지지 않았다. 모르는 사람은 몰라도 아는 사람은 아는… 어릴 때 나는 넷째를 많이 예뻐라 했으니까… 아무튼, 나는 타지에 살다 보니 가족 행사에 불참하는 경우가 너무 많다. 그래서 이런 큰 경사에는 꼭 참석하려고 한다. 그래서 막내가 결혼하고 1년 만에 한국에 또 방문할 수 있는 기회가 온 것이다. 내 동생 규완이를 사랑해 주고 함께 미래를 약속한 우리 새 올케 지혜가 너무 고맙다.

규완이 결혼식 덕분에 오랜만에 우리 남편도 한국을 짧게나마 방문할 수 있었다. 1년 전 있었던 소윤이의 결혼식 때는 팬데믹으로 자가격리 기간이 있어서 한국에 올 수 없었는데, 올해는 시절이 조금 나아져 김 서방과 함께 한국에서 시간을 보낼 수 있었다. 집안 대소사에 참석하지 못하는 아쉬움은 나에게만 있는 것이 아니니… 우리 남매들과 만나면 즐겁게 잘 지내주는 우리 남편도 참 고맙다.

김 서방의 방문으로 우리는 부모님과 여행을 가기로 했다. 이럴때면 늘 발 벗고 나서는 우리 오빠는 장소 섭외와 놀거리, 먹거리 등을 책임졌다. 역시, 첫째!! 숙소는 아빠께서 지인을 동원해, 성수기에 좋은 곳에서 지낼 수 있었다. 그렇게 우리는 양양으로 떠났다. 요즘 휴가지로 떠오르는 곳이 양양이라는 건, 다녀와서 알았지만, 오빠의 수고로 우리는 해변에서 서핑도 경험할 수 있었다. 특히, 물놀이를 좋아하는 우리 아이들은 얼굴이 익어가고 입술이 파래지면서도 즐겁게 시간을 보냈다. 오빠가 수산 시장에서 흥정해서 사 온 다양한 해산물들과 전복으로 저녁에는 바베큐도 해 먹었는데, 현지에서 먹는 신선한 해산물들은 콜로라도 산간 지역에서 온 우리들에게는 그저 감동일 뿐이었다. 양양에 머무르던 시간은 오빠와 막내의 생일 주간이기도 했다. 우리 딸들과 바다에서 놀아주느라 쓰러진 오빠를 일으켜 호텔 방에서 생일 케이크의 초도 불었다. 형제들의 생일에 함께 시간을 보낼 수 있는 것이 이렇게 감사한 일이라는 건 멀리 떨어져 살며 알게 되었다. 양양에 있는 동안 비도 많이 왔는데, 비닐 천막을 치고 바베큐를 먹고, 빗 속에 바다에 들어갔던 그 순간들이 모두 장면으로 남아 친정 가족들과 또 하나의 추억을 쌓았다.

이번 한국행에서 또 중요했던 것 중에 하나는 성인이 된 우리 오남매가 한 자리에 모여 우리의 이야기를 하는 것이었다. 그동안 바쁘다는 이유로, 멀리 있다는 이유로, 우리는 진지한 이야기를 한 기억이 없다. 그래서 이번에는 우리 오남매만 모이는 자리를 가졌는데, 그 순간이 참 소중했다. 우리가 서로를 잠시 들여다 보고, 우리 앞에 발생하는 문제들을 진지하게 이야기하는 그 시간들을 앞으로 더 자주 갖기를 기대해 봤다. 비록, 나는 자주 보지 못하겠지만, 한국에 있는 4남매는 더 자주 이야기를 하고 더 자주 만나서 우리가 서로에게 멀어지지 않게 노력하며 중년을 넘어, 노년까지 잘 살아내기를 바라 본다.

나의 일기장

최지수 데레사(3남 홍운의 맏딸)

어릴 적, 대구 동신점보에서 친척들이 모여 노는 것은 늘 즐거운 일이었다. 할머니 댁에서 내려다 보이는 아파트 놀이터에서 사촌들과 뺑뺑이를 세게 돌리고, 뛰어놀던 기억, 동신 점보 앞 골목의 한 작은 만화방에서 세뱃돈을 탕진했던 기억, 큰엄마의 지휘하에 어린이들이 예쁜 송편 만들기를 했던 어느 추석날에 대한 기억, 앞 베란다에 있던 할머니의 식혜, 후두암으로 투병하시던 할아버지의 모습들이 떠오른다. 서울에서 나고 자랐지만, 대구는 친척들이 모여 시간을 보내고, 헤어질 땐 늘 눈물이 났던 그런 기억이 떠오른다. 할아버지께서는 내가 초등학교 저학년 때 돌아가셨다. 당시에는 투병 중이신 걸 알았지만, 수술로 인해 목소리를 낼 수 없어 필담을 대화를 나누던 할아버지의 모습이 무서웠던 기억이 있다. 할머니와도 특별한 추억이 남아있지는 않다. 일가친척이 모이면 사촌들과 놀기 바빴지, 할머니와 대화를 나눈 기억이 없다.

이 글을 쓰려고 오래전 일기장을 꺼내 할머니에 대한 이야기를 찾아보았다. 대학 시절에는 일기를 많이 썼기 때문일까, 아니면 그 만남이 할머니와의 마지막 만남이어서였을까, 아직도 할머니와의 마지막 만남은 영화의 한 장면처럼 남아있다.

2005년 여름, 교환 학생으로 미국에 있는 일리노이 주립대학에 1년간 떠나는 일정이었다. 떠나기 전 할머니께 인사를 드리러 대구에 갔다. 우리 가족은 할머니 댁에서 하룻밤을 보내고, 다음 날 아침, 할머니께서 가시는 수녀원에 가서 온 가족이 함께 아침 미사를 드렸다. 미사가 끝나고, 할머니께서는 기도를 더 하시겠다며 수녀원에 남으셨다. 그렇게 떠나던 순간, 그전엔 그러지 않았는데, 수녀원에 남는 할머니의 모습을 눈에 담아야겠다는 생각이 들었다. 뒤를 돌아 할머니를 바라보는데, 할머니께서는 우리 차가 보이지 않을 때까지 손을 흔드셨다. 이역만리 먼 길을 떠나기 전이어서였을까? 나는 '설마, 지금 이 순간이 할머니의 마지막 모습은 아니겠지?'라는 생각을 문득 했었다.

그렇게 내가 한국을 떠나 유학 생활을 하며 2학기 째에 들어선 어느 날, 할머니께서 갑자기 쓰러지셔서 산소호흡기를 다셨다는 소식을 들었다. 당시 나는 한인 천주교 학생회 '예담'이라는 곳에서 활동했고, 할머니의 소식을 들었던 그 날은 청년 피정을 하고 있었다. 일기장 속에는 멀리서 할머니의 소식을 접했던 당시 나의 감정들이 적혀있다. 믿기지 않아 눈물도 나지 않던 그때와 피정 기간 내내 할머니의 쾌유를 빌며 기도하던 순간들. 피정이 끝나고도 매일 아침 학교에 가기 전, 할머니를 위한 기도를 하고 하루를 시작했다고 적혀있다. 그래서였을까, 며칠 뒤 기적같이 퇴원하셨다는 소식을 접했고, 주님께서는 항상 내 편이었으니, 내 기도를 들어주셨다고 믿었다.그리고 다시 입원하신 할머니께서는 연세가 많아 수술하실 수 없으셨고, 결국 3월 4일 오후 2시 20분에 돌아가셨다. 엄마의 전화로 듣게 된 할머니의 부고. 시카고 시간으로는 금요일 밤 11시 20 분에 돌아가시고, 나는 토요일 아침 7시쯤, 잠결에 듣게 된 부고 소식에 꿈인지 현실인지 실감 나지 않던 그런 몽롱하게 들었던 소식이다. 유학 시절 마지막으로 할머니와 통화한 건 할머니가 돌아가시기 3달 전쯤으로 기록되어 있다. 하지만, 무슨 이야기를 나눴는지는 기록하지 않았다.

당시 오빠와 규완이는 군인이었던 걸로 기억한다. 일기장에는 손자로서 장례 행렬을 이끄는 우리 오빠에 대한 안쓰러운 마음들도 적혀있다. 사진으로 접한 할머니의 장례식은 초등학교 저학년 시절 할아버지의 장례 행렬을 맨 앞에서 이끌던 작았던 오빠와 청년이 되어 할머니의 장례 행렬을 이끄는 오빠가 많이 힘들었을 것이라는 생각

2024년 6월 20일 결혼 15주년 맞은 지수와 김범용 부부

을 하는 내가 있다.

일기장 속에는 2006년 3월 내가 겪은 감정들이 자세하게 적혀있다. 1년의 유학 생활로 끝날 줄 알았던 미국 생활. 할머니께서 돌아가신 이후, 나는 줄곧 한국에 가서 엄마, 아빠와 함께 많은 시간을 보내리라 다짐하고 있다. 함께 있을 땐 너무나 당연히 생각했던 가족이 얼마나 소중한지 혼자 떨어져 살며 느꼈던 외로움과 그리움들이 고스란히 담겨있다.

기록이란, 이렇게 기억과 당시의 감정을 다시 불러올 수 있는 매개체가 된다. 연장된 유학 생활과 졸업, 그리고 결혼이 이어졌다. 결혼하고, 직장을 다니면서 일기를 쓰는 횟수는 줄었고, 아이를 낳은 뒤에는 거의 일기를 쓰지 않았다. 아니, 사실은 쓸 시간이 없었다고 말하고 싶다. 이렇게 일기장을 꺼내 보니, 이제부터라도 다시 일기를 써야겠다는 생각이 든다.

어느새 나는 16년 정도의 시간을 미국에서 살고 있고, 한 해 한 해가 쌓이면서 어느새 40이 되었다.(미국 나이는 아직 39살이지만, 한국 나이는 41살이다.) 흔들리지 않는 나이, 불혹이라는데… 나는 아직도 흔들리고, 아직도 어른이 되지 못한 것 같다. 어쩌면 아직도 어른이 되고 싶지 않은지도 모르겠다. 지금도 마음은 한국을 떠나왔던 20대 중반의 마음이다. 아이를 낳았어도, 이곳에 가정이 있어도, 나는 아직도 친정 식구들이 그립고, 가끔은 외롭다. 누군가 한국을 떠나 사는 해외 생활이 어떠냐 묻는다면, 나는 한국에 남아 있으라 말한다. 아시아계 소수 민족으로서, 타인종들이 함께 사는 이곳 생활은 늘 외로움과 그리움이 가득하므로…

감사의 의미

김범용 바오로(3남 홍운의 맏사위)

난 내 인생이 유별나다거나 특이하다고 생각하지 않는다. 누구나 그랬겠지만, 어느 순간엔 힘든 일도 있었고, 즐거운 순간, 행복한 순간, 슬픈 순간이 곳곳에서 내 의지, 의도와는 무관하게 날 맞이하고 난 그걸 겸허하게 받아들였다.

어렸을 때 내가 무엇에 감사했냐고 물어보면 난 항상 결과, 그리고 그에 반한 성과를 좇았다는 생각이 든다. 시험에서 백점을 받으면 부모님에게 자랑하고, 그전부터 문방구를 매일 드나 들면서 점 찍어놨던 장난감을 사달라고 했고, 그 장난감은 한동안 내가 제일 아끼는 보물 1 호가 되었다. 다음 장난감이 날 유혹하기 전까진.

사춘기 시절엔 내가 왜 사는지에 대해 많은 생각을 했었다. 왜 남자로 태어났으며, 왜 전 세계에서 유일하게 그들만이 쓰는 한글이란 언어로 소통하는 한국 사람으로 태어났는지, 왜 그런 한국에 남아서 살지 않고 미국으로 와서 모든 걸 새롭게 시작을 해야 하는지에 대한 생각들이 많았다. 물론 그땐 몰랐지만, 그 생각들엔 결론이 없다. 그 시기에 나름대로 생각을 정리했다 한들, 그 생각과 결론들이 20 여 년이 지난 지금 어렴풋이 꺼내어서 되씹어 보면 말도 안 되는 것들도 많았고, 그땐 몰랐던 점들이 지금의 내 시선엔 보이는 게 많아서 그런 생각들은 다시 다듬어지고 있다.

현 사회의 통념상 여기까진 공부해야 한다는 대학 교육을 마치고, 남들처럼 직장을 구해서 일을 시작하고, 그전과는 다른 생각들이 내 머릿속을 채우기 시작했다. 돈. 자본주의 사회에 사는 우리가 살기에 반드시 필요한, 하지만 손에 쥐고 있으면 턱없이 모자란 거 같고, 손에 없으면 남의 손에 쥐어진 게 터무니없이 얄미운 그것. 물론 돈이란 게 중요하긴 하다. 기본적인 생활을 하기 위해선 경제생활을 하면서 그 대가로 받는 돈이 필요하다. 하지만 돈을 벌기 위해 사는 것과 살면서 돈을 번다는 건 큰 차이가 있다. 마치 내가 어렸을 때 장난감을 얻기 위해 공부를 열심히 했던 것처럼…

여태껏 살아오면서 내가 느꼈던 "결과물"에 대해 회의를 느끼기 때문에 위의 이야기들을 나열한 것은 아니다. 하지만 지금 와서 생각해보면 그런 것들이 있기에 여태껏 나름대로 열심히 살아왔다고 생각하고, 아마 앞으로도 당분간은 그렇게 살지 않을까 생각해 본다. 다만, 그 사이 사이에 느끼는 감사의 의미는 맛이 조금은 다르다. 모든 것들이 내가 혼자 만든 것은 없다. 내가 스쳐온 모든 인연들, 가족들이 존재하기에 여기까지 오게 된 거고, 그 때문에 이런 기회가 생겨 나 자신을 돌아보는 시간을 만들게 됐다.

내가 지금 걷는 길을 오래전에 다진 선조들께 감사한다.

손끝 발끝까지 감각을 지닐 수 있는 몸을 주신 부모님께 감사한다.

크게 아프지 않고 지금까지 살아온 것에 감사한다.

아주 맑진 않지만 숨을 쉴 만한 공기를 만들어 주는 물과 나무들에 감사한다.

턱없이 부족하지만, 생각을 할 수 있는 능력에 감사한다.

살아오면서 겪은 착오, 실수에 감사한다.

살아오면서 겪은 기쁨, 환희에 감사한다.

감사한다, 모든 것들에.

그 남자 그여자 이야기

최규완 펠릭스(3남 홍운의 둘째 아들)

그 남자 이야기

부쩍 겨울이 가까워진 요즘 해가 차오르는 7시쯤 이부자리를 정돈하고 그 남자의 하루는 시작된다. 익숙한 듯 TV를 틀고 그날의 정치/경제 이슈가 가득한 뉴스를 시청한다. 한때는 대한민국의 내노라하는 신문사의 편집 국장까지 지냈던 그 남자는 습관처럼 빠르게 변하는 세상 일정을 검토한다.

한때는 5명의 자녀와 한집에 지내 시끌벅적한 집안이었지만 모두

최규완과 심지혜 부부

출가하고 무뚝뚝한 첫째 아들과 둘째 아들 두 명만이 남아 비교적 조용한 아침이 시작된다. 아들들에게 다정한 아침 인사는 나오지 않고 각자 자기에게 필요한 준비를 마친 뒤 다녀오겠다는 말과 함께 나가버린다. 이제는 40이 다된 아들들이지만 아직도 아이같아 보이는지 항상 조심히 다니라고 나가는 아들들의 등 뒤로 인사를 보낸다.

독실한 가톨릭 신자인 그 남자는 삼종 시간을 놓치지 않고 하루 3번 삼종 기도를 드린다. 여느 날과 마찬가지로 아침 삼종을 마친 후 익숙한 듯 아침을 준비한다.

작년부터 좋은 기회가 생겨 일주일에 한 번 출근하는 곳이 생겼다. 70이 넘어서도 경력을 인정받아 일을 할 수 있는걸 보면 그 남자의 젊은 날이 얼마나 치열했고 외로웠는지 상상이 간다.

출근이 없는 날은 조용히 차를 마시고 산책을 하든지 아니면 그 동안 소홀했던 사람들과 시간을 보낸다.

가끔 기분이 좋아 과음한 다음 날은 가족들의 눈치도 보며 며칠은 집에서 시간을 보내곤 한다.

그 여자 이야기

6시 30분 가족들보다 조금 일찍 그 여자의 하루는 시작된다. 모두 잠든 시간 간식을 챙기는 둘째 아들 덕분에 아침 및 간식거리를 준비한다. 가끔 늦잠을 자 준비를 못하는 날이면 안 그래도 되는 미안함을 아들에게 말한다.

이미 은퇴를 했을 나이지만 자녀들에게 부담을 주기 싫어 아직도 쉬지 못하고 동네에서 돌봄이 필요한 가정의 아이들의 등하교를 봐주는 것이다. 남들보다 손발이 찬 그녀는 요즘 부쩍 추워진 날씨에 두꺼운 옷을 껴입고 7시면 늘 그렇듯 일터로 나간다.

돌봄 아이들의 힘든 등교길을 배웅 후 집으로 돌아오면 남편과 아이들이 무심하게 던져놓은 빨래거리를 처리하고, 집을 청소한다. 돌봄 아이들의 하교 시간까지 잠깐 쉬어보려 앉았다가도 또 뭔가 할 일을 찾는다.

시간이 나면 누구의 안위를 바라는지 작은집에 어울리는 작은 책상에 앉아 성경 받아쓰기를 반복한다. 어쩌면 다 큰 자녀들 혹은 모든 가족들의 평안을 바라는 마음에 당신이 할 수 있는 최선을 다하는 건지도 모르겠다. 그렇게 시간이 흘러 돌봄 가정 아이들의 하교를 도와준 후 집에 돌아와도 하루가 끝난 게 아니다. 퇴근 시간이 일정하지 않은 둘째 아들이 언제 올지 몰라 주방으로 들어가 저녁 준비를 한다. 퇴근이 늦은 첫째 아들의 밥이 없으면 혹시라도 걱정되어 전화를 해보라고 둘째 아들에게 말하지만 나이가 들어도 한번에 알았다고 대답하지 않는 아이들을 보며 화 한번 안 낸다.

그렇게 하루가 지나고 다시 만난 그 남자 그 여자는 조용히 TV 를 보며 하루를 마무리한다. 무뚝뚝한 아들들은 별말 없이 방에서 시간을 보낸다.

어쩜 이런 조용한 평화가 오래됐으면 바라는 마음으로...

우리들의 이야기

우린 모두 누군가의 그 남자 그 여자라 생각된다. 누군가의 어머니

아버지, 누군가의 아들과 딸이다. 그런 생각들을 가지다 보면 마주치는 모든 사람을 대할 때 항상 존중하는 마음을 갖는 건 당연한 것 같다.

우리가 서른 살, 마흔 살을 처음 살아보듯 그분들도 인생에 있어 처음으로 살아보는 예순, 일흔이 아니던가.

처음 삶을 살아봄에 있어 무섭고 걱정되는 건 우리나 그분들이나 같은 마음일 거라는 생각이 든다. 그럼에도 아직까지 아이들에게 걱정말라 말하는 그분들을 보고 있으면 고맙고 미안하다.

아무도 그분들을 탓하지 않았는데 아이들이 힘든 게 혹여 당신들 때문일까 미안해하실 때마다 철없는 아이들은 그런 소리 말라며 짜증만 부린다. 아마 내가 아이를 가져보지 않는 이상 감히 상상할 수 없는 마음일 것이다.

모두가 처음 살아보는 인생이기에 그리고 다 커버린 우리들이기에 이젠 서로가 인생의 동반자란 생각이 든다.

쉽지 않은 인생 속에서 서로가 옆에 있으며 힘들 때는 어깨를 빌려줄 수 있는 그런 사이....

하루하루 서로 의지하며 또 감사해하며 이런 평범함이 계속되기를 기도하고 노력하며 살아갈 것이다.

가족의 소중함

최은지 안젤라(3남 홍운의 셋째 며느리)

하얀 눈이 내리던 2016년 11월 26일,

서울 가톨릭출판사 마리아홀에서 이뤄진 규호오빠와의 혼인성사를 지금까지도 잊을 수 없습니다.

가족이 되기까지 함께 한 7년이란 시간 동안 성품이 훌륭하신 부모님 밑에서 끈끈한 5남매의 형제애를 키워 온 규호오빠와 평생을 함께 하고 싶다는 생각이 점점 커졌습니다. 결혼을 하고 6년이 지난 지금까지도 그 생각에는 변함이 없으며 오히려 더욱 행복한 나날을 보내고 있습니다.

특히 부족함이 많은 며느리를 항상 아껴주시고 사랑으로 바라봐 주시는 아버님, 어머님과 만날 때마다 친동생처럼 친근하게 다가와 주시는 큰 아주버님, 성당에서 규호 오빠보다도 먼저 알게 되어 막내 교사라고 사랑을 듬뿍 주시던 지수언니는 어느새 가족이 되어 더 많은 애정과 사랑을 주는 시누이가 되었고, '은찌링찌링'이라는 애정 섞인 호칭과 함께 세심하게 잘 챙겨주시는 작은 아주버님, 마지막으로 친한 친구이자 동생처럼 항상 편하게 지낼 수 있는 소윤 아가씨! 이 모든 인연들이 '가족'이라는 이름으로 이어진 것에 늘 감사합니다.

'사랑은 가장 가까운 사람, 가족을 돌보는 것에서 시작된다'라는 마더 데레사의 글귀를 본 적이 있습니다. 가족과 함께 보낼 수 있는 지금 이 시간들을 당연시 여기지 말고 하루하루를 소중하게 생각하며 가족들과의 행복한 추억을 많이 만들어 나가겠습니다.

규호오빠와도 지금처럼 알콩달콩 서로 사랑하며 성가정 이룰 수 있도록 항상 기도하며 지내겠습니다.

♥가족 모두 사랑합니다♥

WELCOME BACK TO
HAVEN BEACH

지후에게 보내는 편지

송현석 마태오(차녀 선애의 둘째 사위)

지후야 안녕?

지난 2021년 5월 20일에 지후가 태어났어. 오후 4시 20분경 지후를 처음 볼 수 있었지. 그때 지후 모습이 보랏빛이고 우렁차게 울어서 많이 당황했었는데, 지후도 처음 보는 광경에 많이 낯설었지? 그래도 신생아실 가서는 금방 적응했는지 눈도 마주치려 하고 웃어도 주어서 정말 기뻤단다. 이제 13개월이 지나가고 있는데, 지후는 잘 지내고 있지?

하루하루 지후가 커가는 모습이 정말 신기해. 지후는 기본적으로 흥이 많은 것 같아. 집에 왔을 때부터 기분 좋으면 웃고, 지금은 박장대소, 미소 등등 여러 가지 웃음을 보여주고 있어. 그 덕에 엄마 아빠도 많이 웃는단다. 그리고 장르를 가리지 않고 음악이 나오면 고개를 끄덕끄덕하면서 박자를 타. 최근에는 허리까지 옆으로 숙여가며 박자를 타는 기술을 습득했던데, 정말 너무너무 예뻐. 집에서나 어린이집에서나 놀이기구도 잘 타고, 사람들과도 잘 어울리면서 지내고 있단다. 얼마 전부터는 지후가 어른들 손을 잡고 지후가 가고 싶은 곳을 데려가는데, 주로 현관으로 가서 신발을 신겨달라고 해. 밖에서 노는 것도 좋아해서 자꾸 밖에 나가려고 해서 당황스러울 때도 많단다. 그래도 지후 덕에 집에만 있지 않고 바깥공기도 쐬니 좋구나.

지후는 주변에 대한 관심도 참 많아. 아기 때는 엄마가 만들어준 동물 인형들을 좋아했는데, 그 중에 특히 오리랑 팬더가 눈에 보이면 반응을 크게 했었어. 그리고 조금 크니 펭귄을 잠깐 좋아했는데, 특히 그걸 만든 엄마가 지후한테 정말 고마워했어. 지후가 물건 짚고 일어서고 걷게 되면서는 관심이 장난감으로 바뀌었어. 아마존 소서를 타고는 폴짝폴짝 하면서 놀기도 하고, 그리고 문짝은 지금까지도 잘 가지고 놀고 있어. 아 그리고 코끼리인형 얘기를 빼놓을 수 없지. 할머니가 한번 대형 코끼리를 사주셨는데, 그때부터 지후의 단짝이 되어서.. 지금은 큰 코끼리 2마리, 중간 코끼리 1마리, 작은 코끼리 1

마리.. 총 4마리가 지후 곁을 지키고 있단다. 그리고 지후가 50일째부터 가끔 마트에 가곤 했는데, 그때도 물건들과 눈맞춤 하면서 관심을 갖더라. 더 많이 데려가고 보여주고 싶은데, 이제 지후도 엄마아빠도 서로 적응한 것 같으니까 여행다니면서 많이 보고 느끼자.

요즘은 지후가 부쩍 말을 하려고 하고, 싫고 좋음을 고개 저어가며 표현하는 모습이 보여. 그리고 어떨 때는 진짜 알아듣게 발음하기도 하고. 지후가 처음으로 말한 단어는 엄마, 아빠, 딸기였는데, 요즘은 "따줘", "여기"라고도 하는데, 정말 사랑스럽단다. 그리고 밥을 먹을 때, 조금 싫은 음식 가져다 주었을 때, 고개를 가로로 세게 저어가며 싫다고 표현하는 모습도 보이고. 어찌나 귀엽던지. 우리 조금만 더 말 배워서 얘기해보자. 근데 지후야, 지후말만 하지 말고, 때로는 엄마아빠말도 들어줘야 한단다? 지후만 믿을게.

그리고 지후의 모습을 보며 엄마 아빠의 아기시절도 이렇게 보냈겠구나 생각하게 돼. 옛날에는 지금처럼 편안한 환경이 아니었는데도, 지후의 할아버지 할머니께서 엄마 아빠를 키워주시느라 얼마나 고생하셨을까. 그 덕에 엄마아빠가 있고 지후가 태어날 수 있었단다. 그리고 지후를 정말정말 사랑하는 예원이 누나가 있어. 어떨 때는 엄마아빠보다 예원이 누나가 지후의 마음을 더 잘 헤아려주는 것 같아. 지후 이 사랑 잊지 말구, 엄마아빠와 함께 할머니 할아버지, 그리고 주변 가족께 항상 감사한 마음 가지며 살자.

지후야, 엄마아빠한테 와줘서 정말 고마워. 하루하루 지후 보는 행복에 푹 빠지게 되네. 지후 지금처럼 건강하게 무럭무럭 크자꾸나. 우리 남들을 배려하며 지금보다 더 나은 내일을 함께 만들어 가자. 사랑해 지후야.

2022.7.17. 엄마 아빠가.

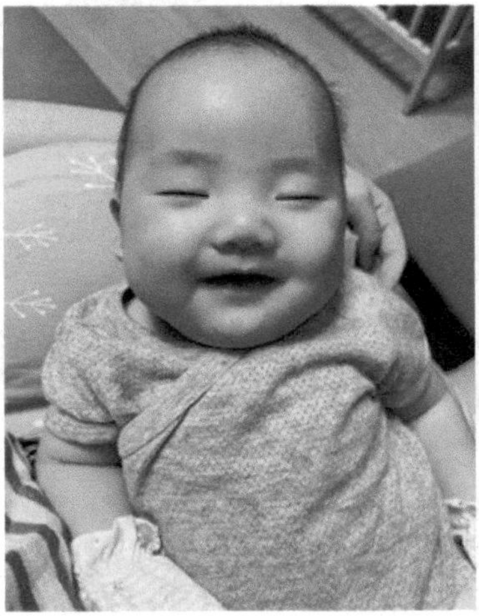

순한 맛 지후. 지후는 웃음이 많은 아이이다. 지후의 웃음을 보면 사르르 마음속 근심도 녹는다.

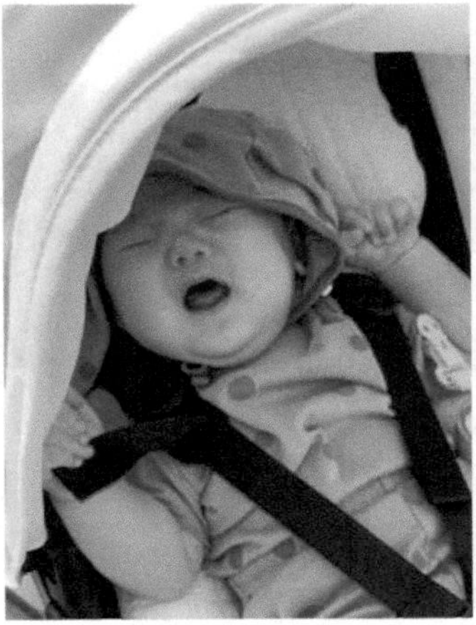

매운 맛 지후. 가끔 지후는 매운 맛을 보여준다. 그래도 매운맛은 오래가지 않는다. 금방 달래지는 편. 이 정도면 순한 맛인가.

1989년 7월, 그리고 2022년 5월. 34년 전 한없이 아름다운 엄마에게 안겨있던 아기가 어느새 엄마가 되었다. 육아가 힘든 순간마다 엄마를 떠올리며 어땠는지 물어보게 된다. 엄마는 자꾸만 지후는 순한 편이라고 하시는 걸 보면 나는 키우기 쉬운 아이는 아니었던 게 분명하다.

2022년 3월. 지후 태어난 지 300일 된 기념으로 여행간 경주에서 우연히 들어간 사진관에서 찍은 가족사진. 그리고 불국사에서 세상 깜찍한 포즈로 엄마아빠 마음을 살살 녹인 지후

2022년 4월. 벚꽃과 개나리가 만발한 날 카메라와 삼각대를 들고 부랴부랴 집 앞으로 나갔다. 웃을 때 아침햇살이 부서지는 것 같이 웃어서 애칭이 '햇살이'인 지후. 어른이 되어서도 저렇게 방긋방긋 웃어주었으면 소원이 없겠다.

2022년 5월. 코로나 시국이라 직계가족만 모시고 지후의 돌잔치를 치렀다. 1년 동안 건강하게 커준 지후, 가장 든든한 육아동지 남편, 수시로 불러대는 SOS에도 즉각 응답해주시는 엄마, 아빠, 그리고 육아를 먼저 해본 언니의 수많은 조언, 무엇보다도 가족분들께서 저희 가정을 위해 해주신 기도와 응원 덕분에 무탈하게 1년을 보낼 수 있었다.

윤호, 소윤의 결혼 그리고 신혼생활

최소윤 안나(3남 홍운의 둘째딸)

우리의 연애는 코로나19로 시작해서 코로나19로 막을 내렸다. 연애가 끝나고 결혼해서 신혼을 보내고 있지만 우리는 여전히 코로나19와 함께하고 있다.

자전거, 스노우보드, 맛집 찾아다니기 등 외부 활동이 많은 취미가 닮아서 서로에게 끌렸고 연애를 했던 우리였는데…

결혼을 하고 나서는 집에서 맛있는 음식을 해먹거나 맛있는 음식을 사서 집에서 먹고 있다.

또 여러 가지 보드게임을 사서 둘이서 내기를 하거나 그냥 아무것도 하지 않고 둘이 노는 것만으로도 재미있어졌다.

둘의 직업 특성상 밖에 다니는 것을 더욱 조심하다 보니 새롭게 생긴 취미는 캠핑이다. 연애 중반부터 조금씩 장비를 모으기 시작해서 이제는 제법 장비들을 갖춰서 다니고 있다.

사람들이 없는 곳에서 바람 소리, 물소리를 들으며 휴식을 취하고 돌아오는 것이 요즘 유일한 낙이다.

끝날 듯 끝나지 않고 있는 코로나19는 우리 둘이 더 많은 시간을 보내게 했고 둘에게 집중할 수 있게 해 주었다.

시간이 흐른 다음 우리의 결혼식에서는 모두 마스크를 쓰고 있었고, 인원 제한 때문에 식사하는 하객분들이 고생하셨던 것 또한 우리 둘만의 재미있고 소중한 추억이 되겠지…그때를 기다리며 우리는 둘에게 집중하며 소소한 신혼생활을 즐기고 있다.

최소윤과 오윤호 부부

뉴니는 나의 운명!

오윤호 마리아 비안네(3남 홍운의 둘째 사위)

2021년 12월, 나는 이제 갓 결혼한지 4개월차 되는 뜻뜻한 신혼이다.

결혼하기 전 혼자 지낼 때까지만 해도 언제 결혼하는가, 결혼은 할 수 있는가, 여자 친구는 생기는가 싶었는데, 신기하게도 연애를 하고 결혼을 했다. 벌써 4개월이라니 시간이 참 빠르다. 다름이 아니라 이렇게 글을 써보는 것은 이번에 가족문집을 만들 기회가 생겨 어떤 내용을 써볼까 하다가 사랑하는 사람이자 아내인 소윤이를 만나게 된 과정을 적어볼까 한다.

2019년도 당시에 여자친구가 없다 보니 주변에서 여러 사람들을

최소윤과 남편 오윤호

소개해줘서 소개팅도 많이 했으나 딱히 마음에 드는 사람은 없었다. 그러다 보니 시간과 돈이 낭비되는 것 같고 일도 힘들었다. 건강조차 나빠져 당분간 누군가 만나는 걸 포기했다.

그런 가운데 동료 직원이 나랑 잘 어울릴 것 같은 친구가 있는데 운동 좋아하고 성격이 밝으니 한번 만나보는 것이 어떠냐 했으나 처음에는 거절했다. 그러고 얼마 지나지 않아서 다시 한 번 정말 괜찮은 사람이니 믿고 만나보라고 했다. 친구의 강권에 못이겨 올해 마지막 소개 자리라 생각하고 만나기로 하였다. 바로 그녀가 아내이자 내가 사랑하는 소윤이다.

동료 직원에게 소윤이의 연락처를 받아 바로 그 날 저녁 연락했다.

훗날 이야기를 들으니 그때 두 개의 소개 자리가 들어왔는데 내가 먼저 연락이 와서 나와 만남을 갖게 되었다고 한다. 먼저 연락을 하게 되어 다행이라 생각한다. 정말로.. 정말.. 솔직히 처음 연락처를 받고 직접 만나기 전까지는 별 생각이 없었다.

첫 만남의 장소는 압구정역이었다. 압구정역에 도착을 하고 그녀의 얼굴을 알 수 없기에 전화를 걸었더니 내가 서있는 도로의 반대편에 그 녀가 서있었다. 그녀는 긴머리에 흰색티, 푸른색 계열의 치마에 샤랄라한 투피스룩이었고 뾰족 구두를 신고 서 있었다. 표정이 생각했던 것 보다 엄청 밝은 이미지여서 보기만 해도 기분이 좋은 인상이었다.

이후 장소를 옮겨 커피를 마시면서 이야기를 나눴다. 뭔가 엄청 씩씩하고 쾌활하다는 느낌이 들었고 굉장히 외향적인 성격이었다. 이에 더해 운동도 좋아한다니 취미생활도 같아 더욱 마음에 들었었다. 정말 간만에 좋은 사람이 나왔구나라며 안도했다.

하지만 나만 마음에 들면 뭐하는가 상대방도 마음에 들어야지... 아무튼 이야기를 나누고 잠시 걷기로 했다. 어쩌다보니 동호대교쪽으로 걸었고 한강을 걷고 있다가 뒤늦게 깨달았다.

그녀가 구두를 신고 있다는 것을..

구두를 신고 오래 걷는게 불편하다는 것을 알기에 오래 걷게 해서 미안하다했더니 그녀는 나에게 걷는 것을 좋아해서 괜찮다고 웃으면서 답해줬다. 순간 다행이라 생각했고, 불편하기도 해서 얼른 식사장소로 옮겼다.

원래 생각해논 좋은 평의 식당이 있었으나 그 식당이 폐업해서 블로그에서 최신까지 글이 올라와 괜찮겠지하고 간 식당이 별로였다. 내가 너무 안일했던 것 같다. 그렇게 당황하고 있을 때 어찌저찌 이야기 하다가 이자카야에 가서 가볍게 한잔하면서 이야기를 나누기로 했고 그 렇게 첫 만남은 잘 마무리되었다.

첫 만남이 끝나고 다음 만날 때까지 많은 이야기를 나눴고 내가 이 여자에게 결정적으로 호감이 생겼던 계기가 있었다.

이 이야기를 여기서 해도 되려나 모르겠지만 소윤이가 친구들과 강화도인가 인천쪽으로 여행을 갔었다.

나도 그때 비번이라 집에서 가볍게 맥주 한 캔을 하면서 소윤이와 연락을 하고 있었는데 갑자기 소윤이한테서 영상 통화가 왔다.

혼자 술마시지 말고 영상통화 넘어로 친구들과 같이 마시자고...

그렇게 다같이 술을 마셨고 친구들이 술이 다 떨어졌다며 잠시 술을 사러 나갔다.

나는 계속 소윤이와 이야기를 나눴는데 너무 재밌게 대화했던 것 같다. 이때 '이 여자와 사귀게 된다면 정말로 재미있는 일이 많고, 즐겁겠구나'라고 생각하게 되어 한 번 더 보고 내 마음을 결정하기로 했다. 첫 만남을 가지고 난 후 이 일을 계기로 다시 한 번 더 만나보고 싶어졌다.

보통 한번 소개 받고 나간 자리에서 마음에 들지 않으면 더 만나지 않는 성격이기에 그녀가 마음에 들었던 것이다.

그렇게 두 번째 만나기로 약속하고 영화를 보기로 했다.

영화시간이 19시쯤이어서 미리 가 있으려고 16시쯤 출발하였다.

누가 알았겠는가 은평구에서 건대까지 가는데 2시간 30분이나 걸릴줄이야..

퇴근시간에 걸렸을 뿐더러 그 날 따라 차량이 엄청 정체되었다. 본의 아니게 늦어져 미리 와있던 그녀에게 사과하게 되었다.

이러면 점수가 엄청 깎일텐데 무사히 넘어가 무척 다행이었다.

그러고 나서 우리는 뚝섬으로 향했고 이야기 하다 보니 처음 만났을 때부터 그랬지만 정말 말이 잘 통했다.

아무래도 취미생활이 비슷하니 더 잘 통하는 것 같았다. 그래서 더 만나보고 싶은 마음에 고백을 하기로 했다.

그녀도 내 마음을 받아주었다.

이후 같이 추억을 만들며 여행하고 결혼했다.

지금, 아주 행복하다.

앞으로 10년이고 20년이고 계속해서 행복하게 살아가면 좋겠다.

현재 코로나라는 전염병이 전 세계적으로 유행 중이라 우리가 신혼 생활을 하면서 아직 특별한 여행을 간다거나 큼지막한 사건 없이 조용히 지내고 있어 재미난 이야기가 별로 없다.

앞으로 또 이렇게 글 쓸 기회가 주어진다면 그때 더 재미있는 이야기를 전하기로 하고 이 글을 마친다.

구남매의 손주들 솜씨

1. 노현서.<色意 逢着>

이 작품은 고양이의 독특한 시각과 모란의 아름다움을 담고 있으며, 서로 다른 색의 만남을 강조합니다. 그림은 적색과 녹색을 제대로 인식하지 못하는 고양이와 모란의 순수하고 아름다운 색상의 조화로운 대비를 통해 관람객들에게 다양한 감정과 인상을 전달하고자 합니다. 이를 통해 우리의 다양성과 서로 다른 시각의 아름다움을 존중하는 메시지를 전달하고자 합니다.

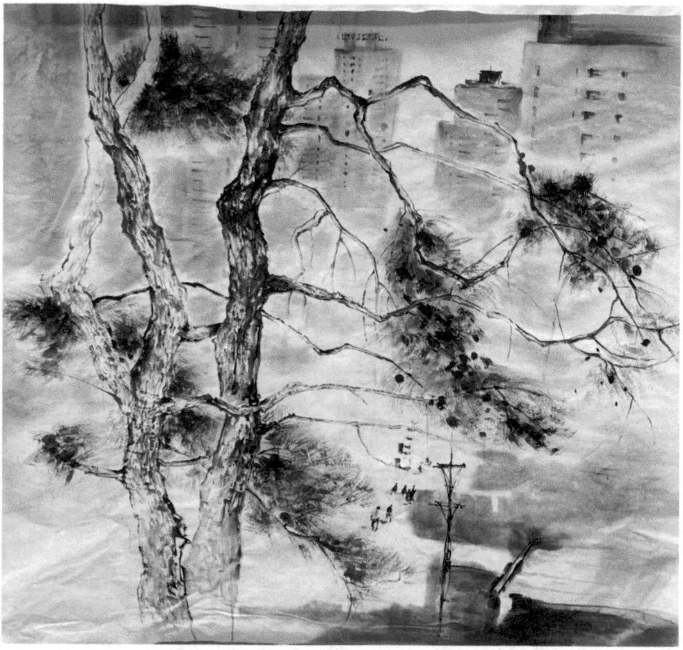

2. 노현서.〈도심 속 소나무〉

이 작품은 도심 속에 자리잡은 소나무의 강인한 생명력을 표현한 한국화입니다. 배경의 건물들과 대조되는 소나무의 생동감 있는 묘사는 자연과 도시의 조화를 암시하며, 현대 사회에서 자연의 존재가 얼마나 중요한지를 일깨워줍니다. 이 작품은 현대 도시 속에서도 자연의 아름다움과 생명력을 잃지 않고 살아가는 소나무를 통해, 도시인들에게 자연의 소중함을 다시 한번 생각하게 만드는 메시지를 담고 있습니다.

3. 노현서.<숲속 산책로>

이 작품은 숲속의 산책로를 섬세하게 묘사한 흑백 펜 드로잉입니다. 엄마와 함께 걸었던 집 앞 산책로가 마치 힘든 삶을 위로해주는 듯한 한적한 산책로의 고요하고 평온한 분위기가 기억에 남았습니다. 나무의 질감과 나뭇잎의 디테일이 세심하게 표현되어 있으며, 길의 끝이 보이지 않는 원근법이 사용되어 길고 깊은 숲속의 느낌을 강조하고 있습니다. 이 작품은 자연 속에서의 휴식과 명상을 상기시키며, 보는 이들에게 마음의 평온을 제공하고자 하는 메세지를 담고 있습니다.

큰할아 버지께,

큰 할아버지! 팔순 생신 축하드려요! 저는 요즘 성당에서 목요일 마다 복사를 서고 있습니다. 저는 작년에 첫견진과 영성채를 받았습니다. 저는 지난주 어떤 성당 캠프를 갔습니다. 거기에서 매일 미사도 드리고, 고백성사를 했습니다. 건강 하세요! 사랑 합니다! ♡♡♡

김나은 실비아 올림♡

4. 김나은.<레오 신부 팔순을 축하하며> (좌)
5. 김나율.<레오 신부 팔순을 축하하며> (우)

노현서 루치아 2006년 12월 28일생
서울미술고등학교 3학년 한국화 전공

전공을 선택할 시점이었던 고등학교 1학년때 한국화 선생님께서 보여주신 난생 처음보는 한국화 채색법과 표현기법에 완전히 매료되어 한국화를 전공으로 선택하게 되었습니다.
먹 표현의 아름다움과 붓 번짐의 매력에 빠져 즐겁게 입시를 하고 있는 미대준비생입니다.

김나은 실비아 2013년 11월 3일 생
콜로라도 플랫 리버 아카데미 5학년 진학 예정

2013년 12월 시카고 성 정하상 바오로 성당에서 세례를 받고, 2023년 5월 견진/첫영성체를 받은 후, 콜로라도 주 소재, 덴버 성 로렌스 한인 성당에서 어린이 복사로 활동 중이다. high honor roll(최우등상) 2번, honor roll(우등상) 2번, character award compassion을 수상하는 등 우수한 성적으로 2024년 5월, 4학년을 마쳤다. 또, 한국 문화와 한국어에 관심이 많아 k-pop 감상이 취미이며, 우수한 성적으로 한국어 능력 시험 2급을 받아, 뛰어난 한국어 실력을 확인했다. 현재, 콜로라도 어린이 합창단에서 활동 중이다.

김나율 마리아 카르멘 살레스 2016년 12월 13일 생
콜로라도 플랫 리버 아카데미 2학년 진학 예정

2017년 3월 마리아 카르멘 살레스라는 세례명으로 덴버 성 로렌스 한인 성당에서 유아 세례를 받았다. 2024년 5월, 플랫 리버 아카데미에서 1학년을 마쳤으며, 1학년 내내 all A를 받으며, 우수한 학업성취도를 보여주었다. 발레와 스케이트, 치어리딩, 체조, 달리기 등을 좋아하며, 최근 언니가 속해 있는 콜로라도 어린이 합창단 오디션에 합격해, 9월부터 합창단 활동을 시작할 예정이다.

아버님, 어머님, 장남 최홍준 글

최남식 사도요한

나의 칠순 회고

얼마 후 1951년 4월 1일부터는 세무서 세무서기로 들어갔다. 하숙할 형편이 못되는 나는 당분간 조교에서 경주까지 편도 4십 킬로미터의 장거리 비포장 길을 자전거로 출퇴근하면서도 매일 일등출근을 기록했다. 이 일은 사십년이 가까운 이날까지 잘 잊혀지지도, 잘 믿어지지도 않는 체험이었다.

내 나이 금년으로 어느덧 칠십이니 이름하여 고희란다. 옛날 같으면 쓸모없는 늙은이라 하여 고려장이란 억울한 국법에 얽매어 숨 쉬는 어버이를 남도 아닌 자식들이 업고가서 땅밑에다 생매장했다니 믿어지지 않거니와 세월은 흘러 흘러 요즘 세상엔 백수 아니 이백수 한들 어느 뉘가 그러겠나. 참 좋은 세상이다.

내 어쩌다 연전부터 주님이 주신 좋은 건강을 잃어버려 한 때 호흡곤란, 보행불편으로 천신만고 다 겪다가 요즘 와서 차츰 차츰 원기를 회복, 다시 태어난 기분이다. 진실로 천주님의 은총에 감사드린다.

명년이면, 내 나이 스물 하나 때 장가갔으니 더도 덜도 아닌 꼭 반세기 춘풍추우(春風秋雨) 여류하여 금혼이다. 이제 금혼이 박두하여 고요히 눈을 감고 바로 앉아 회상하니 만감이 교차하며 내 마음 설레인다.

어느 누가 이르기를 신노불심노(身老不心老)라더니 내가 바로 그 격인가, 언제나 동심이다. 그런데 나같은 졸부에게 7男 2女 9남매와 2명의 사위까지 주시고 둘째 아들 홍길신부, 나의 조카 홍덕신부는 천주 성소에 순응하여 일선에서 사목을 담당하고 있으니 이는 천주 성삼의 영광이요 우리 집안의 기쁨이다.

이와 같이 나의 고희에다 금혼을 앞당겨서 기념책자를 낸단다. 애비되는 나를 보고 아들과 딸사위까지 하잘 것 없는 나의 생애를 통한 모든 것을 덕담삼아 알려달라 간청하니 뉘라서 거절하랴.

그러나 나의 지난날을 공개한다하여 과연 사랑스런 날을 두고 주

1979년 (음) 8. 25. 아버님의 회갑, 어머님과 네 살 문희

저하다 못해 눈 딱 감고 나의 출생경위부터 눈으로 보고 몸으로 부딪친 것들을 되도록 소상하게 기록하련다.

나는 천주강생 1919년 8월 25일(음력) 경북 영천시 조교동 394번지에서 아버님 윤신공 최영필님과 어머님 경주이씨 이두리님 사이에 맏아들로 태어났다. 그 해가 기미년이요 단기로는 4252년이며 일본 연호로는 대정 8년인데 특기할 만한 것은 자주독립을 위해 일본에 항거하여 3.1독립운동이 크게 일어났던 해이다. 서울에서 민족대표 33人이 항일을 외치면서 자주독립을 선언한데 이어 전국 각지에서 저 유명한 3.1만세사건으로 우리 民族의 대대적인 시위가 있엇는데 일제의 악랄한 탄압으로 우리 동족의 큰 희생이 뒤따랐다 한다. 더욱이 국내의 큰 변혁에 발맞추어 이국 땅 상해에서는 임시정부를 세워 본격적인 대일 항쟁이 시작되었던 가장 보람된 해였던 것 같다.

무속적인 토착신앙에 젖어 내 위로 두명이나 없애고 나를 낳으셨던 아버님·어머님은 내가 갓 나서부터 전 가족이 천주교 입교하기 전까지, 특히 내가 여덟 살 때인 1926년, 보통학교에 들어가기 전후인 1930년도 중반까지만 해도 나에 대한 관심과 애정이 남달랐던 것으로 생각된다. 수명장수하라시면서 나를 소위 용왕님께 팔고 조금만 신열이 있어도 점을 치고, 굿을 하는 등 갖은 미신을 다 지켰던 것 같다.

그런데 나는 어려서부터 남달리 어리석은 행동을 나 혼자 독차지하여 왔다. 내가 여섯 살 때로 기억하는데 그 때 함께 타계한 것으로 짐작되는 소꿉친구 가운데 나보다 4~5세 위인 정도선형은 얼음판에서 빠진 나를 구해 준 생명의 은인이기 때문이다. 그 대 어느 추운 겨울날 나는 오륙 명의 친구들과 동리 앞 얼음판에 나가 썰매(그 때는 큰 돌을 굴렸던 것 같다) 타기를 했는데 내 앞에 숨꼴이 있는 것을 본 정도선형은 "야, 저기 저기 숨골이다. 조심해라."하면서 크게 외쳤다. 그러나 나는 썰매를 탄 채 그만 그 숨꼴(얼음속)로 빠졌다. 옷 입은 그대로 얼음속에 푹 빠져 허우적거리는 나를 보고 정도선형은 민첩하게 나의 머리카락을 당겨 죽음에서 구해냈던 것이다.

그 뿐만 아니라 휘염도 못하면서 여름이면 곧잘 동리앞 장천들 봇도랑 및 굴밧골 깊은 웅덩이 물에 빠지기도 하는 등 엄벙 덤벙 혼난

일이 한 두 번이 아니었다. 그럴 때마다 그 누군가가 나를 구명해 주었다. 지금도 그 고마운 친구들 생각이 절로 난다.

이렇게 어린시절을 보낸 나는 보통학교를 졸업하던 1932년 중학진학을 포기하고 장래에 큰 상인으로 출세할 것을 작심하였다. 그 때만 해도 수위 호별세 등급이 25등 이상인 부유층이나, 뛰어난 수재가 아니고는 중학진학에 꿈도 꿀 수 없었기에, 나는 이도 저도 아니어서 보통학교 졸업과 동시에 어린 동심에서 큰 상인으로 출세하기로 작심하고 5, 6학년 때 담임한 인정많은 일본인 교사 사가라마사유끼 선생님께 장문의 취직의뢰 편지를 보내 나의 뜻한 결심을 전했다.

졸업은 1932년 3월 25일. 졸업 후 한달 남짓한 4월 29일 어떤 낯선 이가 집으로 나를 찾아 왔다. 사가라 마사유끼 선생님의 부탁을 받고 왔다면서 나를 데리러 온 것이다. 나는 그의 자전거 뒤에 타고 그를 따갔다. 이것이 나의 일대 운명을 좌우한 중대한 계기가 되었다.

내가 첫발을 내디딘 곳은 평소 소망하던 양품점이나 백화점이 아닌 곡물상회였다. 그러나 나는 김모씨가 경영하던 그 상회의 사업실패로 2년동안 고생 고생하다가 그만 두고 드디어 영천 이씨가 경영하던 양품점에 들어갔다. 그 때 내 나이 열 여섯이었다.

그 후 내가 결혼하던 해인 1939년에 큰 흉년이 들어 이 양품점 주인 역시 흉년의 영향으로 큰 타격을 입었다. 결국, 외상값 회수도 부진하고 계속되는 불경기에 유지가 어려웠던 주인 이씨는 지방에서 사법서사이면서 국정교과서 판매를 겸무하던 패기어린 젊은 사업가 경주이씨에게 상점을 넘겼다.

그러나 인수하고 몇 해 되지 않은 1942년 초봄 어느 날, 뜻하지 않은 대형화재로 큰 피해를 보는 등 내가 몸담고 있던 주인 세 분 모두가 실패를 거듭하여, 나의 야망은 산산이 조각나고 말았다. 결국 나는 상인으로서 대성하려던 것을 포기하고 잠시 쉬어지 않을 수 없었다.

그 후 나는 일본 생명보험회사의 대구출장소 산하 영천지부외야원에 자진해서 들어갔다. 나는 다년간 곡물상회와 양품점 점원으로 있을 때 알게 된 고객들을 대상으로 할 때 상당한 거적으로 근무성적 우수 표창까지 받기도 하였다. 그러나 연고지에서의 권유도 한계가 있어 그만두고 1943년 6월 30일 영천군에서 시행한 읍.면서기 자격시험에 응시하여 합격하였다. 그러나 제때에 들어갈 수 없어 이런 저런 일들에 종사하다가 그 이듬해인 1944년 4월 8일에야 간신히 취직되었다. 이로 인해 나의 진로가 1백 8십도 달라지고 말았다.

이듬해인 1945년 8월 15일은 우리 민족의 뼈에 사무친 소원이던 일제의 사슬에서 해방된 광복절이다. 그러나 나라 찾은 기쁨도 잠시, 한때 지방 인민위원회에서 읍사무소 모든 서류함을 봉함까지 하는 등 사회가 무질서하고 혼란했다. 나는 이러한 가운데도 계속 출근하다가 1949년 6월 6일자로 사직했다.

1950년 6월 25일. 동족상잔의 비극이 시작되었다. 광복이후 수습되던 나라의 틀이 다시 무너지고 전장의 수라장으로 변했다. 북의 남침으로 그 변고가 나자마자 시시각각으로 전세가 우리에게 불리하여

민심이 흉흉하던 차 우리 고장 영천에도 9월 5일 소개령이 내려졌다. 우리 조교동민들도 남부여대하고 집결지인 경산군 진량방면으로 다 들 떠나고 말았다.

우리 집에도 큰 변고가 일어났다. 다름아닌 나의 아버님께서 집안 살림에 미련을 가지시고 피난을 거부하심과 나의 외조모님과 큰아이 홍준이가 마을 사람들 틈에 끼여 미리 떠났기 때문이다. 이런 저런 다급한 일에 정신없이 혼나기도 했는데 이날따라 날씨마저 진종일 궂은 비가 내리고 또 멀리 자양방면에서 소아대는 인민군의 유탄으로 혼비백산, 전란의 서글픔이 더했다.

나는 미리 떠난 외조모님과 큰 아이를 찾으려고 지체하다 영천 피난민 집결지인 경산방면으로 가지 못하고 대신 북안면 유하동을 거쳐 고경면 용전 살귀동으로 갔다. 그러나 다행히 우리는 13일만에 고향을 수복했다. 또 미리 떠났던 외조모님과 큰 아이도 15일만에 오고, 뒤늦게 피난 나서셨던 아버님도 하루 앞당겨 돌아 오셨다. 그래서 우리 직계가족 뿐만 아니라 나의 방계인 대소간 형제들이 모두 무사했기에 나는 이를 주님의 돌보심으로 믿고 늘 찬미와 감사를 잊지 않고 있다.

여기서 우리 일행이 피난도중 작산동리 앞에서 생긴 일과 목격한 것들을 다음과 같이 적어본다.

그 때 나는 두 살인 나의 큰딸 제노베파를 자전거에 태워 피난가던 중 난데없이 나타난 국군복장을 한 낯선 군인에게 자전거를 탈취

당해 피난보따리와 제노베파를 돌보느라 혼이 나기도 했다. 또 피난 중 미 공군 제트기의 완상 철도굴(터널) 앞 뒤를 맹폭격하는 것을 멀리서 보았는데 수복길—피난갔다가 다시 되돌아 오는 길—에는 국도 차단으로 통행할 수 없어 그 철도굴을 지나야 했다. 나는 어쩔 수 없이 미군 제트기의 폭격을 받은 완산철도 굴을 지나왔는데, 그곳에서 시체가 부패할대로 부패한 인민군의 떼죽음 참상을 보고 동족상잔의 처절한 비극을 뼈저리게 체험하였다.

막상 집에 와보니 큰 피해는 없었으나 일거리가 없어 팔방으로 탐문했다. 그러던 가운데 평소 친면이 있던 이모씨가 전국 피난민이 운집한 항도 부산을 대상으로 화물자동차를 이용하여 쌀, 콩 등 곡물행상을 할 동업자를 구한다는 소물을 듣고 내가 자청했다. 자본금이 없어 고민하던 나는 고향친구의 도움으로 그 때의 돈 기십만원을 융통하여 동업했다. 안동가서 콩과 쌀을 구입, 부산에서 팔고 또 생선을 서울 방면에 가서 판매하는 행상이었으나 때가 중공군 침공으로 인한 1.4후퇴 직전의 불리한 전세라 관계당국의 검문과 제대에다 추위마저 닥쳐 고생만 거듭하다 그만 두었다. 한 번은 북풍한설 눈길에서 타고 가던 트럭 뒷바퀴가 미끄러져 하마터면 전복할뻔한 위기도 있었다. 결국은 별 소득 없이 견디기 어려운 고생만 하다가 그만 두었는데, 그 후 본권을 회수하는데 수개월이 걸린 어설픈 경험을 겪기도 했다.

얼마 후 1951년 4월 1일부터는 세무서 세무서기로 들어갔다. 하숙할 형편이 못되는 나는 당분간 조교에서 경주까지 편도 4십 킬로미터의 장거리 비포장 길을 자전거로 출퇴근 하면서도 매일 일등출근을 기록했다. 이 일은 사십년이 가까운 이날까지 잘 잊혀지지도, 잘 믿어지지도 않는 체험이었다.

나의 생리엔 그런 모험적이고 고된 장사치 같은 것은 부적합했던 것 같다. 실직이후 계속 놀고 있을 처지가 못되어 지방신문인 대구신보와 영남일보를 힘겹게 취급했다. 그러나 노력은 많고 소득은 적어 주저하던 중에 대구무진과 흥국생명보험도 맡아 겸무했으나 수면부족과 지나친 과로로 탈이 났다. 내나이 40때 그만 원형독두 탈모증에 걸려 심지어 성당 안에서도 모자를 쓴 채로 미사에 참례하기도 했다.

그 후에 하나 하나 그만 두고 말았다. 예부터 욕심이 많으면 식물을 감한다는 격언이 생각나기도 하지만 나의 경우 하나의 직업을 가지고는 생계의 위협을 느꼈기 때문에 어쩔 수 없었다. 요는 좀 더 두뇌를 쓰지 않고 마구 몸으로 뛰다보니 건강도 잃고 마음도 흐트러져 내심 고민한 적이 한 두 번이 아니었다.

그 후에도 집에서 우두커니 쉬다보면 심란하기 이를 데 없어 또다시 몸부림이 발동되곤 했다. 그래서 서민금융회사 종업원을 시작으로 개량온돌장치 보급원, 그리고 경기도 시흥군 안양에 본사를 둔 고려인삼제품회사 외무원도 했다. 또 알곡가공협회 상무 및 인쇄업 경영 등 내가 생각해도 어지러운 정도로 수입의 다과나 지위의 고하를 가리지 않고 닥치는 대로 온갖 다양한 잡역만을 골라서 했으니 실로 가관이 아닐 수 없었다 할 것이다.

그런데 나는 젊었을 때부터 여태까지 노래가락 한 곡조 불러본 일도 없었고 또한 오락에는 전연 캄캄하였다 할 것이다. 말하자면 장기 바둑은 물론이고 화투놀이도 모르는 불출이었다.

나의 취미는 독서와 여행인데 젊었을 때 좀더 많은 독서를 하지 못한 것이 한이 된다.

신앙생활

나는 영세를 받고 주님을 따르며 신앙생활을 시작한 지도 꽤 오래된 듯 하다. 그동안 지나온 일들 중 기억에 잊혀지는 것도 있지만 생생하게 살아있는 것도 다수 있다. 그 몇가지 기억을 더듬어 본다. 나는 해방전 일본출신 하야사까 주교님께서 1942년 8월 30일 우리 대구 교구장으로 착좌하신 후 사목방문차 영천본당에 오셨을 때 신자들을 대표하여 일본말로 환영사를 했다. 또 해방 후에는 영천본당 출신으로 사제서품 후 도미유학했다가 9년 만에 다른 일시에 귀국하신 고 장병보 신부님과 현 부산교구장이신 이 갑수 주교님의 귀국 때마다 내가 나가서 환영사를 했었는데 지금 생각해 보니 내가 언제 그러한 용기를 가졌었는지 내 자신에게 묻고 싶다.

또한 나는 6.25 동란 후 피난 직전에 우리 집 벽에 모셔 두었던 십자고상과 성가상본 및 성모상 등을 뒤뜰 밑 땅을 깊이 파고 묻어 두었다가 수복 후 꺼내어 이 날까지 모셔두고 있다. 그런데 그 귀한 성물을 땅에 묻은 것은 인민군이 침입하면 곤란하다는 소문 때문이었다.

그러나 내 생애 가운데 내가 가장 활동적이었던 40대 전반까지는 교회활동에 적극적이질 못했던 것 같다. 그 때는 일제치하에서 갖은 수탈을 당했고, 광복후의 혼란, 6.25전쟁의 참혹한 결과 등 아주 어려운 여건 속에서 하루 하루 살아가기에 바빴기 때문에 교회활동에 적극적으로 나서질 못했다.

특히 6.25전쟁 후에는 교우들도 경제적으로 어려움이 많았고 모든 면에서 침체된 상태였다. 더욱이 영천본당 초대, 2대 주임사제로 오신 두 신부님이 외국인이라 언어소통에도 지장이 많아서 사제의 사목활동과 신자들의 교회활동에 어려움이 가중 되었다. 그러다가 영천본당에 고 이 명우 신부님이 제3대 주임사제로 부임하시면서 나와 교우들의 신앙생활, 교회활동에 변화가 일기 시작했다.

이 명우 신부님은 그 당시의 많은 어려움에도 불구하고 매사에 의욕적으로 많은 활동을 하셨다. 특히 방인 신부님인 이신부님은 인상도 좋았지만, 뛰어난 웅변가였기에 신부님의 유창한 강론 시간에는 우리 교우들뿐만 아니라 외교인들에게도 큰 감화를 주어 많은 전교가 되었다.

나는 이신부님이 계실 때 영천본당 회장을 두 번이나 역임하였다. 전임 조헌수 회장이 읍의원 및 도의원으로 재임할 때 내가 회장직을 맡았던 것으로 기억한다. 그러다가 본당 회장은 그만 두고 레지오 마리애 쁘레시디움 단장을 두 번 맡아서 병자방문과 상가 돌보기 등에 주력하였다.

그 후에는 본당 사목위원회 자문위원 및 교촌 일동 구역장과 반장 등을 맡아 교우 상호간에 많은 친목과 유대를 갖기도 했다.

마무리

이제까지 살아온 나의 한 세월은 온갖 일들에 종사하면서 기쁨과 아쉬움을 간직한 삶이었다. 그 가운데 1982년과 1987년은 나에게 잊을래야 잊을 수 없는 특별한 해로 기억된다.

1982년은 나의 칠십 평생 중 가장 보람된 여행을 했다. 1982년 10월에 나의 아내 막달레나와 지금은 고인이 된 처제 김데레사와 함께 해외성지순례를 다녀온 것이다.

1982년 10월 10일에는 로마 성 베드로 대광장에서 남을 위해 자기 생명을 바친 저 유명한 막시밀리안 콜베신부님의 시성식에 참석하는 큰 영광과 감격을 누렸다. 이 해외성지순례는 나의 아내 막달레나의 회갑 당년이어서 아들들과 딸, 그리고 사위들의 고마운 발상으로 회갑잔치 대신 가진 것이다.

그러나 1987년은 일희일비의 한 해였다. 내가 고집을 꺾어 단연을 실천했고, 처제 김데레사여사가 불의의 교통사고로 운명을 달리했으며 이로 인해 나의 처 막달레나가 급성좌골 신경통이 악화되었다가 다시 치유된 일희일비의 한 해였기 때문이다.

나는 세 살때 고열을 동반한 홍역을 크게 앓았는데 그 후유증인 홍진 기침에다 기관지확장증을 여러 해 동안 숙환으로 고생 고생하면서도 흡연을 계속해 왔다. 이에 나의 건강을 염려한 셋째 동생과 지금은 고인으로 하늘에서 영생을 누리고 있을 처제 김데레사여사의 간곡한 당부를 받아들여 나는 나의 고집스러움을 꺾어 단연을 결단하고 실천한 것이 바로 작년(1987년)의 큰 일 가운데 하나였다.

두 번째는 나의 처제 김데레사 여사가 지난 1987년 7월 24일 경남 삼천포—진주간 국도상에서 불의의 교통사고로 유명을 달리한 사건이다. 처제는 이 날 자신이 몸담고 있던 칠곡군 왜관읍 삼청농장 학생들의 여름 산간학교 지도를 마치고 돌아오던 길에 불의의 사고를 당했다. 9십 노모님(나의 장모님)을 남겨두고 고인이 된 김데레사의 무심한 운명은 우리 가족 모두에게 큰 충격과 슬픔을 주었다.

또 처제에 대한 비보를 접한 나의 처 막달레나가 급성좌골신경통이 악화되어 보행도 제대로 할 수 없는 많은 고통을 겪었으나 다행하게도 수성구 상동에 거주하는 전율리 아나님의 성심어린 활원운동의 지도로 치유되었다. 그래서 1987년은 나에게 일희일비의 별난 한 해였다.

이어서 기록에 남겨 둘 것은 다름아닌 제24회 '88 서울올림픽' 개회식 예행연습장면과 그 후 대회기간 중 육상경기와 권투경기를 관람한 것이다. 이는 서울에 있는 네 아들의 고마운 안내로 나의 아내와 함께 관전할 수 있었다. 이는 영원히 잊지 못하겠다.

이상과 같이 두서 없는 나의 파란만장한 상활을 정리하다 보니 일견 적자인생이 아니었나 하는 생각이 든다. 이 보잘 것 없는 나의 수기를 누가 보더라도 수긍은커녕 내가 어려서부터 나이 들기까지 이런 저런 일들에 마구 뛰었던 것을 질타할지도 모르겠다. 그러나 나로서는 다급했던 그 때 그 때의 처지에서 달리 생각할 겨를이 없었기에, 나는 조금도 후회하지 않는다. 다만 앞으로 나의 자존들에게만은 이런 무모한 전철을 다시 밟게 해서는 안되겠다는 마음 간절하다.

이제, 이외에도 온갖 사연들이 많지만 일일이 다 기록할 수가 없다. 그리고 나의 동기는 나를 포함하여 팔 남매인데 그 가운데 남동생이 넷, 여동생이 셋이다. 다들 신앙에 열중이다.

나의 사랑스런 아내에게

6.25 동란후 그 힘겨운 여건을 극복하고 1인 2역, 3역의 역할을 수행하며 이웃전교와 본당일에도 적극적이었던 당신의 그 착한 마음과 열심한 신앙생활에 한 없는 경의를 표하오.

금혼을 맞이하여 나의 평생동반자인 사랑하는 아내 막달레나에게 보내는 편지.

유서 깊은 가실성당에서 프랑스 출신 여 동선 신부님으로부터 우리 두 사람은 거룩한 혼인성사를 받은 지가 어제 같건만 벌써 50년이다. 그 대 나는 스물 하나, 당신은 꽃다운 열 여덟. 우리는 너무 철부지였었오. 아니 나 보다 당신은 나이에 비해 너무도 어엿하였고 신앙심 또한 남달라 당신에 대한 깊은 첫 인상이 50년이 지난 지금도 새로운 것 같소.

먼저 우스개 소리부터 하나 하면, 신혼초야에 생긴 일인데 야물상을 차려 놓은 신방에 당신이 예쁘게 쓰고 드리운 족두리를 벗기지 못해 쩔쩔맨 일이 기억나는구료. 요행이 고마우신 나의 처형 비비안나님이 문구멍을 뚫고 신방에서 내가 어찌할 줄 모르고 있는 광경을 보다 못해 “큰 비녀를 살짝 빼면 된다”하심에 용기를 내서 그대로 하여 임시낭패를 간신히 모면한 적이 있었지요. 많은 세월이 지난 요즘도 생각하면 우습기도 하지만 결혼전 맞선도 보지 않고 처음 만난 당신께 너무너무 미안한 마음이오. 말하자면 나의 실수 제 일호를 기록한 셈인데 그날이 바로 1939년 4월 17일(음2월 28일) 정적이 깃든 그 날밤 그 시간을 잊을 수가 없소.

그러다가 당신은 삼일신행 관례에 따라 시집이라 왔건마는 나는 그 때만 해도 장차 상인으로서 출세하려고 남의 집 상점 점원생활을 하던 터라 집에서 약십리 길 되는 영천 시내에 머물러 있어야만 했기에 소위 신랑되는 당자 없는 쓸쓸함을 감내해야 했지요. 그런 중에서도 상봉하솔 해야 하는 시집식구들과 그런대로 적응해 가면서 한때

머슴 세 사람을 포함한 열 일곱이나 되는 큰 가족들의 뒷바라지를 마다 않고 오직 침묵과 인내로써 일관한 대견스런 지난 날 당신을 생각해 봅니다.

더욱이 주일이면 평일보다 더 일찍 일어나서 온 식구 아침 밥을 지어 도시락에 싸서 시내 성당까지 가야했던 어려움을 겪기도 했지요. 또 6.25동란으로 일시피난의 고초도 경험한 후 읍내 교촌동으로 이사와서 살림살이 해 가며 레지오마리애 쁘레시디움 활동단원을 자원하여 단장(구령의 모후팀)까지 맡았었지요. 당시 그 힘겨운 여건을 극복하고 1인 2역, 3역의 역할을 수행하며 이웃 전교와 본당 일도 돕는 당신의 그 착한 마음과 열심한 신심생활에 한 없는 경의를 표하오.

그러다가 막내 자식 마티아의 의과대학 진학으로 정든 고향을 뒤로 하고 고산땅 시지동에 짐짓 우거하게 되니 처음엔 다소 생소하였으나 하루가 가고 이틀이 지나 이웃들과 사귀던 중 천주은혜 무궁하여 내 집 옆에 성전이 건립되고 축성되어 영육간에 큰 행운을 얻었지 않았오.

그래서 교적을 옮기고 본당을 정래 여기서도 레지오 〈천사들의 모후 쁘레시디움 단장〉에다 〈푸른군대 단원〉이며 〈성 프란치스꼬 재속 삼회〉에도 입회하여 차곡 차곡 영신의 양식을 쌓아가는 당신에게 한 없는 격려의 박수를 보내면서 보람된 여생이 언제나 주님과 함께 하길 축원합니다. 그러나 나는 어쩌다 건강을 잃어 해수병과 호흡곤란으로 한 동안 운신조차 어려웠을 때 당신은 그 바쁜 중에서도 나의 간병과 정성된 시중을 다했지요. 그러나 마치 그 정성을 모르는 양 시시각각으로 변덕부리고 화를 내며 온갖 투정 다 부려도 아예 개의치 않고 웃음으로 대해 주니 더 버틸 면목이 없었소. 이제 지난 날을 회고하니 나의 부덕이 더 많았던 것 같소. 너무 서운해 하지 마오.

당신과 나 사이에 주님께서 맡겨주신 열 자식 중 딸 하나〈데레사〉는 이미 첫 돌 전에 주님 품에 도로 보내고 7남 2녀 9남매 중 둘째 아들 레오신부는 일선사목을 담당하고 있으며 큰아이 파비아노를 비롯한 여타자녀의 직업들도 각양각색 다양하여 〈가지 많은 나무에 바람 잘 날 없다〉더니 당신과 함께 자나 깨나 걱정이오. 우리 자녀 하나 같이 각기 맡은 분야, 그 자리서 주님 중심 열심수계 우선하여 착한 삶을 도모하기를 어버이의 간절한 소망이 어찌 아니리요.

이외에도 할 이야기 허다하지만 필설로써 다 표현할 수 없어 여기서 그만하려 하오. 우리의 생사화복이 오직 주님께 달렸으니 우리를 항상 좋게 인도해 주시는 주 성모님께 전심으로 의탁합시다.

아아, 깜빡 잊었는데 지난 1982년 영천 본당주임 최 봉도 신부님 계실 때 서 정길 대주교님으로부터 이웃 전교에 다른 신자의 모범이 된다하여 표창장을 받았고, 다수의 레지오 개근상 및 복음전파에 많은 활동공로로 표창을 받은 것이 내가 알기는 칠 팔회인 듯 한데 표창을 받을 그 때 그 때마다, 부상으로 온갖 성물을 타 온 것이 뒤늦게 생각나서 여기 추가하오. 부디 남은 여생도 주님 안에서 한결 건강한 심신으로 더 많은 활동 있기 당부하면서 이만 맺을까 하오.

나의 사랑하는 자녀들에게

너희들도 익히 잘 알고 있겠지만, 주님 계명중에 으뜸이 '사랑'이란 것을 각별 유념하여 소홀함이 없도록 조심하라. 세상 재물은 물거품과 같으니 지나친 애착은 삼가라.

나의 기구한 지난 날 일들을 돌이켜 더듬어 보니 인생은 어느 뉘고 출발이 절반이란 것을 나는 미처 몰랐다. 더욱이 직업의 선택은 각자의 운명을 좌우하는데 중요한 관건이다. 그러므로 직업의 선택은 장래를 설계하고 판단하는 예리한 혜안을 가지고 신중하게 결정해야 한다.

아무리 작은 일이라도 한번 더 생각하고 느긋한 마음 가짐으로 임해야 하는 데 나는 그러하질 못했다.

나는 태생지인 영천시 조교동에서 영천시내를 전전하다 지금 내가 살고 있는 대구 고산땅 시지동에 이르기까지 이사한 회수가 무려 열네 번이고 직업변동 또한 부지기수이니 될 말인가. 내 만일 오늘의 사랑스런 자녀들이 아니었던들 노후생계가 어떻게 되었을까 생각만 해도 아연치 않을 수 없다.

50년 전 나의 혼인성사를 주례하신 프랑스 출신 여신부님의 명언을 예사로 간과한 것이 후회막급이다. "누구든 직업에는 귀천이 없다. 그러니 한가지 일에 몰두하여 항구하게 극복하라"고 하신 고마운 말씀을 나는 까맣게 잊고 살았으니 이 얼마나 큰 우를 범했는가? 오직 나의 불찰로 자책하는 바이다. 원하건대 나의 분신인 귀하고도 사랑스런 아들과 며느리, 딸 그리고 사위들이여! 각자가 하는 일에 자신감을 갖고 힘차게 나아가라. 여신부님 말씀대로 항구한 굳은 의지로 우왕좌왕을 지양하라.

내 비록 물직적인 유산은 없어도 천주성삼을 흠숭하는 참된 신앙을 나의 보람된 유산으로 승복하고 주님 사랑을 실천하라. 우리의 일거수일투족이 천주허락 아니시면 불가능하다는 것을 알아야 할 것이다.

내가 기회 있을 때마다 역설하는 바이지만 형제 자매 간은 같은 동기라는 것을 명심하라. 형은 아우를 사랑으로 선도할 것이며, 아우는 형을 극진히 위하고 존경할 것을 거듭 일깨워 두는 바이다. 옛날 할아버님께서는 항상 말씀하시기를 "맏백씨는 부모를 대신한다"는 뚜렷한 존재라는 것을 강조하셨음을 상기할 때 거듭재론 같다만 동기간은 서로가 사랑으로 감싸주어야 할 것으로 안다. 내가 눈여겨 너희들 형제간과 며느리들과 남매간에 오가는 동태를 보니 내심 흐뭇하기 이를 데 없다.

너희들도 익히 잘 알고 있겠지만 주님 계명 중에 으뜸이 사랑이란 것을 각별 유념하여 소홀함이 없도록 조심하라. 세상 재물은 물거품과 같으니 지나친 애착에서 벗어나라.

언젠가 TV에서 재미교포 이상구 박사는 "항상 웃음을 잃지말고 기쁘게 살아야 한다"고 몇 번이고 당부하셨다. 본인도 본인이지만 상대방을 기쁘게 하면 내적 외적인 질병의 치유도 가능하다니 참으로 의미있는 말씀이 아닌가? 이 세상, 찬류 세상 잠깐 쉬었다 가는 세상, 웃으면서 살아가자. 옛 고사성어에 '소문만복래 가화만사성'이라 일컬었다. 우리도 우리의 삶을 조용히 되돌아 보자.

나의 둘째 레오 사제 서품

"레오는 철부지 유년시절에 저 큰형과 이웃에 있는 종형제끼리 온갖 소꿉장난과 때로는 성당놀이를 한다면서 미사드리는 흉내까지 내곤 했다."

나는 혼인성사를 받을 때 장차 주님께서 자식을 허락하시면 성직자가 나기를 기도하였다. 교우집안 특히 우리 집같은 신문교우 집안에서 성직자가 난다는 것이 얼마나 큰 영광이며 자랑이겠는가. 그래서 내 여러 자식들 중에서 하나만이라도 천주님께 바치기로 결심하였다. 그러나 이 문제는 어디까지나 자식들 본인의 의향이 가장 중요했다. 나는 형제들 가운데서 남다르게 지내는 둘째 레오의 동태를 예의주시해 오고 있었다. 레오는 철부지 유년시절에 저 큰형과 이웃에 있는 종형제끼리 온갖 소꿉장난과 때로운 성당놀이를 한다면서 미사드리는 흉내까지 내곤 했다.

그 후 레오는 초등학교를 졸업하고 중학진학 때가 되어 그 당시 본당주임이셨던 이명우신부님의 추천을 받아 소신학교에 들어갔다. 이때 성신고등학교에는 박 홍 소년이 지원하여 입학시험 때 나는 바빠 못가고 저 막내 삼촌이 두 소년을 서울 소신학교까지 데려다 주었다. 그 후 레오는 계속 진학하여 성신고등학교를 졸업하고 연세대학 철학과를 전공한 후 공군장교로 임관, 대구 부산 등지의 공군부대 정훈관 실장직을 맡아 복무하다가 예편했는데 군복무기념으로 복스를 출간하고 다시 성소의 뜻을 가졌다.

레오는 광주가톨릭대신학교에 가기 앞서 집에 와서 나에게 하는 말이 "아버님 제가 제대 후 사회직장에 취직하여 부모님을 도와드렸으면 좋겠지만 아무래도 저는 어릴 때(만 13세) 지향한 신부가 되고자 대신학교에 들어가야겠습니다."라는 비장한 각오를 토로하였다. 속으로는 서운한 감이 불무했으나 곧 주님의 성소라 직감하고 쾌히 동의하면서 부디 초지를 관철하여 주님과 교회가 소망하는 유능한 사제가 되어야 한다고 힘주어 격려하였다.

그 길로 대신학교를 마치고 대신학원의 어려운 석사과정을 거쳐, 1975년 꿈에 그리던 부제품을 광주대신학교 교정에서 안동 교구장인 두봉주교님으로부터 서품을 받고 이듬해 1976년 5월 3일 대구 계산동 주교좌 대성당에서 이문회 대주교님으로부터 사제로 서품 받았다. 서품 예절 진행중 제대에 부복하여 성인 열품도문을 읊으면서 주님께 허원하는 장면에서 나는 너무 감격하여 뜨거운 눈물을 하염없이 흘렸다. 이런 크신 은총을 하찮은 우리 가문에 허락하심을 진심으로 감사와 찬미 드리면서 부디 유혹에 떨어지지 않고 예수 마리아가 원하시는 착한 사제가 되도록 열심히 기도드렸다.

서품된 이튿날 우리 영천 본당에 와서 선,후배 신부님과 공동집전한 첫 미사에서 우리 레오신부가 처음으로 축성한 거룩한 성체를 영하니 실로 감개무량하였다.

열 손가락 물어 아니 아픈 손가락이 없다더니 어느 자식할 것 없이 어느 날이고 마음 놓을 날이 없지만 특히 레오신부를 생각하니 사회생활하는 자식들보다 더한 근심과 걱정이 떠날 날이 없다. 하도 세상이 어수선하기에 더욱 그런 생각이 든다.

그런데 우리 레오신부는 서품후 남산본당 보좌를 시발로 일시 경산본당 주임을 거쳐, 교구청에 두 번이나 있었고 가톨릭 문화관장도 두 번째이다. 레오신부는 성 토마스 본당이 문화관내에 설정된 이후 3대 본당 주임을 겸하고 있는데 일반교우와 함께 젊은 대학생들 지도에도 여념이 없다. 그런데 우리 레오신부는 교구청에 있을 때 두 번이나 교구사를 편찬한데 이어 〈대구본당 100년사〉도 편찬했다. 또 수상집 〈추억은 미래에 있다〉와 〈목마르지 아니한가〉를 냈으며 이외에도 사목사례집 〈가정공동체 초막생활〉을 발간한 것으로 아는데 바쁜 사목생활 중에서도 책자 내는 것이 큰 취미인 것 같다.

바라건대, 매사를 착수하는 전후 언제나 주님 뜻 안에서 주님과 함께하기를 당부하면서 이만 여기서 멈추련다.

나의 조상은 누구인가

신라말 대학자이시고 대문호이시며 동양의 성현으로 도덕문장이 뛰어나셨던 최치원 할아버님을 우리 경주최씨 제 1세로 삼아 오늘에 이르고 있다.

만물은 하늘에 근본하고 사람은 조상에 근본하고 조상은 먼 시조로부터 이어져 내려오고 있음은 여러 말로 설명할 필요가 없다.

먼저 우리집안의 내력부터 말하자면 우리 경주 최씨는 고대 삼한 갑족에 속한다. 유래를 더듬어 보면 그윽한 이천여 년 전 진한 십이국 중 여섯 나라이던 그서라벌 육촌장께서 통일 신라국을 세우고 소벌도리공을 비롯한 육부촌장은 박혁거세를 초대왕으로 공립하니 그 때가 서기 전 57년이다. 신리 3대 유리왕 9년에 소벌도리공은 사성 최씨하고 사량부장에 임하니 그 때가 서기 32년이니 거금 1956년 전이다. 이 어른이 바로 최씨 득성시조이시다. 공의 이십사세손으로 나말대학자이시며, 대문호로서 동양의 성현이요 도덕문장이 뛰어나셨던 최치원 할아버님을 제일세로하여 본관을 경주로 삼아 오늘까지 세계를 이어 오고 있다. 그런데 우리 경주 최씨는 9파인데 그 파별은 다음과 같다.

① 관가정파(觀嫁亭派)

② 광정공파(匡靖公派)

③ 좌윤공파(左尹公派)

④ 화숙공파(和淑公派)

⑤ 충렬공파(忠烈公派)

⑥ 정랑공파(正郎公派)

⑦ 사성공파(司成公派)

⑧ 첨지중추공파(僉知中樞公派)

⑨ 보문각학사공파(普文閣學士公派)

위와 같은 구파중 ①②④⑦등 네파가 대종을 이룬다고 했는데, 우리의 직계 중시조는 상조인 문창후공에서 십 이세손인 시광정공단조이시다. 이 어른은 이조 개국공신이신데 특히 원종공신에 서록되셨다. 이 어른에서 칠세 후인 십구세이신 휘자는 인, 호는 한천공이 아주 가까운 파조이시다. 또한 저 유명한 삼숙질분 즉 우리 파조이신인 한천파조는 임진왜란때 공산의병장이셨고, 친동생 계태동공은 대구의병장이셨으며 큰집 조카되신 동보우락제공은 공산관군장으로 크게 활약하시어 대구수호에 큰 전과을 거양하셨다. 임란으로부터 약 이백년이 지난 뒤에 동해의 장기에 사는 허성가의 묵은 상자에서 기적적으로 당시 전적에 대한 수기가 나타났는데 이것을 해상신협기라 한다.

그리고 우리 경주 최씨 9파 외에 우리 파조의 친제인 계 태동공이 어른의 슬하에 아드님 세 분이 계셨다. 그 서열 및 지파는 다음과 같다.

장남 동률다천공지묘파이시고, 둘째 아드님 동집태암공옷골파이시고, 셋째 아드님 동직독암공갓골파이다. 그런데 위 파조 한천공의 영손인 도남조가 21세이시고 이어 25세이신 홍택 할아버님은 사형제분이신데 그 가운데 셋째 할아버님 홍철조가 연면 25세이시고 우리의 중시조인 단조광정공에서는 14세에 해당된다. 홍철 할아버님께서는 슬하에 독자를 두셨는데 휘자는 우진조이시다. 이 할아버님께서는 두 아드님을 두셨으며, 맏집이 삼조이시다. 이 할아버님의 후손들은 현재 대구시 동구 신암동 속칭 새마을〈동대구역에서 동편〉에 여러 집이 거주 중에 있고 우리는 지차 집인 성할아버님이 바로 나의 6대조이시며 고운상조에서 27세손이 되신다. 또한 중시조인 단조광정공에서 16세이신 이 할아버님께서도 슬하에 두 아드님을 두셨는데 큰 집은 경산군 압량면 당음동에 거주중인 학영 상영 춘영씨 등 삼형제이시며 끝에 춘영씨는 일찍이 타계하셨다.

위 성할아버님(나의 6대조)의 묘소는 경산군 진량면 평사일동 평원축좌에 모셔져 있고 6대조모님이신 배 경주 이씨의 묘소는 파보상 칠곡 동북면 신전갑좌라 되어 있으나 어쩌다 실묘하고 말았으니 통탄불금이로다.

다음 5대조이신 하술 할아버님의 분묘는 위 육대조의 성 할아버님이 묻혀 계신 경산군 진량면 평사1동 묘지에서 정남으로 약 3km 지점인 영천군 대창면 구지2동 장곡지 서편 산상 한전고압선 전주에서 남쪽으로 약 5km 상담구릉의 무덤 쌍분이 바로 5대 조부모님의 묘소이다. 이 묘소에서 서편 아래쪽 약 30m 지점에 고조부 양위분이 모셔져 있다. 휘자는 운근조이신데 이 묘소 서편 5m 지점에 조금 떨어진 무덤 하나는 족보상 한술조계의 묘라고 기재되어 있으나 우리가 벌초를 함께 하고 있다. 이어 증조부님의 묘소는 원래 영천군 임고면 양항못 안에 모셔졌다가 아버님 때 화장하였다.

내가 어려서 외조부님으로부터 들었는데 나의 증고부님 때 달성군 공산면 무슨 동리에서 영천으로 입향하셨단다. 그 이후 증조모님께서 운명하심에 묘소는 영천군 임고면 사동 속칭 우봉골 삿갓봉으로 모셔졌다. 증조모님의 성씨는 밀양 박씨인데 이 산소는 원근의 산봉우리가 마치 증조모님 무덤을 향해 쫓아오며 절을 하고 있는 것처럼 보여 기이할 뿐 아니라 더욱이 산세의 경관이 일품인지라 산밑에서 정상의 묘소까지 올라가기 힘겹지만 올라만 가면 내려오기 싫을 정도로 산상 좌우의 전망에 도취되어 버린다.

그리고 나의 조부님의 3형제분이셨는데 우리는 중간집이고 초휘가 마당이심에 우리 집안에서는 마당을 마당이라 하지 않고 뜰밑이라 조심한다. 항렬 휘자가 종수조이신 이 할아버님 무덤은 영천시야사동 영천중학교 정문에서 북편 약500m 지점 밭 한 가운데 위치해 있었는데 해방 전까지만 하여도 아름드리 도래솔이 울창했으나, 그 후 한 그루 두 그루씩 도벌 당한데다 수 년전 영천 자양댐 수몰민들이 우리 산소 위에 집단이주 부락을 형성하고 또 어린이 놀이터로 변해 버려 부득이 이장을 계획하다 여의치 못해 지난 1987년 정묘년 음 윤6월 23일 자손으로서 본의 아닌 화장을 집례하고 나니 이제는 할아버님 무덤마저 볼 수 없어 서운하고 송구한 마음 금할 길 없다.

그러나 증조부님과 조부님 두 위의 무덤과는 대조적으로 조모님 김해 김씨 지묘는 아버님의 극진하신 정성으로 영천군 임고면 고천동 서편 후산석두전골 2정보가 조금 넘는 넓은 산지 정남향인 해좌에 홀로 누워 계시어 먼 산도 잘 보이고 앞에 탁 트인 명산이니 한결 마음이 가볍다.

이어서 나를 무척 사랑하시던 아버님의 휘자는 영자 필자이시고 항렬상 동자 영자이시며 세례명은 "도마"이신데 1894년 음 8월 13일, 영천시 문내동 64번지에서 출생하시어 1960년 음 3월 8일에 선종하시니 향년 67세이셨다. 아버님의 묘소는 영천군 금호읍 원재동에 위치한 영천천주교회묘지 계좌이다.

어머님은 1900년 음 3월 7일에 영천군 북안면 송포동〈옥포〉에서 출생하셨는데 속명은 이두리이시고 세례명은 "말지나"이시다. 선종은 1981년 음 12월 2일이시니 향년 82세의 천수를 누리시다 묘지도 아버님 누워 계신 영천천주교회묘지 자좌인데 아버님 묘소 바로 옆 쌍분이시다.

특히 어머님 운명을 전후하여 두 손자신부가 여러 번 와서 할머님의 임종을 도우는 한편 고모부와 숙부 등에게까지 고백성사를 주고 예절을 다하여 고요히 선종하시니 편히 하늘나라로 들어가셨으리라 믿는다.

그런데 어머님 임종직전에 눈이 아파 늦게 온 넷째 동생 창식의 눈 아픈 것을 못내 아쉬워 하시면서 눈을 감으셨는데 장례를 마치고 삼우날이 되니 그토록 아팠던 "눈"이 말끔히 낫아 그후부터 승용차를 자유로이 운전하게 된 기적 같은 사실에 우리는 주님의 크신 은총임을 알고 입모아 찬미와 감사를 드리고 있다.

나의 아버님 어머님

명석하셨던 아버님께서는 언제나 바른편에 서시어 좋은 일들을 많이 하셨기에 지방에서 칭송이 자자했다. 외조부님의 영향을 받으신 어머님은 천성이 대범하시고 여장부다운 기질에 아름답고 고운 음성이 잘 조화되어 잊을 길이 없다.

내 아버님 윤신공은 초휘가 영필이시고 족보 항렬상으로 동영이시며 세례명은 "도마"이시다.

아버님은 1894년 음 8월 13일에 영천시 문내동 64번지에서 할아버님 종자 수자와 할머님 김해 김씨 사이에서 위로 고모님 두 분과 백부님 등 사남매 중 막내로 태어나셨다. 그 해가 간지로는 갑오년에 해당되는데 그 때가 바로 전 봉준 등 동학당의 반란과 갑오경장과 청일전쟁이 발발하는 등 실로 어수선한 때였던 것 같다. 아버님은 일찍

이 조실부모하셔서 어린 시절부터 고생 고생하시다 22세때 한마을에 살던 경주 이씨댁과 혼담이 성립되어 기표씨의 이녀인 어머님 두리 여사와 결혼하셨는데 그 때 어머님 나이가 불과 열여섯의 앳딘 소녀였다고 한다. 어머님은 1900년 음 3월 7일에 출생하셨으니 간지로는 경자년이다.

아버님은 결혼직후 생계의 수단으로 조랑말 한 필을 구입하셔서 영천 큰 장에서 소금을 말 잔등 위에 많이 싣고 8십킬로미터가 훨씬 넘는 청송길 험한 길을 수 없이 오가시며 주로 콩과 팥 같은 곡물과 물물교환하여 물산이 풍부하고 교통요충지인 영천시장에 다시 오시어 방매하셨다.

그러다가 힘에 겨우셔서 내가 출생(1919년 음 8월 25일)하고 나서는 조랑말을 처분하시고, 그 때만 해도 유일한 교통수단인 자전거를 구입하여 본격적인 곡물중상으로 새출발 하셨다. 주로 영천, 임고, 선원, 매곡 등 각 리, 동을 위시한 북부지대 면면촌촌 부락의 부호들 집에 야적한 나락 두지를 헐어 대량 방문 매수하여 영천시내 각 곡물상회에다 넘겨주는 벅찬 일들을 요령껏 잘 하시어 가세가 차츰 호전되었다고 한다.

그런데 아버님은 세월 관계로 무학이심에도 곡물 중상을 시작하기 앞서 주판의 가감승제를 밤새 익히시고 한글과 쉬운 한문자도 독학으로 배워 웬만한 필기는 큰 구애 받지 않고 손수 쓰신 것으로 알고 있다. 실은 내가 보통학교 재학중 맨처음 아버님으로부터 수판 가르침을 받을 정도였으며 그 많은 곡식 매매시에도 뛰어난 암산과 속기 등을 활용하시어 큰 덕을 보았을 것으로 믿는다.

이토록 명석하셨기에 지방에서 열리는 어떠한 모임에든 언제나 아버님이 선두에서 사회도 보시고 즉흥 연설도 하셨다. 특히 해방 전후에는 영천 장천보수리 계장을 비롯하여 국민회 조고분회장 및 영천 동부초등학교 기성회장, 우리 경주최씨 화수회 창설위원 등 여러 명예직 등을 역임하셨는데 언제나 바른편에 서시어 억울한 일을 기민하게 해결해 주시는 것도 비일비재 했다.

한번은 6.25동란 때 피난길에서 어떤 청년을 비상한 기지로 죽음 직전에서 구명해 준 실화가 있다. 영천시 야사동 청년이 자기우차에 피난짐을 싣고 영천군 대창 가는 길목에서 전선줄을 주워 갖고 가다 HID 요원에게 발각되었다. 그 전선은 군용 비상 전화선이었기에 이 모 청년은 이적행위로 몰려 진량지서에 연행되었다.

이를 전해 들으신 아버님은 취조 책임관을 찾아 가서 그가 사상이 온건함을 역설하시어 구사일생의 위기에서 구해주는 등 아버님의 좋은 일 바른 일에 주위의 칭송이 자자했다.

우리는 피난에서 전 식구가 무사히 수복한 후 조교동집을 처분하고 영천시내 영천극장 동편 집에 솔권합가했다. 그 이후 아버님 소일감으로 담배 소매업 허가를 얻어 대문간 사랑채에 담배가게 및 일용잡화 점포를 마련해 드렸다. 여기에 매일같이 모이셔서 장기와 바둑으로 여생을 보내신 아버님과 이웃 어른들은 공자묘인 향교의 춘추

향사에도 꼭 참여하실뿐더러 족보수단권리도 하시어 후손들의 진로를 밝혀주시기도 하셨다.

그러시다 1960년 음력 3월 8일 많은 집안 일들과 8남매 우리 형제들을 남겨 두신 채 향년 67세로서 주님 품안에 선종하셨으니 서운함을 어이 이 필설로서 다 표현하랴.

나의 어머님은 외조부님의 영향을 받으신 듯 천성이 대범하시고 여장부다운 기질에 아름답고 고운 음성이 잘 조화되어 잊을 길이 없다.

어머님은 내가 어릴 때 아버님이 출타하신 장장추야 긴긴밤엔 으레히 옛 고전인 춘향전, 심청전, 조웅전, 장화홍련전 등을 어둠침침한 호롱불 밑에서 발새 낭낭한 목소리로 읽어주시기도 하였다. 또한 무엇이던 한 번 보시고 읽기만 하면 단번에 기억하시어 이야기도 곧잘 해주셨다. 특히 영세입교하신 후에는 천당노래도 잘 부르셨고 춤도 맵시있게 잘 추셨으며 교우나 외교인 할 것 없이 어머님이 참석하신 모임엔 언제나 웃음꽃이 피기도 하여 인기가 대단했다. 또한 노인답지 않게 텔레비전이나 라디오에 등장하는 탤런트, 가수들의 이름까지 거의 잊지 않고 기억하시는 등 언제부터인가 신식 할머니로도 통하셨다.

어머님은 이토록 계명하시었고 또한 모든 면에 자상하시면서도 자식교육에 있어서는 아주 엄하셨다. 한 번은 내가 7~8세 되던 때에 두세 살 차이인 둘째, 셋째 동생과 함께 어울려 뛰놀다 동생들을 울렸다. 울고 불고하는 동생들을 보신 어머님은 부엌일을 멈추시고, 집동편 하수구 곁에 높이 솟은 버드나무 가지를 꺾으시며 우리 형제를 혼내 주시려고 했다. 어머님의 매가 무서웠던 우리 형제는 나를 선두로 도망쳤다. 어머님의 매가 얼마나 무서웠던지 내가 신발을 벗고 도망치면 으레히 뒤따라 오던 동생들이 그 신발을 주워 나에게 갖다주던 그 때의 일들을 지금도 잊지 못한다.

그리고 또 한번은 내가 큰방에서 동생들과 심한 병정놀이를 하고 있었는데 바깥에서 인기척이 나기에 내가 엉겹결에 외짝문을 힘차게 열어제쳤다. 이 때 누가 바깥 뜰 밑에서 “얘들아, 너거 아베 어디 갔노”하기에 나도 무심코 “야 너거 아베 장에 갔다.”한 것이 그만 그 사람의 분노를 샀다. 그 사람은 어머님의 사과에 “어~ 참, 아베 하나 생겼네”하고 중얼거리다가 바깥으로 나가자 어머님은 나에게 호된 꾸중을 하셨다. 이 외에도 늘 동생들과 어울려 놀다가 싸우다가 생긴 일들이 너무 많아서 여기 일일이 다 적을 수가 없다.

어머님은 나의 둘째 동생에 이어 1938년경 영세를 받으셨다. 어머님은 영세를 받으실 때 신부님 앞에서 나는 하느님께 일체의 미신과 이단을 끊어 버린다고 하였다. 그리고 그 때까지 천주교 교리에 대해 전혀 몰랐던 아버님의 허락도 없이 신주단지도 임의로 없애 버렸다. 그러나 이것이 문제가 되었다. 신주단지 없앤 것이 화근이 되어 한때 난처해지고 주위의 따가운 눈총도 받았었다. 이뿐만 아니라 온갖 숨은 일화가 많지만 다 적을 수가 없어 아쉽게 생각한다.

이러시던 어머님도 불과 한달 남짓 몸저 누워 계시다가 백약도 무효한 채 1981년 음 12월 2일 향년 82세를 일기로 운명하셨다. 아버님에 이어 어머님까지 이 세상을 떠나심에 하늘이 무너지는 듯 눈 앞이 캄캄하여 어이할 바 몰랐다. 주자십회에 불효부모사후회 하더니 나를 두고 일컫는 것 같다. 부모님 생전에 좀 더 마음 편히 모시지 못했음이 송구스러울 따름이다.

나의 외가집

외할머님은 나를 등에다 업으시고 "봉식아, 너는 이다음에 나(외할머님)에게 뭣 해 줄래"하시면 철부지였던 나는 "빨간 저고리 해 줄게" 하고 대답했었다,"

나의 외가는 원래 영천군 불안면 송포동(옥포동 또는 땍삐리마을) 중앙선을 내왕하는 철길 바로 윗집으로 생각난다. 그 후 영천시 조교동으로 이사오셨는데 외조부님은 경주이씨로서 휘자는 기표이셨고 외조모님은 경주 최씨로서 휘자는 복선, 세례명은 분다이셨다.

외조부님은 일찍이 과거초시 급제하셨으나 관직을 마다 하시고 시골에서 후학에 남달리 힘쓰셨다. 또한 약국을 설립하시어 침술과 투약을 병행하시면서 수 많은 인명을 친히 구제하신 명의로서 많은 이의 존경을 한 몸에 지니시고 학식과 덕망을 쌓으신 위인이셨던 것으로 안다.

그러나 슬하에 따님 셋 뿐으로 늘 아드님이 없었음을 서운해 하셨단다. 나의 어머님이 중간이셨는데 무슨 일이 있으시면 늘 어머님을 아들 삼아 심부름을 시키시며 하는 말씀을 어머님 생전에 여러 번 들었단다. 이모님 두 분중 큰 이모님은 영천군 임고면 수성동 밀양 박씨댁으로 출가하시어서 딸 둘을 출산하셨다. 끝에 이모님도 처음엔 경산군 와촌면 시천동 밀양 박씨댁에 출가하셨으나 이모부님께서 너무 일찍 별세하시어서 그 후 동면 와촌동 김해 허씨댁으로 개가하셨는데 나의 이종은 박씨가 남매이고 허씨가 형제로서 건재하다.

벌써 수 십년 전에 작고하신 외조부님을 새삼 회고하면 위엄을 갖추고 흰수염과 단정하신 의관에다 풍채 또한 뛰어 나셨음은 지금도 선하다.

그리고 약국 경영 중에는 풍랑이 거센 동해 바다를 톡딱 톡딱 모선 타시고 울릉도 행차를 수없이 하시면서 온갖 약초를 구면하시어 대구 약령시에도 여러 번 출입하셨던 것으로 안다. 그런데 내가 6~7세 때(1924~5년경)까지 우리 집 이웃에 계셨는데 틈만 있으시면 종종 마을 앞을 유유히 흐르던 단포천 맑은 물에 나가셔서 낚시질도 곧잘 하셨다. 외조부님은 그 때마다 외손주인 나를 꼭 데리고 가셨는데 애석하게도 향년 오십 일세란 비로불소지년에 그만 타계하셨다. 분묘는 영천군 고경면 대의동 뒷산에 모셔졌는데 어쩌다 실묘해 버려 어머님께서 두 이모님과 늘 원통해 하셨다. 나 또한 너무 어려 미처 관심을 두지 않아 송구하기 이를데 없다.

그리고 나의 외조모님은 천품이 유순온화 하시고 겸덕하신 전형적인 한국여성상으로 인정미도 많으셔서 많은 이웃 노파들이 따르기도 하였다. 외조부모님 작고하신 후 수 년 동안 나의 이웃집에서 홀로 기거하시다가 6.25동란이 계기가 되어 어렵게 피난 다녀오신 후 우리집으로 합가하시어 주일이면 조교동에서 영천읍 성내1동에 있는 성담까지 약 4km 거리를 우리(외손주들)와 함께 내왕하시면서 그때 본당주임이셨던 이 명우 신부님으로부터 영세 받으셨다. 영명은 〈분다〉로 그 후 열심수계하시다가 1957년 음 8월 19일 가진 성사를 받으시고 편안히 선종 하셨는데, 향년 84세의 천수를 누리셨다. 외조모님의 묘소는 영천천주교회 묘지에 모셔졌다. 외할머님은 생전에 우리 외손주와 외손녀 팔 남매를 하나 같이 사랑해 주셨다. 내가 4~5세 때인 듯 한데 그 때만해도 등 넘고 재 넘는 꼬부랑길 옥포길을 넘어 우리집에 오시면 으레히 나를 언제나 잘 업어 주셨다. 특히 나의 아명이 봉식이었기에 외할머님은 나를 등에다 업으시고 "봉식아, 너는 이다음에 나(외할머님)에게 뭣 해 줄래"하시면 철부지였던 나는 "빨간 저고리 해 줄게"하고 대답했었다. 그 후 나는 빨간 저고리 대신 빨간 주머니를 힘들게 마련하여 선물로 해드린 기억이 난다.

나의 처가 김해 김씨댁

나의 처가는 신심이 아주 깊은 집안이다. 연세가 9십이나 되신 장모님은 이날까지 예수 마리아 외에는 모든 사물에서 초연하셨다. 주님밖에 모르는 기도가 생활의 전부이시다.

나의 처가는 가락국의 원조인 수로와의 후예로서 관을 일세조로하는 삼현파이시다.

나는 21세 때인 1939년 음 2월 28일(양 4월 17일) 경북 칠곡군 왜관읍 낙산동(가실) 낙산천주교회에서 주임이신 프랑스 출신 여동선 신부님의 주례로 지금의 처 김말연(막달레나)과 혼인성사를 받았다. 처갓집 소재는 낙산3동 가말골인데 처는 장인이신 김용민(마태오) 씨와 장모님 전주 이씨(안나) 여사와의 사이에서 6남매중 셋째딸로 1922년(음 8월 10일)에 태어났다. 일본 연호로는 대정 11년이고 단기 연호는 4255년에 해당된다.

내가 장가 가던 그 때 장인 어른은 문경군 호계양조장 서기로 근무하셨기에 내가 그후 여러해 동안 종종 처가에 갈때마다 집에 잘 안 계셔서 내심 서운했지만 장모님이 계셔서 오히려 자유로웠다. 그러시다가 양조장일을 그만 두시고 환고하시어서 농감도 하시면서 때에 따라 낚시질도 가끔 나가셨다. 젊으셔서부터 애주하셨는데 만년에는 독주를 과음하신 여독으로 콧등이 빨갛게 되시어 뵙기가 민망스러웠다. 천품이 내성적이셨고 음성은 아주 저음으로 조용하신 전형적인 선비형이셨다. 너무 어질고 순하셨기에 더욱 그런 감이 든다.

그런데 군자 같으신 이런 어른이 내가 장가들던 그 해 이른 봄 소위 사위감인 나를 선보러 영천시내에서도 동쪽으로(포항방면) 약 4km나 되는 조교동까지 차편도 불편했던 그때 친히 보행으로 우리 집까지 오셨다. 신랑될 당자인 나는 그때 셋째 동생의 서울 한양상업학교 입학시험 때문에 동생과 함께 상경하였음으로 나를 보지 못하시고 사진만 보신후 아버님이 권유하는 술만 드시고 돌아가셨다.

막상 혼배 때 성당에 들어선 나를 본 처갓집 사람들 중에서도 특히 나의 장모님이 제일 못마땅하게 생각하셨던 것 같다. 이같은 사실은 그후 처갓집에 재행 삼행 자주 찾아가서 정들고 낯이 익은 후에야 내가 뒤늦게 눈치챈 사실이다. 당신 장모님은 나의 체구가 볼품없는 오척단구이기에 "선"도 못보시고 술에 넘어갔다고 생각하신 것 같다. 이같은 장모님의 추궁도 나는 충분히 이해가 간다.

그럼에도 막상 장본인인 나의 처 막달레나는 금혼을 몇 달 앞둔 50년이란 장구한 세월동안 나를 보고 정면으로 불평 불만을 하는 것을 보지 못했다. 추측컨대 9남매 자녀들 키우는데 온 몸과 마음을 자식들에게 쏟다보니 미처 불평할 겨를이 없어서일까 아니면 어려서부터 영적교양이 몸에 젖어 하찮은 육적면은 아예 도외시해서일까. 하여튼 인간적인 보통사람으로 보아 미안하고 고마울 뿐이다.

이어서 나의 장모님은 열다섯(15세) 어린 나이로 두 살 위인 나의 장인 어른께 시집오시어 온갖 풍상을 겪으시면서도 의식적으로 주일미사에 궐하심이 전연 없으셨고, 90평생 이날까지 예수 마리아 외에는 모든 사물에서 초연하신 훌륭한 여장부이시다. 다시 말하자면 주님밖에 모르고 기도가 생활의 전부이시기 때문이다. 이토록 돈독한 신앙으로 일관해 오신 나의 장모님은 호사다마라더니 너무도 크신 시련을 겪으셨다. 그 내용은 슬하에 6남매를 가지셨는데 둘째 따님(별따씨)이 혼기를 앞둔 18세 때 우연득병하여 어버이 앞에 그만 요절하고 말았으니 첫 번째 비애요, 두 번째 비애는 맞아들 분도를 없애고 이어서 난 데레사가 지난 87년 불의의 교통사고로 유명을 달리한 것이다.

막내딸, 데레사는 일찍이 동정을 지킬 것을 주님대전에 허원하고 지금부터 27년전인 발랄할 20대 전반기에 불우한 나환촌인 칠곡군 왜관읍 삼청농장에 자진 뛰어들어 미감아 교리지도 및 그 동민들과 호흡을 같이하며 온갖 고락을 함께 해 왔다. 처제 데레사는 작년 7월 그 마을 연중행사의 하나인 여름산간학교를 경남 삼천포 부근에서 마치고 지도신부님 승용차편으로 돌아오다 앞에서 오던 직행버스와 정면충돌, 처제는 그 자리서 숨지고 운전하던 임신부님은 치명적인 증상으로 수 차례의 수술을 받는 큰 아픔을 겪었다.

이 돌발적인 큰 사고로 나의 마음이 이토록 허전하고 답답한데, 생전 평소에 갖은 정성을 다하여 빙모님을 위로하고 수발이 되었던 처제가 말 한마디없이 약 한첩 못써 본 채 꿈결같이 사라지고 말았으니 빙모님의 그 충격 무엇에 비교하리. 나는 끔찍한 그 비보를 듣고 처재 잃은 아픔보다도 연로하신 빙모님 어이 위로할까 걱정과 함께 당황하였으나 나와는 대조적으로 극히 태연하신 빙모님의 모습을 뵙고 대인은 다르시다는 것을 느꼈다. 속으로 얼마나 울고 아프셨을까.

여류한 광음은 잘도 흘러 나의 처제가 묻힌 삼청묘지에 가서 일주기 예절을 보고 왔다. 주여, 억울하게 이 세상을 떠난 나의 처제 데레사의 영혼에 영원한 안식을 주소서. 또한 저희 빙부님 마태오와 그 외 모든 연령들 특히 버림받은 영혼들도 감싸 주시고 편히 쉬게 하소서. 우리 주 예수 그리스도의 이름으로 비나이다. 아멘.

이어서 나의 처가댁에 이토록 신앙의 뿌리가 깊으도록 기도와 희생으로 일생을 바치신 어른이 계시니 곧 나의 장조부님이시다. 이 할아버님의 휘자는 희자 두자 이시고 영명은 베드로이시다. 이 할아버님은 1872년 음 7월 2일에 출생하시어 6.25 1년전인 1949년 음 12월 28일 선종하셨으니 향년 77세이셨고 장조모님은 함평이씨로서 영명은 마리아시고 향년 41세로 음 1월 24일에 선종하셨는데 돌아가신 해를 기억 못해 안타깝다.

나의 장조부님은 열 다섯(188년)의 어린시절에 자진하시어 영세입교하셨다는데 그 때만 해도 병인 대박해 직후여서 도처에 사군란이 가시지 않던 어려운 시기였다. 더욱이 문중 어른들의 완고한 반대에도 굴하지 않으시고 약관 23세 때에 불국인 여동선 신부님이 자기 사재로써 오늘의 낙산성당 건립에 앞서 대지물색에 애쓰심을 보다 못한 할아버님은 자기 명의로 전지를 사 두셨다가 후일 여신부님께 양도하신 큰 공훈을 세우셨다. 그러나 후일 성당터로 넘어 간 것을 곡해한 성당터 원소유자가 할아버님께 원한을 품어 입장이 난처하시기도 했다는 뒷이야기가 많았다고 한다.

이토록 명석하신 할아버님은 성당의 본당 회장에다 또한 일반행정동장도 겸무하시면서 수 많은 외교인 귀화에 큰 역할을 담당하셨다. 또한 문장력을 발휘하시어 천당 노래 가사도 지으시고 그 외에도 성교회광양을 위한 온갖 실록들이 지금도 칠곡군 지천면 연화동 이선이 엘리사벳 순교자 성지 옆 옛날 대구교구 초대사제이신 김보록님께서 가히 숨어서 전교하시던 공소집 정침 유리진열장에 고히 보존중에 있다. 그러니까 이 할아버님이 과거 고루한 무속신상을 과감히 타파하시고 공번되고 참된 정교인 천구공교로 전향하신 대선각자이심을 우리는 알아야 할 것이다.

그리고 약 50년전 나의 혼담성립에 큰 힘이 되신 나의 처숙부 김태욱님은 젊으셔서 사제가 되시고자 대구신학당에 입학하시어 학과성적은 극히 좋은 편이었으나 건강이 좋지 못하시어 그만 두시고 고향 본당인 가실성담의 전교회장으로 잠시 계시다가 영천성당 초대주임이셨던 스위스출신 조문도신부님이 부임하던 그 해 4월 부활직전에 초대 복사겸 전교회장으로 오셔서 영천지방 외교인들을 구령의 길로 인도하셨다. 특히 그 해 부활 때 수십명의 영세자를 내시기도 했는데 일본 히로시마 교구장 초청으로 내가 결혼하던 1939년 초가을 급거 도일하셔서 교포들의 전교에 열중 하시면서 한약국을 여시어 전교와 병행하시면서 큰 성과를 거두었다. 그러나 소위 대동아전쟁의 전세가 일본에 불리하면서 험난한 시국을 염려하신 고국엄친의 조속귀국 하라시는 명령에 순명하시어 그 많던 약제와 모든 재물을 일본땅 히로시마에 고스란히 남겨두고 급거 환국 하셨다. 귀국 직후 히로시마에 미군의 원자폭탄이 투하되어 일시에 수 많은 인명이 살상 됐다. 사십년이 지난 이날까지 우심한 그 후 유증으로 많은 사람들이 신음하고 있는 엄청난 그 재앙을 극적으로 모면하게 됨도 오직 엄친의 명에 무조건 순종한 나의 처숙부님의 놀라운 효성의 소산이라 하겠다.

해방직전 환국하시어 큰 화를 면한 처숙부님은 어수선한 시국을 전후해 형언할 수 없는 고충을 겪었지만 남다르신 열심한 신앙생활과 지극하신 효성을 굽어보신 주님의 축복으로 슬하엔 3남 4녀의 칠남매를 두셨다. 장남인 김경식신부님은 지금 대구 계산동 주교좌대성당 주인사제로 계시고, 둘째 한규는 박사학위를 받고 서강대학교 교수로 재직중이며, 삼남중규는 청운의 꿈을 안고 면학에 열중이다. 장녀 및 이녀 등 두 따님은 하나같이 속세를 떠나 수도생활에 여념이 없고 삼녀 효애양은 아예 결혼을 포기한 채 수 년전부터 프랑스 빠리에서 장차 교회와 사회를 위해 밤낮으로 연구에만 몰두하고 있다.

팔순이 다되신 처숙부님은 노구를 무릎쓰고 지금도 대구 동산맨션 상가에서 고향 동명을 딴 낙산한약국을 운영하시면서 복음전파에도 남다른 활동으로 많은 외교인을 구령의 길로 인도중에 있다. 또한 처숙모님도 비상하신 열성으로 한때 무릎 관절염도 아랑곳 하지 않으시고 레지오 마리애 쁘레시디움단장을 오랫동안 역임 하셨다. 주회때는 언제나 사회를 하시면서 행동단원의 본분을 되살려 춘추 큰 축일 때마다 수십명씩 외교인을 영세시키는 등 눈부신 활약을 계속 중에 있어 신앙가정의 귀감이라 하겠다.

그리고 하나 뿐인 나의 처남 김서곤은 현재 경남 마산 성지여자고등학교 교감으로 재직중에 있는데 방과후 또는 여름 겨울 방학때를 가리지 않고 그가 터득한 꾸르실료 지도를 위시하여 매사에 전교를 우선하는 생활관으로 일관하고 있다. 또한 처남댁은 〈이웃을 내 몸같이 사랑하라〉 하신 주님 사랑 실천으로 이웃을 돌보고 있으면 슬하의 2남 2녀 중 장남은 대구가톨릭대학 재학중 금년 봄에 군에 입대하여 일선 군종신부님을 돕고 있다. 장녀(로사)는 결혼시켰고, 둘째 딸(말다)과 둘째 아들은 열심히 면학중에 있는 등 성가정을 본받아 주님의 평화가 깃들고 있다.

그리고 나의 처형은 올해 73세나 되는데 마음씨가 곱고 용모 또한 단정하신데 30세도 안된 젊은 나이에 장부를 여의셨다. 철부지 4남매를 둔 처형은 둘째 아들(니고나오)을 어렸을(5세) 때 잃고 장남 이재명신부 서품후 줄곧 둘째따님 모니까와 함게 시중들어 오시다 둘째 딸 모니까마저 참사를 당해 장부를 합쳐 셋을 잃고 말았으니 서운하고 답답한 심경 그 뉘가 알아주리. 그럼에도 불구하고 아드님 신부 돌보시면서 푸른군대 대원의 본분을 다하심은 물론 성프란치스꼬 제속삼회 종신허원을 발하시고 열심수계하시니 놀랍기만 하다.

나의 장부 요한을 말한다

김말련 막달레나

“8남매의 맏이로서 때로는 부모님 형제분들게 못한 일도 있었겠지만 잘한 때가 더 많았지요.”

결혼한 지 5십년이 되도록 살아오면서 되돌아보니 보고 느낀 일들이 참으로 많습니다. 그 가운데 장부 요한께서 살아오신 일에 대해 생각해 보니 그저 감사하고 놀랍기만 합니다. 8남매의 맏이로서 초등학교를 졸업하고 곧장 취직하고자 하였습니다. 아버님께서 곡물상 하시는데 너무 고생하신다는 생각이 들어 어디든지 일자리를 구해달라고 사방 부탁해 놓고 있었습니다. 무조건 어디든지 들어가 돈이나 벌어 부모님의 고생을 덜게 하고 싶었던 것입니다. 먼저 정미소에 들어가 전심전력 다해서 노력하다가 온갖 직업 바꿔가면서 부모님 모시고 동생들 뒷바라지며 자녀들 치다꺼리에 얼마나 신경쓰고 살았는지 모릅니다. 언젠가 머리조차 다 빠지고도 하루도 거르지 않고 일을 하셨습니다. 늘 20명 가까운 식구들, 성할 때나 병들 때나 객지에 나가 있을 때나 결혼을 시킬 때나 공부를 시킬 때 크고 작은 심부름도 수없이 많이 했었지요. 때로는 부모 형제들께 못한 일도 있었겠지만 잘한 때가 더 많았다고 생각합니다. 감히 어느 누구도 못해 나올 큰 일들을 당신 몸 아끼지 않으시고 꾸준히 내 나오신 것입니다. 신문지국장 할 때도 주어진 일에 더욱 충실하시려는 듯 젊은 사람이나 늙은 사람이거나 천진난만한 어린 아이 마음으로 모든 분들께 인사 잘하시는 분으로 호가 나셨지요. 그렇게 살아오신 덕분인지 영천읍에 돈 꾸러 안간 집이 없을 만큼 많았지만 모두들 잘 대해 주셨으며 그 은덕으로 아이들 공부시키며 살아온 셈입니다. 그러나 빌린 돈 이자가 자꾸 쌓이고 남의 돈에 시달리는 것이 너무 힘들며 지루하였지요.

그래서 이렇게 기도하였습니다. '주님! 우리는 부자도 말고 빚만 갚고 살도록 해 주십시오.' 자비 무한하신 주님께서는 우리에게 아들 신부도 허락하셨지요. 끝으로 딸들도 결혼시켰지만 아들 둘은 아직 미혼이라 걱정입니다. 그러나 이제는 서울 아이들에게 생활비를 받아 살만하니 장부 요한은 몸에 병만 남았군요. 그래도 우리 자녀들은

온갖 약을 다 사다주고 은혜롭기만 합니다.

이 모든 일 오로지 주님께 감사할 일만 남았고 감사할 뿐입니다. 주님! 늘 감사드리며 기쁘게 살고 싶습니다. 주님! 감사합니다.

나의 삶을 되돌아보며

나는 우리 김씨 가문에 태어났음을 늘 주님께 감사드립니다. 왜냐하면 우리 조부님께서 살아계실 때 신앙생활하시던 모습이 항상 가슴에 떠오르기 때문입니다. 우리 조부님께서는 돌아가실 때까지 평일 미사 참례 한 번 궐하지 않으셨습니다. 조부님 영향 때문인지 어머님께서도 우리 어릴 때부터 새벽 3시만 되면 호롱불 켜놓고 기도드리시고 새벽미사에 가셨습니다. 지금도 연세가 9순이신데 여전히 변함없는 신앙심 그저 놀랍기만 합니다.

우리 형제는 6남매로 태어났지만 큰 형님은 일찍 출가하셨고 우리 둘째 형님은 제일 명랑하고 잘 생긴 딸이었습니다. 그때 우리 본당신부님은 여신부님으로 얼마나 무서운 분이셨던지 판공 찰고 하자면 모두들 두 세 번 다시 찰고 받아야 했는데 우리 둘째 형님만은 찰고하면 늘 칭찬을 받았습니다. 본당신부님께서 "너는 성모상본, 요셉상본"하면서 둘째 형님은 상본 두장 받고 나는 상본 한 장 받았던 기억이 납니다. 그 총명한 형님이 그만 장질부사 병에 걸려 임종을 맞았는데 그때 우리 조부께서 임종을 도우시면서 "벨다야, 너는 성모님 곁에 먼저 가거나."하시니 "예,예"몇 번 대답하던 모습 생각납니다. 그때 어머님의 쓰라린 슬픔은 과연 어떠하였을까요.

그후 남동생 분도 영곤이가 나서 돌 전에 온 마당에 다니면서 재롱을 부리고 귀여움을 많이 받았는데 그만 천당으로 가버렸습니다. 그리고 우리 데레사가 나고 다시 우리 분도 서곤이가 태어났습니다. 그때 우리 아버님께서는 문경군 마성면의 양조장에 계셨는데 우리 어머님만 우리들을 키우시느라 얼마나 고생하셨는지 주님만 아시지요. 어머님께서는 그 어려운 생활을 하시면서도 우리들을 얼마나 귀엽게 키우셨는지 한시 반시도 우리들에 대한 사랑과 관심의 끈을 놓지 않으셨지요. 우리가 커갈수록 이웃에도 잘 못나가게 하시고 잠시 친구 집에 좀 놀다가 오면 얼마나 야단치셨는지 너무 자유없이 자랐지요.

그러다 어느새 다 컸는지 우리 삼촌께서는 영천읍 성당에서 전교사로 스위스인 신부님 밑에서 전교를 하셨는데 한번은 조교로 가서 장 회장님(장병보 신부님의 부친)을 통해 혼사 말을 하였지요. 시어른께서 우리 며느리감 하나 구해달라고 하셨는지 아니면 우리 삼촌께서 질녀 하나 있다고 하셨는지 혼사가 무르익어 갔지요. 우리 시어른께서는 평소에 우리 삼촌의 인품을 흠모하여오던 터이라 그만 삼촌 말만 믿고 우리 아버지를 오시라고 하셨습니다. 그래서 며느 선도 안보셨고 우리 아버님 역시 사위 될 사람 선도 안보시고 술만 얻어 잡수시고 돌아오셨습니다. 저더러 "영천 농가집인데 네가 거기 가서 살겠나"하시더군요. 그때는 부끄러워서 아무 대답도 안했더니 그만 혼인결정을 하셨더군요. 혼배일자를 겨우 십여일 앞두고 혼수가 왔는데 장회장님도 오셨었지요. 장회장님께서 "앉아라, 서라"하시며 나를 보고 "혼배하면 신랑될 사람이 읍에서 상점을 보니 곧 따로 살림할 것이다"고 하셨습니다. 혼배일자가 임박하여 너무 바빴는데 요안나 종고모님께서 일을 많이 도와주셨습니다. 사실 결혼 날짜 받을 때부터 지금까지 내내 바쁜 날이 계속되었습니다.

결혼하면 따로 살림할 것이라고 하시던 장회장님 말씀 귀담아 명심했지요. 그러나 살림은 그냥 그때 3일만에 읍내 삼촌 집에서 하룻밤 자고 4일만에 시집에 들어가니 7남매 농가집이었고 소도 먹였습니다. 아들없는 시외조모님을 비롯하여 식구도 많아 정신이 벙벙하여 어쩔 줄 몰랐습니다. 친정집처럼 신앙적으로 열심한 집안도 아니고 성당도 멀리 떨어져 읍내에 있었으며 장부란 사람은 읍내 상점 보러 가고 나는 어디에다 재미 붙이고 살아야 할지 막막하기만 하였습니다. 성당에 한번 가려면 새벽 4시에 일어나서 서말지 솥에 밥을 불때서 하고 밥 한양푼이와 반찬 등 한 보따리 만들어 십리 되는 길을 걸어 가야 했습니다.

그 후 내가 시집온 지 반년도 채 못 되었을 때 영천성당에 계시던 삼촌께서는 나를 낯설은 곳에 혼자 남겨두고 일본으로 떠나시게 되었습니다. 시어머님의 허락을 받고 시누이 벨라뎃다와 함께 영천역에 가서 삼촌과 마지막 작별인사를 하려니 눈물이 비오 듯 앞을 가렸습니다. 제대로 인사도 못하였는데 떠나시던 삼촌께서 다시 오시어 나를 보시고 위로하시며 “아부지 편지 왔나?”하시더군요. 그 때의 슬픔과 적막함은 이루 말로 다 표현할 수가 없을 것입니다.

그때 나는 자주 조교동 앞 개울에 가서 빨래를 하였습니다. 그런데 하루는 시어머님께서 “너는 왜 고개를 삐딱하게 해서 빨래를 하느냐”하시며 공연한 꾸중을 하시더군요. 그 후로 계속하여 서럽고 슬픈 일들이 많았는데 혼자서 쓰라린 가슴을 안고 눈물 흘리는 것 누가 알아주겠습니까. 그런데 시어머님께서 첫 친정 다녀오라는 말씀에 얼마나 좋았던지 지금 그때의 그 기쁨 생생하게 기억할 수 있습니다. 친정 집에 가니 우리 어머님께서 얼마나 좋아하시고 반기셨던지 너무 너무 많이 울었었지요. 이웃 사람들이 말하는데, 어머니께서는 나를 시집 보내고 나서 "우리 막달레나!"하고 이름 부르시며 많이 울으셨다더군요. 친정집에서 꿈같은 날들을 보내고 어느덧 시집에 갈 날이 닥치어 우리 아버지와 함께 집을 나섰지요. 시집에 도착하여 시어른께 절을 하고 돌아보니 아기가 하나 누워 있더군요. 아랫방에 가서 친정 아버지께 "아버지 또 아기 하나 낳으셨습니다."하고 말씀드렸지요. 그랬더니 아버님 말씀이 "8남매의 맏이가 되었구나"하시더군요.

식구 많고 할 일 많아 다리가 몹시 아파서 꼼짝 못할 때가 있었습니다. 큰 시동생이 너삼을 구해서 즙을 내어 주더군요. 너무 고마워서 쓴 줄도 모르고 마셨지요. 그후 시어머니께서 속병으로 4개월이나 편찮으실 때로 기억됩니다. 식구가 많아 연일 빨래를 해야 했는데 그때는 한 여름이라 땀도 유별나게 많이 흘렸지요. 등어리 땀이 물 흐르듯 줄줄 흐르면 우리 셋째 시동생이 부채질 해주던 고마움을 또한 잊을 수 없습니다. 그때는 사는 것이 골몰이었다 할 만큼 힘겹고 어려웠었지요.

그런데 시집온 지 3년이 되어도 자식이 없었습니다. 시어른께서 며느리에게 아이가 없다고 어디 물어보시고 자손이 귀하겠다고 걱정을 하셨는데 우리 파비아노가 생겼습니다. 몸 풀 달이 다가오니 시어른께서 첫 아이 출산을 위해 친정에 가도록 허락하셨습니다. 친정에서 (음) 6월 18일 몹시도 무더운 날 순산하였습니다. 그 해는 내가 거울을 보면 너무 땀띠가 많이 나서 하도 기가 막혀 울기도 하였던 때입니다. 그런데 시댁에서는 손자가 보고 싶다며 빨리 오라고 하시더군요. 그러다가 오라고 하신 날짜보다 늦었던 모양인데 결국 꾸중을 듣게 되었습니다. 우리 친정 어머님도 파비아노 출산때 구완하느라 애 잡수셨지만, 또한 파비아노 영세 때문에 혼 나셨지요. 낙산본당 여신부님께서는 어머니께서 우리 아기 영세시키러 4일만에 성당에 가셨더니 3일만에 안 오셨다고 두 번이나 대재를 지키라는 보속을 주셨습니다. 그런데 우리 파비아노는 첫 손자라서 할아버지 할머니께 귀염받고 자랐지요.

그 후 또 우리 레오를 가졌을 때는 세월을 잘못 만나 몸풀 달에도 들일을 했지요. 모도 심고 물있는 논에 보리도 베고 그 이튿날 아침도 해놓고 아홉시쯤 우리 레오를 낳았습니다. 그리고 3년후 우리 제노베파를 낳았는데 시아버님께서는 "아들 하나만 더 낳고 딸을 낳지" 하시며 무척 서운해 하셨습니다. 그후 일년만에 또 우리 베드로를 낳았고 그 후 3년만에 스테파노를 낳았으며 계속하여 작은 스테파노를 낳았고 또한 데레사를 낳았는데 내가 잘못하여 그만 8개월만에 천당으로 보냈지요. 참 데레사보다 앞에 홍국이 야고보를 낳았고 데레사 후에 요안나를 낳았으며 그 후 막내 마티아를 내 나이 41세 되면 해에 낳았습니다. 모두 우리 아들 딸 10남매를 낳았는데 그만 지금은 9남매가 되었습니다. 이 아이들이 클 때 모두 한 방 차지가 되어야 했었는데 과연 잠자린들 편안했겠습니까. 그 당시에도 다른 사람들은 모두 피임약을 먹는다던데 나는 그 때 생각에 "죽어서 연옥단련하는 것보다 살아서 골몰하는 것이 더 낫지"하면서 아기를 가지는 대로 다 낳았는데 결국 자녀들 교육이 큰 문제가 되었습니다.

그런데 6.25를 만난 때를 잊을 수 없을 것입니다. 그 날은 우리 둘째 시누이 도로테아의 생일날이었는데 마침 닭 한 마리를 잡아서 닭국을 끓이고자 장만하다가 피난가라는 연락을 받았습니다. 그래서 피난 살림살이를 챙기는데 시아버님께서는 앞집의 외조모님(주:노할머니로 불리웠음)을 보고 "장모님, 나와 함께 집지키고 있습시다"하셨지요. 그런데 어느덧 외조모님은 옆방 사람들과 먼저 피난 가셨는데 그만 우리 파비아노가 따라가 버렸지요. 우리 큰 아이를 잃었다고 얼마나 가슴 졸이며 걱정했는지 모릅니다. 그리고 피난중에 넷째 시동생 요셉은 형님에게 꾸중을 들었다고 그만 어디론가 떠나 버려 어머님과 온 식구의 걱정 또한 태산 같았습니다. 그때 우리 베드로는 돌전이었는데 내 등에 업혔고 또한 나는 옷 보따리를 태산같이 싸서 머리에 얹었습니다. 또한 장부 요한도 륙색을 짊어지고 그 위에다 제노베파를 얹어서 피난길을 떠났습니다. 피난 9일만에 집에 돌아오기 위해 산너머에 오니 군인들이 온 산에 죽어 있더군요. 정말 6.25는 지긋지긋 하였습니다. 우리 파비아노와 시동생 요셉은 어디에 있는지 근심 가득한 심정으로 집 근처에 이르니 마침 시아버님께서 마중을 나오셨는데 모두들 아버님을 붙잡고 통곡을 하였지요. 집에 돌아와 있으니 뒤따라 외조모님과 옆방 사람들이 우리 파비아노를 무사히 데리고 왔습니다. 그러나 시동생 요셉은 그만 군에 입대하였었지요.

그 후 베드로의 백일을 지냈습니다. 그런데 우리 시아버님께서는 "길쌈하는 며느리가 부럽다"하시면서 베틀 연장을 다사오시어 배우라 하시니 배우지 않을 수 없었습니다. 베도 짜보고 삼도 삶아보고 목화도 앗아보고 또한 다른 할 일도 많았습니다. 그때 빨래를 하려면 짚을 펴서 재를 시루에다 바치고 잿물을 받아서 해야하고 바느질도 밤에 호롱불 켜놓고 솜바지저고리를 손질하였으며 명절이 닥치면 놋그릇도 닦아야 하였고 물도 저와야 되었습니다. 아침에는 평균 일곱 개 정도의 도시락을 준비해야 되었고 물국수 한번 해 먹이려면 일곱 덩어리씩 밀어야 했습니다. 조용히 식사 한 번 제대로 할 시간이 없었는데, 어느날 시어른께서는 "여자는 밥 비벼놓고 들어가면서 한번, 나가면서 한 번씩 먹어라"하시더군요.

세월이 유수같이 흘러가니 큰 일은 또한 얼마나 많았습니까. 우리 파비아노는 영천고등 다닐 때 웅변대회도 나가고 공부도 잘한 셈인데 고등 졸업하고는 저대로 서울로 가버렸지요. 돈도 없이 어디 가서 고생하나 걱정만 하였는데 서울대학 시험 보러 갔다는 소식을 들었습니다. 그동안 굶기도 하고 친구 집에서 얻어 먹기도 하면서 시험을 치렀으나 서울대학은 실패하고 나중에 고려대학을 다녔지요. 그때부터 우리 파비아노는 고생길로 접어든 셈이었지요. 서울 종고모댁에 들어가 아르바이트를 하면서 고생 고생하는 중에도 자기 동생들의 공부 걱정을 했습니다. 홍운이를 서울로 보내라 해서 보냈고 그 후 홍록이도 보냈지요. 후에 홍대도 "내가 먼저 가야 할 걸"하면서 서울로 올라갔습니다. 우리 레오는 초등학교를 졸업하고 서울 소신학교로 막내 삼촌의 인솔을 받아 입학시험을 치렀습니다. “어린 나이에 신학교에 입학하여 얼마나 견디기 어려웠을까”하며 늘 걱정이더니 어느덧 고등졸업하고 광주 대신학교로 가게 되었으나 그만 중도탈락하고 말았습니다. 가슴이 뚝 떨어지듯 쓰라린 단장의 비애를 뉘라서 알아주리오. 그후 연세대학을 졸업하고 공군에 가서 정훈장교로 있으면서도 온갖 시련 다 겪었는데 그 고생이야 말로 다 할 수 없지요.

다시 파비아노 이야기를 계속 해야겠네요. 서울 파비아노는 자기 동생들 공부시키느라 고생하고 집에서는 힘대로 돈을 부쳤으나 얼마 안가서 돈이 떨어지면 굶기도 많이 하게 되었습니다. “동생들이 굶고 쌕쌕 자는 걸 보니 불쌍하다.”는 파비아노의 편지가 오면 나는 온 마을에 다니며 돈을 구했지요. 때로는 딸라 돈(이자가 1할)이라도 얻어 보내야 했습니다. 자주 가서 돌봐줄 시간은 없었지만 서울 한번 가보려면 집일을 대강이라도 정리해야 되었습니다. 밤잠도 제대로 못 자고 밤에 야말도 몇 켤레 깁고 온갖 일 다 보고 가려면 한없이 바쁘기만 하였습니다. 서울까지 청량리행 열차를 타면 열 한시간이나 걸렸지만 가는 동안 모처럼 쉬는 시간이 좋고 아이들 보러가는 기쁨 또한 좋았지요. 그러나 아이들 자취방에 가보면 짤아빠진 빨래가 태산같이 쌓여있고 얼마나 고생하였는지 눈에 선하였답니다. 아이들 뒷바라지를 며칠 하고 돌아서면 통곡 밖에 남는 것이 없었지요. 옆집 사람들이 위로해 주더군요. 언제 한번 제노베파가 상경하였는데 단칸

방에 잘 수가 없어 주인집 큰 방 다락 위에 자게 되었지요. 집주인의 잠이 덜 들었을 때 올라가고 또한 주인의 잠이 깨기 전에 내려와야 했답니다. 또 한번은 우리 마티아를 데리고 갔는데 가지고 간 돈은 며칠 못가서 떨어지고 굶어야 할 형편이 되었지요. 어린 마티아가 울며 밥 달라할까 보아 길거리에 돌아다니다가 집에 돌아오니 옆집에서 마티아에게 밥 한술 주더군요. 고마워서 어쩔 줄 몰랐지요. 하물며 서울 아이들 고생은 오죽했겠습니까. 우리 파비아노의 편지는 슬픈 곡절이 많이 담겼지요. 아비노릇 어미노릇 제대로 하려니 고생도 이만 저만이 아니었답니다.

바로 그러한 때 베드로는 신학교에 가게 되었는데 밥이나 실컷 먹자고 간 것은 아닌지 모르겠습니다. 그 후 대신학교 2학년 때 방학을 마치고 학교에 갔던 베드로가 눈이 퉁퉁 붓고 충혈되어 집에 왔지요. 얼마나 놀라고 걱정스러웠는지 모릅니다. 베드로의 말은 "할아버지 산소에 다녀온다"고 하며 대수롭지 않은 듯 보이려 애썼지만 영천읍 북문통에 위치한 성심 병원에 입원을 시켰지요. 실은 베드로는 방학을 마치고 귀교할 때 호남선 열차 안에서 친구로부터 심한 구타를 당하였던 것입니다. 입원 중에 가해한 친구가 찾아오니 베드로는 먼저 악수를 청하였답니다. 며칠 후 눈의 상처가 가라앉자 그만 퇴원을 시켜버렸지요. 사실 완전히 나은 것이 아니었는데, 그 때 큰 병원에 가서 제대로 치료를 받도록 했어야 하는데 요즘에 와서는 눈이 덜 나은 걸 보니 모두 부모 잘못 만난 탓인 것 같아 마음이 아픕니다. 베드로는 그 후 공군에 갔다가 제대해서 취직하고자 대구에 가보더니 6만원 밖에 안준다면서 공부나 계속 하겠다는 것입니다. 그래서 할 수 없이 김서방 총각 때 모았던 돈 20만원과 몇 만 원 되는 것 미더운 자리에 늘려준다고 하면서 쓰게 되었습니다. 그 돈으로 베드로의 등록금을 하기에는 모자라서 딸라 돈을 보태었지요. 베드로는 서울로 책보따리를 들고 다시 자기 형을 찾아가려니 그 때 얼마나 마음이 괴로웠겠습니까. 또한 큰 파비아노는 얼마나 신경질이 났겠습니까. 모든 이야기를 필설로 다 쓸 수가 없네요.

우리 레오신부는 군에서 제대를 하고 오더니 그만 신학교로 갈 결심이라 속으로 반가웠습니다. 신학교에 있을 때도 남과 같이 돈도 제대로 못 대주고 고생고생하며 공부하였지요. 큰 축일에 집에 오면 행여 또 다시 중도하차인가 싶어 가슴이 철렁 하였답니다. 그런데 온갖 시련 다 이겨내고 신품성사 받게 되었으니 오직 주님께 감사드릴 뿐입니다. 우리 파비아노는 대학 졸업하고 취직했지만 결혼하라고 하면 동생들 공부 다 시켜놓고 하겠다는 겁니다. 결국 서른 다섯에 결혼했지요. 친구들은 일찍 결혼하여 아이가 벌써 대학생이라는데 우리 파비아오는 몇해 아이가 없어 남이 부럽기도 하였지만 굳은 신앙심으로 주님의 일을 많이 하는 것을 보니 기쁘기 한량없습니다. 그후로 우리 요안나도 대구에서 단칸방 조그만 것을 얻어 마티아를 데리고 얼마나 고생이 많았는지 말로는 다 못할 것입니다. 우리 아이들의 고생을 어찌 모두 이야기할 수 있겠습니까.

세월은 빨라 내가 어느덧 회갑이 되던 해에 시어머님께서는 천당 가실 준비 중에 계셨습니다. 모든 성사 다 받으시고 쉬고 계신 시어머님께 모든 아들들이 성사 좀 보도록 기도해 달라고 말씀드렸지요. 어머님께서 기도하신 덕분인지 그 후 모두들 성사도 보고 성당에도 잘 나가고 기도생활도 열심히 하니 오직 주님께 감사드릴 뿐입니다. 그 해는 시어머님이 돌아가시던 슬픈 해였지만 기쁜 일도 있었지요. 뜻밖에 성당에서 상을 받았습니다. 최봉도 신부님께서 여러 교우들 앞에서 교구장님의 상을 주시더군요. 상받을 만큼 잘 살지 못했는데 부끄러웠답니다. 그리고 서울 아이들과 딸들이 푼푼이 얼마씩 모아 내 회갑기념으로 성지순례를 준비하였다고 상경하라는 것이었습니다. 우리 신부는 서울 올 시간이 없을 만큼 바빴어도 밤잠을 설치며 밤차를 타고 새벽에 도착하여 회갑미사를 봉헌하였지요. 미사후에 비행기를 타고 로마로 향하였답니다. 꼴베 신부님 시성식에 참례하고 루르드 기적수에 목욕까지 할 수 있었지요. 미사후에 비행기를 타고 로마로 향하였답니다. 꼴베 신부님 시성식에 참례하고 루르드 기적수에 목욕까지 할 수 있었지요. 루르드에서 외국 수녀님이 뺨을 맞대며 반기시던 환대를 두고 두고 잊지 못할 것입니다.

항상 바쁜 생활을 하다 보니 레지오에 나갈 시간이 없었는데 한번은 영천읍 교촌동에 사는 김수산나가 레지오에 나가고 찾아왔습니다. 그 때만 해도 너무 바쁘고 생활에 쫓기던 형편이라 조금 여유가 있고 조용해지면 나가겠다고 대답하였었는데 두 번째 또 찾아왔습니다.

그래서 레지오 회합에 처음 나가게 된 날이 1968년 4월 17일이니 어느덧 20년이 넘었습니다. 그 동안 7년 개근상도 타보고 빨래를 하다가도 단원들이 찾아오면 같이 활동나가던 일이 생각납니다. 영천 성당에서 레지오 부단장도 몇 년 하고 단장도 맡아 하며 성모회장도 하는 등 재미있게 성당 일에 참가하였는데 그만 영천을 떠나오고 말았습니다. 요안나와 마티아가 대구에서 자취하며 살다가 그만 요안나는 결혼하게 되어 거의 50년 가까운 세월동안 정들었던 영천을 떠나왔는데 처음에는 어찌나 떠나오기가 어려웠던지 모릅니다. 그래서 대구에 와서도 4년 동안 매주 주회합에 참석하였습니다. 영천에 가는 날은 더 바쁘게 설쳐서 결석하지 않으려 하였고, 또 단원들을 만나면 그지없이 반갑고 기뻤습니다. 그런데 이제 고산지역에도 주님 은혜로 성당이 생겨 레지오를 조직하게 되었습니다. 또 단장 책임을 맡기니 성모님 뜻이라 생각하고 받아 들였는데 아직 객지라서 활동은 많이 못하였지만 단원들도 매주 만나며 서로 친구가 되어 기쁘게 지내니 주님께 늘 감사드리지 않을 수 없습니다.

나는 내 몸만 건강하면 일하는 것 모두 기쁘게 하겠는데 몸이 아플 때는 짜증도 난답니다. 사랑하는 나의 동생 데레사는 언제나 우리를 걱정하였지요. 같이 치료도 받으면서 서로 건강도 많이 좋아졌지요. 작년 여름에 테레사는 외국 신부님과 삼청동 아이들과 함께 산간학교에 가게 되었지요. 데레사는 어머님께도 늘 손발이 되어 왔답니다. 그런데 산간하고 출발을 앞둔 데레사의 전화를 받았답니다. "별일 없느냐"는 인사와 함께 어머님 걱정을 태산같이 하였지요. 그리고 그것이 마지막이 되었습니다. 산간학교를 마치고 돌아오는 길에 외국신부님이 운전을 잘못하여 갑자기 죽음을 당하고 말았습니다. 이 슬픔이 괴로움 어떻게 말로 다 할 수 있겠습니까. 그러나 장하신 우리 어머님은 "주님이 하시는 일 누가 말리겠나"하시면서 남 보기에 슬픈 표정을 보이지 않으십니다. 그러나 그 쓰라린 심정 슬픈 마음을 어찌 모를 수 있겠습니까. 어머님께서는 나를 보고 "너하고 살자"하셨는데 나는 이다지도 불효막심한 딸이 되었으니 어찌할꼬?

주여! 이런 세월 언제까지 주시렵니까. 주님의 뜻이라면 기쁘게 받아들이겠습니다. 도와주소서! 그리고 우리 신부 언제나 주님 기쁘게 해 드릴 수 있는 은총 주시고 영육 간에 건강주시며 우리 아들·딸들에게 굳은 신앙, 열심한 신앙주소서! 아멘.

* 위의 아버님, 어머님 글은 1988년 11월 펴낸 첫 번째 가정문집 『서로 사랑하여라』에 실렸습니다.

가정의 사랑: 성덕의 소명이자 길

제10차 로마 세계 가정대회 "세상에서 선교사가 되라고 부름받았습니다"

장남 최홍준 파비아노

예수님께서 가져오신 자유는 "온전히 사랑으로 향합니다"

제10차 세계가정대회가 막을 내린 2022년 6월 25일 오후 로마 성 베드로 광장에서 봉헌된 미사에서 프란치스코 교황은 가정 내에서 섬김의 정신으로 참된 자유를 살아가라고 초대했다. 아울러 부모에게는 자녀에게 신뢰를 주며 혼인 성소(婚姻聖召)에 대한 충실함을 보여주라고 당부했다. 교황은 미사에 참례한 가족들에게 어디에서든 복음을 선포하는 사명을 맡겼다.

같은 날짜의 「바티칸 뉴스」에 따르면 '가, 나, 다'의 '다'해 연중 제13주일인 이날 독서와 복음 모두 '소명(召命: 부르심)'에 대한 내용인데, 제10차 세계가정대회의 주제도 "가정의 사랑: 성덕의 소명이자 길"이었다. 교황은 사도 바오로가 갈라티아 신자들에게 보낸 서간 중 자유의 개념을 중점적으로 다룬 이날 제2독서를 설명하면서 묵상을 시작했다. 자유는 오늘날 누구나 바라는 기본적인 선(善) 중 하나다. 교황은 "모든 이가 자유로워지기를 바란다"며, 따라서 "모든 이는 문화, 사회, 경제 등 온갖 형태의 '감옥'에서 해방되기를 열망한다"고 말했다. 하지만 더 중요한 것은 내면의 자유이며 이러한 자유는 선물이라고 교황은 강조했다. 당신의 피로 값을 치르시어 우리를 온갖 노예살이에서, 특히 우리 자신에게만 골몰하는 이기심에서 해방시키신 분은 바로 그리스도이시다. 실제로 예수님께서 가져오신 자유는 "온전히 사랑으로 향하며"이는 가정과 상당히 깊은 관련이 있다.

"혼인한 부부 여러분은 모두 가정을 꾸리면서 그리스도의 은총으로 다음과 같은 용감한 선택을 했습니다. 곧, 여러분은 여러분 자신을 위해서가 아니라 하느님께서 여러분 곁에 두신 사람을 사랑하기 위해 자유를 행사합니다. 여러분은 고립된 '섬'처럼 떨어져 사는 대신, '서로 섬기는 데에'헌신했습니다. 이것이 가정 안에서 자유를 행사하는 방식입니다! '행성'이나 '위성'은 다른 물체 주위를 돌기 마련입니다. 자기 자신의 주위를 도는 게 아닙니다. 가정은 만남의 자리, 나눔의 자리, 타인을 받아들이고 그에게 가까이 다가가기 위해 자기 자신으로부터 나가는 자리입니다. 가정은 우리가 사랑하는 법을 배우는 첫 번째 자리입니다. 이를 절대 잊지 맙시다. 가정은 사랑하는 법을 배우는 첫 번째 자리입니다."

패럴 추기경: 차기 세계가정대회는 2028년

미사 말미에 교황청 평신도가정생명부 장관 케빈 패럴 추기경은 성 베드로 광장에 모인 모든 가정과 미디어를 통해 연결된 전 세계 가정의 이름으로 교황에게 인사를 전했다. 특히 패럴 추기경은 이번 제10차 세계가정대회가 세계주교시노드 후속 교황 권고 「사랑의 기쁨」(Amoris laetitia) 반포 5주년을 기념하는 '사랑의 기쁨 가정'의 해를 폐막하는 행사임을 떠올리게 했다. "교황님은 사랑의 기쁨 가정의 해 동안 전 세계 교구의 가정 사목에 새로운 자극을 주고자 하셨습니다."사실 "제대로 훈련을 받은 가정과 사목자가 교회의 영적, 도덕적 도전과 관련해 어린이, 청소년, 부부 등 온 가족을 동반하는 과업에서 한층 더 효과적으로 협력할 수 있는 방법을 발견할 수 있도록 새롭게 노력해야"한다. 패럴 추기경은 서한, 연설, 교리교육 등 다양한 방식으로 가정에 선사한 "선물"에 대해, 그리고 관심과 친밀함에 대해 교황에게 감사를 표했다. 아울러 다음과 같이 덧붙였다. "전 세계 가정은 교황님의 아버지다운 사랑을 한층 더 깨닫고 자신들의 도전과 문제를 잘 이해해 주신다고 느낍니다."패럴 추기경은 아직도 할 일이 많지만, 이날 오후의 만남이 모두에게 신뢰와 열정을 선물했다고 말했다. 끝으로 그는 교황과 함께하는 차기 세계가정대회와 관련해 오는 2025년 희년의 일환으로 로마에서 "가정의 희년"을 지내게 될 것이라며, 오는 2028년에 제11차 세계가정대회가 열릴 예정이라고 발표했다.

세계가정대회의 역사: 1994년 제1차 대회부터 제10차 대회까지

유엔은 1994년을 세계 가정의 해로 지정했다. 같은 해에 성 요한 바오로 2세 교황은 세계 가정의 해를 기념하며 제1차 세계가정대회를 로마에서 개최했다. 3년 뒤 성 요한 바오로 2세 교황은 브라질 리우데자네이루로 전 세계 가정을 소집했다. 당시 대회의 주제는 "가정: 선물과 헌신, 인류의 희망"이었다. 제3차 세계가정대회는 2000년 대희년을 맞아 로마에서 열렸다. 2003년에는 전 세계 가정이 필리핀 마닐라에 모여 "그리스도인 가정: 제삼천년기의 복음"이라는 주제를 함께 성찰했다. 제5차 세계가정대회는 스페인 발렌시아에서 열렸으며, 제6차 대회는 멕시코 수도 멕시코시티에서 "가정: 인간 가치와 그리스도교 가치의 배움터"라는 주제로 개최됐다. 2012년 제7차 세계가정대회는 이탈리아 밀라노에서 열렸다. 2015년 대회는 미국 필라델피아에서 "사랑은 우리의 사명, 살아있는 가정"이라는 주제로 열렸다. 아일랜드 더블린에서 개최된 제9차 세계가정대회는 시노드 후속 문헌으로 발표된 교황 권고 「사랑의 기쁨」을 묵상하고 심화했다. 그리고 이제 다시 로마에서 "가정의 사랑: 성덕의 소명이자 길"이라는 주제로 제10차 세계가정대회가 열린 것이었다(2022년 6월 21일자 「바티칸 뉴스」 참조).

'구남매' 형제들, 가정사목과 생명운동 동참

'구남매'의 둘째 레오 사제는 1976년 사제로 서품된 후 대구대교구청 재임시 초·중·고 교리서 학생용과 교사용 22권을 책임 발간하고 교사학교를 개설해 6차까지 운영했다. 교구 대학생연합회 지도신부로서 가칭 '푸른 교회'학생본당을 운영하는 등 교구 젊은이 단체와 18개 액션 단체 지도신부를 역임했으며, 경산본당과 성 토마스 아퀴나스 본당 주임신부로 사목할 때는 가족단위 산간학교를 전국 처음으로 실시하고, 이를 현대사목사례집으로 묶어 「가정공동체 초막생활」(1983년) 책자를 펴내기도 했다. 특히 한국교회사연구소가 편찬한 12권 분량의 「가톨릭대사전」(1994년) 제1권에 수록된 '가정사목' 항목에서 그는 이렇게 쓰고 있다.

《가정 사목은 가정이라는 가장 기초적인 단위로서의 공동체와 관계된 사목활동 전체. 여기에서 가정은 사목 대상일 뿐만 아니라 사목 실천을 수행하는 주체도 되며, 이러한 의미에서 제2차 바티칸공의회와 요한 바오로 2세의 사도적 권고에서 지적하는 것과 같이 '작은 교회' 또는 '가정교회'로도 불린다(교회헌장 11항, 가정공동체 49항). 그리고 가정 사목은 그 성격상 '여성 사목' 또는 '아동 사목', '노인 사목'과도 밀접한 관련을 갖게 된다. 이 가정 사목에 대한 교구 안에서 책임을 지는 사람은 일차적으로 주교이며, 주교를 도와 가정 사목을 담당하는 사람은 '결혼과 가정에 대한 교회 직무의 본질적 부분을 담당하는 본당 사목자'이다(가정공동체 73항).》

가정 사목의 '사명과 본질'을 짚은 다음 그는 '전망과 제언'에서 가정 안에서의 복음화가 필요하다는 점을 지적한 다음 ①가정 사목은 신앙에 바탕을 두고 그 계획 자체가 가정 구성원들에 의해 현실화되어야 하며 ②본당 사목 계획 안에서 실행되어야 하고 ③가정공동체 구성원 모두 참여할 수 있어야 하고 ④교회의 여러 가정들이 친교를 통해 연대성을 확인하며 ⑤가정 사목 계획은 각 단계별 교육과정에 반드시 해당 분야 전문가들이 참여해야 한다는 점을 지적하고 있다.

3남 홍운 베드로는 가톨릭대학교 생명대학원 겸임교수(2007-2009, '생명윤리와 미디어')로 활동하고, 한국천주교주교회의 전국위원회의 하나인 가정과 생명위원회 관련 활동에 2000년대 초반부터 20여 년 간 투신해 오기도 했다. 서울신문사 직선 편집국장과 논설실장 등 현역으로 재임할 때 생명윤리와 생명문화 확산을 역설하는 칼럼과 사설을 많이 쓴 그는 주교회의 가정사목위원회 생명31운동본부 총무 송열섭 신부(2006년 5월 선임)와 제3대 생명31운동본부장 부산교구장 황철수 주교(2007년 10월 선임), 주교회의 생명윤리위원장 장봉훈 청주교구장 주교(2008년 10월-2014년 10월)를 도와 2007년 11월부터 산부인과 의사, 행복한 가정운동 실무자, 우리신학연구소장 등과 함께 생명31운동본부 기획단 회의에 참석하기 시작해 오늘날 주교회의 가정과 생명위원회(위원장 이성효 주교) 소속 생명운동본부 위원으로 봉사하고 있다.

교회는 1973년 제정된 모자보건법이 근본적으로 태아를 인간으로 존중하지 않고 반생명적이고 반인륜적으로 인간의 기본권마저도 부정하고 있기에 이를 악법으로 규탄해 왔다. 그 후 한국천주교주교회의는 2002년 12월과 2003년 1월에 걸쳐 총 4회의 대책회의를 여는 등 2003년 제정 30년을 맞이한 모자보건법 제14조가 한국 사회에 만연한 반생명문화의 심각한 현상인 낙태를 조장하는 독소 조항이라는 사실을 알리고 대책을 마련했다. “생명 문화와 낙태 - 모자보건법 제14조(조건적 인공임신 중절 수술을 허용해 위법이 되지 않는다고 밝힌 조항)에 관한 다각적 검토”를 주제로 하고 2003년 2월 5일 국회 도서관에서 세미나를 개최한 주교회의는 같은 달 2월 7일 명동성당에서 ‘생명수호 미사’를 봉헌했다. 이러한 과정에서 무엇보다도 죽음의 문화가 만연한 현실을 직시하며 지금까지 해왔던 생명운동의 한계를 절감하고 문화를 바꾸어 가는 범국민운동이 필요하다고 여겨 ‘생명 31운동’이라는 새로운 방향을 모색하게 되었다. 악법이 제정된 지 31년째부터는 생명을 살리는 세상이 되기를 염원하면서 이 운동을 시작한 것이다. 그러나 이 명칭은 2009년 3월 춘계 주교회의 총회에서 '한국천주교주교회의 생명윤리위원회 생명운동본부'(The Pro-Life Activities of the CBCK)로 바뀌면서 '西'이 없어졌다. 그 후 2017년 추계 정기총회에서 주교회의 '가정사목위원회'가 주교회의 '가정과 생명위원회'로 변경돼 '생명운동본부'는 주교회의 생명윤리위원회 산하에서 가정과 생명위원회 산하로 소속이 옮겨졌다.

2012년 4월 18일(월) 한국천주교중앙협의회 대회의실(5층)에서 열린 한국천주교주교회의 생명운동본부 제17차 운영위원회 전국 생명 담당 사제 연석회의 회의록을 보면 아우 최홍운 위원과 함께 형 최홍준 위원이 사도직 단체장의 일원(한국평협 회장, 2014년 2월 임기 만료)으로 참석하고 있다. 기간이 길지는 않았지만 형제가 나란히 교회의 가르침 안에서 '가정과 생명'이라는 같은 주제를 놓고 같은 회의장에서 의견을 개진한 사례를 만들었던 것이다.

나는 주교회의 가톨릭매스컴위원회(당시 위원장 나길모 굴리엘모 인천교구장 주교, 그 후 2017년 '사회홍보위원회'로 명칭 변경) 위원(1986-1990)에 이어 서울대교구 정의평화위원회 위원(1995-2015)과 주교회의 정의평화위원회(당시 위원장 박석희 주교) 상임위원(1998-2022)으로 봉사하고 있던 중 2003년 8월 5일 군종교구청에서 생명31 운동본부 집행위원회 발족식과 회의에 참석하면서 다른

11명의 위원들과 함께 이 운동에 참여했다. 당시 위원장은 군종교구장 이기헌 주교였다.

이보다 앞서 나는 1990년에 시작한 마리아사업회(포콜라레운동) 새가정운동에 참여하면서 1993년 로마에서 열린 새가정운동 국제대회와 2000년 10월 역시 로마에서 열린 '가정들의 대희년'과 제3차 세계가정대회, 2003년 필리핀의 마닐라에서 열린 제4차 세계가정대회에 아내 유숙자 루피나와 함께 참석했다. 1993년 로마 대회에 참석한 기록을 당시 가톨릭신문에 기고했고, 2003년 마닐라대회 참가기록은 나와 공동작업으로 이루어졌으나 아내 이름으로 같은 해 8월 발행된 서울대교구 평신도사도직협의회의 「서울평협」지에 실었다. 세월이 지난 사건 기록이기는 해도 저출생과 가정문제가 만만치 않은 데다 2025년 정기 희년 세계 가정들의 모임을 앞둔 오늘의 현실에서 뜻이 있는 일로 여겨 두 편의 참가기를 옮긴다.

[특별기고] 93 포콜라레 가정축제 참가기(상)

장남 최홍준 파비아노

2천년대 인류 친교의 씨앗심어 / 87개국서 참가 다양한 가정생활 나눠 / 입양·결연 주선 구체적 나눔생활 제시

발행일1993-07-25 [제1865호, 12면] 가톨릭신문

지난 6월 5일과 6일 이틀간 '패밀리 페스트 93'이라는 가정축제가 로마에서 열렸다. 유엔이 정한 '국제 가정의 해(1994)'를 앞두고 그 전초 행사로 국제마리아사업회(포콜라레운동) 새가정 본부가 주관하고 유니세프 등 유엔의 여러 기관이 후원한 이번 축제에 우리나라에

서는 새가정 운동에 속하는 50여 명이 참가했다. 이 대회에 참가한 방송작가 최홍준씨의 覽포콜라레 가정축제 참가기'를 2회에 걸쳐 게재한다(가톨릭신문 편집자).

지난 6월 5일과 6일 이틀 동안 '패밀리 페스트 93'으로 불린 가정축제가 로마에서 열렸다. 유엔이 정한 '국제 가정의 해'(1994)를 앞두고 그 전초적인 행사로 국제 마리아의 사업회(포콜라레 운동) 새가정 본부가 주관하고 유니세프 등 유엔의 여러 기관이 후원한 이번 축제는 그 첫날인 토요일에는 '64 로마올림픽을 치른 에우르 체육관에서 범세계적으로 나라와 문화, 전통, 인종, 종교를 초월해서 모든 가정들을 위해 라디오와 텔레비전으로 방송이 중계되는 가운데 3시간 동안 진행됐다. 둘째 날인 주일에는 교황 요한 바오로 2세 집전으로 삼위일체 대축일 장엄미사가 성 베드로 광장에서 봉헌됐다.

'2천년대의 인류를 위한 친교의 씨앗'이란 주제로 열린 93 가정축제 첫날 행사에는 5대륙 87개국에서 모인 1만4천여 명이 참석해 다양한 문화의 관습과 현실에 따른 경험담을 말하고, 한국인도 각 1명씩 포함된 '젠 베르데'와 '젠 로쏘'그리고 역시 한국의 한 가정도 함께한 '로삐아노'의 새가정들이 노래와 춤으로 일치를 보여주는 한편, 오세아니아의 멜보른과 아시아의 홍콩, 아프리카의 연데, 라틴 아메리카의 상 파울로, 아르헨티나의 부에노스아이레스, 그리고 미국 뉴욕의 유엔본부 강당을 연결해서 투 웨이(Two Way)방식으로 동시에 축제를 벌이기도 했다.

로마 시간으로 토요일 오후 3시부터 6시까지, 12개 통신위성으로 생방송 된 이날 축제에는 다른 두 개의 비디오를 준비해서 바티칸으로부터 이 대회에 보내는 교황님의 메시지를 듣고, 또 하나는 브뤼셀의 유럽의회(The European Parlia-mentin Brussel)와 연결했으며 사이사이에 미리 녹화했거나 혹은 생방송으로 각국의 고위인사, 가정, 전문가들의 인터뷰를 통해 가정생활에 따른 견해를 접할 수가 있었다.

우리나라에서는 새가정 운동에 속하는 50여 명이 이날 축제에 참가했다. 스칼파로 이탈리아 대통령이 도착한 다음 RAL(Radio Tele-vision Italiana)방송 시그널 음악과 함께 장내 대형 스크린을 통해 「'93 패밀리페스트」라는 오프닝 타이틀이 비춰지면서 시작된 축제는 50년 전 한 처녀에 의해서 불꽃이 번지게 된 포콜라레 운동과 그 창설자인 끼아라 루빅에 관한 설명이 있었고, 맨 마지막에는 바로 그 끼아라의 아름다운 담화가 세계 각국 말로 소개됐다. 이태리말로 '벽난로'를 의미하는 포콜라레(focolare)는 고대 대가족들이 불을 피워놓고 모여 앉던 장소를 두고 한 말이기도 한데, 후에 '가정'이란 단어의 동의어가 됐다.

복음을 연구하기 위해서가 아니라 복음을 살기 위해, 복음을 실천하기 위해서 모인 이들은 서로 사랑하기를 배우려 하고, 서로 서로 하나 되기를 배우려고 한다. 우리가 그리스도 안에서 하나가 될 때 그리스도의 진리를 세상에 증거하게 될 것이라고 굳게 믿는 이들의 포콜라레 운동은 개인적인 수덕(修德)도 중요하게 여기지만 공동체 생활에 훨씬 더 비중을 둔다. 하느님의 이름으로 하나 될 때, 그분이 우리 가운데로 오셔서 우리와 함께 머무시는 것, 이것이 그 토대를 이룬다.

이날 축제는 세상 곳곳에서 버려지고 있는 아이들에 관심을 보이면서 입양과 결연을 구체적으로 안내하고 5만 리라, 또는 30달러를 '일치된 세계를 위한 사업본부'에 보내면 입양 결연사업에 동참하게 되는 것이라고 방송하기도 했다. 유료, 혹은 무료 전화라인을 연결해서 여러 지역으로부터 입양과 결연 희망자를 만나는가 하면, 기아와 전쟁과 이혼 등 여러 이유로 파괴됐거나 파괴될 위험에 놓인 가정들을 직접·간접으로 돕는 문제를 함께 풀어나가는 모습이 인상적이었다.

[특별기고] 93 포콜라레 가정축제 참가기(하)

장남 최홍준 파비아노

새가정 운동의 터전마련 계기 / 전 세계 20만명 회원중심 활동활발 / 파괴가정 보도에 각국서 성금 답지

발행일1993-08-01 [제1866호, 12면] 가톨릭신문

유엔이 정한 1994 국제 가정의 해를 앞두고 로마에서 열린 1993 가정축제에 따른 투웨이 시스템과 위성통신 중계방송을 서울에서도 시도해 봤으나 여러 가지 사정으로 뜻을 이루지 못한 채 소수의 인원이 한자리에 모여서 그날 밤 10시부터 새벽 1시까지 국제 라인을 통

2011년 7월 30일 천안 국립청소년수련원에서 여름 마리아폴리 중에 파비아노의 칠순 케이크를 나누면서 포콜라레운동 식구들이 기념사진을 찍고 있다. 앞줄 오른쪽에서 두 번째가 루피나, 그 옆이 파비아노, 그 뒤로 한국지역 포콜라레운동 남녀 책임자들인 김석인 알베르토 신부(2009년 수품)와 문원주 데레사(마리스)도 함께 했다.

해 홍콩 프로그램을 지켜보는 것으로 만족해야 했다고 들었다. 아시아 지역은 홍콩에서 투웨이 방송을 실시했는데, 홍콩으로 카메라와 마이크가 넘어갔을 때는 한국의 한 부부가 한복을 곱게 차려입고 무대에 나가 앉아 있었다.

지역과 지역으로 연결하는 사이사이에 이번 축제에 대한 코멘트를 전화로 듣기도 하고 새가정 운동에 관한 설명을 하기도 했다. 전 세계 거의 모든 국가에 20만 명의 새가정운동 정회원과 수백만 명의 호응가들이 각자의 삶과 일을 통해 가치 있는 길을 가고 있다고 설명하기도 했다. 인종과 문화와 전통을 뛰어넘어서 정열적으로 또한 자발적으로 인생의 경험을 나누면서 그들은 서로 강한 끈으로 연결돼 있다고 했다. 물론 이것은 포콜라레 영성을 생활하는 데서 연유하는 것이다. 우리나라에도 이 운동이 처음 들어오던 1969년부터 몇몇 가정이 참여해서 새가정 운동의 터전을 마련해 지금은 이 이상을 깊이 살고자 하는 60여 가정이 있다. 3, 4백명 규모의 큰 모임을 가진 적도 있고 해마다 3차례씩 모임을 가질 때는 1백여 명이 함께 하고 있다.

취리히에서 마약으로 고생하는 가정이 도움을 호소하는가 하면, 유고슬라비아에서 내란과 폭동으로 가정이 파괴된 데 치를 떨면서도 '용서할 수 있는 힘을 주십사'고 기도하고 있다고 해 장내를 숙연하게 했다. 에우르 체육관에 직접 나와서 경험담을 말하면 무관심하지 않다는 것을 입증하기라도 하는 듯 세계 각국으로부터 성금이 답지해 오기도 하는 것이었다.

마지막으로 뉴욕에 연결했을 때는 미국과 캐나다, 카리브해 연안국가 여러 종족들의 이야기가 펼쳐졌고 특히 흑인 여가수의 복음성가가 사람들의 폐부를 흔들어 놓는 것 같았다.

교황 요한 바오로 2세는 비디오 메시지에서 "포콜라레와 크리스찬 뿐 아니라 천지창조 때부터 인류문화의 첫 번째 성사가 혼인성사이며 이 성사의 영신적인 핵을 이루는 사랑을 통해서 가정이 성숙하게 된다"고 지적하고 "여기에 참석한 여러분 모두가 복된 사랑의 전달자가 돼 달라"고 당부하면서 교황 강복을 내렸다. 교황성하는 또한 6

일 성 베드로 광장에서 봉헌한 장엄미사 강론을 통해 "세상에 돌아가면서 사랑의 증거자가 되자"고 말하고, "가정이라는 특별한 공동체는 영원한 공동체이며, 항상 새로운 사랑으로 새롭게 가꿔 나가야 한다"고 강조했다. 서로 간의 사랑과 새로운 삶을 당부하기도 한 교황은 "새가정은 포콜라리니(Focolarini)들의 커다란 경험 속에서 태어난 것"이라고 지적하고 교회도 1994년을 기념할 것이라면서 유엔과 연대해서 가정이 사회의 세포라는 점을 깨닫게 할 수 있도록 하겠다고 밝혔는데, 다음날 카스텔간돌포에서 막을 올린 새가정학교에서 교황청 가정사목위원회 위원장 알퐁소 추기경은 이 계획을 좀 더 구체적으로 설명해 주었다.

교황님은 이날 바티칸 장엄미사 끝에 끼아라와 포콜라레 운동, 그리고 '새가정' 모두에게 축복을 보낸다고 했다. 특별히 가난하고 전쟁으로 추방당한 가정들을 위해 "여러분의 가정을 열어 놓아야 한다"고 당부한 교황님 말씀과 "여러분 가정에 사랑이 꽃피게 해야 하고 절약은 축적이 아니라 앞날에 대한 배려이며, 나눔으로써 사회를 변화시켜 가야한다"고 한 끼아라의 메시지를 마음속 깊이 간직할 수 있었다. 개인적으로 폴란드에서 온 10가정 중에 한 부부를 만났는데 우리가 15시간 남짓 비행기로 날아갈 수 있었던 데 비해 그들은 무려 32시간의 지루한 버스여행 끝에 로마까지 올 수 있었다고 했다. 러시아를 포함한 동유럽 새가정들과 이번 축제에서 함께 할 수 있었던 것도 몇 해 전까지는 상상할 수조차 없었던 일이라며 모두들 고마워했다.

"인류의 미래는 가정에 달려있다"

크리스천 가정: 제3천기의 복음

2003년 마닐라 세계가정대회와 새가정학교의 의미를 되새기며

장남 최홍준 파비아노와 맏며느리 유숙자 루피나

가정들이 만나 복음을 실천한 이야기를 나누는 자리에서 한 부인은 지하철역 참사와 거듭되는 자살 사건들이 인명을 경시하는 사회풍조를 드러낸 한 단면이라고 전제하고, 우리 가정들이 생명과 사랑의 가정공동체를 잘못 살아온 탓으로 빚어진 불상사인지도 모른다며 눈시울을 붉히는 것을 보았다. 가정교육에서부터 폭력, 낙태, 이혼과 그에 따른 소년가장의 양산이며 성매매 풍조의 확산 등 우리네 가정들이 안고 있는 문제는 참으로 심각하다.

이 같은 관점에서 금년(2003년) 1월 25일과 26일 필리핀의 수도 마닐라에서 열린 제4차 세계가정대회와 뒤이어 27일부터 30일까지 타가이타이에서 열린 '새가정 학교'는 크리스천 가정이야말로 제3천년기를 위한 기쁜 소식이며, 복음을 전해야 할 막중한 사명을 가정들이 지니고 있을 뿐만 아니라, 복음화의 훌륭한 도구라는 사실을 재확인하는 소중한 계기가 되었다. 제4차 세계가정대회는 UN이 정한 가정의 해인 1994년에 로마에서 열린 제1차 대회, 1997년 리우데자네이루에서 열린 제2차 대회, 가정의 대희년 행사로 2000년 10월 로마에서 열린 제3차 대회에 이어서 올해 네 번째로 열린 것이다.

옥외 군중집회에 앞서 1월 22일부터 25일까지 필리핀 국제 컨벤션센터에서는 교황특사로 마닐라에 온 교황청 가정평의회 의장 알퐁소 로페즈 트루히요 추기경과 대회 준비위원장인 마닐라대교구장 하이메 신 추기경을 비롯한 전 세계 60여 개국에서 온 3백여 명의 주교님들과 1천여 명의 사제, 그리고 수천 명의 평신도 대표와 수도자 등이 참석한 가운데 '그리스도인 가정, 제3천년기 복음'을 주제로 국제사목신학대회가 열렸다. 이번 대회의 영감에 넘치는 표어 "그리스도인 가정: 제3천년기의 복음"은 교황 요한 바오로 2세께서 선택하신 것으로, 교황교서 「새 천년기」(Novo Millennio Ineunte)에서 교황님은 "남편과 아내의 관계는 유일하고 해소될 수 없는 완전한 상호유대로서, 하느님의 원초적 계획의 한 부분"이며, 따라서 "이런 면에서 교회는 문화적 압력이 아무리 광범위하고 거세다 하더라도 그것에 굴복할 수 없다."(47항)고 말씀하셨다. 당신 교회에 대한 그리스도의 사랑 안에 배우자들에게 드러나는 이러한 '시작'의 신비는 말씀과 성사 안에 받아들여져서 가정생활을 통해 복음을 증언하게 한다는 지적이었다.

이번 대회에서는 특히 오늘날, 그리스도인 가정들이 사랑의 기쁨과 확실한 희망을 끊임없이 퍼뜨려 그리스도의 파스카 계약을 증언할 특별한 소명을 지니고 있다는 점을 상기시켜 주었다. "가정은 단지 교회의 사목적 배려의 대상만이 아니라, 가장 효과적인 복음화의 매개체들 가운데 하나"('아시아교회' 46)라는 점을 거듭 확인하면서 가정은 그 기쁨과 희망을 반드시 밝혀야 하고, 그리스도인 가정은 하느님 나라가 현세에서 지닌 힘과 내세의 복된 삶에 대한 희망을 소리 높여 선포해야 한다는 점을 강조했다.

가정 자체가 하느님의 위대한 신비이다. '가정교회'(Ecclesia domestica ; '교회헌장' 11, '가정공동체' 21)인 가정은 그리스도의 신부로서, 보편교회와 그 안의 모든 개별 교회는 '가정교회' 안에서, 그리고 가정교회가 체험하는 부부 사랑, 부성애, 모성애, 형제애, 공동체 사랑, 세대 간 사랑을 통해서 가장 직접적으로 그리스도의 신부임을 드러낸다. 남편과 아내들이 그 사랑을 나누고 '위대한 신비'를 나눌 때에만 그들은 '끝까지' 사랑할 수 있다. 그들이 이 사랑을 나누지 않으면, 사랑이 참으로 무엇인지, 사랑의 요구가 얼마나 절실한 것인지를 '끝까지' 알지 못한다는 교회의 가르침에, 가정대회 참석자들이 마음을 모을 수가 있었다.

가정을 파괴하는 것은 곧 '죽음'(DEATH)

15개의 주제 발표와 체험발표 등으로 사흘 동안 진행된 국제사목신학대회는 다양한 문화와 다종교 속에서 그리스도인 가정의 현실을 진단하고(제1일), 내적 복음화 차원에서 가정과 교회쇄신을 위한 사목적 배려에 대해(제2일), 그리고 외적 복음화 차원에서 교회 일치와 종교 간 대화에 대해(제3일) 논의했다. 이 모임에서는 고위 성직자를 비롯해서 평신도 가정들이 가정에 관한 교회의 가르침을 일깨워주고, 각국의 가정 사정들을 소개했다. 이번 대회 중앙위원회 의장을 맡은 마닐라대교구 소크라테스 빌레가스 보좌주교는 가정을 파괴하는 것은 '죽음'을 의미하는 'DEATH'라면서 머리글자를 하나씩 소개해 나갔다.

D는 이혼(Divorce), E는 안락사(Euthanasia), A는 낙태(Abortion), T는 총체적인 산아제한(Total Birth Control), H는 동성애 결합(Homosexual Union)이라고 풀이한 그는, 2003년 1월 아시아에 온 여러분은 희망(HOPE)을 볼 것이라면서 H는 영웅적인 자질(Heroism)이요, O는 관대한 개방성(Openness)이며, P는 기도(Prayer), E는 복음화(Evangelization)라고 설명했다. 그러니까 이혼과 안락사와 낙태와 총체적인 산아제한과 동성애 결합은 곧 '죽음의 문화'이며 영웅적인 자질과 관대한 개방성, 기도와 복음화는 '인류의 희망'이라는 지적이었다.

1990년대 초 강원도 횡성 도미니코 수녀원에서 가진 새가정운동 피크닉 프로그램 중 부부대화 시간 한때 코스모스밭에서 포즈를 취하고 있다.

실로 현대 가정들에 대한 정확한 진단에 따른 재치 있는 스피치였다. 불건전한 사상의 영향 즉 전통적인 윤리적 가치의 하락, 이론과 실질적인 유물론, 소비주의에 호응하는 쾌락주의적 사고방식 등은 가정에 정면 공격을 가해 왔고 점점 더 가해 오고 있는 오늘날, 특히 자유주의적, 개인주의적 문화는 혼인의 불가해소성이라는 개념 자체의 의미를 말소시켜 버리기까지 했다. 그래서 결혼은 단지 "사적인 문제"로서 사회에 대한 책임이나 의무와는 전혀 상관이 없는 것으로 그 가치가 현저히 떨어져 버린 것이다. 우리는 일부 계층에서 인구통계 결과를 극히 요란하게 선전함으로써 사람들이 "성과 모성의 책임" 문제를 이기주의적이며 물질주의적으로 해석하게 한 사실을 알고 있다. 이 때문에 물질이 풍부한 사회에서는 이미 인구증가율"이 제로상태에 이르고 있거나, 아니면 심지어는 사망률에 비해 출생률이 더 낮아지고 있는 것이 사실이다. 우리나라에서도 이 문제는 심각해 서울대교구 시노드와 주교회의 '생명 31운동'등을 통해 저출산 문제에 따른 대책 마련에 부심하고 있을 정도다. 젊은 부부들 사이에 하나 혹은 둘 이상의 자녀를 갖는다는 것은 상식 밖의 일로 되어 가고 있는가 하면, 이 같은 퇴폐 성향에 박차를 가해주는 입법 조치를 선호하는 국가가 늘어나고 있어 가정의 견고성을 약하게 하는 실정이다. 손쉬운 이혼, 널리 행해지는 낙태, 안락사, 수태조절, 남성과 여성의 불임수술, 여러 자녀를 둔 노동자에 대한 불충분한 경제 보조 등이 문제점으로 대두되고 있다.

마닐라 국제 사목신학대회 첫날 현실진단 측면에서 발표에 나선 나이지리아 부부는 아프리카의 전통문화와 현대 가정의 양상을 설명했고, 이탈리아 부부는 개인주의와 이기주의가 급속히 확산되는 가정문화의 양상을 소개했으며, 뉴질랜드 부부는 큰집과 보트를 소유하고자 하는 물질주의와 세속주의가 크리스천 가정이 직면한 도전임을 이야기했다. 미국 부부 역시 크리스천 가정이 사회적인 관점과 충돌하는 면을 이야기했고, 베트남 부부는 가족을 부양하기 위해 맞벌이 전선에 나서야 하는 개발도상국 가정의 어려움을 털어놓았다.

대회 둘째 날 가정에 대한 지역 교회의 사목적 배려를 소개하는 측면에서 레바논의 부부는 본당 차원에서 젊은이들을 위한 활동 영역을 넓히고 있으며 결혼을 준비하는 남녀들에 대한 배려와 폭력에 대처한 여성 센터 운영, 기도운동 등의 사례를 소개했고, 미얀마에서 온 한 수녀는 본당 사목자가 가난한 커플을 위해 결혼반지까지 마련해주는 일이 있는가 하면, 교회가 모든 이에게 여러 방법으로 재정적인 지원을 하고 있다고 말했다. 인도의 한 부인은 본당이 지역 학교를 설립해서 교회의 가르침을 전수하고 있으며, 재정적인 면에서 교회가 큰 도움이 되고 있다고 소개했다. 태국의 한 남편은 이 나라의 가톨릭 신자는 겨우 0.5%에 지나지 않다고 전제하고, "우리는 소수지만, 한 사람도 소홀히 할 수 없다"면서 방콕대교구의 각 본당은 가정을 우선순위에 두고 가정의 가치를 증진하는 피정이라든가, 워크숍, 세미나를 개최하고 있다고 소개했다. 필리핀 부인은 가정과 교회가 공동체 발전에 큰 몫을 차지하고 있으며, 관찰과 학습을 통해 교회가 가정들로부터 저항력을 끌어당긴다고 말했다.

크리스천 가정의 선교문제를 다룬 대회 3일째에는 복음화 운동과 이웃 종파, 이웃 종교와 협력에 대한 도전, 그리고 가정 선교, 이렇게 세 부분으로 나뉘어 진행됐다.

교황청 인류복음화성 장관 크레센시오 세페 추기경은 '새로운 복음화에 대한 민감성'을 언급하면서 본질적으로 세례와 견진성사로부터 오는 선교사 역할을 수행하는 크리스천 가정을 교회가 봉헌해야 할 것이라고 말했다. 그는 특히 하느님의 영광과 성삼위의 신비가 개인과 가정과 공동체와 세계에 흘러넘치도록 해야 한다는 점을 강조했다. 브루노 포르테 신부는 내성(內省)의 선교사 활동이 필요하다면서 이는 교회를 새롭게 하고 가정들이 자체 쇄신을 통해서 충만한 삶을 사는 토대를 마련하는 성삼위 위격들의 친교의 삶을 선물로 주시는 하느님의 숨은 은총이라는 사실을 상기시켜 주었다.

'가정교회'인 그리스도인 가정

가정 안에 성삼위의 삶이 작용한다는 것, 참으로 새겨들을 일이다. "가정교회"인 그리스도인 가정은 "사람들의 친교이며, 성령 안에서 성부와 성자께서 이루시는 친교의 표지요 형상"이라고 한 '가톨릭 교회 교리서'(2205)의 가르침을 우리는 주의 깊게 경청하게 된다. 즉 가정에서 이루어지는 출산과 자녀교육은 성부께서 하시는 창조사업의 반영이고, 가정은 그리스도의 기도와 희생에 동참할 것을 요청받고 있다는 것이다. 일상적 기도와 하느님 말씀을 읽는 것은 가정 안에서 사랑을 강화해 주고, 그리스도인의 가정은 복음의 전파자이며 선교사라고 하는 사실도 중요한 대목이다. 우리 마음 깊은 곳에 하느님께서 계시고, 우리가 표현할 수 있는 가장 성스러운 기도인 '주님의 기도'를 들어주시는 분은 바로 하느님 아버지시다. 우리는 예수님의 이름으로 아버지 하느님께 은총을 청한다. 아버지께서 하시는 일은 안 되는 것이 없다. "온갖 근심 걱정을 송두리째 하느님께 맡기십시오."(1베드 5,7)라고 한 성서 말씀을 따랐을 때 우리는 놀라운 기적을 맛보고는 하는 것이다. 우리는 동시에 말씀이 사람이 되신 성자께서 우리 안에 계시고, 성령께서 주시는 분위기로 새로워진 사람들과 공동체 안에 있는 성스러운 결실을 통해서 성령의 현존을 알아볼 수가 있다. 그분 안에 우리 자신을 의탁할 때, 우리는 지혜와 위안과 사랑을 확인하게 된다. 한 분이시되 세 위격이신 성삼위의 현존을 우리는 또한 가정에서도 맞아들이고, 그러한 성삼위의 삶을 살아가는 것이 아주 중요함을 느낄 수가 있다. 주고, 받고, 함께 숨쉬며 서로 사랑하는 공동체의 모습에서 우리는 성삼위의 관계가 가족들 사이에 뿌리내릴 수 있다는 사실을 확인하게 되는 것이다.

한편 한국의 이동훈·권미옥씨 부부는 1월 24일 오후, 자신들의 25년 결혼생활 중에 부부 사이에, 그리고 자녀들과의 관계에서 구체적으로 사랑하며 일치를 이룩한 사례를 내놓아 관심을 모았다. 결혼 당시부터 "둘이나 셋이 내 이름으로 모인 곳에는 나도 함께 있겠다"(마태 18, 20)고 하신 그리스도의 말씀을 지표삼아 그들이 이룩하는 가정이 '가정교회'가 되도록 열심히 노력한 보람이 있어 세 자녀가 각자 제자리에 잘 서 있고, 부모님과의 관계도 원만하게 유지하면서 임종의 시각까지 서로 사랑하는 모습을 보일 수가 있었다는 내용이었다. 여기서도 교회의 가르침을 얼마만큼 실생활에 소화할 수 있었던가 하는 점이 관심사였다. 부모는 자녀를 하느님의 자녀로 보아야 하고, 인격을 갖춘 인간으로 존중해야 하며, 부모는 하늘에 계신 성부의 뜻에 그들 자신이 순종하는 모습을 보임으로써 자녀들에게, 하느님의 법을 지키도록 가르친다('가톨릭교회 교리서 2221)고 하는 이 원칙을 그리스도인 가정은 항상 염두에 두고 살아야 할 것이다. 각종 비리와 사고가 끊이지 않는 오늘날 우리 사회의 현실을 돌아볼 때, 가정이 똑바로 가르치고, 똑바로 배우는 '첫 번째 학교'가 되어야 함을 확인할 수 있었다.

같은 날 열린 아들과 딸들 대회는 유년기와 어린이, 청소년 등 세 그룹으로 나눠 모임을 가지면서 자녀들이 가정의 완전한 구성원이고 혼인생활의 '절정'으로 이뤄진 가정의 선물임을 확인했다.

세계가정대회는 25일 토요일 오전, 마닐라 시내 16개 성당과 성지에서 언어별로 나눠 진행돼 순례 중인 가정을 위한 미사로 이어졌다. 필리핀 사람들의 따뜻한 환대 속에 그리스도인 가정의 하나 된 모습을 보여준 한국교회 대표단은 포콜라레운동 새가정 45쌍과 ME부부 한 쌍이 함께 했으며, 마닐라 근교 성 필립보 네리 성당에서 봉헌된 이날 영어 미사는 한국 주교회의 가정사목위원회 위원장 이기헌 주교와 총무인 서울대교구 정연정 신부, 부산교구 김계춘 신부, 대구가톨릭대학교 교수 손성호 신부 등 가정사목 관련 사제들이 아시아 지역 주교·사제단과 공동 집전했다. 한편 안동교구 출신으로 타이페이 대교구에 선교사로 파견된 박규우 신부도 이번 대회에 참석해 한국 신자들과 기쁨을 나누었다.

"죽을 때까지 신앙 안에 남아 있어야!"

또 이날 오후 마닐라 리잘 공원에서 100만여 명이 모인 가운데 열린 가정 만남 축제는 세계 각지에서 온 가정들의 다양한 경험담 발표와 필리핀 민속공연 등으로 진행됐으며, 위성을 통한 쌍방향 대중전달 수단으로 바티칸의 교황 요한 바오로 2세와 함께 한 프로그램은 마닐라대회 참석자들에게 깊은 인상을 심어주었다. 교황님은 이혼에 대한 교회의 확고한 거부와 혼인성사의 은총을 설명하고, 가난하고 어려움에 놓인 가정들을 돌봐야 한다고 일깨웠다. 그리스도인 부부는 죽을 때까지 신앙 안에 남아있어야 한다고 지적한 교황님은 이웃에 대한 사랑이 항상 쉬운 것은 아니라면서 매일의 삶이 유혹과 위험과 고통에 직면하면서 피곤하기까지 하지만, 여러분 옆에는 언제나 예수님이 현존해 계시며, 그분은 바로 어려운 순간 가나의 혼인잔치에 나타나신 그 예수님이라면서 그리스도인 가정을 위로했다.

26일 연중 제3주일 아침, 같은 장소에 운집한 약 100만 명 신자들과 함께 제4차 세계 가정대회 폐막 미사를 봉헌한 교황특사 알퐁소 로페즈 트루히요 추기경은 강론을 통해 가정들은 자녀를 사랑으로 감싸 안고 보호해야 한다고 강조하고 각국 정부들에 대해서는 가정을 파괴하는 낙태를 반대하고 생명을 존중하라고 촉구했다. 이날 장엄미사에서 참가자들은 그리스도인 가정이 생명과 사랑의 대화를 통해 하나 된 '가정교회'로서 제3천년기 복음화에 기여할 것을 다짐하며 기도했다. 교황님은 마닐라를 성모님께 맡겨드리면서, 다음 번 제5차 세계 가정대회를 2006년 스페인의 발렌시아(Valencia)에서 개최한다고 선언했다.

한편 이날 오후에는 마닐라 시내 울트라 실내 체육관에서 세계 가정축제가 열려 교황청 가정평의회 의장 로페즈 트루히요 추기경 등 고위 성직자와 안나 마리아 다닐로 잔주키 등 수많은 부부들이 지켜보는 가운데 현란한 한복으로 차려입은 한국 새가정 부부들이 '강강술래'민속춤과 합창으로 분위기를 절정으로 몰아가기도 했다.

이어서 27일부터 30일까지 타가이타이 지역 '테라 모이'강당에서 열린 새가정학교에서는 포콜라레운동 로마본부 새가정 책임자인 안나 마리아, 다닐로 부부와 새가정 비서국 안나, 알베르토 프리조 부부 등 500여 명이 함께 한 가운데 가정의 두 기둥인 부부가 가정 안에서 어떻게 예수님을 모시며, 자녀 교육은 어떤 자세로 해야 할 것인지에 관해서 진지하게 접근할 수 있었다. 특히 올해 혼인 50주년을 맞이한 80대의 이탈리아인 안나와 다닐로씨 부부가 들려준 가정생활의 풍부한 경험은 다른 참가자들에게 훌륭한 길잡이가 되어주었다. 그중에서도 사춘기를 지내고 있던 말썽꾸러기 한 아들의 문제를 놓고 아버지로서 어떻게 처신했는지를 말해준 대목은 특히 주목을 끌었다.

"퇴근해서 우리 집으로 올라가는 아파트 엘리베이터 안에서 나는 울음을 터뜨리고 말았습니다. 말썽 중인 아들 문제를 어떻게 처리할까 고민하면서 집안에 들어섰을 때 식탁 앞에 가족들이 둘러앉아 있었지만 어느 누구도 말이 없었습니다. 침묵의 시간이 흐른 다음 아이들은 뿔뿔이 흩어져 제 방으로 들어가 버리는 것이었습니다. 정말 막막했습니다."

그러나 다닐로씨는 용기를 내서 아들의 방문을 노크했다. 베토벤을 좋아하는 그에게는 비틀즈의 요란한 노래소리가 거북했고 벽에 붙은 연예인 포스터도 참기 어려웠지만, 그는 사랑해야겠다는 마음으로 아들을 바라보았다. 아들은 아버지가 자기를 이해하려고 한다는 사실에 놀라워했고, 대화가 시작됐다. 그리고 아버지의 끈질긴 노력과 사랑에 힘입어 그 아들은 훗날 '포콜라리노'(일치의 영성을 깊이 사는 사람)가 되었다고 들려주는 것이었다. 어려운 처지에 놓인 가족이 있을 때, 그도 사랑받고 있다는 것을 알게 해주는 일, 다시 말해서 관심과 사랑이야말로 마음의 병을 치유하는 가장 확실한 처방임을 모두에게 일깨워 준 경험담이었다.

모범과 증언을 통하여

이번 제4차 세계가정대회를 준비하면서 교황청 가정평의회가 마련한 자료에 다음과 같은 내용이 있다.

〈가정은 또한 '멀리 떨어져'있는 이들, 아직 믿지 않는 가정들, 예전에 신앙을 받아들였다가 이제는 신앙에 따라 살지 않는 그리스도인 가정들에게 그리스도와 그분의 사랑의 현존을 알리는 빛나는 징표가 되도록 부름받은 가정교회이다. 그리스도인 가정은 모범과 증언을 통하여 진리를 찾는 이들을 깨우치도록 부름받는다. 그리스도교가 태동하던 시기의 아퀼라와 브리스킬라(사도 18; 로마 16,3-4 참조)처럼, 오늘날에도 교회는 자기 삶의 일부를 선교지역에서 일하거나 복음을 선포하거나 예수 그리스도의 사랑 안에서 이웃들에게 봉사하는 일에 바치는 그리스도인 부부와 가정들의 현존을 통하여 교회의 영원한 새로움과 풍성함을 보여준다.〉

이어서 이 자료는 "일상생활 속에서 '가정교회'가 된다는 것은 무엇을 의미하는가?"라고 물으면서 "혼인성사에 뿌리를 박고 거기서 자양분을 얻는 가정은 혼인성사를 통해 주 예수님에게서 계속 활기를 얻으며, 성사 생활과 삶의 봉헌, 기도를 통하여 하느님과 대화를 나누도록 주님의 부름을 받고 대화를 나누게 된다."고 언급하고 있다.

〈예수 그리스도의 은총은 혼인성사의 거행 자체로 끝나는 것이 아니라, 부부가 살아가는 동안 내내 함께 한다. 예수 그리스도께서는 당신께서 교회를 사랑하시어 교회를 위해 당신을 내어주신 것처럼, 부부들도 서로 자신을 내어주며 영원히 충실하게 서로 사랑할 수 있도록 그들과 함께 머무신다. 그러므로 그리스도인 부부들은 그들에게 힘을 주는 특별한 성사를 가지고 그들의 신분에 맞는 품위와 의무로 일종의 축성을 받게 된다. 혼인성사 덕분에, 부부들은 부부나 가족으로서 의무를 수행할 때 믿음과 희망과 사랑으로 그들의 온 삶을 채워 주시는 그리스도의 영으로 충만하게 된다. 그러므로 부부들은

점점 자신의 완덕과 상호 성화로 나아가게 되며, 함께 하느님의 영광에 이바지하게 된다.〉

이 자료는 계속해서 "그리스도인 부부들과 부모들은 성화의 보편 소명에 포함되며, 이 소명은 그들이 받은 성사로 더욱 특별해지고, 부부 생활과 가정생활의 고유한 현실 안에서 구체적으로 수행된다"면서 그리스도교 입교 성사인 세례성사와 견진성사, 그리고 성체성사는 모든 신앙생활의 바탕을 이룬다는 사실을 강조한다. 신자들은 세례성사로 새로 태어나며, 견진성사를 통해 힘을 얻고, 성체성사를 통해 영원한 생명의 양식을 얻는 것이니, 이러한 그리스도교 입교 성사들을 통해서 신자들은 점점 더 하느님 생명의 보화를 받아들이고 사랑의 완덕을 향해 나아가게 된다는 것이다. 그리스도인들이 하느님의 가족으로서 생명의 빵과 말씀의 식탁을 중심으로 매주 모이는 주일 성찬례는 분열을 막을 수 있는 가장 자연적인 방어책이며, 친교를 끊임없이 선포하고 자라게 하는 탁월한 자리인 것이니, '주일'이 '교회의 날'이 되는 것도 바로 성찬례의 나눔을 통해서라는 지적이다. 그리스도인 가정의 성화 역할은 세례에 바탕을 두고 있으며, 특히 "성찬례는 그리스도인 혼인의 근원"이라면서 그리스도인 부부들은 이 새롭고 영원한 계약의 희생 제사에서 그들의 혼인 서약이 시작되고 내실을 쌓으며 끊임없이 새로워지는 근원을 찾게 된다고 일러준다.

교황청 자료는 또 '성인'이 되게 하는 세례의 '새로움'에 언제나 충실하지는 못한 모든 그리스도인에게 복음이 제시하는 회개의 요청을 받아들이는 것은 그리스도인 가정의 성화 역할에서 필수적이며 영구적인 요소라고 정의하고 "그리스도인 가정 역시 때때로 세례의 은총과 혼인성사로 새롭게 선포되는 성덕의 계율에 충실하지 못한 경우가 있다"면서 가정의 불화와 화해를 언급한다. 가정의 친교는 큰 희생정신으로만 지켜지고 완성될 수 있으며, 이를 위해서는 가족들이 모두 서로 이해와 인내, 용서, 화해에 늘 활짝 열려 있어야 한다고 일깨워 주고 있다.

〈이기심과 불화, 감정 대립과 갈등이 가정의 친교를 해치고 때로는 회복할 수 없는 상처를 주기도 한다는 것을 모르는 가정은 없다. 갖가지 형태로 가정생활이 분열되는 것도 이 때문이다. 그러나 또한 모든 가정은 '화해'하도록, 곧 친교를 다시 세우고 일치를 회복하는 기쁘고 새로운 경험을 하도록 평화의 하느님의 부르심을 받는다. 특히, 그리스도인 가정은 고해성사를 받고 그리스도와 한 몸을 이루는 잔치에 참여함으로써 모든 분열을 극복하고 하느님께서 뜻하신 온전한 친교로 나아가는 은총과 책임을 받는다. 이렇게 해서, "이 사람들이 모두 하나가 되게 하여 주십시오"(요한 17,21) 하신 주님의 간절한 바람에 응답하는 것이다.〉

교황청 자료는 고해성사와 가정의 평화, 형제 자매들을 사랑하도록 마음을 열어 주는 기도, 자녀들에게 기도를 가르치는 일, 가정 기도와 전례기도, 사회 선의 핵심이며 원천인 가정, 사회적 주체인 가정, 사회생활의 첫 학교, 가정의 권리와 생명권, 가정과 가장 연약한 이들에 대한 사랑, 연대를 통하여 열린 마음으로, 모든 사람을 형제자매로 대하기, 가장 보잘것없고 연약하며 가난한 사람들을 섬기는 일, 젊은 가정을 준비시키고 돌보는 가정, 자녀들의 혼인 준비, 젊은 가정들을 위한 지속적인 도움, 생명의 지성소인 가정, 불가분의 관계에 있는 가정과 생명, 자녀들에게 생명을 존중하도록 가르치기 등을 자세히 설명하고 있다. 그리스도인 부모들은 자녀를 양육하면서 자녀들의 신앙에 관심을 가지고, 자녀들이 하느님께서 주신 소명을 다할 수 있도록 도와야 한다는 지적도 빠뜨리지 않는다. 교육자인 부모의 사명에는 고통과 죽음의 참된 의미를 가르치고 모범을 보일 것도 포함된다. 이것은 부모들이 그들을 둘러싼 모든 고통에 관심을 가질 때, 특히 병들었거나 나이 많은 가족들에 대한 친밀감과 도움, 나눔의 태도를 길러줄 수 있을 때 가능하다는 지적이다.

가족을 통해 하느님 사랑하기

포콜라레운동 창시자이며 회장인 끼아라 루빅은 1월 26일 가정들에 보내는 메시지에서 가정들이 위기에 처한 현실을 진단하면서 "가정이 당면한 이 같은 극한상황 앞에서 확실한 해결책 내지는 하늘로부터 내려오는 도움을 제시할 필요가 있다"고 말하고, "남편과 아내,

그리고 자녀들을 복음적인 사랑으로 사랑한다는 것은 가족을 통해서 하느님을 사랑한다는 것을 의미한다."고 설명했다. "하느님을 더 사랑할수록 이웃을 더 사랑하게 되며, 이웃을 더 사랑할수록 하느님을 더 사랑하게 된다."고 말한 끼아라 회장은 "그렇게 되면 자기 가정만 바뀌는 것이 아니라 세상에 하나의 증거를 보여줄 수 있다"면서 "모든 가정은 가정 안에서 하느님 성삼위의 사랑을 반영시키는 혼인의 결실을 삶으로써 보여주어야 한다"고 강조했다.

끼아라는 "가족 간의 이런 사랑을 보고서 사람들은 그 안에 현존하시는 그리스도를 만나게 될 것이며, 바로 그 그리스도께서 다른 가정에 영향을 미치실 것이고, 그분께서 가정에 세우신 본래의 계획에로 가정들을 이끌어 가실 것"이라고 말했다. 일상 가정생활의 특징이 되어야 할 친교와 나눔의 경험은 사회에 가장 근본적으로 이바지하게 마련이다. 가정은 인간 생명을 탄생시키고, 특히 덕목과 '가치'들을 보호하고 전달함으로써, 세상을 건설하는 데에 크게 기여한다. 따라서 점점 비인간화되고 규격화되어 인간미와 인간성을 잃어가고 있는 오늘날, 갖가지 형태의 현실 도피적인 부정적 결과들을 낳고 있는 사회 위기에 직면한 시대 상황 속에서, 가정은 인간이 익명성에서 벗어나 자신의 존엄을 깨닫고, 깊고도 넉넉하게 인간성을 지니면서 각자의 특성을 통해서 사회 구조 안에 적극 참여할 수 있도록 하는 놀라운 힘을 지니고 있다.

"인류의 미래는 가정에 달려있다. 그래서 모든 선의의 사람들이 가정의 가치와 요구 조건을 구제하고 육성하기 위해 노력해야 한다는 것은 긴요하며 긴급하다"(교황 요한 바오로2세, '가정공동체' 86).

사랑 안에서

레오 사제 팔순에
四代가 부르는 감사와 찬미의 노래

초판 1쇄 인쇄 | 2024년 7월 3일
초판 1쇄 발행 | 2024년 7월 6일

지은이 | 구남매 엮음
펴낸이 | 김정동

펴낸곳 서교출판사
주소 서울시 마포구 성지길(합정동) 25-20 덕준빌딩 2층
전화 02-3142-1471(대) 팩스 02-6499-1471
이메일 seokyobook@gmail.com
블로그 http://blog.naver.com/seokyobooks
홈페이지 http://seokyobook.com
페이스북 @seokyobooks 인스타그램 @seokyobooks
ISBN 979-11-89729-99-8 (03810)